Der Sünde Sold

Das Buch

Kaum ist Agnes Gaudera in ihr neues Haus in Mariaseeon gezogen, verschwindet ein Junge aus dem Dorf spurlos. Eine Entführung, ein Mord oder ein Unfall? Trotz fieberhafter Suche bleibt der fünfjährige Jakob unauffindbar. Dann entdeckt Agnes den kleinen Jungen nackt auf einem Holzstoß, äußerlich unversehrt, aber verstört und stumm. Die Suche nach Täter und Motiv geht weiter. Es gab keinen Missbrauch – was also ist der Grund für die Entführung?
Bald darauf erschüttert ein Mord die kleine Gemeinde. Kommissar Dühnfort erkennt, dass der Täter in einer Welt religiöser Wahnvorstellungen lebt. »Denn der Sünde Sold ist der Tod.« So steht es in der Bibel, und danach scheint der Mörder sich zu richten. Aber Sünder gibt es viele …

Die Autorin

Inge Löhnig machte sich nach einer Karriere als Art-Directorin in verschiedenen Werbeagenturen mit einem Designstudio selbständig. Heute lebt sie als Autorin mit ihrer Familie und einem betagten Kater in der Nähe von München. *Der Sünde Sold* ist der erste Fall ihrer erfolgreichen Kommissar-Dühnfort-Reihe.
Besuchen Sie Inge Löhnig auf ihrer Website: www.inge-loehnig.de

Von Inge Löhnig sind in unserem Hause bereits erschienen:

Die Kommissar-Dühnfort-Serie:

Der Sünde Sold · *In weißer Stille* · *So unselig schön* ·
Schuld währt ewig · *Verflucht seist du* · *Deiner Seele Grab* ·
Nun ruhet sanft · *Sieh nichts Böses* · *Ich bin dein Tod*

Außerdem:

Mörderkind · *Gedenke mein* · *Unbarmherzig*

Inge Löhnig

= Ellen Sandberg !

DER SÜNDE SOLD

Kriminalroman

List Taschenbuch

Besuchen Sie uns im Internet:
www.ullstein.de

FSC
www.fsc.org
MIX
Papier aus verantwortungsvollen Quellen
FSC® C083411

Neuausgabe im List Taschenbuch
List ist ein Verlag der Ullstein Buchverlage GmbH, Berlin.
1. Auflage Juni 2017
3. Auflage 2020

Umschlaggestaltung: bürosüd° GmbH, München
Titelabbildung: Arcangel/© Joanna Jankowska (Landschaft);
plainpicture/MindenPictures/© Stephen Dalton (Eule)
Satz: Pinkuin Satz und Datentechnik, Berlin
Gesetzt aus der Sabon
Druck und Bindearbeiten: CPI books GmbH, Leck
ISBN 978-3-548-61357-4

Für meinen Vater

Donnerstag, 8. Mai

Lautlos schob er die Blende beiseite und spähte durch den schmalen Spalt ins Innere des Gewölbes. Eine Petroleumlampe verbreitete spärlich Licht. Die Flamme flackerte im Luftzug, ließ die Schatten tanzen und Bewegung vermuten, wo keine war. Trotzdem zog er die Mütze mit den Sehschlitzen über den Kopf. Sicher war sicher. Die Tür quietschte leise, als er sie öffnete. Er griff nach dem Tablett und betrat das Verlies, aus dem ihm modriger Geruch und klamme Kühle entgegenschlugen.

Einen Moment verharrte er, um sich zu vergewissern, dass der Junge auf dem Feldbett wirklich schlief. Erst dann zog er mit einem Fuß eine Kiste heran, stellte den Teller mit Banane und Butterbrot darauf ab und lockerte den Deckel der Thermoskanne, damit der Junge ihn aufbekam, wenn er hungrig und durstig erwachen würde. Das linke Handgelenk des Kleinen war mit einer Handschelle an eine Kette gefesselt. Die zarte Haut war dort bereits aufgescheuert.

Gebannt starrte er darauf; die rot entzündeten Wundränder ließen ihn erschauern. Ohne die Augen abzuwenden, zog er den Schlüsselbund aus der Hosentasche und stellte die Fessel enger. Der Anblick des schlafenden Kindes weckte Erinnerungen, die vage aus einem Nebel traten. Bilder, die ihn quälten, die er vergessen wollte, die ihn nun umringten, seinen Herzschlag zum Stolpern brachten und stinkenden Schweiß aus seinen Poren trieben. Nicht jetzt! Er musste sie abschütteln.

Für einen Moment schloss er die Augen, besann sich

auf seinen Auftrag und spürte eine Kraft in sich fließen wie einen nie versiegenden Strom. Die Schemen wichen, gaben ihn frei. Und er wusste, alles, was er tat, würde gelingen. Sie würden das Zeichen verstehen. Und selbst wenn nicht ... Unwillkürlich griff er sich an die Kehle; dann sollte ihr Wille geschehen. Letztlich lag es nicht in seinen Händen. Er atmete auf und konnte nicht widerstehen: Mit den Fingerspitzen strich er dem Jungen durch das blonde Haar, über die vom Schlaf geröteten Wangen und die Schrammen am Kinn. Die Kratzer waren schon verschorft. Doch an einer nässenden Stelle hatte sich eitriger Belag gebildet, der nun an den Fingern kleben blieb. Der Mann zuckte zurück. Würgen setzte sich in seine Kehle. Rasch wischte er die Hand mit einem Papiertaschentuch ab.

Die Augäpfel des Jungen begannen unruhig hinter den Lidern zu rollen, seufzend drehte er sich auf den Rücken. Bald würde er aufwachen. Das Schlafmittel im Kaba war bitter, aber er würde ihn schon trinken, wenn er durstig war. Er sollte schlafen. Nicht um zu verhindern, dass er schrie. Das würde er, ganz sicher, aber niemand konnte ihn hören. Er sollte schlafen, damit er nicht mitbekam, was mit ihm geschah. Damit ihn die quälenden Bilder nicht ein Leben lang begleiteten.

Noch einmal strich er über das blonde Haar, berührte es kaum. Er hoffte, dass es ein langes Leben werden würde. Aber es lag nicht in seiner Macht.

***

Agnes stand auf der Haustreppe und umarmte ihren Bruder Michael. »Danke für deine Hilfe.«

»Was man in der ersten Nacht im neuen Heim träumt, geht in Erfüllung. Also träum was Schönes. Ja?« Er zwinkerte ihr zu und versuchte, mit einem Lächeln seine Besorgnis zu kaschieren. »Wenn ich aus London zurück bin, besuche ich dich.«

»Mach dir keine Sorgen. Mir geht es gut.« Sie wünschte ihm einen guten Flug und viel Erfolg bei dem Workshop, den er leiten würde, dann schob sie ihn sanft die Treppe hinunter.

»Du kommst wirklich alleine klar?«

Sie nickte. »Michael, ich bin fünfunddreißig. Die Zeiten, in denen ich mich im Dunkeln gefürchtet habe, sind vorbei.«

»Also gut. Dann überlasse ich dich diesem alten Gemäuer.« Er warf einen kritischen Blick auf das Haus, als befürchtete er, Geister könnten darin spuken. Sollte ich tatsächlich von Gespenstern heimgesucht werden, dachte Agnes, dann sind sie heute mit mir eingezogen.

Michael drückte sie an sich, dann stieg er in den Umzugswagen und winkte ihr im Anfahren zu. Als der Wagen oben am Weg hupend hinter der Kurve verschwand, ging Agnes ins Haus. Die Tür fiel ins Schloss. Sie blieb im Flur stehen. »So«, sagte sie laut und lauschte dem nachhallenden Klang ihrer Stimme. »Und nun?« Nun gab es nicht mehr viel zu tun. Alle Möbelstücke standen an ihrem Platz. Die letzte Umzugskiste war ausgepackt und ihre wenigen Habseligkeiten waren verstaut.

Sie ging in die neu eingebaute Küche und freute sich erneut über die Farbkombination aus maigrün gestrichenen Wänden und vanillegelben Möbelfronten. Frühlingsatmosphäre, Aufbruchsstimmung. Sie füllte den Wasserkocher und holte aus dem Schrank ein Päckchen *Seelenharmonie*, das sie im Teeladen neben der Kirche gekauft hatte. Der Name war zu verlockend gewesen. Ein Lächeln huschte über ihr Gesicht. Sie war nicht so naiv, zu glauben, dass ein Ortswechsel und eine Tasse Tee ihrem Leben wieder Sinn geben konnten. Aber irgendwie musste sie beginnen; und mit dem Umzug hatte sie den längst überfälligen Schlussstrich gezogen.

Sie fühlte sich erleichtert und befreit und trotzdem schämte sie sich ein wenig. Ihre Eltern hatten es nur gut gemeint. Aber die Fürsorge ihrer Mutter hätte sie nicht einen Tag länger ertragen und die stumme Anteilnahme ihres Vaters hatte sie zunehmend zornig gemacht. Er behandelte sie wie eine Kranke. Sie wusste, dass er nicht anders konnte, und hatte ihm keinen Vorwurf gemacht, aber sein Verhalten hatte ihren Entschluss bestärkt, ihr Leben endlich wieder selbst in die Hand zu nehmen.

Das Wasser kochte, sie brühte den Tee auf und trug Thermoskanne und Tasse ins Wohnzimmer. Nachdem sie beides auf dem Couchtisch abgestellt hatte, ging sie ans Fenster. Ihr Blick glitt durch den verwilderten Garten hinüber zum See. Das luftige Blau des Himmels hatte mittlerweile in ein schimmerndes Lichtgrau gewechselt. Die Wasseroberfläche lag wie in Silber gegossen. Sie fühlte sich ruhig, als habe der Sturm sich für immer gelegt, der seit über einem Jahr mal mehr, mal weniger heftig in ihr wütete. Doch, dachte sie, es war richtig gewesen, das Haus zu kaufen.

Eigentlich hatte sie das Geld nicht anrühren wollen. Von Rainers Tod zu profitieren war ihr ebenso unvorstellbar erschienen, wie noch länger bei ihren Eltern zu wohnen. In diesem Dilemma hatte sie gesteckt, als sie das Haus entdeckt hatte. Eine kleine dreigiebelige Jugendstilvilla direkt am Kirchsee gelegen. Sie hatte gespürt, wenn überhaupt ein Neuanfang möglich war, dann hier, in diesem hundert Jahre alten Haus mit seinen knarrenden Böden, ausgetretenen Stufen und hohen Räumen. Ihre

Mutter hatte sie gescholten. Sie sei unvernünftig, da die finanziellen Reserven mit diesem Kauf beinahe erschöpft waren. »Kind, du wirst wieder arbeiten müssen«, hatte sie gesagt, als sei das eine schreckliche Vorstellung. Genau wie für Rainer.

Agnes spürte ein leichtes Unbehagen. Ein Gefühl, als nähere sich der Sturm wieder. Eilig ging sie zum Sofa zurück und schenkte sich eine Tasse Tee ein. Während sie ihn trank, wanderte ihr Blick durchs Zimmer. Ihr Mobiliar bestand aus einer Mischung alter und neuer Möbel. Teils neu gekauft, teils von Michael und ihren Eltern ausrangiert. Aber Vorhänge und Teppiche fehlten noch. Im Regal standen nur einige CDs und ein paar Bücher. Auf einmal konnte sie die Leere der Räume, die sie umgaben, körperlich fühlen. Vielleicht gehörte sie doch nicht hierher. Agnes versuchte, eine aufsteigende Erinnerung zurückzudrängen: zwei winzige leere Zimmer, ein Sprossenfenster stand offen, gab den Blick in einen öden Hinterhof frei, eine handtuchbreite Küche, ein verbeulter Gasherd. Hastig fasste Agnes die langen Haare zusammen, schlang sie zu einem Knoten, stopfte sie in den Ausschnitt des Sweatshirts. Sie hatte sich eben für ein Leben auf dem Land entschieden.

Ihr Blick fiel auf den Biedermeiersekretär, das Geschenk ihrer Eltern zum Einzug. Ein Gläschen mit Fensterlack, das sie nach dem Ausbessern einer abgestoßenen Stelle nicht aufgeräumt hatte, stand noch dort. Auf dem Sekretär würde sich das Foto gut machen. Sie ging nach oben und holte den Silberrahmen aus dem Schlafzimmer. Das Bild, das er enthielt und das sie wie einen Schatz hütete, war vor zwei Jahren am Atlantik entstanden. Für einen Moment konnte Agnes die salzige Luft schmecken, das Kreischen der Möwen und Yvonnes Lachen hören, konnte Rainer sehen, wie er ihr half, den knallroten Lenkdrachen im auflandigen Wind zu steuern. Sie versuchte, diesen Eindruck festzuhalten, aber durch diese Bemühung brachte sie ihn zum Verschwinden.

Im vergangenen Jahr, wenn sie nachts in ihrem ehemaligen Kinderzimmer wachgelegen und ihre Gedanken ein gespenstisches Eigenleben entwickelt hatten, wurde sie manchmal von der Frage gequält, ob alles nur ein Traum gewesen war. Vielleicht hatte sie ihr Elternhaus nie verlassen, hatte nie geheiratet, war nie Mutter gewesen. Dann hatte sie das Licht anmachen und sich mit einem Blick auf das Bild vergewissern müssen.

Agnes atmete durch und verscheuchte so den Druck, der sich auf ihre Brust legen wollte. Sie stellte das Bild an seinen neuen Platz. Dann blickte sie auf die Uhr. Es war schon nach sechs, höchste Zeit, eine Runde zu laufen. Sie ging nach oben und schlüpfte in ihre Joggingsachen. Als sie die Laufschuhe anzog, klingelte es an der Haustür. Sie blickte auf. Wer konnte das sein? Eigentlich hatte sie keine Lust, zu öffnen. Sie wollte nicht aufdringlichen Nachbarn die Hände schütteln und nett sein müssen. Andererseits konnte sie hier, in diesem Dorf, nur heimisch werden, wenn sie sich nicht in ihrem Haus verkroch. Aber sie musste ja nicht heute damit anfangen. Es klingelte erneut. Man konnte die Nachbarn ja auch nicht vor der Tür stehen lassen. Verdammte gute Kinderstube, dachte sie, während sie in den Flur hinunterging. Die Versuche, ihre gute Erziehung wie einen zu eng gewordenen Mantel abzulegen, scheiterten meistens. Sie warf einen raschen Blick in den Spiegel. Im letzten Jahr hatte sie abgenommen. Jetzt steckte sie in einem schlanken, durchtrainierten Körper, der ihr merkwürdig fremd war. Nur die langen blonden Haare, die Rainer so sehr geliebt hatte, erinnerten sie an früher. Es klingelte wieder. Agnes ging zur Tür und öffnete. Eine junge Frau stand atemlos auf der Haustreppe. Raspelkurze blonde Haare standen zerzaust von einem knochigen Schädel ab.

»Grüß Gott. Ich bin Ihre Nachbarin. Melanie Berger.« Sie hatte wasserblaue, scheinbar wimpernlose Augen und eine schnabelartig gebogene Nase. Aufgeregt unterstrich sie jedes Wort mit flatternden Armen. Sie erinnerte Agnes an das sprichwörtliche aufgescheuchte Huhn. Ihre Stimme war allerdings voll und angenehm und wollte nicht zu der kindlichen, mageren Figur passen.

»Wir brauchen Ihre Hilfe. Ein Junge ist verschwunden. Der Jakob. Wie vom Erdboden verschluckt. Jetzt suchen wir alle nach ihm.«

»Und ich soll dabei helfen?« Die Frage hallte in Agnes' Schädel nach wie in einem Fahrstuhlschacht.

»Alle suchen ihre Häuser und Grundstücke ab. Wir sind schon fertig. Mein Freund ist jetzt mit der Feuerwehr unten am See. Da habe ich gedacht, ich könnte Ihnen helfen. Das Grundstück ist ja ziemlich groß«, sagte Melanie Berger und breitete die Arme aus.

Sie war ins Dorf gezogen, um zur Ruhe zu kommen, um zu vergessen, und nun das. Gleich am ersten Tag. »Ich wollte eigentlich gerade joggen«, erwiderte Agnes.

Melanie Berger starrte sie an. »Jakob ist erst fünf. Vielleicht hat er sich bei Ihnen im Haus versteckt. Die Türen standen ja den ganzen Nachmittag offen.« Ihre Stimme klang mühsam beherrscht.

»Meinen Sie, ich würde es nicht merken, wenn ein kleiner Junge sich bei mir herumtreibt? Seine Eltern sollten sich an die Polizei wenden.« Agnes trat einen Schritt ins Hausinnere zurück, als könnte sie so den Sturm, der in ihr heraufzog, von sich fernhalten.

Die junge Frau atmete hörbar durch. »Das haben sie bereits. Aber bis die Polizei hier ist, das dauert. Jakobs Eltern sind halb wahnsinnig vor Angst. Wenn alle mithelfen, finden wir ihn schneller.«

Was ist nur mit mir los? Sie hat ja recht, dachte Agnes erschrocken und trat zur Seite. »Kommen Sie rein.«

Die Suche dauerte keine fünf Minuten. Der Junge war natürlich nicht im Haus. Agnes zog die Joggingweste über und ging mit Melanie Berger hinaus. Der Garten war groß und ähnelte im hinteren Teil einem Wald, was er ursprünglich wohl auch gewesen war.

»Ich wollte Sie vorhin nicht anfauchen. Aber meine Nerven liegen etwas blank«, entschuldigte sich Melanie Berger. »Jakob ist in meiner Kindergartengruppe. Ich bin seine Erzieherin.«

»Dann sind wir ja quitt«, erwiderte Agnes verlegen. Es war einfach unmöglich, wie sie sich benommen hatte. »Ich weiß auch nicht, was vorhin mit mir los war.«

Sie durchsuchten den Garten, riefen nach Jakob, schoben Äste und Zweige auseinander, aber sie fanden den Jungen nicht. Während ihre Nachbarin sich den Schuppen vornahm, ging Agnes zur ehemaligen Remise hinüber, die die Vorbesitzerin, die Malerin und Bildhauerin Charlotte Niedermeyer, zu einem Atelier umgebaut hatte.

Die Luft roch muffig, der Raum war leer. Vom Firstbalken bis zur Verglasung in der Dachschräge hingen Spinnweben. Agnes setzte sich aufs Fensterbrett und starrte in den Garten, auf den Rest eines umgestürzten Baumes, der schon Jahrzehnte dort liegen musste. Die Rinde war verschwunden, das tote Holz hatte einen silbrigen Glanz angenommen. Vielleicht war dieser Junge auch tot. Agnes schrak hoch. Was dachte sie denn da?

Melanie Berger kam herein. »Und?«, fragte sie.

»Nichts.« Agnes beobachtete, wie Melanie Berger fröstelnd die Arme um die mageren Schultern schlang. Ein heißer Tee würde ihr guttun. »Bei mir steht eine fast volle Kanne Tee auf dem Tisch. Sollen wir eine Tasse trinken?«

Ihre Nachbarin nickte. »Ja, das wäre gut«, sagte sie und folgte Agnes ins Haus.

Agnes holte eine Tasse aus der Küche und ging zu Melanie Berger ins Wohnzimmer, die am Fenster stand und über den See blickte. Agnes schenkte ihr Tee ein und bot ihr Platz auf dem neuen roten Sofa an.

Melanie Berger setzte sich. »Ich heiße Melanie, aber alle nennen mich Melli.« Sie reichte Agnes die Hand.

Agnes zögerte einen Moment, aber dann ergriff sie die Hand. »Agnes. Agnes Gaudera.«

»Es tut mir leid, dass ich dich vorher so angefaucht habe«, entschuldigte Melanie sich nochmals. »Aber ich mache mir schreckliche Sorgen um Jakob. Ich hab einfach zu viel Phantasie.« Sie rührte im Tee, obwohl sie keinen Zucker genommen hatte. »Vielleicht ist er ja inzwischen wieder zu Hause.«

»Hoffentlich«, sagte Agnes und sah plötzlich Yvonne vor sich, wie sie mit prallgefülltem Rucksäckchen in die weite Welt ziehen wollte, wie das Hänschen aus dem Kinderlied. Unruhe breitete sich in Agnes aus. Sie musste endlich joggen. Bewegung war das einzige Mittel, zur Ruhe zu kommen, nichts denken zu müssen. Aber das ging jetzt nicht. Schließlich konnte sie Melanie, die sie eben erst zum Tee eingeladen hatte, nicht einfach vor die Tür setzen. Agnes rutschte tiefer in den Sessel und schlug die Beine übereinander. »Du hast gesagt, Jakobs Eltern haben die Polizei schon verständigt. Hoffentlich die Kripo. Oder organisiert der Dorfpolizist die Suche nach ihm?«

»Nein, natürlich nicht.« Melanie schüttelte den Kopf. »Die Münchner Kripo ist zuständig, hat Franz gesagt, und die werden ja hoffentlich einen Suchtrupp und Hunde mitbringen.« Sie trank einen Schluck Tee. »Wir haben heute Nachmittag den Möbelwagen gesehen und wollten eigentlich schon früher rüberkommen, um dich zu begrüßen. Der Franz und ich. Der Franz ist mein Verlobter«, sagte Melanie. Auf einmal leuchteten ihre blassen Augen und verliehen ihrem unproportionierten Gesicht unerwartete Schönheit. »In zwei Wochen ist Hochzeit«, fuhr sie fort, während sie auf das silbergerahmte Foto blickte, das auf dem Sekretär stand. Agnes begann zu frösteln, ihre Kopfhaut zog sich zusammen. Sie wollte nicht gefragt werden, sie wollte nicht darüber reden. »Entschuldige. Aber es ist wirklich höchste Zeit für meine Joggingrunde«, hörte sie sich sagen. »Komm doch morgen noch mal auf eine Tasse Tee vorbei.«

***

Die Sonne verschwand hinter den Dächern der Stadt. Graues Zwielicht senkte sich wie ein seidenes Tuch über den Marienplatz und den Dom *Zu unserer lieben Frau*, auf den Kriminalhauptkommissar Konstantin Dühnfort blickte. Es war kurz nach sechs und er wollte Feierabend machen. Seine Kollegin, Gina Angelucci, hatte sich bereits verabschiedet, und der neue Kollege, Alois Fünfanger, hatte sich nach dem Termin bei der KTU telefonisch abgemeldet. Dühnfort war noch unschlüssig, was er von ihm halten sollte. Fünfanger war zum ersten Mai von Regensburg nach München versetzt worden und gehörte seither dem Team an. Er war achtunddreißig Jahre alt und somit nicht nur drei Jahre jünger als Dühnfort, sondern offensichtlich auch wesentlich besser in Form.

Jedenfalls zeichneten sich unter den dreiteiligen Anzügen, die er trug, wohlmodellierte Muskelpakete ab, was darauf schließen ließ, dass er regelmäßig Sport trieb. Als sie heute Nachmittag die Treppen hinauf in den dritten Stock gestiegen waren, hatte Fünfanger flott zwei Stufen auf einmal genommen, während Dühnfort, zunehmend atemloser, hinter ihm hergekeucht war. Wieder einmal hatte er beschlossen, mehr für seine Fitness zu tun. Aber Vorsätze alleine halfen nicht. Ihm fehlte einfach die Disziplin dafür.

Während er seinen Schreibtisch aufräumte, beschlich ihn das unangenehme Gefühl, etwas vergessen zu haben. Und er wusste auch schnell, was. Noch immer hatte er keine Idee, was er seinem Vater zum siebzigsten Geburtstag schenken sollte und ob er überhaupt zu dieser bombastischen Feier nach Hamburg fahren wollte, die sein Bruder Julius ausrichtete. Julius, der wohlgeratene Sohn. Er war derjenige, der den Erwartungen des Vaters entsprach.

Das Telefon klingelte. Dühnfort fuhr aus seinen Überlegungen hoch und griff nach dem Hörer. Er lauschte eine Weile. »Seit wann ist der Junge verschwunden?« Er warf einen Blick auf die Domuhr. Beinahe drei Stunden. Und es wurde bald dunkel.

»Wo ist das? Mariaseeon. Am Kirchsee.« Das Dorf an der Landkreisgrenze gehörte gerade noch zu ihrem Zuständigkeitsbereich. Er überlegte. Der Junge war erst fünf und seit fast drei Stunden abgängig, Eile war geboten. »Ich brauche eine Suchmannschaft und ein Dutzend Kollegen für eine Bürgerbefragung. Und die Taucher sollen sich sofort auf den Weg machen.« Hastig notierte er die Adresse der Familie Sonnberger in Mariaseeon. Über den Einsatz von Hubschraubern würde er vor Ort entscheiden. Während er in die Jacke schlüpfte, wählte er Ginas Nummer.

***

Um zehn vor sieben erreichte er die Autobahnausfahrt und fuhr auf der Landstraße weiter nach Mariaseeon. Graublaue Dämmerung lag über der Landschaft, betupfte den Wald mit tiefgrünen Schatten, malte die Alpengipfel brombeerlila vor safrangelbem Abendhimmel. Ein expressionistisches Gemälde, dachte er und schaltete in den fünften Gang.

Sein Beruf brachte Routine mit sich, wie alle Berufe. Aber er konnte sich nicht daran gewöhnen, dass Kinder verschwanden. Wenn das geschah, erfasste ihn eine Unruhe, die ihn vor sich hertrieb, deren Gejagter er wurde. Meistens tauchten die Kleinen innerhalb kurzer Zeit wieder auf, hatten sich verlaufen oder versteckt oder waren trotzig ausgebüxt, während ihre Eltern verrückt vor Sorge geworden waren. Dühnfort hoffte, dass es auch in diesem Fall so war und die Eltern ihren Sprössling bald wieder in die Arme schließen konnten. Aber mittlerweile war mehr Zeit vergangen als gewöhnlich.

Weshalb war das Verschwinden des Jungen so spät gemeldet worden? Ungewöhnlich bei einem kleinen Kind. Was für Eltern sind das wohl?, fragte er sich. Sind sie gleichgültig oder überfordert oder sind sie vielleicht selbst in die Sache verstrickt?

Nach kurzer Fahrt erreichte er das Dorf, das eingebettet zwischen dem großen Waldgebiet des Seeoner Forsts und dem Kirchsee auf einer Anhöhe lag. Der Zwiebelturm der alten Klosterkirche ragte aus einer Ansammlung roter Ziegeldächer in die Dämmerung. Dühnfort fuhr die Dorfstraße entlang und bemerkte eine Unruhe, die wie Dünung zwischen den Gebäuden schwappte, nahm schemenhafte Bewegung wahr, hörte gedämpftes Rufen und Türschlagen. Er folgte den Anweisungen des Navigationssystems bis in die Ortsmitte. Dort zweigte, kurz hinter dem Dorfplatz, mit Maibaum und Brunnen, die Cudheri-von-Isen-Straße ab, in der die Familie Sonnberger wohnte. Dühnfort fuhr noch etwa hundert Meter, dann hielt er vor einem Bauernhof. Unter dem Scheunendach stand ein Traktor. In der Luft hing der Geruch nach Mist und aus dem Stall drang das Muhen der Kühe. Er ging auf das Wohnhaus zu. Die Tür wurde von einem Mann in Businessoutfit geöffnet, noch bevor Dühnfort geläutet hatte. Der akkurate Haarschnitt und das unverbindliche Lächeln erinnerten Dühnfort an seinen Nachbarn, einen Versicherungsvertreter. »Sind Sie von der Polizei?«

Dühnfort nickte. »Herr Sonnberger?«

»Gernot Mittermeyer. Ich bin ein Nachbar. Kommen Sie rein.« Dühnfort folgte ihm durch den Flur. »Herr Sonnberger ist nicht da. Er beteiligt sich an der Suche«, sagte Mittermeyer und öffnete die Tür zu einer Wohnküche. An einem runden Holztisch, auf dem eine Brotzeit und Gedecke für drei Personen standen, saßen zwei Frauen, von denen eine nun aufblickte. Sie hatte kastanienbraune Locken und ein Gesicht voller Sommersprossen. Die Blusenärmel waren hochgekrempelt, am rechten Handgelenk klebte ein mehliger Teigrest. Den linken Arm hatte sie um die Schultern der schlanken Frau gelegt, die neben ihr saß. Dunkle Haare betonten die Blässe ihres Gesichts, in dem Sorge und Anspannung sich über die Lachfältchen an Mund und Augen gelegt hatten. Sie starrte auf ihre ineinandergeschlungenen Hände wie auf ein Orakel, das sich jeden Augenblick offenbaren musste.

»Gabi, die Polizei«, sagte Mittermeyer. Der Kopf schnellte hoch. Ein Blick aus intensivblauen Augen traf Dühnfort. Darin lag sowohl Angst als auch Hoffnung. Hoffnung, die er nun erfüllen musste. Unter dem Tisch kroch ein etwa fünfjähriger Junge hervor. In der Hand hielt er ein Spielzeugauto.

Dühnfort stellte sich vor. »Frau Sonnberger«, sagte er und reichte ihr die Hand. »Wir werden Ihren Jungen finden. Eine Suchaktion läuft schon?«

»Die Nachbarn suchen alle«, sagte sie. Die Sehnen an ihrem Hals zeichneten sich wie steile Grate ab. »Es ist wie eine Lawine.« Dühnfort setzte sich und überlegte, ob sie ihre Angst oder die Suchaktion meinte. Vermutlich beides. Der Junge beobachtete ihn.

»Das ist Dennis, unser Sohn«, sagte Mittermeyer, »und meine Frau Irene.« Er wies auf die Frau, die neben Gabi Sonnberger saß und nun Dühnfort zunickte. »Ich bringe Dennis jetzt besser nach Hause.« Mittermeyer nahm seinen Sohn an die Hand und verabschiedete sich.

»Ihre Nachbarn und Ihr Mann suchen also schon nach Jakob«, sagte Dühnfort.

Gabi Sonnberger nickte. »Ich habe natürlich zuerst überall im Dorf herumtelefoniert, als Jakob nicht zum Essen gekommen ist.« Kraftlos ließ sie die Hände auf die Tischplatte fallen.

»Danach ist das wie ein Lauffeuer im Dorf rum. Und nun suchen alle«, sagte Irene Mittermeyer. »Aber bis jetzt gibt es keine Spur von Jakob. Als hätte er sich in Luft aufgelöst.« Sie zog die Schultern hoch und ließ sie wieder fallen.

»Kann ich ein Foto von Jakob haben und eine Beschreibung der Kleidung?«, fragte Dühnfort.

Gabi Sonnberger nickte. Sie schob den Stuhl zurück,

stand auf und holte aus dem Küchenbuffet eines der buntbedruckten Kuverts, in denen Fotolabore Abzüge verschicken, wählte eines aus und legte es vor Dühnfort auf den Tisch.

Das ist also Jakob, dachte er. Der Junge hielt zähnefletschend einen Plastikdinosaurier hoch. Die ersten Milchzähne waren ausgefallen, eine große Lücke klaffte in der oberen Zahnreihe. Dühnfort wusste, wie stolz Kinder darauf waren. Jakobs Augen waren blau, wie die seiner Mutter.

Dühnfort notierte, was Jakob trug: Jeans, Turnschuhe mit Klettverschluss und ein rotes Sweatshirt. »Könnte es sein, dass Jakob zum See …«

»Nein. Bestimmt nicht.« Gabi Sonnberger versuchte, ihrer Stimme einen festen Klang zu geben, aber Dühnfort hörte die Angst heraus. »Er kann noch nicht schwimmen. Wir haben ihm verboten, alleine ans Wasser zu gehen. Und er hält sich doch an unsere Verbote.« Es klang wie eine Frage.

Zwei Autos fuhren nacheinander auf den Hof. Die Motoren verstummten, Türen schlugen. Es klingelte. Irene Mittermeyer stand auf und kam in Begleitung von Gina Angelucci und Alois Fünfanger zurück. Gina steckte in einer ihrer obligatorischen Cargohosen, die sie in allen Farben hatte. Heute Abend trug sie eine flaschengrüne. Sie grüßte und setzte sich an den Tisch. Alois Fünfangers Anzug wirkte wie frisch gebügelt, obwohl er ihn schon den ganzen Tag trug. Wie schafft er das?, fragte Dühnfort sich und blickte auf seine zerknautschte Chino und das zerknitterte Hemd.

»Jakob wurde um halb vier zuletzt gesehen«, sagte er, nachdem er seine Kollegen vorgestellt hatte.

Gabi Sonnberger nickte. »Er war bei Dennis.«

»Sie haben aber erst kurz nach sechs Uhr sein Verschwinden gemeldet. Weshalb so spät?«

»Ich dachte doch, er sei bei Dennis.« Gabi Sonnberger presste die Hand vor den Mund.

»Jakob sollte bis halb sechs bei uns bleiben. Ich habe ihn aber um halb vier heimgehen lassen«, sagte Irene Mittermeyer. »Die Jungs haben sich gestritten und Jakob wollte dann nach Hause.«

»War das ein schwerwiegender Streit, der Jakob veranlasst haben könnte, wegzulaufen oder sich zu verstecken?«

Dennis' Mutter schüttelte den Kopf. »Sie wissen ja, wie Kinder sind. Sie haben sich gegenseitig als doof beschimpft und dass sie keine Freunde mehr sein wollen. Aber das kommt häufiger vor und dann versöhnen sie sich wieder.«

»Sie haben Jakob nicht begleitet?«

»Der Weg ist nicht weit. Er ist ihn schon oft alleine gegangen.«

»Jakob darf diese Strecke alleine gehen«, sagte Gabi Sonnberger. »Seit er in die Vorschulgruppe geht«, fügte sie hinzu.

So einfach war das also zu erklären. Nicht Gleichgültigkeit oder Vernachlässigung hatten dazu geführt, dass über zwei Stunden niemand bemerkt hatte, dass der Junge abgängig war, sondern mangelnde Kommunikation.

Alois räusperte sich.

Dühnfort blickte auf. »Ja?«

»Sonnenuntergang ist erst gegen halb neun. Wir könnten die Hubschrauber noch bei Tageslicht einsetzen. Ich hab mal zwei angefordert, die stehen in Startposition und warten auf unser Go.«

Dieser Vorstoß überraschte Dühnfort. Noch leitete er

dieses Team, besser, Alois hätte das mit ihm abgesprochen. Er bemerkte, wie Gina auf einem Fingernagel kaute und Alois mit hochgezogenen Augenbrauen musterte. Aber im Moment zählte, dass sie den Jungen schnell fanden. »Gut. Sie sollen sofort starten. Du übernimmst die Koordination.«

Gina bat er, sich um die Bürgerbefragung zu kümmern, während er selbst die Suchmannschaften einweisen wollte. »Sie haben Wärmebildkameras und Nachtsichtgeräte an Bord«, sagte Dühnfort zu Gabi Sonnberger, als Alois die Küche verließ. »Wir können Ihren Jungen auch in der Dunkelheit finden.«

»Einmal haben wir so einen Dreikäsehoch im Kaufhaus entdeckt, schlafend unter einem Kleiderständer, während zweihundert Polizisten die Fußgängerzone nach ihm abgesucht haben«, sagte Gina.

Gabi Sonnberger blickte auf, aber das Lächeln, das sie versuchte, gelang ihr nicht.

Sollte er noch auf Jakobs Vater warten?, fragte sich Dühnfort. Aber zuerst musste die Suche nach dem Jungen organisiert werden. »Das, was Sie befürchten, ist ziemlich sicher nicht geschehen«, sagte er und hoffte, dass er sich nicht täuschte.

Freitag, 9. Mai

Es war kurz vor sieben Uhr morgens, als Dühnfort wieder in Mariaseeon eintraf. Die Luft war noch kühl, ein strahlend blauer Himmel versprach Frühlingstemperaturen. Er parkte vor der Bäckerei und kaufte sich ein Croissant und einen Becher Kaffee. Beides nahm er mit zum Auto. Das Wagendach diente ihm als Stehtisch. Er gähnte.

Kurz vor zwei Uhr hatte er widerwillig die Suche nach Jakob abbrechen lassen. Die Nacht war kalt gewesen, die Bäume des Seeoner Forsts erst spärlich belaubt. Ideale Bedingungen für den Einsatz der Wärmebildkameras, dennoch hatte die Hubschrauberbesatzung nur ein Liebespaar in seinem Auto aufgescheucht. Erschöpft war Dühnfort ins Bett gefallen. Die Bilder des Abends und der Nacht waren durch den Halbschlaf gegeistert, in den er gefallen war. Die Kegel der Suchscheinwerfer über dem Wald, die Taucher, die sich vom Rettungsboot in den dunklen See gleiten ließen, Gabi Sonnbergers angstvoller Blick. Die Unruhe hatte sich in seine Träume geschlichen, ihn schließlich aus dem Bett und zurück nach Mariaseeon getrieben.

Solange es keinen Hinweis über den Verbleib von Jakob gab, konnte er weniger tun, als ihm lieb war. Aber Dühnfort hatte Verstärkung angefordert. Der Seeoner Forst war zu groß, um ihn mit einem Hundertmannsuchtrupp kurzfristig durchkämmen zu können. Die Befragung von Jakobs Verwandten würde Alois übernehmen, außerdem sollte er ein Lagezentrum organisieren.

Dühnfort spülte den letzten Bissen Croissant mit Kaffee hinunter. War Jakob vielleicht nur ausgebüxt? Aber er konnte keinen Grund dafür erkennen. Der Streit mit seinem Freund war angeblich nicht heftig gewesen. Ich sollte mit Dennis sprechen, überlegte Dühnfort. Und dann gab es noch die Möglichkeit, dass die beiden ein Geheimversteck hatten, in dem sich Jakob wohlbehalten befand. Aber Dühnfort glaubte das nicht. Die Mariaseeoner hatten gestern bis tief in die Nacht ihre Häuser, Gärten, Ställe und Scheunen durchsucht und nicht die geringste Spur von dem Jungen gefunden. Vielleicht hatte ja einer nichts finden wollen. Mit diesem Gedanken war Dühnfort nun an dem Punkt angelangt, den er am meisten fürchtete: Jemand hatte Jakob entführt. Alles Spekulation, was wir brauchen, sind Fakten, dachte er und warf den leeren Pappbecher in den Papierkorb.

Vor ihm lag der langgezogene Dorfplatz, über den Jakob gegangen sein musste. Die beiden Fahrspuren der Dorfstraße teilten sich zu Beginn des Platzes, wurden in der jeweiligen Fahrtrichtung zu Einbahnstraßen und umschlossen eine gepflegte Grünfläche. Am Ende des Platzes führten die Fahrbahnen wieder zusammen. Außer der Bäckerei, vor der Dühnfort stand, gab es eine Reihe von weiteren Läden: eine Apotheke, einen Buchladen und ein Schreibwarengeschäft. Auf der gegenüberliegenden Seite des Platzes befanden sich der Gasthof zur Post, das Rathaus und die Kirche. Ein Stück weiter südlich zweigte der Klosterweg ab. Dort wohnte die Familie Mittermeyer. Irene Mittermeyer war nach dem jetzigen Stand der Ermittlungen die letzte Person, die Jakob gesehen hatte. Dühnfort warf einen Blick auf die Uhr. Fünf nach sieben. Vielleicht war das zu früh, aber es war ihm egal.

Er ging über den Platz und klingelte an der Haustür.

Dennis' Mutter hatte Ringe unter den Augen, und die graue Gesichtsfarbe ließ vermuten, dass sie wenig Schlaf gefunden hatte. Sie trug einen hellblauen Hausanzug aus Nickistoff.

»Guten Morgen, Frau Mittermeyer«, sagte er.

»Ach, Herr Dühnfort, ob der gut wird ... Oder haben Sie Jakob gefunden?« Für einen Augenblick huschte ein warmes Leuchten über ihr Gesicht, das sich aber sofort in ein zweifelndes Lächeln verwandelte, als ihr anscheinend bewusst wurde, dass ein Auffinden Jakobs auch eine schlechte Nachricht sein könnte.

»Bisher nicht. Darf ich kurz reinkommen?«

Sie trat zur Seite und er folgte ihr in die Küche. Es roch nach Kaffee und Toast. Auf der Kiefernholzeckbank saßen Gernot Mittermeyer und Dennis beim Frühstück. Dennis war noch im Schlafanzug. Er kniete auf der Bank, tief über ein Schälchen gebeugt, das mit pastellbunten Getreideringen und Milch gefüllt war. Beides schlürfte er laut von einem Löffel, der für seinen kleinen Mund eigentlich zu groß war.

»Dennis, benimm dich.« Gernot Mittermeyer faltete die Zeitung zusammen, warf seinem Sohn einen tadelnden Blick zu und stand auf. »Brauchen Sie mich?«, fragte er. »Ich muss eigentlich ins Büro.«

»Sie waren gestern Nachmittag nicht zu Hause?«, fragte Dühnfort.

»Ich bin erst gegen sieben Uhr heimgekommen. Da war schon das halbe Dorf in Aufruhr.« Mittermeyer griff nach der Aktentasche, die auf einem Stuhl lag. Dann wandte er sich seiner Frau zu. »Bis heute Abend, Schatz, und mach dich nicht verrückt. Jakob hat sich wahrscheinlich im Wald verlaufen. Die Polizei wird ihn schon finden.« Dabei warf er Dühnfort einen Blick zu, der wohl sagen sollte: Enttäuschen Sie mich nicht. Dann strich er Dennis über den Kopf. »Servus, Kamerad.«

»Tschüs, Papi«, sagte Dennis, als sein Vater die Küche verließ.

Was für eine nette Familie, dachte Dühnfort, während ihm ein stumpfer Schmerz die Kehle hinabrollte und im Magen liegen blieb. Irene Mittermeyer bot ihm Platz an. Er setzte sich neben Dennis, der ihn aufmerksam musterte.

»Frau Mittermeyer, ich wüsste gerne, wie der gestrige Nachmittag abgelaufen ist.«

Sie setzte sich an den Tisch. »Ja, natürlich.« Sie strich sich eine Haarsträhne hinters Ohr. »Ich mache mir solche Vorwürfe, dass ich Jakob nicht begleitet habe.«

»Sie begleiten ihn doch sonst auch nicht.«

»Nicht mehr. Schließlich kommen Jakob und Dennis im Herbst in die Schule, da müssen sie dann auch alleine gehen.«

»Wir sind ja keine Babys«, mischte Dennis sich ein.

Irene Mittermeyer sah auf die Uhr. »Und große Jungs können sich auch alleine anziehen und die Zähne putzen. Also Abmarsch: Tagfein machen!«

»Warum hast du keine Uniform, bist du gar kein richtiger Polizist?«, wollte Dennis wissen.

»Da würden die Bösen mich doch sofort erkennen«, sagte Dühnfort.

»Klar!« Dennis schlug sich mit der Hand auf die Stirn und grinste Dühnfort an. »Und dann würden die ja sofort abhauen. Hast du auch eine Pistole?«

Dühnfort nickte.

»Darf ich die mal sehen?«

»Dennis, es reicht. Geh bitte nach oben«, sagte Irene Mittermeyer. Dennis zog einen Flunsch, stand dann aber widerspruchslos auf, flitzte zur Küche raus und polterte die Treppe hoch.

»Einen netten Jungen haben Sie«, sagte Dühnfort.

Irene Mittermeyer lächelte. »Er ist süß, wahnsinnig anstrengend, und um nichts in der Welt würde ich ihn hergeben. Ich mag mir gar nicht vorstellen, was Gabi und Beppo jetzt durchmachen. Da wird's mir ganz schlecht. Wenn ich Jakob doch nur nach Hause gebracht hätte.«

»Aber dafür gab es keinen Grund. Oder doch? War irgendetwas anders als sonst?«

Sie schüttelte den Kopf. »Alles war wie immer.«

Sie erzählte, dass Jakob um halb drei gekommen war, die Jungs hatten ein Video angesehen und später im Garten gespielt.

Den wollte Dühnfort sich ansehen und folgte Dennis' Mutter durch das Wohnzimmer hinaus. Ein Maschendrahtzaun markierte die Grundstücksgrenze zwischen den beiden Doppelhaushälften. Im Süden stand eine dichte Hainbuchenhecke, die eine Lücke hatte. Dort befand sich ein Gartentürchen. Dühnfort öffnete es und trat auf einen schmalen Fußweg. Im Osten mündete der Weg nach wenigen Metern in die Dorfstraße, die Dühnfort kurz zuvor entlanggegangen war. In der anderen Richtung entzog sich das Ende des Pfades nach etwa fünfzig Metern seinem Blick. Er machte eine Kurve.

»Wohin führt der Weg?«, fragte Dühnfort.

»Zum Sonnberger-Hof. Er endet hinten, am Obstgarten.«

»Dann ist Jakob hier entlanggegangen?«

»Nein, er ist vorne rum über die Straße gelaufen. Gabi und mir ist dieser Weg unheimlich. Das ist kein Durchgangsweg. Da gehen höchstens mal Besoffene rein, um zu pinkeln.«

»Jakob und Dennis haben also hier gespielt.« Dühnfort ging zurück in den Garten und betrachtete den großen Sandkasten, in dem ein blauer Plastikbagger lag. Dahinter stand ein Schaukelgestell mit Klettergerüst.

»Zuerst haben sie geschaukelt.« Irene Mittermeyer erzählte weiter, dass sie eine Viertelstunde später nach den Jungs gesehen hatte. In der Zwischenzeit hatten sie sich bis auf die Unterhosen ausgezogen und standen raufend im Sand. »Wir sind Sumoringer, haben sie gesagt, diese Spargel.« Frau Mittermeyer lächelte. »Ich habe gedacht, sie spielen. Aber sie haben richtig gekämpft. Jakob hatte verloren, aber er hat das bestritten«, sagte Dennis' Mutter. »Daraufhin hat Dennis versucht, seinen Sieg mit Fäusten durchzusetzen. Die beiden waren ganz ausgekühlt, deshalb mussten sie ins Haus gehen. Ich dachte, nun wäre Ruhe, aber sie haben sich weiter gezankt. Ich habe Jakob dann erlaubt heimzugehen, damit die beiden sich beruhigten.«

»Er ist also vorne raus.« Dühnfort ging zurück ins Haus, durch den Flur und öffnete die Haustür.

»Er hat seine Schuhe angezogen und hat sich von mir verabschiedet. Dann ist er davongestapft. Ich hab ihm noch nachgesehen«, sagte Irene Mittermeyer und deutete Richtung Dorfplatz.

Dennis kam angelaufen. Er trug Jeans und Sweatshirt. »Darf ich jetzt deine Pistole sehen?«

»Nein«, sagte seine Mutter.

»Manno.« Dennis stampfte mit dem Fuß auf. »Du bist echt gemein!«

Dühnfort ging vor dem Jungen in die Hocke. »Du hast also mit Jakob Streit gehabt?«

»Immer soll ich schuld sein. Jakob hat sich mit mir gestritten. Und außerdem ist er doof. Er kennt ja nicht mal die Spielregeln. Er hat gesagt, dass ich nicht mehr sein Freund bin. Ich will auch gar nicht mehr sein Freund sein.« Dennis schob die Unterlippe vor. Tränen glänzten in den Augenwinkeln. »Aber du findest ihn doch.«

»Ich denke schon«, antwortete Dühnfort. »Vielleicht kannst du mir helfen. Habt ihr denn ein Geheimversteck?«

»Das darf ich doch nicht verraten«, sagte Dennis. »Sonst ist es nicht geheim.«

»Auf dem Heuboden, bei den Sonnbergers«, sagte Irene Mittermeyer. »Tut mir leid.« Das galt Dennis.

»Manno.«

»Dort haben wir natürlich nachgesehen«, fügte Irene Mittermeyer hinzu.

»Und sonst habt ihr kein Versteck?«

Dennis schüttelte mit vorgeschobener Unterlippe den Kopf.

»Der Heuboden ist bestimmt ganz schön hoch oben.«

»Siebenundachtzighundert Meter«, sagte Dennis.

»Ganz schön mutig von euch, da hinaufzuklettern.«

»Wir sind doch nicht feig.«

»Ganz bestimmt nicht«, sagte Dühnfort. »Macht ihr auch manchmal Mutproben?«

Dennis runzelte die Stirn.

»Na ja, ob sich einer von euch traut, eine Spinne zu essen oder alleine in den dunklen Keller zu gehen oder in den Wald?«

Dennis schüttelte den Kopf. »Nur wer am höchsten klettern kann«, sagte er nach einer Weile und warf dann einen raschen Blick auf seine Mutter. »Auf dem Klettergerüst im Garten natürlich.«

***

Dühnfort ging die Dorfstraße entlang bis zum Dorfplatz und folgte so dem Weg, den Jakob genommen hatte. Bis auf die Bäckerei waren so früh am Morgen noch alle Läden geschlossen. Aber gestern Nachmittag war das anders gewesen. Trotzdem hatte niemand den Jungen gesehen.

Am Ende des Platzes, knapp vor der Stelle, wo die beiden Fahrspuren der Dorfstraße wieder ineinandermündeten, zweigte die Cudheri-von-Isen-Straße ab. Dühnfort ging sie entlang. Bauernhöfe befanden sich zu beiden Seiten. Unter weit vorragenden Scheunendächern standen Traktoren, Odelwagen und anderes landwirtschaftliches Gerät.

Dühnfort hatte auf diesem kurzen Weg keine Stelle entdeckt, die es seiner Meinung nach ermöglichte, an einem Wochentag, an dem Menschen unterwegs waren, ein Kind unbemerkt verschwinden zu lassen. Er klingelte am geschlossenen Tor. Gabi Sonnberger öffnete die Haustür, kam über den Hof und sperrte auf.

Das strahlende Blau ihrer Augen, das Dühnfort gestern so fasziniert hatte, war verschwunden. Ihr Blick war stumpf und die Augen von tiefen Schatten umgeben. Aus ihrem achtlos zusammengefassten Pferdeschwanz hingen einzelne Strähnen. Sie blickte hinter ihn, als hätte sie erwartet, dass er Jakob brachte. Dann sah sie ihm in die Augen.

»Es tut mir leid«, sagte Dühnfort.

»Kommen Sie rein.«

Er folgte ihr in die Küche. Das Telefon klingelte. Sie hob ab und meldete sich. Wenige Sekunden später legte sie wortlos auf. »Diese Pressemeute. Seit gestern Abend geht das so«, sagte sie. »Aber wir reden mit denen nicht. Das haben Beppo und ich so beschlossen. Setzen Sie sich doch.« Der Frühstückstisch war für drei gedeckt, aber unberührt.

»Ist Ihr Mann jetzt da?«, fragte Dühnfort.

»Er ist im Stall, kommt aber gleich.« Sie setzte sich ihm gegenüber.

»Frau Sonnberger, ich muss Sie das jetzt fragen, das ist Routine …«

»Sie wollen ein Alibi von mir«, sagte sie.

Er nickte.

»Dienstag und Donnerstag haben wir von drei bis fünf den Hofladen geöffnet. Mein Mann hat mir gestern beim Verkauf geholfen, es war ziemlich viel los.«

»Der Laden ist mir gar nicht aufgefallen«, sagte Dühnfort.

»Laden ist vielleicht etwas übertrieben. Es ist nur ein Raum, neben dem Kuhstall.«

»Sicher gibt es Kunden, die Ihre Anwesenheit bestätigen können.«

Sie nickte und nannte ihm eine Reihe von Namen. Dühnfort notierte sie.

»Ach, bevor ich es vergesse: Ich habe eine Liste gemacht.« Sie stand auf und verließ den Raum.

Was für eine Liste?, fragte Dühnfort sich und sah sich um. Über der Anrichte hing eine Kinderzeichnung. Ein Nest voller bunter Ostereier. Sicher hatte Jakob das gemalt. Gabi Sonnberger kehrte mit einem Schnellhefter zurück.

»Hier.« Sie setzte sich wieder, zog Blätter aus der Mappe und legte sie auf den Tisch. Es waren Abbildungen der Kleidungsstücke, die Jakob trug. Sie hatte sie aus den Katalogen der Versandhäuser ausgeschnitten, bei denen sie die Sachen bestellt hatte. Turnschuhe, ein rotes Pokemon-Sweatshirt, ein T-Shirt mit einem Aufdruck der

Comicfigur *Bob der Baumeister*. Außerdem trug Jakob eine Jeans von C & A, von der es kein Bild gab.

Sie reichte ihm die Unterlagen. »Und dann hat er noch den Lulli dabei, seinen Kuschelbären. Den nimmt er immer mit. Er ist nicht groß, vielleicht zwanzig Zentimeter und ganz schön zerliebt. Ein Auge fehlt.«

»Sie haben sich viel Mühe gemacht. Das hilft uns bestimmt weiter«, sagte Dühnfort.

»So konnte ich wenigstens etwas tun. Es macht mich ganz wahnsinnig, nichts unternehmen zu können. Ich bin halt so.« Sie zog die Schultern hoch. »Aber das schicksalsergebene Abwarten war noch nie meine Stärke.«

Dem ersten lähmenden Schock war nun also Tatendrang gefolgt. »Jakob ist wirklich noch nie von zu Hause weggelaufen, im Zorn oder nach einem Streit?«, fragte Dühnfort.

Sie schüttelte den Kopf. »Jakob hält sich an unsere Verbote. Er weiß, dass er nicht alleine zum See, nicht zum Kletterbaum und auf keinen Fall in den Wald gehen darf. Er würde auch nie mit jemandem mitgehen, den er nicht kennt. Niemals. Er ist eher ängstlich.«

»Weil du ihm alles verbietest«, ertönte eine Stimme vom Flur. Ein breitschultriger, blonder Mann trat in die Küche. Er trug Gummistiefel, blaue Arbeitshosen und ein weißes T-Shirt. Er reichte Dühnfort die Hand. »Sonnberger. Sie suchen also unseren Jungen.« Jakobs Vater musterte ihn eingehend.

»Er ist erst fünf«, sagte Gabi Sonnberger.

Beppo Sonnbergers Blick wanderte zu seiner Frau. »Als ich fünf war, bin ich auch allein rumgestromert und keiner hat sich drum geschert.«

»Das war vor fast dreißig Jahren. Die Zeiten haben sich geändert«, erwiderte sie. »Das siehst du ja ...« Sie griff nach einer Semmel und begann, sie in kleine Stückchen zu zerpflücken. Sonnberger setzte sich neben seine Frau und legte ihr den Arm um die Schultern. »Mit Jakob ist alles in Ordnung, das fühl ich, Gabi. Das muss man doch fühlen, ob's dem eigenen Kind gutgeht, oder nicht?« Er sah Dühnfort an, als erwarte er darauf eine Antwort.

Dühnfort wusste es nicht und fragte sich, ob er es jemals wissen würde. »Ich muss mich auf Fakten verlassen«, sagte er schließlich. »Wir befragen die Leute im Dorf. Jemand wird etwas beobachtet haben. Dann sehen wir weiter.« Er sah, wie Gabi Sonnbergers Kieferknochen arbeiteten, wie sie schluckte. »Ich habe Ihnen noch gar nicht gesagt, dass ich reich bin.« Sie blickte auf und sah ihm in die Augen. »Ich habe einige Millionen.«

»Bitte?« Durch Dühnforts Adern schoss Adrenalin. Plötzlich war er hellwach. »Warum erzählen Sie mir das erst jetzt?«

»Ich bin erst heute Nacht auf die Idee gekommen, dass es vielleicht um das Geld geht.«

»Das Geld hat meine Frau mit in die Ehe gebracht. Sie hat es von ihrem Bruder«, erklärte Beppo Sonnberger. »Aber wir rühren es nicht an, weil's nicht ehrlich verdient ist.«

Nicht ehrlich verdient. Was wollte Sonnberger damit sagen?, fragte Dühnfort sich.

»Ich erkläre es Ihnen.« Sonnberger lehnte sich zurück und berichtete, wie damals, als der Bauboom München und das Umland erfasst hatte, aus Dörfern Trabantenstädte wurden und aus Bauern Millionäre und wie damals auch die Bauern von Mariaseeon an dieser Entwicklung teilhaben wollten und ihre Äcker verkauften. Allerdings war Mariaseeon ein Bauerndorf geblieben.

»Die Mariaseeoner Bauern sind schlau. Die Millionen haben sie eingesackt, aber nicht den Preis dafür gezahlt. Sie wollten ihr Dorf behalten, wie es war, und vor allem wollten sie keine Fremden hier.«

»Wie haben sie das geschafft?«, fragte Dühnfort.

»Sie haben getrickst«, sagte Sonnberger. »Im Grunde ist das ganz einfach gegangen. Die Planungshoheit für Baugebiete liegt bei den Gemeinden. Bei uns sind die Bauern die Gemeinderäte, und deshalb hatten sie es selbst in der Hand, an die Geldtöpfe zu gelangen.« Sonnberger berichtete, wie sie damals ein Areal für eine Trabantenstadt auswählten, einen aus Steuermitteln finanzierten Architekturwettbewerb veranstalteten und die prämierten Modelle in der Mehrzweckhalle präsentierten. Dazu wurden die großen Bauträger eingeladen, die, den gewohnten Profit witternd, die Äcker kauften. Aber bis heute gab es keinen rechtsgültigen Bebauungsplan. Sonnberger beugte sich vor. »Die Gemeinde plant ständig neu oder um, aber richtig fertig ist die Planung bis heute nicht, und wenn Sie mich fragen, wird sie auch nie fertig werden.«

»Ihr Schwager hat dabei mitgemacht?«, fragte Dühnfort.

»Nein«, sagte Gabi Sonnberger. Ihre Familie hatte noch nie in der Kommunalpolitik mitgemischt. Aber die Felder der Münchs lagen inmitten des Planungsgebiets und waren so mit einbezogen worden. Gabi Sonnbergers Vater war kurz zuvor gestorben und ihr Bruder Anselm hatte den Hof widerwillig übernommen. Eigentlich wollte er studieren. Der Geldsegen kam ihm daher gelegen. Obwohl er als Hoferbe nicht dazu verpflichtet gewesen wäre, hatte er seiner Mutter und seiner Schwester je ein Drittel des Verkaufserlöses abgegeben.

»Sie müssen damals noch ein Kind gewesen sein«, sagte Dühnfort.

»Ich war zehn Jahre alt. Meine Mutter hat das Geld für mich angelegt. Täglich wird es mehr. Ich weiß gar nicht, wie viel es inzwischen ist. Manchmal denke ich das ganze Jahr nicht daran, bis zur Steuererklärung.«

»Wie haben Sie dann den Hof hier finanziert?«, fragte Dühnfort.

»Der Hof ist seit Generationen in Familienbesitz«, sagte Beppo Sonnberger. »Ich habe ihn von meinem Vater übernommen. Der hat ihn mit ehrlicher Arbeit erhalten, genau wie sein Vater und dessen Vater. Und ich mach's genauso. Wir haben auf Bioerzeugung umgestellt. Das rechnet sich mittlerweile. Wir brauchen das erschwindelte Geld nicht. Es bleibt auf der Bank, bis Jakob erwachsen ist. Dann soll er entscheiden, was er damit anfangen will. So haben wir es ausgemacht, die Gabi und ich. Und dabei bleibt's.«

»Ich weiß nicht, ob Sie das verstehen können«, sagte Gabi Sonnberger, »aber für mich ist dieses Geld so unwirklich. Wir haben es aus unserem Leben ausgeklammert, und deshalb ist mir auch erst letzte Nacht die Idee gekommen, dass irgendein Scheißkerl sich Jakob geschnappt hat, um an das Geld zu kommen. Von mir aus kann er alles haben. Ich will nur meinen Jungen zurück.« Sie legte eine Hand vor den Mund.

»Aber es hat bisher keine Forderung gegeben?«, fragte Dühnfort.

Gabi Sonnberger schüttelte den Kopf.

Schälte sich da langsam ein Motiv heraus? Mehrere Millionen, die eigentlich ergaunert worden waren. Wollte jemand Rache nehmen oder eine Entschädigung für den entgangenen Gewinn aus der geplatzten Immobilienspekulation, oder wollte einer der Investoren auf diese Weise sein Geld zurückholen? Sicher hatten nicht alle Bauern von dieser Gaunerei profitiert. Vielleicht wollte ein ausgeschlossener nun auch ein Stück vom Kuchen. Möglich war aber auch, dass ein Kidnapper zu schnellem Reichtum kommen wollte. Dühnfort zog das Handy aus der Tasche und bat Alois, eine Telefonüberwachung zu organisieren.

»Und was tun Sie, wenn jemand Geld will?«, fragte Gabi Sonnberger und hielt mit der linken ihre rechte Hand umklammert.

»Machen Sie sich nicht unnötig Sorgen. Wir haben Erfahrung. Wir werden das Richtige tun.« Dühnfort sah zunächst Gabi und dann Beppo Sonnberger an. »Wir verfügen über die nötige Technik, ein perfekt abgestimmtes Team und geschulte Psychologen. Wir werden nichts tun, was das Leben Ihres Kindes gefährdet. Wichtig ist, dass Sie mit uns kooperieren und keinen Alleingang unternehmen. Die gehen in der Regel schief und motivieren Nachahmungstaten.«

***

Agnes raste auf dem Mountainbike den Feldweg hinunter Richtung Mariaseeon. Vorbei an einem Suchtrupp der Polizei. Sie versuchte, nicht an Jakob zu denken, sich nicht vorzustellen, was seine Eltern jetzt durchmachten. Den Luxus, sich mit Sorgen anderer Leute zu belasten, konnte sie sich nicht leisten. Ich bin kalt und hartherzig geworden, dachte sie erschrocken. Aber ihre Kraft reichte gerade mal von einem Tag zum anderen. Sie musste das alles hinter sich lassen. Sie erinnerte sich an ihren Entschluss, der wie ein Schwur war, die Vergangenheit endgültig ruhen zu lassen. Kein Blick mehr auf die Bilder jener Nacht. Sie waren wie welke Blätter, die auf der brackigen Oberfläche eines Tümpels geschwommen waren und nun endlich zu Boden sanken und sich langsam in den Sedimenten aus Dunkelheit und Vergessen ablagerten. Dort sollten sie bleiben.

Der Tacho zeigte knapp vierzig Stundenkilometer an, der Pulsmesser blinkte bei hundertneunzig und signalisierte so, dass das Limit weit überschritten war. Mit der Zunge befeuchtete sie die rissig gewordenen Lippen. Die Radelflasche war leer. Ihr Magen knurrte wie ein wildes Tier. Nach sechzig Kilometern hatte sie sich ein Frühstück verdient. So wie sie es sich jeden Morgen verdiente, bis sie zur Ruhe kam, bis die geheime Macht den Schalter umlegte, bis Endorphine ihr Gehirn überschwemmten und ihr vorgaukelten, dass alles in bester Ordnung sei.

Agnes drosselte das Tempo und bog auf die Dorfstraße ein. Sie entschloss sich, bei der Bäckerei zu halten und für ein üppiges Frühstück einzukaufen. Auf dem Platz neben der Kirche wimmelte es von Polizisten. Einige führten Schäferhunde an der Leine. Mannschaftswagen parkten am Straßenrand. Auf der Bank neben dem Brunnen entdeckte Agnes eine Gruppe Reporter mit Kameras und in Kriegsberichterstatter-Outfit. Einer trug tatsächlich eine neongelbe Weste mit der Aufschrift *Press*, wie Agnes sie von Kriegsreportagen im Fernsehen kannte.

Nichts anderes ist das hier, dachte sie erbittert. Krieg. Diesen Aasgeiern ging es doch nur darum, am schnellsten die geilsten Bilder zu ergattern, die sensationellere Information zu erbeuten. Rücksichtslos würden sie sich auf alles stürzen, dem sie auch nur einen Funken von Bedeutung einhauchen konnten, was sich ausschlachten und breittreten ließ. Bis sich Sensationelleres bieten würde. Am besten Jakobs Leiche, verzweifelte Eltern,

Todesstrafe fordernde Nachbarn. Das brachte Auflage, das brachte Quote. Ein kalter Druck legte sich auf ihre Brust, nahm ihr beinahe den Atem. Ein Stück Vergangenheit katapultierte in die Gegenwart: *Frau Gaudera. Nur eine Frage. Werden Sie den Hausbesitzer verklagen? Jemand hielt ihr ein Mikrofon hin, als sie das Institut für Rechtsmedizin verließ.* Sie wollte diese Erinnerung verscheuchen. Doch das Bild war schon an die Oberfläche des Tümpels gewirbelt. Wieder sah sie diese eine blonde Haarsträhne, die seltsam unversehrt geblieben war. Wieder sah sie das letzte Bild ihrer Tochter, das sich in ihr Gedächtnis geätzt hatte. Tränen schossen ihr in die Augen. Ein Mann trat auf die Straße. Erschrocken riss Agnes den Lenker herum, verlor das Gleichgewicht und stürzte, schlitterte über rauen Asphalt. Ihr Rad rutschte weiter. Der Tacho sprang scheppernd aus seiner Halterung. Hinter ihr quietschten Reifen, ein blauer Golf kam knapp vor ihr zum Stehen. Agnes brach in Tränen aus. Der Autofahrer, ein junger Bursche mit zartem Flaum auf den Wangen und einigen Pickeln im Gesicht, stieg aus, reichte ihr die Hand und half ihr auf die Beine. »Alles okay?«, fragte er besorgt. Der Fußgänger eilte auf sie zu.

»Ja, danke. Mir ist nichts passiert.« Agnes wischte die Tränen weg. »Ist nur der Schreck.«

»Aber Ihr Knie. Das ist ja ganz aufgeschürft. Ich hole den Verbandskasten«, erwiderte der Autofahrer und ging zu seinem Fahrzeug.

»Entschuldigen Sie. Das war mein Fehler«, sagte der Fußgänger. »Ich war ganz in Gedanken.« Er hatte graugrüne Augen. Graugrün wie die Wetterseite der Bäume.

»Muss ja ein toller Tagtraum gewesen sein.« Der junge Mann kam mit dem Verbandszeug zurück und musterte sein Gegenüber vorwurfsvoll. »Um Haaresbreite hätten Sie einen schweren Unfall verursacht.«

»Eher ein Alptraum«, erwiderte der Fußgänger. »Dühnfort«, stellte er sich Agnes vor. »Ich hoffe, es ist nicht allzu schlimm.«

»Mit mir ist alles in Ordnung.«

Der Reporter mit der neongelben Weste kam näher. Agnes erkannte ihn. Er arbeitete beim *Blatt*. Wie ein Blutegel hatte er nach dem Unglück an ihr gehangen und sich sogar Einlass ins Haus ihrer Eltern verschafft. Er sah aus, als hätte er die Nacht durchgemacht: strähnige Haare, schwarzer Bartschatten, dunkle Ringe unter den Augen, die Kleidung zerknautscht und fleckig. Tolle Corporate Identity, dachte Agnes, seine schmuddlige Erscheinung passt perfekt zum Stil seiner Zeitung.

»Wenn das nicht Frau Gaudera ist. Wie Phönix, der Asche entstiegen.« Er hob die Kamera und drückte den Auslöser.

»Ihren geschmacklosen Witz können Sie sich sparen«, fauchte sie ihn an.

Er grinste. »Schönen Tag noch«, sagte er und ging zurück zu seinen Kollegen. Inzwischen hatte der Autofahrer ein Stück Pflaster abgeschnitten und starrte dem Reporter aus schmalen Augen hinterher. »Es ist besser, wenn ich das desinfiziere.« Der Junge deutete auf die Schürfwunde. In der Hand hielt er eine kleine Sprühflasche. »Darf ich?«

Der Reporter hatte sie genauso gemustert wie damals. Mit einer Mischung aus Mitleid und Sensationsgier. Ein trotziges Echo drängte aus der Vergangenheit, Yvonnes Stimme: *Ich will aber! Ich will, ich will, ich will!* Agnes verfing sich in dieser Erinnerung wie in den Fäden eines Spinnennetzes. Panik stieg in ihr auf.

»Darf ich?«, wiederholte der junge Mann seine Frage.

Ich will aber! Ich will, ich will, ich will! Der Mann mit den graugrünen Augen hatte das Rad aufgehoben und schob den Tacho zurück in die Halterung. »Danke«, sagte Agnes, schwang sich auf ihr Mountainbike und fuhr los. Sie fuhr bis ins Nachbardorf. Dort hielt sie endlich an und kaufte für das Frühstück ein.

Eine halbe Stunde später stand sie in verschwitzter Radlerkluft in der Küche und trank ein Glas Wasser. Dann schaltete sie die Espressomaschine ein und aß eine Breze direkt aus der Papiertüte. Danach fühlte sie sich besser. Einen Vorteil hatte der exzessive Sport, den sie seit über einem Jahr betrieb: Sie hatte zwanzig Kilo abgenommen und konnte dabei essen, so viel sie wollte. Jetzt hatte sie den Körper, von dem sie immer geträumt hatte. Aber Rainer hatte sie als Pummelchen geliebt. Er hatte ihre Rundungen gemocht und jedes Mal wenn sie an Diät dachte, sein Veto eingelegt.

Sie erinnerte sich an das letzte Mal, als er das getan hatte. Kurz nach Weihnachten hatte sie ein Diätbuch gekauft, um wenigstens einige der überzähligen Kilos loszuwerden. Rainer entdeckte es und zog sie zu sich heran. Seine Hände wanderten über ihren Rücken hinunter zum Po, über dem die Jeans spannte. »Alles meins.« Mit einem kräftigen Ruck zog er sie noch näher an sich heran. »Die meisten Männer mögen das nicht, aber mir gefällst du so«, hatte er gesagt.

Agnes setzte sich an den Küchentisch. Während sie ein Croissant und eine Rosinenschnecke aß, las sie die Zeitung. Im Landkreisteil wurde schon von Jakobs Verschwinden berichtet. Sie betrachtete das Foto. Jakob fletschte darauf die Zähne, genauso wie der Plastikdinosaurier, den er in die Kamera hielt. Er war das einzige Kind einer vermögenden Familie. Doch bis Redaktionsschluss lag keine Lösegeldforderung vor. Die Polizei schloss einen Unfall ebenso wenig aus wie ein Verbrechen. Agnes wollte sich nicht vorstellen, was seine Eltern jetzt durchmachten. Aber sie hatten wenigstens Hoffnung.

***

Dühnfort stand neben seinem Dienstfahrzeug und betrachtete den Baum aus der Entfernung. Gina hatte ihn vor einer Viertelstunde angerufen. Die Buchhändlerin hatte Jakob gesehen, als er kurz nach halb vier an ihrem Schaufenster vorbeigegangen war, das sie gerade neu dekorierte. Er war auf den Fußweg eingebogen, der aus dem Dorf zum Wald führt. Den Abend und die Nacht hatte sie in München verbracht und daher erst am Morgen erfahren, dass Jakob vermisst wurde. Sie hatte sich sofort bei der Polizei gemeldet. Außerdem war Jakob einer alten Frau begegnet, etwa zehn Minuten später. Da hatte das Dorf schon ein Stück hinter ihm gelegen. »Richtung Wald«, hatte Dühnfort gesagt. »Daran herrscht hier nun wirklich kein Mangel.«

»Der Weg führt zu einem Kletterbaum, der bei den Jungs aus dem Dorf beliebt ist. Laut Buchhändlerin nicht zu verfehlen. Eine einzeln stehende Buche am Waldrand«, hatte Gina erwidert.

Und nun waren sie hier. Gina saß telefonierend im Auto. Dühnfort setzte sich auf eine Bank, die an der Weggabelung unter einem Wegkreuz stand, wählte Alois' Nummer und bat ihn, die Alibis der Eltern zu überprüfen. Er gab ihm die Namensliste durch und beendete dann das Gespräch.

Von der Anhöhe aus konnte er den See überblicken, in dem sich der wolkenlose Himmel spiegelte. Am Horizont zeichneten sich vor sattgrünen Wiesen die noch schneebedeckten Gipfel der Alpen ab. Ein Vexierbild, dachte Dühnfort. Ein Bild, das den Anschein von Wirklichkeit erweckt. Aber in diesem Postkartenmotiv verbarg sich vielleicht eine andere Wahrheit.

Sein Blick fiel auf den Kletterbaum. Wenn Jakob wirklich alleine hierhergegangen war, war er weder so ängstlich noch so folgsam, wie seine Mutter glaubte. Der Baum stand frei inmitten einer kleinen Lichtung. Wobei Lichtung eigentlich nicht die zutreffende Bezeichnung war. Dühnfort hätte lieber das Wort *Landzunge* gebraucht. Der gerade Saum des Waldes zog sich zurück. Die angrenzende Wiese hatte sich die freie Fläche erobert und ragte nun wie eine Halbinsel in den Forst. Etwas störte Dühnfort. Der Baum war symmetrisch gewachsen, seine Äste setzten knapp über dem Boden an. Ein idealer Baum zum Klettern, aber ein großer Ast war abgebrochen. Das war es. Das störte ihn.

Gina telefonierte noch immer. Er gab ihr ein Zeichen, dass er vorausgehen würde, und folgte dem Trampelpfad zur Lichtung. Plötzlich stand das Bild vor ihm, wie Gernot Mittermeyer sich von seinem Sohn und seiner Frau verabschiedet hatte. Der Mann hatte erreicht, was ihm selbst einfach nicht gelang. Vor zwei Jahren war er auf dem besten Weg dazu gewesen. Dühnforts Kiefermuskulatur verspannte sich bei dieser Erinnerung. Quatsch. Ein verdammter Idiot war er gewesen, hatte Verlobungsringe gekauft, eine Doppelhaushälfte besichtigt und in Gedanken für seine noch ungezeugten Kinder bereits ein Baumhaus in einer alten Eiche gebaut, während Konstanze ihn schon seit Wochen mit ihrem Kollegen betrog. Einem langweiligen Oberstudienrat für Geographie und Sport, ausgerechnet. Merde. Dühnfort trat nach einem

Stein, der einige Meter weit flog und dann im Acker liegen blieb.

Gina holte ihn ein. Die kinnlangen dunklen Haare, die ihr rundes Gesicht umspielten, wippten im Takt ihrer Schritte. Er blieb stehen und suchte das Gelände um den Baum mit den Augen ab.

»Was macht eigentlich unser Musterschüler?«, fragte sie.

Dühnfort war irritiert.

»Na, Alois. Was macht er?«

»Du magst ihn nicht?«

»Ehrlich gesagt: Nein. Er hat etwas Streberhaftes an sich. Wahrscheinlich hat er noch nie in seinem Leben falsch geparkt. Und dann diese Anzüge.« Gina verdrehte die Augen. »Sieht ja fast so aus, als wäre er der Boss.«

»Er hat ausgezeichnete Beurteilungen. Ich hoffe, dass wir ein gutes Team werden. Gib ihm eine Chance, ja?«

Gina nickte. »Alles klar, Boss. Aber ob ich mit ihm jemals warm werde, das weiß ich ja nicht.«

Dühnfort wandte sich dem abgebrochenen Ast zu und spähte dann den Stamm entlang in die Krone. In etwa zweieinhalb Meter Höhe entdeckte er die Bruchstelle. Sie war seltsam glatt. Er bückte sich. Der Zweig war angesägt worden. Die Schnittstelle sah noch relativ frisch aus.

»Was ist?«, fragte Gina.

»Da hat jemand nachgeholfen.« Etwas Rotes blitzte zwischen den Blättern hervor. Vorsichtig zog er ein kleines Stückchen Stoff heraus. »Das könnte von Jakobs Sweatshirt stammen.« Er wollte es Gina zeigen.

Die aber hatte sich über einen Stein gebeugt, der unter dem abgebrochenen Ast hervorlugte. Vorsichtig schob sie Blätter beiseite. Der Stein wies dunkle Flecken auf. »Blut«, sagte sie. Ihre Stimme klang belegt.

»Sieht nicht so aus, als ob sich Jakob verlaufen hat. Wir brauchen die Spurensicherung.« Dühnfort zog das Handy genau in dem Moment aus der Tasche, als es zu klingeln begann.

»Dühnfort.« Er lauschte eine Weile und fixierte dabei Gina. »Was habt ihr gefunden? Einen Ziegenkopf?«

***

Dühnfort fuhr in den Forst. In der Nähe der Marienkapelle bog er ab und folgte einem steinigen Weg und damit der Beschreibung, die Walter Bichler, der Leiter der Suchmannschaft, ihm gegeben hatte. Der Waldweg war eng, voller Wurzeln und Schlaglöcher. Ab und zu flog ein Stein gegen die Karosserie. Nach zehnminütiger Fahrt entdeckte Dühnfort den Suchtrupp. Die uniformierten Polizisten hatten Ketten gebildet und durchsuchten Schritt für Schritt, Meter für Meter den Wald. Es herrschte konzentrierte Stille. Auf der anderen Seite des Wegs erhob sich ein Erdwall. Auf diesem stand Walter Bichler wie ein Feldherr. Neben ihm lehnte ein hagerer Polizist an einem Stamm. Dühnfort ließ das Auto auf dem Weg stehen. Bichler begrüßte ihn mit Handschlag. »Das ist Ernst Voggenreither.« Bichler wies auf den blassen Kollegen, der zu ihnen getreten war. »Er hat den Kopf entdeckt, und er wusste auch, dass das hier eine Keltenschanze ist. Er kennt sich offensichtlich aus.«

Voggenreither grüßte mit einem Kopfnicken.

»Und wo ist nun diese Keltenschanze?« Dühnfort blickte sich um.

»Hier.« Voggenreither deutete auf den Erdwall. »Das ist eine spätkeltische Viereckschanze, etwa zweitausend Jahre alt. Davon gibt es einige in der Gegend.«

»Dieser Hügel?« Dühnfort sah ratlos zu Boden.

Voggenreither nickte. »Sie werden es gleich erkennen.« Dühnfort folgte ihm und bemerkte einen Augenblick später, dass es vier dieser Wälle gab, die ein Quadrat von etwa achtzig Metern Seitenlänge bildeten. Im Inneren war es mit Bäumen bewachsen. Sie stiegen in die Anlage hinab. Immergrün und Schlüsselblümchen blühten zwischen den Bäumen. Es roch nach Holz und Moos. »War das eine Wehranlage?«

Voggenreither schüttelte den Kopf. »Die Fachleute sind sich noch nicht einig, ob es befestigte Bauernhöfe waren oder auch heidnische Kultstätten.«

»Wie haben Sie die Schanze entdeckt?«

»Ich musste mal austreten«, sagte Voggenreither.

Ein leichter Wind kam auf, brachte Blätter zum Rascheln, vertrieb den Duft nach Wald und trug einen widerlich süßlichen Geruch in Dühnforts Nase, der ihn daran erinnerte, weshalb er hierhergekommen war.

»Sie haben sich also in die Büsche geschlagen und dabei einen abgehackten Ziegenkopf entdeckt.«

»Kein erfreulicher Anblick, das kann ich Ihnen sagen.« Voggenreither war noch immer blass. »Mir ist etwas ins Gesicht getropft. Ich hab nachgeschaut, woher das kam und was das war ...« Voggenreither schluckte. »Ich zeige es Ihnen.« Er führte Dühnfort an eine Fichte und deutete nach oben. Dort hing der Ziegenkopf. Jemand hatte ein dünnes Seil um die Hörner gewickelt und den Kopf damit an einem Ast befestigt. Dühnfort blickte in zwei totenstarre blaue Ziegenaugen. Die Zunge quoll blauschwarz verfärbt und aufgequollen aus dem Maul, die Schnittfläche am Hals schien sich zu bewegen. Unzählige kleine weiße Maden wimmelten dort herum.

Im Moment jedenfalls, dachte Dühnfort, sieht es nach Kultstätte aus. Doch hatte das etwas mit Jakobs Verschwinden zu tun? Er rief Gina an und bat sie, gemeinsam mit Franks Team, den Ziegenkopf in Augenschein zu nehmen und zu sichern. Er musste Jakobs Eltern über die Spurenlage informieren. Alles sprach dafür, dass ihr Sohn entführt worden war. Außerdem warteten die Medien auf Futter. Dühnfort musste sich mit der Pressestelle abstimmen und dann hatte er für halb vier eine Teambesprechung angesetzt, aber vorher musste er unbedingt mit Dennis reden.

***

Pünktlich um halb vier stand Dühnfort telefonierend im Gasthof zur Post am Fenster des Festsaals. Er beendete das Gespräch und steckte das Handy ein. Die Zeitung knüllte er zusammen und ließ sie auf dem Fensterbrett liegen. Heribert Schmockmöller, der Leiter der Pressestelle, hatte ihm soeben versichert, der Sache nachzugehen. Merde, fluchte Dühnfort lautlos. Wie konnte jemand nur so dilettantisch sein, diese Information herauszugeben? Nun wusste jeder, dass es keine Lösegeldforderung gab. Das Letzte, was sie brauchten, waren Trittbrettfahrer.

Noch immer verärgert, griff er nach der Luftpumpe, die vor ihm auf dem Fensterbrett lag. Er hatte sie erst gefunden, nachdem die Radfahrerin so überstürzt davongefahren war. *Mit mir ist alles in Ordnung*. Die Art, wie sie das gesagt hatte, hatte bei ihm einen anderen Eindruck hinterlassen. Gaudera, so hatte der Reporter sie angesprochen. Diesen Namen kannte er. Und plötzlich erinnerte er sich. Der Wohnungsbrand in Neuhausen vergangenen Februar oder März. Ein Kollege vom Branddezernat hatte damals den Vorfall untersucht. Ein Mann und seine kleine Tochter waren verbrannt. Falls die Radfahrerin die Mutter des Kindes war, dann war natürlich nichts in ihrem Leben in Ordnung.

Die Luft im Saal war abgestanden, das Licht schummrig. Stühle standen auf den Tischen. Er öffnete ein Fenster und ging dann zu Alois und Gina hinüber, die zwei Tische vor der Bühne zusammenschoben. Der Saal war viel zu groß. Aber Alois hatte keinen anderen Raum gefunden. Die Wirtin trug ein Tablett mit Kaffee, Tee und Gebäck herein und stellte es auf dem Tisch ab. Frank Buchholz, der Leiter der Spurensicherung, traf ein und grüßte mit einem Kopfnicken zu Dühnfort hinüber. Er glich einem in die Jahre gekommenen Rocker. Etwa hundertzwanzig Kilo, auf einen Meter neunzig Körpergröße verteilt, steckten in Lederkluft. Eine graumelierte Mähne umwucherte seinen mächtigen Schädel.

Müde rieb Dühnfort sich die Augen, der Schlafmangel der vergangenen Nacht machte sich bemerkbar. Er setzte sich an den improvisierten Konferenztisch.

»Wenn ich um eure Aufmerksamkeit bitten darf. Ich denke, es ist Zeit für einen Überblick.« Walter Bichler und Frank Buchholz sowie Gina und Alois setzten sich zu ihm. Es fehlte nur Robert Bachmaier, der mit den Tauchern noch am See war.

Dühnfort räusperte sich. »Wir sind einen Schritt weitergekommen. Wir müssen davon ausgehen, dass Jakob entführt worden ist.« Dühnfort fasste die Ereignisse des Tages zusammen, berichtete vom Fund am Kletterbaum und dem angesägten Ast. »Ich habe daraufhin mit Dennis gesprochen. Der Junge hat zugegeben, dass er und Jakob das elterliche Verbot in den letzten Wochen mehrfach ignoriert haben und alleine zum Kletterbaum gegangen sind. Anscheinend haben sie einen Wettbewerb ausgetragen, wer sich höher hinauftraut. Jemand muss sie dabei beobachtet haben. Aber Dennis hat niemanden bemerkt. Vielleicht war Jakob auch öfter alleine dort, aber das wissen wir nicht. Ihr seid dort fertig?«

Buchholz nickte und berichtete, dass Ast, Stein und das Fetzchen Stoff bereits bei der KTU waren. Auf dem Weg hatten sie Reifenspuren gesichert, die aber nicht viel hergaben. Umständlich nestelte Buchholz an der Brusttasche seiner Lederjacke herum und zog ein Plastiktütchen heraus. »Aber das hier könnte spannend werden. Das haben wir neben dem Stein gefunden.« Er reichte Dühnfort das Tütchen. Erst auf den zweiten Blick erkannte er eine winzige, gewölbte Glasscherbe. Ein paar Krümel Erde hafteten daran.

Buchholz räusperte sich. »Könnte von einer Ampulle stammen. Wenn wir Glück haben, reicht das, um Rückstände zu analysieren.«

»Vielleicht ein Betäubungsmittel«, überlegte Dühnfort. »Wie wir wissen, gibt es schwerpunktmäßig zwei Motive für die Entführung von Kindern. Lösegelderpressung und sexueller Missbrauch. Da Jakobs Eltern vermögend sind, würde ich Ersteres nicht für ausgeschlossen halten. Allerdings gibt es keine Lösegeldforderung. Nach beinahe vierundzwanzig Stunden ist das schon ungewöhnlich. Ist die Telefonüberwachung eingerichtet?«

Alois nickte. »Aber bis jetzt haben nur Pressefuzzis angerufen.«

»Geht eigentlich jemand die Pädophilenkartei durch?«, fragte Gina.

Dühnfort hatte das noch am vergangenen Abend veranlasst. Wenn Kinder verschwanden, war das Routine.

Alois schenkte sich eine Tasse grünen Tee ein. »Der Täter muss eine Engelsgeduld gehabt haben«, sagte er plötzlich. »So wie es aussieht, war die Entführung geplant. Der Entführer konnte aber nicht wissen, wann Jakob zum Baum kommen würde. Stellt sich also die Frage, ob er es tatsächlich auf Jakob abgesehen hat oder auf irgendeinen Jungen. Und was hätte er getan, wenn mehrere Kids mit dem Ast abgestürzt wären? Mir erscheint das Vorgehen nicht sehr durchdacht.«

»Ob er tatsächlich Jakob wollte ... Immerhin gibt es einige Millionenbauern im Dorf. Vielleicht war es ihm egal, welches Kind er erwischte, Hauptsache, reiche Eltern. Aber er muss den Baum observiert haben«, sagte Dühnfort. »In welchem Umkreis wurde das Gelände abgesucht?«

Buchholz blickte auf. »Wird ein Radius von etwa hundert Metern gewesen sein. In der Nähe ist ein Gebüsch, das wäre als Versteck ideal. Da war aber nichts. Und ein Stück weiter südlich gibt es eine Weißdornhecke, Reste einer alten Feldumfriedung. Ein Imker hat dort einen Bienenstand. Auch da gibt es keine Spuren.«

Alois bot an, sich dort noch einmal umzusehen. Buchholz zuckte mit den Schultern. Dühnfort nickte und fragte dann, ob Alois schon mit Jakobs Verwandten gesprochen habe.

»Bisher nur kurz mit der Oma. Hedwig Münch heißt sie.« Er blickte von seinen Notizen auf. »Sie ist verwitwet und lebt in einem Haus mit allem Luxus: Schwimmbad, Sauna und was weiß ich noch was. Sie ist Mitglied im Pfarrgemeinderat. Gestern Nachmittag hatten sie eine Sitzung. Das habe ich überprüft. Die anderen Verwandten nehme ich mir morgen vor.«

Gina bot ihm ihre Hilfe an. Alois blickte sie skeptisch an und holte Luft. Dühnfort dachte schon, er wolle das Angebot abwiegeln. »Danke«, sagte er stattdessen lächelnd. »Ist angenommen. Frau Sonnberger hat einen

Bruder, Anselm Münch. Er hat den Hof übernommen. Um den könntest du dich kümmern.«

»Was ist mit der Familie väterlicherseits?«, fragte Dühnfort.

»Im Dorf lebt nur noch der Onkel von Beppo Sonnberger, der ist zurzeit mit seiner Freundin in Urlaub. Dann gibt es noch zwei Schwestern. Beide wohnen in München. Eine ist Krankenschwester, die andere hat einen Kosmetiksalon. Mit den beiden rede ich morgen. Beppo Sonnbergers Vater hatte einen Schlaganfall und lebt in einem Pflegeheim.« Alois hatte außerdem die Angaben von Jakobs Eltern überprüft. »Also ganz lückenlos ist das noch nicht. Aber so wie es aussieht, waren sie die ganze Zeit im Laden.«

»Gut«, sagte Dühnfort und wandte sich dann an Walter Bichler. Er bat ihn um einen Überblick über die Durchsuchung des Forsts.

Bichler stand auf. Er war ein asketisch wirkender Mann mit militärisch kurz geschnittenem grauem Haar, markanten Gesichtszügen und der Angewohnheit, auf und ab zu gehen, während er sprach, wie jetzt. »Bachmaier und seine Taucher werden heute Abend mit dem See fertig. Aber für den Forst brauchen wir mindestens noch drei Tage. Bisher haben wir keine Hinweise auf den Jungen gefunden. Der einzige Fund, der von Bedeutung sein könnte, ist der Ziegenkopf und die dazugehörigen …«, Bichler stockte und räusperte sich, »Kleinteile.«

»Wie? Kleinteile?«, fragte Dühnfort überrascht.

»Kleinteile ist gut.« Gina grinste.

»Was für ein Ziegenkopf?«, fragte Alois.

Gina erklärte es ihm. »Ich habe mich in der Keltenschanze genauer umgesehen. War ja naheliegend, mal zu gucken, ob auch der Rest von dem Tier wie Lametta in den Tannen hängt. Und siehe da, sogar mehr als der Rest. Da hingen acht Ziegenbeine, der Kopf und der Schwanz. Ich habe die Bäume fotografiert.«

»Was sollen wir damit machen, Tierkörperverwertung oder volles Programm?«, fragte Buchholz.

»Volles Programm. Wie alt sind die Teile, wie lange hingen sie da? Welches Werkzeug wurde verwendet, gibt es Faserspuren? Und außerdem will ich eine genaue Blutanalyse. Vielleicht hat derjenige, der die Ziege geschlachtet hat oder geopfert oder was auch immer, sich verletzt. Dann hätten wir eine DNS-Spur.«

Gina lehnte sich zurück und blickte über den Tisch hinweg aus dem Fenster. »Diese Schanze war vor zweitausend Jahren ein keltischer Kultplatz. Vielleicht nutzt eine Sekte diese Location für heidnische Rituale …«

»… und demnächst bringt sie Menschen- statt Ziegenopfer?«, fiel Alois Gina ins Wort. »Willst du etwa darauf hinaus?«

Ginas Blick kehrte zurück. Sie lächelte Alois an. »Ich will auf nichts hinaus. Es wäre eine Möglichkeit.«

***

Agnes saß im Arbeitszimmer an ihrem Schreibtisch, einem modernen Möbelstück aus Ahornholz, das einen schönen Kontrast zu dem hohen, mit einem Deckengemälde ausgestalteten Raum bildete. Das Fresko stellte Diana, die Göttin der Jagd, dar. Agnes startete ihren Mac und holte die To-do-Liste aus der Ablage.

Ich fange an, mein Leben abzuhaken, dachte sie. Ständig schrieb sie Listen und Tagespläne, versuchte, alles zu sortieren und im Griff zu haben, hakte Erledigtes ab, schrieb neue Pläne. Ihr Navigationssystem durchs Leben.

Als Erstes musste sie ein Verzeichnis aller Namen und

Adressen anlegen, die sie aus ihrem Gedächtnis kramen oder irgendwie recherchieren konnte. Auch ihr Notizbuch war verbrannt und mit ihm ebenso die Anschriften von Kommilitonen und ehemaligen Kollegen wie die von den Agenturen, für die sie gearbeitet hatte. Irgendwie musste sie mit der Akquise beginnen.

Damit war sie bis zum späten Nachmittag beschäftigt. Dann ging sie in die Küche, schaltete die Espressomaschine ein und reckte sich. Die Schultern waren ganz verspannt. Aber die Arbeit hatte sich gelohnt. Im Internet hatte sie eine stattliche Anzahl vollständiger Adressen ausfindig gemacht und eine noch umfangreichere Liste von Namen auf den Notizblock gekritzelt. Kurz überlegte sie, ob sie die geplante Eigenwerbung auch an Agenturen senden sollte, zu denen sie bisher noch keinen Kontakt gehabt hatte. Aber diesen Gedanken verwarf sie wieder. Was in ihrer Branche zählte, war die Mappe. Als Grafikdesignerin bewarb man sich nicht mit Zeugnissen, sondern mit seinen Arbeiten um einen neuen Job. Sie war zwar nicht auf der Suche nach einer Festanstellung, sondern wollte freiberuflich tätig sein, aber auch um Aufträge zu erhalten, musste sie Referenzen vorweisen. Und die gab es nicht mehr, ebenso wie ihre Diplomurkunde und die Diplomarbeit. Sie musste sich also an die Menschen halten, die sie und ihre Arbeit kannten.

Agnes strich sich die Haare aus dem Gesicht. Einfach würde das nicht werden. Seit über acht Jahren war sie raus aus ihrem Beruf und hatte die Kontakte vernachlässigt. Nach Yvonnes Geburt hatten sich die Prioritäten verschoben. Und sie war mit ihrem Hausfrauen- und Mutterdasein zufrieden gewesen. Eigentlich. Aber nun musste sie zurück ins Berufsleben. Obwohl »musste« es nicht ganz traf. Natürlich war sie nun gezwungen, wieder zu arbeiten, aber sie freute sich auch darauf. Dennoch stieg mit dieser Vorfreude gleichzeitig ein unerklärliches Schuldgefühl in ihr auf. Sie schüttelte den Kopf.

Das Klingeln der Hausglocke riss sie aus ihren Gedanken. Auf dem Weg zur Tür warf sie den gewohnten Blick in den Spiegel. Noch immer war ihr der eigene Anblick fremd. Als sie öffnete, blickte sie in graugrüne Augen, die sie lächelnd musterten.

»Guten Tag, Frau Gaudera.«

»Ja?«

»Sie erinnern sich doch sicher. Heute Morgen.«

»Ja«, sagte sie gedehnt. Den Zwischenfall hatte sie schon beinahe vergessen.

»Ich wollte mich entschuldigen und Ihnen das hier zurückbringen. Die gehört doch Ihnen?« Er hielt die Luftpumpe hoch, die er mit einer Schleife aus Verbandsmull und Gänseblümchen dekoriert hatte. Agnes musste lächeln.

»Ich hab leider keinen Blumenladen gefunden«, fügte er mit Blick auf die Blumen hinzu.

»Danke, Herr …« Sie konnte sich nicht an den Namen erinnern.

»Dühnfort. Konstantin Dühnfort.«

Sie nahm ihm die Luftpumpe aus der Hand.

»Wie geht es Ihrem Knie?« Er blickte auf das Pflaster. Mittlerweile hatte sie die Schürfwunde selbst verarztet.

»Woher wissen Sie meinen Namen und wo ich wohne?«

»Der Reporter hat Sie mit Namen angesprochen. Auf ihn scheinen Sie nicht gut zu sprechen zu sein.«

»Das sind alles Aasgeier«, entfuhr es ihr. Ihr Besucher bekam den Ausrutscher offensichtlich nicht mit. Er gähnte ausgiebig.

»Oh. Entschuldigung. Aber letzte Nacht hab ich nicht viel Schlaf bekommen. Was halten Sie davon, mir als Finderlohn eine Tasse Kaffee anzubieten?« Ein Lächeln huschte über sein Gesicht. An einem Schneidezahn fehlte ein Eckchen. Damit sah er aus wie ein Lausbub.

Warum eigentlich nicht?, dachte Agnes. Schließlich wollte sie in Mariaseeon heimisch werden, also sollte sie ihre Nachbarn kennenlernen, und die Espressomaschine war ohnehin an. »Also gut.«

Er folgte ihr durch den Flur in die Küche. Du bist unvorsichtig, würde Rainer jetzt sagen. Du kennst den Kerl nicht und lässt ihn einfach ins Haus. »Möchten Sie einen Espresso oder lieber einen Cappuccino?«, fragte sie.

»Ein Cappuccino wäre ganz fabelhaft.« Ihr Besucher lehnte sich an die Wand und beobachtete sie. Er sah gut aus, obwohl sich ein kleiner Bauch unter dem Oxfordhemd wölbte, und offenbar wusste er das auch. Das lässig elegante Cordsakko harmonierte farblich mit den kittfarbenen Chinos, der graumelierte Dreitagebart war sorgfältig gestutzt, die schwarzen Haare modisch kurz geschnitten. Sein Gesicht mit den klaren, markanten Linien hätte Agnes als klassisch bezeichnet, wäre da nicht dieses Lausbubenlächeln gewesen.

»Wohnen Sie im Dorf?«

»Nein. In München«, sagte er. »Ich bin beruflich hier. Aber das Leben auf dem Land ist ein Kindertraum von mir. Vielleicht werde ich ihn mal verwirklichen.«

Die Espressomaschine zischte, als Agnes die Milch aufschäumte. Schwungvoll goss sie Espresso und Milchschaum in zwei Tassen und streute Kakaopulver darüber. »Zucker?«

Dühnfort schüttelte den Kopf. »Nein, danke.«

»Aber ein Amarettino.« Agnes wartete die Antwort

nicht ab und platzierte einen Mandelkeks auf dem Tellerrand. Dann nahm sie die Tassen und ging voran ins Wohnzimmer.

»Ein schönes Haus haben Sie.« Ihr Besucher setzte sich in den angebotenen Sessel.

Agnes beobachtete, wie er das Zimmer musterte, das beinahe leere Regal, die nackten Fenster, und wie sich dabei die Falten auf seiner Stirn glätteten. Gleich würde er Fragen stellen. »Ein Münchener Brauereibesitzer hat es 1911 bauen lassen, als Domizil für seine Geliebte, die Schauspielerin Fanny Niedermeyer. Die hat es ihrer Tochter Charlotte vererbt. Hier in der Gegend ist sie ziemlich bekannt. Sie war Bildhauerin und Malerin.« Agnes stellte die Tassen auf den Couchtisch. »Danach hat es eine Künstlergruppe gemietet, aber nicht lange. Und nun habe ich es gekauft. Ich wohne erst seit gestern hier.« Sie setzte sich, griff nach ihrer Tasse und sah sich nach der Zuckerdose um. »Sie sind beruflich in Mariaseeon?«

»Ich bin bei der Kripo.« Er sah sie an, als ob er eine Reaktion auf diese Offenbarung erwartete.

Er suchte also Jakob. Plötzlich war der beinahe unwiderstehliche Drang, loszulaufen, der sie in letzter Zeit so oft überfiel, wieder da. Aber das konnte sie nicht tun. Peinlich genug, wie sie gestern Melli vor die Tür gesetzt hatte. Unruhig rutschte sie im Sessel herum. War der Zucker noch in der Küche? »Bin gleich wieder da«, sagte Agnes, froh, etwas tun zu können. Sie erhob sich und ging in die Küche. Als sie das Wohnzimmer wieder betrat, stand Dühnfort am Sekretär. Er hielt den Silberrahmen in der Hand. Wie kam er dazu? »Stellen Sie das sofort wieder hin.« Ihre Stimme klang fremd und schrill. Er fuhr herum, dabei entglitt ihm das Bild. Es schlug einmal auf dem Sekretär auf, knallte gegen das Gläschen mit dem Fensterlack, das Agnes noch immer nicht aufgeräumt hatte, und riss es mit zu Boden. Beides zerbarst auf dem Parkett. Scherben spritzten über den Boden, das Foto rutschte aus dem Rahmen, Lack ergoss sich darüber.

Agnes stieß keuchend die Luft aus. Als sie wieder einatmen wollte, schien ihre Lunge in einen Schraubstock geraten zu sein. Ein unsichtbares Gewinde drehte zu. Japsend atmete sie aus, machte Platz in ihrer Lunge, aber es gelang ihr nicht, einzuatmen. Sie sah den Polizisten auf sich zukommen. »Frau Gaudera, ist Ihnen nicht gut?«, fragte er mit besorgter Miene, während sie nach Atem rang.

In den Fingerspitzen begann es zu kribbeln, bunte Lichtpunkte tanzten vor ihren Augen, der Druck auf ihre Lunge wurde unerträglich. Panik stieg in ihr auf, ihr Herz raste. Alles vorbei. Zerstört. Auch das letzte Stück, das sie wie ein seidener Faden mit ihrer Vergangenheit verbunden hatte. Nun gab es keine Gewissheit mehr.

Dühnfort drängte sich an ihr vorbei. Sie hörte ihn in der Küche rumoren. Plötzlich stand er wieder neben ihr, drückte ihr eine Plastiktüte vor Mund und Nase. »Atmen Sie hier hinein.« Sie stieß ihn weg. »Es hilft«, sagte er und versuchte, ihr wieder die Tüte vor den Mund zu halten. Nach Luft ringend, trat sie nach ihm. Er schlug ihr ins Gesicht. Der Schraubstock zerbarst, ihre Lunge explodierte. Gierig atmete sie ein. Gleichzeitig überrollte sie eine irrsinnige Wut. Wie ein Boxer im Ring stand sie mit gesenktem Kopf und sog sich die Lunge voll. Dann stürzte sie sich auf ihn, schlug ihm ins Gesicht. »Alles haben Sie kaputtgemacht! Das war alles, was ich noch hatte. Gehen Sie! Hätte ich Sie doch nie hereingelassen.« Die Erbitterung schlug in Trauer um. Sie konnte die Tränen nicht zurückhalten.

»Es tut mir leid«, sagte er.

Wieder bemerkte sie die Farbe seiner Augen. Sich einmal fallen lassen. *Nun stehst du bleich, zur Winterwanderschaft verflucht, dem Rauche gleich, der stets nach kältern Himmeln sucht.* Diese Zeilen eines Gedichts schossen ihr durch den Kopf. Agnes riss sich von seinen Augen los. Es war schon zum Lachen. Da neigte sie zu Depressionen und liebte ausgerechnet Gedichte von Nietzsche.

»Geht's wieder?«, fragte Dühnfort.

Sie schob sich an ihm vorbei und hob das Foto auf. Es war voll Lack gekleckst. Yvonnes glückliches Lachen war unter einem dicken Tropfen begraben. Rainers Gesicht gab es nicht mehr; nur sein linker Mundwinkel war noch zu sehen. Ein winziger Rest seiner weichen Lippen, die sie so oft geküsst hatten. Agnes versuchte, mit einem Papiertaschentuch den Lack abzutupfen, und verschlimmerte die Zerstörung. Papierfasern blieben in der klebrigen Schicht haften. Ihre Knie gaben nach. Sie musste sich auf den Boden setzen.

Samstag, 10. Mai

Dühnfort erklomm einen Wall der Keltenschanze und blieb auf der Kuppe stehen. Samstagvormittag und sie hatten noch immer keine Spur von Jakob. Noch immer gab es keine Lösegeldforderung. Angeblich. Da er die Möglichkeit, dass Jakobs Eltern vielleicht auf eigene Faust aktiv waren, nicht außer Acht lassen wollte, hatte er in aller Herrgottsfrühe eine Observierung veranlasst. Max Kölle und seine Kollegen Rauchenbichler und Karstensen hatten das übernommen.

Er hörte ein Auto näher kommen. Der Motor erstarb, die Tür wurde zugeschlagen, dann sah er Gina den Wall hinaufstapfen. »Du siehst so unzuversichtlich aus. Das ist doch sonst nicht deine Art«, sagte sie und legte eine Rolle Absperrband ins Gras.

»Ich frage mich, warum sich der Entführer Jakob nicht einfach geschnappt hat. Niemand konnte ihn sehen und Jakobs Schreie hätte niemand gehört. Stattdessen sägt er einen Ast an und wartet geduldig. Warum ist er so umständlich vorgegangen? Er konnte doch nicht sicher sein, dass ausgerechnet Jakob klettern und abstürzen würde.«

»Vielleicht war ihm das egal. Hauptsache, ein kleiner Junge, oder Hauptsache, ein kleiner Junge mit reichen Eltern«, sagte Gina. »Aber mit dem Ast, da hast du recht. Das ist eine umständliche Nummer, und je öfter er sich in der Nähe des Baums versteckt hat, umso höher war das Risiko, beobachtet zu werden. Wenn deine Vermutung stimmt, dann hat er den Jungen betäubt. Warum?«

»Vielleicht wollte er die völlige Kontrolle haben.«

»Oder er wollte nicht erkannt werden«, sagte Gina nachdenklich.

Das wiederum würde bedeuten, dass er sein Opfer laufenlassen will, wenn er sein Ziel erreicht hat. Dann geht es ziemlich sicher um Geld, überlegte Dühnfort.

»Wahrscheinlich doch eine Lösegelderpressung«, meinte Gina.

»Ich habe eine Observierung der Eltern schon veranlasst«, sagte er.

»Und? Tut sich da was?«

»Bis jetzt nicht.« Dühnfort rief Max Kölle an. Bei den Sonnbergers war alles ruhig. Frau Sonnberger war zurzeit bei ihrer Mutter, der es nicht gutging, die offensichtlich ganz krank vor Sorge um ihren Enkel war und ihre Tochter gebeten hatte zu kommen. Herr Sonnberger arbeitete auf dem Hof. Kaum hatte Dühnfort aufgelegt, klingelte sein Handy.

»Ich mach solange Mittagsschlaf«, verkündete Gina und legte sich ins Moos. »Kannst mich ja wecken, wenn du so weit bist.« Gähnend schlug sie die Beine übereinander.

Dühnfort nahm das Gespräch entgegen. Es war Alois. »Ich habe das Versteck gefunden. Vom Kletterbaum führt ein schmaler Trampelpfad zur Weißdornhecke. Aus der hat der Kerl Äste rausgeschnitten und sich so einen Unterschlupf gebaut. Der ist zwar nicht groß und bestimmt nicht gemütlich, aber man kann den Weg vom Waldrand bis zum Dorf sehen.«

»Prima Arbeit, Alois.« Er hatte entdeckt, was Buchholz entgangen war.

»Unser Musterschüler hat also das Versteck gefunden. Nicht schlecht«, sagte Gina. Sie bohrte mit dem kleinen

Finger im linken Ohr. »Was ist nun eigentlich mit diesem Absperrband?«

»Ich hab da eine Idee.« In aller Frühe hatte Dühnfort einen Anruf von Dr. Claudius Herzog, dem Leiter des Instituts für Rechtsmedizin, erhalten. Er hatte die Ziegenteile untersucht und sich amüsiert. Dühnfort erzählte Gina, wie Herzog ihm erklärt hatte, dass er entgegen häufiger Annahme nicht der Metzgerinnung angehörte, derjenige, der die Ziegen geschlachtet habe, aber sehr wohl. Es handelte sich bei den Ziegenteilen um Schlachtabfälle. Bolzenschuss ins Gehirn, saubere, routinierte Schnitte mit scharfem Werkzeug und Anhaftungen von Rinder- und Schweineblut ließen diesen Schluss eindeutig zu. Vermutlich hatte der Metzger am selben Tag noch Kühe und Schweine geschlachtet und die Schlachtabfälle aller Tiere zusammen gelagert. Spuren von Menschenblut waren nicht gefunden worden. Die Abfälle waren vier bis fünf Tage alt und zunächst kühl gelagert worden. Die Maden stammten von Schmeißfliegen, die noch nicht verpuppt waren, deshalb hatten die Teile maximal zwei Tage im Wald gehangen.

»Wer zum Teufel hängt Schlachtabfälle in Bäume?«, sagte Gina.

»Genau das habe ich mich auch gefragt, deshalb brauchen wir das Absperrband.«

Gina blickte zu den Bäumen, an denen die Teile der Ziegen gehangen hatten. Dühnfort hob die Rolle auf.

»Hast du die Fotos? Dann markieren wir die Stämme.«

Ein paar Minuten später war das erledigt. Gina musterte das Ergebnis kritisch. »Zwei Kreise. Ein kleiner innen und ein größerer außen. Was soll das bedeuten?«

»Man kann die Bäume auch auf andere Art verbinden,

fürchte ich.« Dühnfort nahm die Rolle mit Absperrband und befestigte ein Ende am nördlichsten Baum der äußeren Fünfergruppe, schritt dann zielstrebig zum südwestlichsten und passierte dabei zwei Bäume des inneren Kreises. Er schlang das Band um den Stamm und ging zur nordöstlichsten Fichte, passierte dabei wieder zwei Bäume des inneren Kreises und legte das Band um die Rinde. Ein offenes Dreieck war entstanden. Dühnfort sah, dass seine Vermutung richtig war. Er fuhr mit seiner Arbeit fort, bis er alle zehn Bäume verbunden hatte, dann stieg er auf einen Wall der Schanze. Gina folgte ihm.

»Die Perspektive ist zwar nicht ganz optimal«, sagte er, »aber es stimmt.« Er massierte seinen verspannten Nacken.

»Was stimmt?« Gina blickte mit zusammengekniffenen Augen auf die Bäume. »Das ist ja ein Pentagramm!«, rief sie plötzlich.

Das rot-weiß gestreifte Absperrband, das ein wenig im Wind flatterte, zeigte ein Pentagramm, wenn auch ein ziemlich schiefes. Im Zentrum des Sterns lag ein heller Findling. Dühnfort stand auf. Es kann auch sein, dass dieser magische Raum nichts mit Jakob zu tun hat, beruhigte er sich. Aber zu einem magischen Raum gehörte ein Altar.

»Sieht so aus, als ob hier Satanisten am Werk waren.« Gina stürmte hinter ihm her, den Wall hinunter. Er näherte sich dem großen Stein, den Wind und Wetter im Laufe von Jahrhunderten glatt geschliffen hatten. An der Oberseite hatte er eine kleine Mulde. Einige dunkle Flecken zeichneten sich auf dem zartgrauen Untergrund ab. Es waren Reste von Wachs, von schwarzem Wachs. Der Altar des magischen Raums. Dühnfort stieß die Luft aus, die er unwillkürlich angehalten hatte. »Hat Frank das Gelände eigentlich absuchen lassen?«

Gina zog den Mund schief. »Er hat die Ziegenteile sichergestellt. Und ich habe die Bäume fotografiert. Von mehr war nicht die Rede«, sagte sie und kaute auf ihrer Unterlippe.

»Herrgott noch mal!«, fluchte Dühnfort.

»Das hier hat doch sowieso nichts mit Jakob zu tun. Er ist am Kletterbaum entführt worden und nicht hier.« Gina blickte schuldbewusst zu Boden. Offensichtlich war ihr selbst klar, dass dieses Argument nicht stichhaltig war. Wie ein kleines Mädchen stocherte sie mit dem Fuß im Gestrüpp.

»Dazu sage ich jetzt gar nichts«, meinte Dühnfort verärgert.

Gina hielt plötzlich inne und bückte sich. Wortlos zog sie etwas aus einem Gewirr von trockenem Reisig und wuchernden Brennnesseln hervor. Es war ein kleiner Kuschelbär, ungefähr zwanzig Zentimeter lang und etwas ramponiert. Eines der Augen fehlte. Zerliebt, hatte Frau Sonnberger gesagt. *Jakob hat seinen zerliebten Kuschelbären dabei. Ein Auge fehlt.* Das waren ihre Worte gewesen.

***

Hier, in dieser Abgeschiedenheit, herrschte absolute Stille. Kein Laut störte seine Gedanken. Er war schwarz gekleidet, wie immer, wenn er diesen Raum betrat. Aber er betrat ihn zu ungewohnter Zeit; er wich von seinem Tagesplan ab. Unrast breitete sich wie eine stinkende Kloake in ihm aus, drang durch seinen Atem und drohte die reine Luft mit der Pestilenz der Angst zu verderben. Eilig stürzte er, den Atem anhaltend, wieder hinaus. Im

Vorraum sank er zu Boden, atmete in die Hand und roch Fäulnis. War das der Odem des Zweifels? Er horchte in sich, fand aber, wo er Zweifel befürchtet hatte, nur Stärke. Alles, was er tat, würde ihm gelingen. Es war seine Zeit. Was beunruhigte ihn? Die Strukturen zerbrachen. War seine Welt in Auflösung begriffen wie die äußere Welt? Aber das Gefüge seiner Welt hatte er selbst geschaffen. Er konnte es ändern, neu ordnen, seiner Aufgabe anpassen. Rasch plante er in Gedanken seine Tage um, verschob Einheiten und ersetzte einige ganz. Eine neue Form von einfacher Klarheit zeichnete sich ab. Natürlich musste er das noch ausarbeiten und aufzeichnen, aber seine Gedanken wurden leicht und frei.

Er stand auf und ging in einen Nebenraum, zog seine Kleidung aus, die er durch das Sitzen auf dem Boden verunreinigt hatte, und legte sie in einen Korb. Er griff nach dem Bügel, entfernte die Schutzhülle und schlüpfte in eine saubere schwarze Hose und ein schwarzes Hemd. Kurz überlegte er, ob er nochmals duschen sollte. Aber er fühlte sich sauber. Er hatte nicht geschwitzt, und sein Körper roch nach dem Hautöl, das er sich aus der Eifel schicken ließ.

Er legte großen Wert auf die Reinheit seines Körpers. Nicht nur äußerlich. Mit größter Sorgfalt wählte er seine Nahrung aus. Während der Erfüllung seiner Aufgabe musste er absolut rein sein. Daher durfte er keine Speisen zu sich nehmen und nur Quellwasser trinken. Die Schlacken der Nahrung verunreinigten den Körper, dünsteten schwefeligen Gestank durch die Poren aus, verstopften den Darm und drückten auf Drüsen, welche dann Hormone ausschütteten, die ihn vollends verschmutzen würden und nur durch einen langwierigen Reinigungsprozess zu beseitigen waren.

Er griff nach dem Krug mit Wasser, entfernte das Tuch und schenkte ein Glas voll. Mit langsamen Schlucken leerte er es. Wieder atmete er in die Hand. Der Geruch war verschwunden.

Dann betrat er den Ort. Das quadratische Gelass, aus roten Ziegeln gemauert, wurde vom warmen Licht weißer Kerzen erhellt, die er niemals verlöschen ließ. Es verlieh dem Raum eine würdige Feierlichkeit. Auf vier Säulen ruhte ein intaktes Tonnengewölbe. Die Bomben, die die US-Air-Force im April 1945 hier abgeworfen hatte, hatten diesen kleinen Teil der Anlage wie durch ein Wunder verschont. Der Rest war vollständig zerstört und nach dem Krieg kurzerhand abgerissen, zugeschüttet und eingeebnet worden.

Den Boden des Gewölbes hatte er in mühevoller Arbeit mit ockergelben Sandsteinplatten belegt, brüchige Ziegel hatte er ersetzt und undichte Stellen repariert.

Barfuß durchquerte er den Raum, fühlte die Kühle des Steinbodens an seinen nackten Füßen. Wie immer legte er eine weiße Lilie vor die Statue. Dann begab er sich in die Mitte des Lichtkreises, setzte sich mit gekreuzten Beinen und versuchte sich zu konzentrieren, um seiner Aufgabe gewachsen zu sein. So oder so. Morgen würde es sich entscheiden.

Er wollte sich sammeln, aber seine Gedanken schweiften ab. Zu Jakob. In ihm sah er sich. Vor vielen Jahren, so vielen Jahren, dass er sie kaum noch in sich finden konnte, nur noch Splitter davon zu fassen bekam, war er wie Jakob gewesen. Er erinnerte sich, wie er auf den Schoß seiner Mutter geklettert war; Bene musste neben ihr auf dem Sofa sitzen, er war schon zu groß. Ihm war der warme, weiche Platz vorbehalten. Er kuschelte sich an sie und lauschte mit klopfendem Herzen und heißen

Wangen den Geschichten, die sie vorlas. Einmal machte er vor lauter Aufregung in die Hose.

Doch seine Mutter schimpfte nicht, sondern lachte nur und zog sich und ihn um.

Dann starb Bene. Danach war alles anders. Sein Tod machte dem glücklichen Leben ein Ende. Etwas schien das Haus anzufüllen, dort zu verharren, sich festzusetzen. Etwas, was ihn seine Mutter nicht mehr erreichen ließ, was sich wie kalter Nebel zwischen sie beide schob, als ahne sie seine Schuld. Wenn er auf ihren Schoß klettern, sie umarmen wollte, ihre Wärme suchte, entzog sie sich wie ein Geisterwesen, als könne sie seine Berührungen nicht mehr ertragen. Sein Vater kam immer seltener nach Hause. Einmal hörte er seine Mutter mit der Tante tuscheln. »Der versäuft noch Haus und Hof«, sagte die Tante, und er fragte sich, wie der Vater das wohl anstellen sollte. Er war damals noch sehr klein gewesen. Das war lange her. Es war in seinem anderen Leben gewesen.

Er fröstelte. Ihm war kalt. Seit so vielen Jahren schon. Er zog die Beine zur Brust, umfing sie mit den Armen und bettete die Stirn auf die Knie.

Heute Mittag hatte er nach dem Jungen gesehen. Er war wach gewesen, hatte sich weinend und verrotzt im Schlafsack gekrümmt und gewimmert. »Ich will meine Mami, ich will meine Mami!« Er war nahe daran, die Tür zu öffnen und Jakob zu seiner Mutter zu bringen. Das ging natürlich nicht. Er zog sich wieder in den Meditationsraum zurück. Jakob hörte aber mit seinem jämmerlichen Geschrei nicht auf. Es drang durch Ritzen und Spalten, zehrte an seiner Entschlossenheit, weichte sie auf, brachte sie zum Schmelzen wie Gletschereis im Föhnsturm. Seine Hand lag schon am Türriegel, als urplötzlich eine glühende Wut in ihm aufloderte: Er würde keine Schwäche zeigen. Sie ließ ihn die Kapuze über den Kopf zerren, die Tür aufreißen und Jakob einen harten Schlag ins Gesicht verpassen. Dabei rutschte das Medaillon, das er an einer Kette um den Hals trug, unter dem Hemd hervor. Es konnte ihn verraten. Aber Jakob hatte es nicht bemerkt. Er war augenblicklich verstummt.

Er durfte nicht die Bilder des Augenblicks über sich bestimmen lassen. Er musste das Große, das Ganze sehen. Einen Tag noch. Am liebsten würde er alles dafür tun, dass der Junge bald bei seiner Mutter sein konnte. Aber das durfte er nicht. Sie mussten das Zeichen von alleine verstehen. Wenn sie es aber nicht verstanden? Bald brach der dritte Tag an und er hatte keine Anzeichen von Erkenntnis bemerkt. Wenn der Samen, den er gesät hatte, auf verdorrten Boden fiel und nicht keimte, war er aber auch bereit, den Jungen zu töten. Was auch immer geschah, es würde richtig sein.

***

Robert Bachmaier, der Chef der Polizeitaucher, rief Dühnfort gegen Mittag an. Einer der DLRGler, die Bachmaiers Team unterstützten, ein Georg Veith, hatte ihm von einem Zwischenfall aus dem vergangenen Sommer berichtet. Drei Kinder hatten damals einen alten Mann beschuldigt, in ihrer Gegenwart onaniert zu haben. Die Polizei war gerufen worden, aber die Angelegenheit war anscheinend im Sande verlaufen. Natürlich war der Vorfall Dorfgespräch gewesen, und Veith hatte man seinerzeit Gerüchte zugetragen, dass der Mann, ein pensionierter Lehrer namens Kallweit, heimlich Kinder fotografiere.

Dühnfort wusste, wie solches Gerede entstand, dass es oft jeglicher Grundlage entbehrte und nicht selten üble Nachrede war. Aber manchmal war auch mehr dran.

Er fuhr ins Nachbardorf Baierdilching zur zuständigen Polizeidienststelle. Dort erfuhr er vom Dienststellenleiter Aiblinger, was sich damals am See ereignet hatte.

Es war ein ziemlicher Aufruhr gewesen. Zornige Mütter, verängstigte Kinder, ein aufgebrachter Vater und ein empörter Rentner. Aber das Ermittlungsverfahren war sofort eingestellt worden, da die Aussagen der Kinder sich eklatant widersprachen. Die Gerüchte, dass Kallweit heimlich Kinder fotografierte, waren Aiblinger unbekannt. Dennoch beschloss Dühnfort, den Mann aufzusuchen. Er ließ sich die Adresse geben und fuhr durch den Forst und am neuen Waldfriedhof von Mariaseeon vorbei in das Dorf.

Während der kurzen Fahrt kam Unruhe in ihm auf. Dühnforts große Angst war, dass er einmal einen entscheidenden Hinweis übersehen könnte, dass ein Beweis vor Gericht nicht standhalten würde, dass die Ermittlungsergebnisse nicht ausreichend waren, um einen Täter seiner gerechten Strafe zuzuführen. Eine Steilvorlage für Verteidiger vom Schlage seines Vaters.

Dühnfort hielt vor einem Einfamilienhaus mit weißem Rauputz und Holzbalkon. Das Gartentor war geschlossen. Er klingelte und betrachtete den Vorgarten. Beklemmung stellte sich ein. Der Rasen machte den Eindruck, als würde er täglich gesaugt. Kein Blättchen lag darauf, kein Unkraut wuchs zwischen dem akkurat geschnittenen Grün.

Der Summer ertönte, Dühnfort ging über den Weg zur Haustür. Ein älterer Herr trat heraus. Er trug eine dunkelblaue Gabardinehose und ein tadellos gebügeltes hellblaues Hemd. Das weiße Haar war noch voll, der Blick klar und wach. Dühnfort erkannte eine Ähnlichkeit mit Johannes Heesters, allerdings in jüngeren Jahren.

»Herr Kallweit? Dühnfort, Kriminalpolizei München. Ich hätte Sie gerne gesprochen.«

»In welcher Angelegenheit?«

»Können wir dafür hineingehen?«

»Ich nehme an, Sie können sich ausweisen?«, fragte Kallweit, während er einen Schritt auf den Vorplatz tat und vorsichtig nach rechts und links zu den Nachbarhäusern spähte. Dühnfort zog seinen Dienstausweis aus der Jacke. Nachdem er einen kurzen Blick darauf geworfen hatte, trat Kallweit zur Seite. »Bitte.«

Dühnfort folgte ihm durch einen engen, mit dunklen Holzpaneelen verkleideten Flur ins Wohnzimmer.

»Kann ich Ihnen etwas anbieten? Kaffee, Saft, Wasser?«, fragte Kallweit.

»Danke, gerne«, erwiderte Dühnfort. »Eine Tasse Kaffee.«

»Setzen Sie sich doch.« Kallweit verließ den Raum. Dühnfort hörte in der Küche Wasser laufen.

Dunkle Möbel absorbierten das Tageslicht. Weiße Gardinen hingen vor den Fenstern, Blumenaquarelle an hellbraun gestrichenen Wänden. Eine Schrankwand mit honiggelben Butzenscheiben. Ein Bücherregal, zum Bersten gefüllt. Dühnfort trat näher. Sein Blick glitt über Frisch, Dürrenmatt, Schnitzler, einige Bände Goethe und Schiller und eine Bibel und blieb dann an einer Gesamtausgabe der Werke Thomas Manns hängen. Einige der altmodischen Bände sahen abgegriffen aus. Dühnfort nahm *Frühe Erzählungen* aus dem Regal und blätterte darin herum. Aus der Küche war Geschirrklappern zu vernehmen. Er stellte das Buch zurück und ließ seinen Blick weiter über Buchrücken wandern. Im nächsten Regalfach befanden sich botanische Bücher und Fachbücher über Schwarzweißfotografie und Dunkelkammertechnik.

Eine Tür schlug, Schritte näherten sich. Dühnfort trat an das breite Fensterbrett. Zwischen rosa blühenden Kakteen standen Familienfotos. Auf einem war Kallweit als junger Mann zu sehen, neben ihm eine mollige Frau mit Stupsnase und Dauerwelle und drei blondgelockte Mädchen. Dühnfort hob das Foto hoch, während Kallweit den Raum betrat und zwei Tassen Kaffee auf dem gefliesten Couchtisch abstellte.

»Ihre Frau und Ihre Töchter?«

Kallweit nahm ihm die Fotografie aus der Hand und stellte sie zurück. »Sie ist vor zehn Jahren gestorben«, sagte er. »Und die Mädchen sind längst aus dem Haus. Setzen Sie sich doch.«

Dühnfort ließ sich in einen wuchtigen Ledersessel nieder. Kallweit nahm ihm gegenüber Platz, zog die Bügelfalten hoch und schlug die Beine übereinander. »Nun«, sagte er, »was führt Sie zu mir?«

»Ich leite die Ermittlungen im Fall Jakob Sonnberger. Kennen Sie den Jungen?«

Kallweit musterte ihn ruhig. »Nein«, antwortete er schließlich. »Ich wüsste nicht, wie ich Ihnen da behilflich sein könnte.« Beinahe unmerklich schüttelte er den Kopf.

Der Mann schien sich im Griff zu haben. Dühnfort entschloss sich, ihn zu provozieren. »Letzten Sommer gab es einen hässlichen Zwischenfall am See.«

Kallweit atmete scharf aus. »Dieser Vorfall war ein Missverständnis.«

»Sie haben vor Kindern onaniert. Was ist daran missverständlich?«

Kallweit beugte sich vor und griff nach der Kaffeetasse. »Ihr Kaffee wird kalt«, sagte er und trank einen Schluck aus seiner Tasse. Dann lehnte er sich zurück.

»Als Kriminalbeamter sollten Sie ein Ereignis nicht singulär betrachten. Sie sollten auch die Umstände und das Umfeld in Ihre Überlegungen einbeziehen. Nur so erhalten Sie ein rundes Bild. Und bevor Sie alte Geschichten aufwärmen, sollten Sie sich informieren. Dann wäre Ihnen nicht entgangen, dass die Staatsanwaltschaft die Eröffnung eines Ermittlungsverfahrens abgelehnt hat. Es gab keinen Grund dafür.«

Dühnfort schwieg. Er hatte festgestellt, dass die meisten Menschen dieses Schweigen entweder nicht ertrugen und daher weiterredeten oder, dankbar für einen Zuhörer, sogar die Schleusen öffneten.

»Es gibt hinter dem Familienbad einen Platz, der seit Jahren als FKK-Badeplatz geduldet wird. Die Badegäste wissen das und entscheiden selbst, ob sie diesen Bereich betreten oder nicht«, fuhr Kallweit fort, während er einen Fussel vom Hosenbein zupfte. »Letzten Sommer habe ich dort eines Abends gebadet. Es war schon spät. Ich war alleine, deshalb gab es leider keine Zeugen. Die Kinder kamen, als ich mich gerade abtrocknete. Eines der Mädchen hat angefangen zu schreien. Sie hat das offensichtlich falsch interpretiert. Die Eltern kamen angelaufen und schon war das Theater perfekt.« Kallweit schnipste den Fussel weg. »Man hat mich damals nicht zu Wort kommen lassen. Das Mädchen hat einfach behauptet, ich hätte …« Kallweit hüstelte. »Na, Sie wissen ja, was mir unterstellt wurde.«

Dühnfort zog die Augenbrauen hoch. »Völlig grundlos?«

Kallweit keuchte. »Hören Sie denn nicht zu? Kinder haben zu viel Phantasie. Denen wird ja heute schon im Kindergarten Angst vorm *bösen Onkel* gemacht. Die wissen heute Sachen und haben einen Wortschatz in diesem Bereich ... Einfach unverantwortlich. Ich hätte *gewichst*, hat das Mädchen behauptet. Was für ein Wort. Es ist doch kein Wunder, dass die Kleinen bei einer solchen Erziehung hysterisch werden und in einem nackten Mann sofort den potentiellen Kinderschänder sehen.«

»Gut«, sagte Dühnfort und lehnte sich zurück. »Es gibt Gerüchte, dass Sie heimlich Kinder fotografieren.«

Kallweit starrte ihn aus schmalen Augen an. »Wer das behauptet, lügt, und zwar ganz unverschämt. Es ist im Dorf bekannt, dass ich ein guter Naturfotograf bin. Ich fotografiere keine Kinder, sondern Pflanzen.« Kallweit war laut geworden, seine Gesichtsfarbe tiefrot.

»Pflanzen?«

»Am Kirchsee gibt es ein Areal, in dem seltene Wasserpflanzen wachsen. Es steht unter Naturschutz und darf während der Wachstumsperiode und der Brutzeit der Vögel nicht betreten werden. Ich habe vom Bürgermeister eine Sondergenehmigung. Meine Bilder wurden sogar in einem Kalender veröffentlicht. Hier, sehen Sie.« Kallweit stand auf, ging zur Schrankwand, riss eine Schublade auf und zerrte ein Album und einen Kalender hervor. Beides knallte er vor Dühnfort auf den Couchtisch. Dann schlug er das Album auf. »Das sind die *Kinder*, die ich fotografiere.« Er ließ sich in den Sessel fallen. Seine Kieferknochen mahlten.

Dühnfort sah sich die Bilder an. »Das sind schöne Fotografien.« Kallweit schien sich zu beruhigen. Die Kiefermuskulatur entspannte sich.

»Sie leben hier in einem Dorf und der kleine Jakob Sonnberger ist Ihnen unbekannt?«

Kallweits Unterkiefer klappte runter. »So klein ist das Dorf nun auch nicht, dass jeder jeden kennt. Natürlich kenne ich den Jungen vom Sehen, aber ich habe keinen

Kontakt zur Familie, obwohl seine Eltern meine Schüler waren, als ich noch an der Schule hier unterrichtet habe.« Während er sprach, gewann er wieder die Kontrolle über sich. Seine Gestik wurde ruhiger, die nervösen roten Flecken auf den Wangen verblassten. Nach einer Weile stützte er die Hände auf die Knie und erhob sich aus dem Sessel. »Sie müssen mich jetzt entschuldigen. Ich habe noch einen Termin.«

»Gut, dann will ich Sie nicht länger stören.« Auch Dühnfort erhob sich. Die Kaffeetasse stand unberührt vor ihm auf dem Tisch. »Würden Sie mir noch verraten, wo Sie am Donnerstag zwischen fünfzehn Uhr dreißig und siebzehn Uhr dreißig waren?«

Kallweit überlegte einen Moment. »Ich hatte einen Termin bei meinem Hausarzt, Dr. Wiessner«, sagte er und führte Dühnfort zur Tür.

***

Bis zum Abend brachte Gina in Erfahrung, woher die Teile der Ziegen kamen, nämlich aus der ortsansässigen Metzgerei. Da der Metzger Ziegen nicht häufig schlachtete und am Montag außerdem zwei Schweine und zwei Rinder ihr Leben hatten lassen müssen, ging Gina davon aus, dass die Schlachtabfälle, die eine so ungewöhnliche Verwendung gefunden hatten, aus Mariaseeon stammten. Die Rechtsmediziner hatten daran schließlich Anhaftungen von Rinder- und Schweineblut gefunden. Aber wie waren sie in die Keltenschanze gelangt?

Gina hatte sich diesbezüglich an den Fachmann gewandt, wie sie grinsend erklärte. Dühnfort stand mit ihr und Alois vor dem Gasthof zur Post. Ein kurzes Resümee, bevor sie Feierabend machten. »Netter Mensch, der Pfarrer Schops. Aber unter seinen Schäfchen gibt es keine, die etwas mit Ziegen anzufangen wüssten. Und dann habe ich noch mit dem Leiter der Jugendfreizeitstätte gesprochen. Aber der konnte mir auch nicht weiterhelfen. Und die Kids an der Eisdiele, dem örtlichen Szenetreffpunkt, sprechen nicht mit einem, wenn man älter als zwanzig ist. Also Sackgasse«, sagte Gina.

Dühnfort berichtete von Kallweit und bat Alois und Gina nachzuforschen, ob an dem Gerücht, dass er heimlich Kinder fotografierte, etwas dran war. Dann verabschiedete er sich und überlegte, wo er für das Wochenende einkaufen sollte. Der Kühlschrank war leer. Auf dem Weg zu seinem Auto fiel ihm Buchholz ein. Er rief ihn an, um zu erfahren, ob die Untersuchung der Glasscherbe abgeschlossen war. Ein dafür notwendiges Gerät war defekt. »Wann das Ersatzteil geliefert wird, wissen die Götter«, sagte Buchholz.

Merde, dachte Dühnfort. Bevor er zurück in die Stadt fuhr, stattete er Max Kölle noch einen Besuch ab.

In der Nähe des Sonnberger-Hofs parkte ein dunkelgrauer Golf mit getönten Scheiben unter einer Kastanie. Dühnfort klopfte an das Fahrerfenster, das umgehend heruntergelassen wurde. Kölle hörte eine Fußballübertragung im Radio und stellte den Ton leiser. »Tag, Tino«, sagte er, nahm den Kaugummi aus dem Mund und stopfte ihn in den Aschenbecher. Dühnfort gratulierte Kölle nachträglich zur Geburt seines Sohnes, die allerdings auch schon acht Wochen zurücklag. Man sah sich nicht so häufig. Dann fragte er, ob Jakobs Eltern zu Hause seien.

»Er hat das Haus nicht verlassen und sie ist vor drei Minuten gekommen. Sie war noch einmal bei ihrer Mutter. Der alten Dame geht es nicht gut. Ist dein Handy aus? Ich hab dir auf die Mailbox gesprochen.«

Dühnfort zog das Telefon aus der Tasche. Es war eingeschaltet. Im Display blinkte das Nachrichtensymbol. Anscheinend hatte er das Klingeln nicht gehört. »War sonst noch was?«

»Na klar, deswegen habe ich dich ja angerufen. Ich bin ihr vom Haus der Mutter gefolgt. Sie ist nicht auf dem kürzesten Weg heimgegangen, sondern ist erst noch auf den Friedhof. Dort hat sie das Grab ihres Vaters gegossen und ist dabei angesprochen worden, von so einem Businesstypen, etwa in ihrem Alter. Die beiden schienen sich zu kennen. Ich habe nicht verstehen können, was sie geredet haben. Aber als sie gegangen sind, kam der Pfarrer aus der Kirche. Er wusste, wer der Kerl ist.« Kölle machte eine Pause.

»Und?«, fragte Dühnfort.

»Thomas Schmidt. Seines Zeichens Filialleiter der Sparkasse Mariaseeon.«

Dühnfort atmete tief durch. »Danke«, sagte er. »Ich rede mit Jakobs Eltern. Ihr lasst sie keine Sekunde aus den Augen. Wie seid ihr eingeteilt?«

»Ich schiebe noch eine Stunde und übernehme dann mit Rauchenbichler die Schicht ab zwei Uhr nachts. Er hier vorne, ich hinten am Fußweg. Lass dein Handy an.«

***

Beppo Sonnberger öffnete sofort, nachdem Dühnfort geklingelt hatte.

»Haben Sie Jakob gefunden?« Sonnbergers Stimme kippte beinahe um. Er räusperte sich.

»Leider. Nein.«

Sonnberger ließ Dühnfort ein und ging voran in die Küche. Dort sank er auf einen Stuhl und fuhr sich mit der Hand über das unrasierte Kinn. »Die Angst frisst mich noch auf«, sagte er unvermittelt und starrte Dühnfort an. »Haben Sie wenigstens eine Spur, einen Verdacht, irgendetwas?«

»Die Fasern am Kletterbaum stammen tatsächlich von Jakobs Sweatshirt.«

»Sonst nichts?«

»Wir haben Jakobs Teddy gefunden. In der Keltenschanze.«

Ein unterdrücktes Wimmern ließ Dühnfort herumfahren. In der Küchentür stand Gabi Sonnberger. Die Hand hielt sie an den Mund gepresst. Ihr Mann zog einen Stuhl hervor und deutete darauf. »Komm, setz dich.« Sie blieb aber, an den Türrahmen gelehnt, stehen.

Dühnfort überlegte, wie er die nächste Klippe umschiffen sollte. Er konnte den Eltern schließlich nicht auf die Nase binden, dass sie überwacht wurden. »Sie haben immer noch keine Lösegeldforderung erhalten?«

Gabi Sonnberger schüttelte den Kopf.

»Natürlich nicht«, sagte Beppo Sonnberger und klopfte auf den Stuhl an seiner Seite. »Gabi, setz dich doch zu mir.«

Dühnfort wollte sich mit einem Kopfschütteln nicht begnügen. »Frau Sonnberger?«

»Nein«, sagte sie ruhig. Dann durchquerte sie den Raum und setzte sich auf den Stuhl neben dem Fenster.

»Was soll das?« Beppo Sonnberger stand auf und stellte sich vor Dühnfort. Eine Ader trat an der Schläfe hervor. »Glauben Sie etwa, dass meine Frau mir das verheimlichen würde? Denken Sie so über uns?«

»Ich habe meine Gründe.« Dühnfort entschloss sich zu einer kleinen Lüge. »Meine Mitarbeiterin hat Ihre Frau auf dem Friedhof gesehen«, sagte er und wandte sich an Gabi Sonnberger. Sie drehte ihm den Rücken halb zu und blickte aus dem Fenster. »Meine Kollegin hat mit dem Pfarrer gesprochen. Als sie die Kirche verließ, standen Sie mit einem Mann am Grab Ihres Vaters.«

»Ja und?«, fragte Gabi Sonnberger und blickte kurz zu Dühnfort herüber.

»Sie hat sich erkundigt. Thomas Schmidt. Er ist Filialleiter der Bank.«

Gabi Sonnberger lachte.

»Sie misstrauen uns also«, sagte Beppo Sonnberger.

»Sagen wir mal so«, erwiderte Dühnfort, »Ihr Junge ist entführt worden, es gibt nach achtundvierzig Stunden noch keine Lösegeldforderung, was merkwürdig wäre, falls es wirklich um Lösegeld gehen sollte. Und dann trifft sich Ihre Frau heimlich auf dem Friedhof mit dem Filialleiter einer Bank, da würden Sie sich die gleiche Frage stellen wie ich.«

Gabi Sonnberger stand auf und sah Dühnfort an. »Thomas ist ein alter Schulfreund von mir. Seine Kinder gehen in die gleiche Kindergartengruppe wie unser Jakob. Ich hab ihn nicht heimlich getroffen, sondern zufällig. Ich war auf dem Friedhof wie jeden Tag, um das Grab meines Vaters zu gießen. Wir versuchen, alles so wie immer zu machen. Sonst lässt sich das ja nicht aushalten. Das Warten und die Angst und die Unsicherheit und dass man nichts tun kann.« Ihre Stimme war leiser geworden. Sie drehte sich um und lehnte den Kopf gegen die Scheibe. »Wissen Sie, wie das ist? Das ist wie ein Gift, das einen langsam um den Verstand bringt, diese Angst.«

»Sie glauben also, dass meine Frau lügt. Warum sollte sie das tun?« Beppo Sonnberger blickte Dühnfort herausfordernd an.

»Ich weiß es nicht.« Dühnfort fuhr sich mit der Hand

über das Kinn. »Vielleicht vertraut sie uns nicht, vielleicht hat sie Angst, dass Sie auf Einhaltung der Vereinbarung bestehen, das Vermögen nicht anzurühren.«

Ein Geräusch drang vom Fenster herüber. Dühnfort wusste nicht, ob Gabi Sonnberger gelacht hatte oder ob es ein Schluchzen gewesen war. Er sah nur ihren Rücken.

»Keine Ahnung, ob ich darauf bestehen würde oder nicht. Schließlich trifft man Vereinbarungen, um sie einzuhalten. Aber die Frage stellt sich nicht.«

»Also gut. Sie sind also nicht ohne unser Wissen im Kontakt mit dem Entführer?«

»Wir sind ja nicht bescheuert.« Sonnberger wurde laut. »Sie haben uns ja deutlich geschildert, dass wir damit nur Jakobs Leben gefährden würden. Glauben Sie wirklich, dass wir mit dem Leben unseres Kindes spielen?«

***

Kurz nach acht Uhr sperrte Dühnfort die Tür zu seiner Wohnung in der Pestalozzistraße auf. Sie lag im dritten Stock und er war außer Atem. Er lud die Einkäufe, die er noch knapp vor Ladenschluss in der Lebensmittelabteilung vom Kaufhof getätigt hatte, auf dem Küchentisch ab und öffnete die Tür, die auf einen kleinen Balkon führte. Laue Abendluft schlug ihm entgegen. Der Altbau, in dem er seit zwei Jahren, seit der Trennung von Konstanze, wohnte, bildete mit einer Außenmauer einen Teil der Begrenzung des alten Südfriedhofs. Knall auf Fall war er damals ausgezogen, hatte die erste Wohnung genommen, die sofort zu beziehen war, und hatte dabei Glück gehabt. Auf die leicht morbide Aussicht auf den ehemaligen Pestfriedhof der Stadt wollte er inzwischen nicht mehr verzichten. Er blickte auf alte Bäume und Grabsteine, die, zum Teil verwittert und bedrohlich schief, hinter wuchernden Efeu verschwanden. Viele waren unleserlich geworden. Mit der Schrift verschwanden auch die Erinnerungen an die, die da ruhten, und der Gedanke, dass nichts ewig währt, gefiel ihm ebenso wie der gesichtslos gewordene Engel, der drei Etagen unter ihm Wacht hielt.

Er ging zurück in die Küche, brach ein Stück vom Baguette und aß es im Stehen. Dann verschwand er unter der Dusche, seifte seinen Köper ein und hätte gerne die Erinnerungen an den Fall Jakob Sonnberger, wenigstens für ein paar Stunden, mit dem Wasser im Ausguss verschwinden lassen. Als er sich abfrottierte, fiel sein Blick auf sein baumelndes Geschlecht, das ihm plötzlich seltsam nutzlos erschien. Einen panischen Moment lang überfiel ihn die Angst, dass vielleicht schon alles gewesen war, dass nichts mehr vor ihm lag, dass er alleine und einsam alt werden würde.

»Depp«, sagte er laut zu seinem Spiegelbild, ging nackt in die Küche, schenkte sich ein Glas Pinot Grigio ein und trank. Der Wein war richtig temperiert. Voll und rund rann er die Kehle hinab und erreichte mit wohliger Wärme den Magen. Im Schlafzimmer schlüpfte Dühnfort in Bermudashorts und Sweatshirt und kehrte barfuß in die Küche zurück. Das Handy war eingeschaltet; er nahm sich vor, nicht mehr als zwei Gläser Wein zu trinken. Eigentlich rechnete er mit Kölles Anruf.

Dühnfort bestrich eine Scheibe Baguette mit gesalzener Butter, stellte das Weinglas neben den Herd, legte eine CD in den Player und schaltete das Backrohr ein. Während John Coltranes *Lazy bird* erklang, dünstete Dühnfort eine gehackte Zwiebel in Butter, vermischte das Ganze mit Dijon-Senf zu einer Paste und strich diese auf ein Hühnerbrustfilet. Obenauf streute er Semmelbrösel, träufelte einige Tropfen Olivenöl darüber und schob es in den Ofen. Sein Magen knurrte. Während die Hühnerbrust briet, setzte Dühnfort sich auf den Balkon, aß weiter Baguette mit Butter und löffelte dazu eine halbe Avocado aus der Schale. Ehe er sichs versah, hatte er das Glas Wein geleert. Er ging in die Küche, schenkte sich nach, kehrte auf den Balkon zurück und legte die Füße auf das schmiedeeiserne Geländer.

Etwas beunruhigte ihn, und er wusste nicht, was. Es dauerte einen Moment, bis er darauf kam. Dieser Kallweit war ihm zutiefst unsympathisch. Seine übertriebene Ordnung und die spießige Einrichtung. Aber über Geschmack ließ sich streiten. Dann die Bücher. Neben Frisch, Dürrenmatt, Schnitzler und Musil vor allem die Werke Thomas Manns. Kallweit war ein Mann-Fan. Na und? Hatte Thomas Mann nicht eine homoerotische Zuneigung zu Knaben verheimlicht, dafür aber literarisch verarbeitet? War Kallweit diesen Büchern so zugetan, weil er sich mit dem Autor oder mit einer seiner Figuren identifizierte? Das ist ja absurd, schalt sich Dühnfort. Ich mag Kallweit einfach nicht. Gegen ihn liegt nichts vor, und ich bin drauf und dran, ihn zum Pädophilen zu stempeln, weil er mir unsympathisch ist. Nicht sehr professionell. Außerdem war Kallweit verheiratet. Nicht gerade typisch für jemanden, der Knaben zugetan war. Und er hatte drei Töchter. Genau wie Thomas Mann, überlegte Dühnfort. »Nun ist es aber gut!«, rief er sich zur Ordnung, nahm die Füße vom Geländer und trank einen Schluck Wein.

Die Unruhe wich nicht. Dühnfort nahm sich vor, mit den Kindern zu sprechen, die im letzten Sommer Zeugen des Vorfalls am See geworden waren. Er wollte sich selbst ein Bild machen. Wenn Kallweit tatsächlich etwas mit Jakobs Verschwinden zu tun haben sollte, und dafür sprach einzig Dühnforts Gefühl, dann konnte die Tat nur sexuell motiviert sein. Dühnforts Verstand sagte ihm, dass eine Lösegeldforderung am wahrscheinlichsten war, sein Bauch sagte ihm, dass er sich auf dem Holzweg befand.

Aus der Küche erklang ein leises Bing. Er ging hinein, legte die Hühnerbrust auf einen Teller, nahm aus dem Kühlschrank eine Plastikbox Salade Opéra, den er fertig gekauft hatte, füllte sein Weinglas nochmals und setzte sich wieder auf den Balkon. Er genoss das Abendessen. Allerdings weckte es eine Erinnerung. Das Rezept stammte von Konstanze.

Er hatte sie im Urlaub kennengelernt und war ihretwegen nach München gezogen. Obwohl, das stimmte nicht ganz. Eigentlich hatte er sich damals schon länger mit dem Gedanken getragen, Hamburg zu verlassen, aus Sorge, dass irgendwann sein Vater in seinem Revier wildern würde. Der berühmte Strafverteidiger Alexander Dühnfort, der sich mit eleganter Selbstverständlichkeit in Hamburgs Gesellschaft bewegte. Konstantin war in der Erwartung erzogen worden, ein würdiger Nachfolger seines Vaters zu werden. Er befand sich bereits im vierten Semester, als ihm ein Ereignis mit erschreckender Klarheit vor Augen führte, dass er auf der falschen Seite stehen würde, wenn er in die Fußstapfen seines Vaters trat.

Er erinnerte sich deutlich an jenen Abend. Ein feuchtgrauer Novembertag, Hamburg hing voller Nebel. Sein Vater kam direkt vom Gericht nach Hause. Er hielt die obligatorische Flasche Champagner in der Hand, die er immer dann kaufte, wenn er einen Sieg errungen hatte. Dieser Sieg war auf der anderen Seite eine Niederlage gewesen. Eine Niederlage der Gerechtigkeit. Alexander Dühnfort hatte in einem aufsehenerregenden Prozess den prominenten Schönheitschirurgen Sebastian Maas vertreten.

Maas hatte seine von ihm getrennt lebende Ehefrau beinahe zu Tode gewürgt. Sie kam mit dem Leben davon, da Maas in der Annahme, seine Frau sei tot, die Wohnung verließ. Die Putzfrau fand Frau Maas schließlich. Der Chirurg wanderte in Untersuchungshaft, die er aufgrund des erfolgreichen Antrags auf Haftverschonung durch seinen Verteidiger Alexander Dühnfort verlassen konnte. Bis zu Prozessbeginn war er gegen Auflagen auf freiem Fuß. Und diese Zeit nutzte er, um seine Frau zu erschlagen. Die Anklage lautete auf Mordversuch und Mord, da die Taten vorsätzlich und heimtückisch begangen worden seien. Der berühmte Strafverteidiger Alexander Dühnfort erreichte, dass diese Beschuldigungen fallengelassen wurden.

Die Anklage wegen Mordversuchs musste revidiert werden, da nicht bewiesen werden konnte, dass Maas geplant hatte, seine Frau zu töten. Die einzige Zeugin war tot. Maas gab zu, seine Frau während eines Streits geschlagen und gewürgt zu haben. Er war eben ein jähzorniger Mensch. Er hatte sie weder verletzen, geschweige denn töten wollen. Es tat ihm unendlich leid. Mittlerweile machte er eine Therapie, um seine Wutausbrüche in den Griff zu bekommen.

Als Maas seine Frau tötete, hatte er über zwei Promille Alkohol im Blut. Das wirkte sich im Urteil vorteilhaft aus. Seine Frau hatte angeblich einen Streit provoziert und ihn gedemütigt, im Affekt sei es dann zur Tat gekommen. Die Mordmerkmale Vorsatz und Heimtücke schieden somit aus. Maas gab zu, seine Frau geschlagen zu haben; dass er dabei die Flasche Champagner, eigentlich zur Feier der Versöhnung gedacht, in der Hand hielt, sei ihm erst bewusst geworden, als seine Frau schon blutüberströmt auf dem Boden lag. Angeblich hatte er sofort einen Notarzt gerufen und versucht, sich selbst um die Erstversorgung der Schwerverletzten zu kümmern. Allerdings sei ihm dies in betrunkenem Zustand nicht recht gelungen. Der prominente Schönheitschirurg Sebastian Maas wurde daraufhin wegen Körperverletzung mit Todesfolge zu einer dreijährigen Freiheitsstrafe verurteilt.

An jenem grauen Novemberabend ließ Alexander Dühnfort wieder einmal den Champagnerkorken knallen, rühmte sich seiner geschickten Verteidigungstaktik und dankte der Polizei sarkastisch für schlampige Ermittlungsarbeit.

Tatsächlich war die Kripo nicht akribisch vorgegangen. Fragen waren offengeblieben, beispielsweise die, ob Maas wirklich vor der Tat derart betrunken gewesen war, dass er steuerungsunfähig war, oder ob er erst vor Eintreffen des Notarztes größere Mengen Alkohol zu sich genommen hatte. Auch war nicht überprüft worden, ob seine Frau ihn freiwillig in ihre Wohnung gelassen hatte oder ob er sie überrumpelt oder sich sogar gewaltsam Zutritt verschafft hatte. So war es Alexander Dühnfort gelungen, Zweifel am Vorsatz der Tat zu säen und sie als Verbrechen im Affekt darzustellen. An diesem Abend war Konstantin klar geworden, dass es seinem Vater nicht um Wahrheit und Gerechtigkeit ging, sondern um Ruhm und Profit.

Kurz darauf brach Konstantin das Jurastudium ab und meldete sich an der Verwaltungsfachhochschule an. Sein Vater tobte und strich ihm jede Unterstützung. Konstantin zog aus und jobbte, um das Zimmer in seiner

WG zu finanzieren. Nach dem Examen begann er bei der Kripo Hamburg. Hier stand er auf der richtigen Seite. Er wollte dafür Sorge tragen, dass Beweise vor Gericht standhielten, dass Täter eine gerechte Strafe erhielten. Er wollte verhindern, dass Verteidiger wie sein Vater aufgrund schlampiger Ermittlungsarbeit Zweifel an der Schuld von Angeklagten säen konnten, dass sie heruminterpretierten, Wahrheiten verbogen und am Ende die Gerechtigkeit auf der Strecke blieb. Er wurde für seine Akribie bekannt. Aber er hatte Angst, eines Tages als Zeuge vor Gericht zu stehen und von seinem eigenen Vater in die Mangel genommen zu werden. So hatte er die Möglichkeit, nach München zu wechseln, genutzt.

Ganz schön feige, dachte Dühnfort und trank den letzten Schluck Wein. Eigentlich hatte er nicht die geringste Lust, nächste Woche nach Hamburg zu dieser Geburtstagsfeier zu fahren. Gut möglich, dass Maas unter den Gästen war und er einem Mörder die Hand schütteln musste. Dühnfort ging in die Küche, leerte den Rest der Flasche ins Glas und kehrte auf den Balkon zurück. Inzwischen war es dunkel geworden. Der Wein war ihm zu Kopf gestiegen. Eine ganze Flasche: Gesund war auch das sicherlich nicht, aber wenn er schon alleine alt werden musste, konnte er gut auf ein paar Jahre verzichten. Dafür würde er eben den anderen Genüssen des Lebens, die ihm blieben, frönen. Bei diesem Gedanken musste er lachen. Fünf Minuten später war er eingeschlafen. Um kurz nach zwei wachte er durchfroren bis auf die Knochen auf. Er ging hinein, schloss die Balkontür, warf einen Blick auf das Handydisplay. Kein Anruf. Dann schlüpfte er unter die Decke.

Sonntag, 11. Mai

Agnes schleppte sich aus dem Wasser und ließ sich auf einen Teppich aus trocknem Laub und jungem Gras fallen. Keuchend beobachtete sie das Zittern ihrer Beine.

Der Tag war sommerlich warm. Deshalb hatte sie die Radtour ausfallen lassen und war stattdessen bis zum Familienbad am anderen Ufer geschwommen. Dort hatte sie sich aber nicht aufgewärmt, sondern sofort kehrtgemacht. Das war ein Fehler. Die Muskeln kühlten aus, die Schwimmstöße wurden zäh und anstrengend. Mitten auf dem See verließen Agnes alle Kräfte. Plötzlich zerrte eine Vorstellung an ihr: Sich fallenlassen, einfach loslassen, langsam untergehen, ins kühlgrüne Wasser hinabgleiten und dem Sonnenlicht bei seinem funkelnden Tanz auf den Wellen zusehen, während ihr Körper langsam einer anderen Welt entgegensank, dann die Augen schließen und in Dunkelheit und Vergessen endlich Ruhe finden. Die letzten hundert Meter waren zur Qual geworden. Mit letzter Kraft hatte sie das Ufer erreicht.

Dankbar fühlte Agnes die wärmende Sonne auf ihrer Haut. Nach einer Weile griff sie zum Badetuch, rubbelte ihren Körper trocken und ging die kurze Strecke nach Hause, wo sie in warme Sachen schlüpfte und entschied, den Rest des Tages, bis zur Joggingrunde, zu faulenzen.

Gestern hatte sie im Geräteschuppen eine Hängematte gefunden und zwischen zwei Bäume gespannt. Nun ließ sie sich hineinfallen, schloss die Augen und lauschte dem Pochen ihres Herzens, hörte, wie es langsam zur Ruhe kam.

Das ist nicht mehr normal, dachte sie. Jeden Morgen eine Radtour, jeden Abend eine Joggingrunde und jetzt fange ich auch noch an zu schwimmen. Ich bin auf dem besten Weg, ein Endorphinjunkie zu werden.

Ein Auto rollte den Kiesweg herunter, Reifen knirschten, der Motor erstarb. Agnes war zu erschöpft, um die Augen zu öffnen. Eine Wagentür schlug, dann quietschte das Gartentürchen. Schritte erklangen auf dem Weg.

»Hallo, Schwesterlein.«

Agnes öffnete ein Auge. Tatsächlich, Michael.

»Dass ich das noch erleben darf. Du in Ruheposition. Ist dem Rad die Luft ausgegangen oder dir?«

»Ein bisschen Sport könnte dir auch nicht schaden.« Agnes wand sich aus der Hängematte.

»Ich arbeite hart daran, mein Gewicht zu halten«, sagte Michael und strich sich mit einer Hand über den runden Bauch. »Deshalb habe ich auch Erdbeerkuchen mitgebracht und Schlagsahne.« Schmunzelnd hob er mit der anderen Hand eine Tortenschachtel in die Höhe. »Ich koche Kaffee. Leg dich wieder hin und lass dich verwöhnen.«

»Wunderbar. Das ist genau der Service, den ich jetzt brauche«, murmelte sie, ließ sich zurück in die Hängematte fallen und schloss die Augen. Ein paar Minuten später war aus der Küche Geschirrklappern zu hören.

Agnes liebte ihren großen Bruder. Seine Zielstrebigkeit und sein unerschütterliches Selbstbewusstsein bewunderte sie ebenso wie seine Warmherzigkeit. Als Softwareentwickler für ein internationales Unternehmen führte er das Nomadenleben, das er sich schon als Student erträumt hatte. Er war ein gefragter Experte für Datenkomprimierung. In den letzten Tagen hatte er in London einen Workshop geleitet.

Sie musste eingeschlafen sein, denn Kaffeeduft weckte sie. Als sie die Augen öffnete, stand Michael mit einer Tasse neben der Hängematte.

»Es ist angerichtet, Mylady. Wenn Sie mir bitte folgen wollen.« Mit einer leichten Verbeugung reichte er ihr den Arm.

»Alberner Kerl.« Agnes lachte und hakte sich bei ihm ein. Auf der Terrasse, unter dem Sonnenschirm, war der Tisch gedeckt. Außer einem Müsliriegel hatte sie noch nichts gegessen. Gierig schlang sie ein Stück Kuchen herunter.

»Hast du heute überhaupt schon etwas gegessen?«, fragte Michael besorgt. »Du haust rein wie ein Bergarbeiter nach der Schicht.«

Mellis Erscheinen ersparte Agnes die Antwort. Sie kam um die Hausecke gebogen. Hand in Hand mit einem fülligen Riesen steuerte sie auf die Terrasse zu. Das konnte nur Franz sein. Mit raumgreifenden Schritten ging er neben ihr her.

»Hallo, Agnes. Stören wir? Wir sind auch gleich wieder weg. Ich wollte dir nur das hier geben.« Melli zog ein Büttenkuvert aus der Tasche. Agnes bemerkte den Blick, den Franz auf den Erdbeerkuchen warf, und bat die beiden, sich dazuzusetzen. Michael holte Geschirr, während Franz noch zwei Stühle an den Tisch rückte. Kurz darauf war der Kuchen weg. Michael fegte mit der Hand die letzten Krümel zusammen und schob sie in den Mund. Agnes griff nach dem Umschlag und zog eine schmale Klappkarte mit goldgeprägter Schrift hervor. Eine Hochzeitseinladung. Zwar hatte Melli ihr in den vergangenen beiden Tagen kurze Besuche abgestattet, das Neueste über die Suche nach Jakob berichtet und Tee mit ihr getrunken, aber man lud ja nicht jedermann zur Hochzeit ein. Agnes war gerührt. »Danke, ihr beiden. Ich komme gerne.« Sie schaute auf das Datum. »Nächsten Samstag schon.«

»Hoffentlich«, sagte Melli und zupfte an einem Ohrläppchen.

»Wir wollen abwarten, was mit Jakob ist«, erklärte Franz »Also wenn ... Na ja. Es kann ja sein, dass er bis dahin noch nicht gefunden worden ist.« Er sah auf seine großen Hände. »Dann würden wir die Hochzeit verschieben.«

»Oder, falls ...«, sagte Melli leise, aber sie sprach nicht aus, was sie befürchtete. »Da können wir doch nicht feiern.« Ihre Stimme wurde brüchig. »Blöd von mir, so daherzureden.« Sie blickte auf. »Heute Abend findet ein Bittgottesdienst statt. Kommst du auch?«

»Ich verstehe nur Bahnhof«, sagte Michael. Offensichtlich hatte er in London keine deutschen Nachrichten gehört. Agnes erklärte es ihm.

»Ach, Schwesterlein. Das tut mir leid. Kein guter Neustart für dich.« Michael legte seine Hand über ihre. Mitleid konnte sie überhaupt nicht ertragen. Sie griff nach der leeren Kaffeekanne und verschwand in die Küche. Als sie den Kaffee aufbrühte, kam Melli herein.

»Dein Bruder hat ja eine Harley«, sagte sie. »Franz fährt eine BMW. Da haben sich zwei Motorradfans gefunden.« Sie lehnte sich an einen Küchenschrank. »Alles in Ordnung?«, fragte sie nach einer Weile.

Vermutlich hatte Melli über Michaels Bemerkung nachgegrübelt. »Ja, natürlich.«

Melli setzte sich auf die breite Fensterbank und ließ die Beine baumeln. »Ist das deine Tochter auf dem Foto im Wohnzimmer?«, fragte sie schließlich.

Agnes nickte.

»Und der Mann auf dem Bild?«

Sie hatte gewusst, dass Melli sie früher oder später auf das Bild ansprechen würde, dessen Betrachtung zur Folge gehabt hatte, dass Agnes sie vor die Tür gesetzt hatte. Sie wollte nicht darüber sprechen, aber es blieb ihr keine Wahl. »Er war ihr Vater. Sie sind beide tot.«

»Oh.« Mellis Hände schwirrten einen Augenblick orientierungslos durch die Luft, bevor sie mit beiden nach dem Fensterbrett griff.

Das Foto war zerstört. Agnes hatte versucht, es mit Lösungsmittel zu retten. Dabei hatte sich die Schicht des Fotopapiers aufgelöst. Nun hatte sie nur noch die Erinnerungen, aber die würden verblassen. Die Zeit würde dünne Schichten aus Veränderung und Vergessen darauf ablagern. Irgendwann würden sie ihr ganz entglitten sein. Hätte ich diesen verdammten Polizisten doch nur nie ins Haus gelassen, dachte sie erbittert.

Gleich würde Melli wissen wollen, was Rainer und Yvonne zugestoßen war. Eilig wechselte Agnes das Thema. »Dein Franz ist nett. Was macht er beruflich?«

»Er ist Kfz-Mechaniker. Letzten Monat hat er seinen Meister gemacht und nächstes Jahr kann er den Betrieb von seinem Vater übernehmen.« Wieder schwang Stolz in Mellis Stimme. »Und was war dein Mann?«

»Er war Informatiker. Er hatte eine eigene Firma.« Agnes beobachtete, wie Melli verschüttete Kaffeekrümel auf der Arbeitsplatte hin und her schob. »War es ein Unfall?«, fragte sie schließlich.

Agnes nickte.

Melli blickte auf. »Das muss schrecklich sein. Da liebt man jemanden, heiratet, plant eine gemeinsame Zukunft und alles scheint perfekt zu sein, und dann …«

Agnes brühte Kaffee auf und blickte dabei aus dem Fenster.

»Wie ist es passiert?«

Agnes zuckte zusammen. Der Kaffeefilter lief beinahe über. Hektisch stellte sie den Wasserkocher auf die Arbeitsplatte. »Ich möchte darüber nicht sprechen. Das verstehst du doch.«

»Ja. Natürlich. Es tut mir leid. Ich hätte nicht fragen sollen.«

Agnes mochte Melli, obwohl sie offensichtlich nicht allzu viel Taktgefühl besaß. Vielleicht bin ich auch zu empfindlich, überlegte sie. Sie konnte die beklemmende Stille, die sich ausbreitete, nicht ertragen und sagte das Erstbeste, was ihr einfiel. »Kennt ihr euch eigentlich schon lange?«

Melli blickte auf und lächelte. »Den Franz kenne ich schon seit der Grundschule. Den ersten Heiratsantrag hat er mir in der zweiten Klasse gemacht und das erste Mal geküsst hat er mich an meinem zehnten Geburtstag. So einen nassen Schmatz auf die Lippen. Igitt. Da schüttelt's mich heute noch, wenn ich daran denke«, sagte sie lachend und schüttelte sich. Anscheinend konnte sie nicht länger als ein paar Minuten gedrückter Stimmung sein. Vielleicht war es das, was Agnes an Melli mochte. Sie war so unkompliziert. Die Beziehung zwischen Rainer und ihr war längst nicht so geradlinig verlaufen. Sie hatte ihn während ihres letzten Semesters kennengelernt, als sie an ihrer Diplomarbeit gearbeitet hatte.

Es war an einem Frühlingsabend gewesen. Agnes saß bei ihrer Mutter in der Küche, als Michael mit einem Kommilitonen hereinkam und ihn vorstellte. Rainer Gaudera. Rainer lächelte Agnes an. Braune Augen strahlten aus einem fröhlichen Gesicht, und doch, erinnerte sich Agnes, war ihr gleichzeitig ein melancholischer Zug aufgefallen, der sich um die Mundwinkel eingegraben hatte.

Dieser Widerspruch hatte sie sofort in Bann gezogen. So hatte es vor dreizehn Jahren begonnen. Oder vielmehr, es hatte nicht begonnen.

Agnes öffnete die Schublade, holte einen Gummiring heraus, fasste die Haare zusammen und band sie zu einem Pferdeschwanz.

»Ich habe mich in Rainer auf den ersten Blick verliebt. Aber bei ihm hat es länger gedauert. Fast drei Jahre.« Agnes wartete auf die unvermeidliche Welle der Verzweiflung, die sie immer erfasste, wenn sie über Rainer oder Yvonne sprach. Aber sie blieb aus.

»Wieso denn das?«, fragte Melli prompt.

»Rainer hatte ziemlich Schlag bei Frauen und auch einen ziemlichen Verschleiß«, sagte Agnes. »Ich war früher etwas moppelig und Rainer hat einfach blendend ausgesehen, war charmant und beruflich erfolgreich. Er hätte jede Frau haben können.« Wieder fühlte Agnes den Stolz, den sie während der ganzen Beziehung mit Rainer empfunden hatte. Er hatte sie gewählt. Ausgerechnet.

»Aber du siehst doch auch toll aus.«

»Früher nicht.« Und heute war es unwichtig.

»Wenn Männer sich nur in Hochglanzschönheiten verlieben würden, dann müsste ich ja wohl solo bleiben«, sagte Melli lachend. »Weiß der Geier, warum der Franz und ich uns ineinander verliebt haben.« Melli blickte nachdenklich auf ihre Hände. »Vielleicht deshalb, weil wir uns aufeinander verlassen können und uns so mögen, wie wir sind. Der Franz ist mein Fels in der Brandung. Er steht mit beiden Beinen im Leben.«

»Da war Rainer anders. Beruflich war er zwar der Pragmatiker und hat immer durchgezogen, was er sich vorgenommen hatte. Da war er ziemlich hartnäckig.« Agnes erinnerte sich, dass sie diese Art von Beharrlichkeit, ja beinahe Sturheit manchmal als beunruhigend empfunden hatte. Sie schämte sich sofort. Rainer war wunderbar gewesen. »Aber privat war er völlig anders«, sagte sie. »Er war so romantisch. Er hat mir Gedichte geschrieben …« Agnes' Blick fiel auf Michael, der in der Türöffnung lehnte und sie mit hochgezogenen Augenbrauen musterte.

»Der Pinsel der Erinnerung malt gülden«, sagte er und schüttelte kaum merklich den Kopf. »Aber du hast ihn ja ziemlich tief in den Farbtopf getunkt.«

Wie kam er nur zu einer solchen Äußerung? Agnes funkelte ihn aus schmalen Augen an.

»Eigentlich wollte ich nur schauen, ob der Kaffee schon fertig ist.« Beschwichtigend hob er die Hände.

Agnes wollte Michael widersprechen, als sie Mellis irritierten Blick bemerkte. »Dauert noch zwei Minuten«, sagte sie, goss heißes Wasser in den Filter und sah Michael nach, der aus der Küche verschwand. Sie würde ihn später zur Rede stellen und nicht in Gegenwart eines Gasts einen Streit vom Zaun brechen.

Agnes nahm die Kaffeekanne. Melli folgte ihr. Als sie auf die Terrasse traten, hörte sie Franz sagen: »Wenn sie wütend ist, ist sie richtig süß. Neulich hat sie eine Blumenvase nach mir geschmissen. Gott sei Dank war sie leer, sonst …«

»Mensch, Franz. Das ist peinlich«, unterbrach Melli ihn.

»Das ist doch nicht peinlich. Das war niedlich.«

»Ich war sauer. Franz hat mich um drei Stunden versetzt«, sagte Melli an Agnes gewandt. »Ich habe mir wahnsinnige Sorgen gemacht. Und dann kommt er quietschvergnügt nach Hause. Da bin ich halt … Ich hab schon mal ein bisschen für den Polterabend geübt«, sagte

Melli grinsend. »So bin ich eben manchmal. Nennt es meine dunkle Seite und jetzt lassen wir das Thema.«

Das Gespräch landete wieder bei Motorrädern. Michaels Harley brauchte dringend eine Überholung. Franz wollte das erledigen. Und danach wollten die beiden eine Wochenendtour in die Berge unternehmen.

***

Agnes blickte zum Himmel, als sie in den Forst einbog. Mittlerweile hatte er sich grau bezogen. Es sah aber nicht nach Regen aus. Vor Einbruch der Dunkelheit wollte sie eine Zehnkilometerrunde laufen. Eine Route hatte sie auf der Wanderkarte ausgewählt und sich eingeprägt.

Das Läuten der Kirchenglocken klang über den See, während sie noch ihren Rhythmus suchte. Franz und Melli gingen nun zum Bittgottesdienst. Melli hatte, als sie sich verabschiedeten, noch einmal gefragt, ob Agnes ihn auch besuchen würde. Aber Agnes glaubte nicht an Gott. Ist alles eine Glaubensfrage. Der Glaube wie der Nichtglaube. Beweise hatten beide Seiten nicht. Was sollte das Fürbitten bringen? Jakobs Schicksal lag nicht in den Händen eines übermächtigen Wesens. Und wenn doch, dann war dieses Wesen, das sich Jakobs bemächtigt hatte, menschlich. Besser gesagt, es war unmenschlich.

Sie verscheuchte diese Gedanken und konzentrierte sich auf ihren Atem. Der Waldboden war weich, die Luft kühl und feucht, roch nach See und Holz. Agnes' Schritte wurden leicht und unbeschwert. Der Weg glitt unter ihr dahin. Seit drei Tagen wohnte sie nun in Mariaseeon und begann sich schneller heimisch zu fühlen, als sie gedacht hatte. Endlich hatte sie ihr Leben wieder selbst in die Hand genommen. Lange genug hatte sie sich treiben und über sich verfügen lassen.

Aber manchmal, so wie heute Vormittag auf dem See, wusste sie nicht, woher sie die Kraft nehmen sollte, um dieses neue Leben auch zu bewältigen. Ich muss mich darauf besinnen, was ich gehabt habe, dachte sie, und nicht darauf, was ich verloren habe. Aber es gelang ihr nicht. Wieder gingen ihr Zeilen des Nietzsche-Gedichts durch den Kopf. Ihr Mantra: *Die Welt – ein Tor zu tausend Wüsten stumm und kalt, wer das verlor, was du verlorst, macht nirgends halt.* Ich laufe weg. Ich radle weg, dachte sie plötzlich mit erschreckender Klarheit. Aber wovor? Sie wollte nicht darüber nachdenken.

Die Sonne stand inzwischen tief und ließ die engstehenden Fichten lange Schatten werfen. Agnes hatte nicht auf den Weg geachtet und stellte nun fest, dass sie sich verlaufen hatte. Während sie überlegte, ob sie einfach umkehren sollte, wurde der Weg breiter und öffnete sich zu einer Lichtung. Dichtes Gras bedeckte ein Oval, und in dessen Mitte stand eine weiße Kapelle, die ein Zwiebeltürmchen in den grauen Himmel reckte. Das musste die Marienkapelle sein. Agnes hatte sie auf der Wanderkarte entdeckt und war beruhigt, diesen Orientierungspunkt gefunden zu haben. Sie war weiter in den Forst geraten, als sie vermutet hatte. Wenn sie jetzt zurücklief, würde sie es vor Einbruch der Dunkelheit nicht bis nach Hause schaffen. Sie erinnerte sich aber an eine Abkürzung, einen Weg, der als dünne schwarze Linie auf der Karte eingezeichnet war. Er führte von der Kapelle quer durch den Forst und mündete in der Nähe ihres Hauses auf den Hauptweg. Agnes umrundete die Kapelle und fand den Beginn des Pfades. Mächtige Traktorräder hatten tiefe Spuren in den aufgeweichten Boden gegraben. An den tiefsten Stellen stand braunes Wasser in den Furchen. Sie konnte nur auf dem schmalen Grat zwischen den

Rinnen laufen. Die Spur endete nach wenigen Metern an einem Holzplatz. Gefällte Baumstämme waren dort aufgeschichtet, die Erde von Maschinen aufgewühlt.

Agnes blieb stehen und entdeckte die Fortsetzung des Wegs. Er war nur noch zwei Fuß breit. Sie überlegte, ob sie nicht doch umkehren sollte, als ihr Blick auf einen Turnschuh fiel. Er lag, halb von Giersch verborgen, am Beginn des Trampelpfads. Agnes bückte sich und hob ihn auf. Er war rot und blau gemustert, Größe 32, Klettverschluss. Die Beschreibung in der Zeitung passte zu diesem Schuh: Jakobs Schuh. Das Blut rauschte ihr in den Ohren. Sie musste die Polizei anrufen. Agnes griff in die Hosentasche. Sie war leer. Das Handy lag noch auf der Ablage im Flur. Super. Sie steckte den Schuh ein und sah sich um. War Jakob in der Nähe? Sie wagte nicht zu rufen. Vielleicht war er nicht allein. Angst loderte in ihr auf, wie eine Stichflamme, die alles in Brand setzt. Sie musste etwas tun. Vielleicht wurde der Junge genau in diesem Augenblick ... »Jakob!«, rief sie und dann noch einmal: »Jakob!« Es blieb still. Die Kapelle. Vielleicht war er dort. Agnes machte kehrt und schlich sich von hinten heran. Aber was sollte sie tun, wenn Jakob wirklich dort war? Die Fenster waren vergittert. Sie spähte durch eines. Drinnen war es düster. Im Zwielicht erkannte Agnes einen kleinen Altar mit Marienstatue und Blumen, ein paar Gebetbänke, sonst nichts. Aber dort, im Halbdunkel, war eine Tür zur Sakristei. Agnes umrundete die Kapelle, fand jedoch kein Fenster, das Einblick in diesen Nebenraum gewährte. Leise schlich sie nach vorne zum Eingang, drückte die Türklinke langsam herunter und stemmte sich schließlich dagegen, als die Tür nicht nachgab. Abgesperrt. Agnes legte das Ohr an das alte Holz und lauschte, konnte aber nur ihren eigenen Atem hören. Falls Jakob hier gefangen gehalten wurde, musste sie schnellstmöglich Hilfe holen. Sie war eine gute Läuferin; wenn sie die Abkürzung nahm, konnte sie es in einer Viertelstunde bis zum Dorf schaffen.

Agnes lief los. Zwielicht schimmerte zwischen den Bäumen und raubte dem Wald die Farben. Bäume und Farne, Moos und Gebüsch nahmen eine Grautönung an. Das tote Grau des Himmels schien in den Wald zu sickern, mit dem Erdgrau der Vegetation zu verschmelzen und so eine zähe Masse zu bilden, die sich in jeden Zwischenraum zwängte und allem die Luft zum Atmen nahm. Keuchend blieb Agnes nach etwa hundert Metern wieder stehen. Ihr Herz raste, sie bekam kaum noch Luft. Sie schloss die Augen und versuchte, die aufsteigende Panik, die sie hinterrücks überfallen hatte, in die Katakomben ihres Unterbewusstseins zurückzuzwingen. Sie konnte jetzt keine Panikattacke gebrauchen. In ihren Ohren dröhnte Meeresbrandung, in den Fingerspitzen begann es zu kribbeln. Gleich würde sie von einer Flutwelle erfasst und mitgerissen werden. Leises Wimmern drang durch die Gezeiten. »Ich will meine Mami.«

***

Dühnfort klappte den Aktendeckel zu, stand auf und ging ans Fenster. Seit heute Morgen wühlte er sich durch Protokolle und Berichte, ohne zu finden, wonach er suchte: einen Hinweis, der sich in eine gezielte Ermittlung lenken ließ. Jakob wurde seit über zweiundsiebzig Stunden vermisst, und das bedeutete, statistisch gesehen, dass er mit hoher Wahrscheinlichkeit tot war. Ein Gefühl der Ohnmacht überfiel Dühnfort. Er brauchte frische Luft und öffnete das Fenster. Aus dem Dom strömte eine Gruppe Touristen. Die Uhr schlug sechs, und er wusste nicht, was er tun sollte. Nach Hause zu gehen erschien ihm unmöglich, als würde er Jakob im Stich lassen, sein Schicksal möglicherweise durch seine Untätigkeit besiegeln.

Er setzte sich wieder und nahm Alois' und Ginas Berichte über die Befragung von Jakobs Verwandten noch einmal zur Hand. Dabei hatte sich kein Verdacht ergeben. Allerdings hatten sie eine von Jakobs Tanten genauer unter die Lupe genommen. Sie war OP-Schwester und mit einem Pharmareferenten verheiratet. Beide hatten Zugang zu Betäubungsmitteln. Aber beide hatten ein Alibi.

Dühnfort blätterte weiter und blieb an einem Absatz hängen, der Gabi Sonnbergers Bruder Anselm betraf. Er war Historiker und lebte in einer umgebauten Scheune auf dem Münch-Anwesen. Am Tag der Entführung hatte er an einem Manuskript gearbeitet.

Dühnfort wählte Ginas Nummer. Sie hatte heute frei, aber sie meldete sich sofort. Im Hintergrund hörte er Stimmen und dann das Bellen eines Hundes. Er entschuldigte sich, dass er sie an ihrem freien Tag störte. Es war nur eine Floskel; er hätte sie auch nachts um zwei aus dem Bett geklingelt, wenn es erforderlich gewesen wäre.

»Kein Problem«, sagte Gina. »Ich habe es sowieso nicht ausgehalten herumzusitzen und bin zu Bichler in den Forst gefahren. Ich helfe bei der Suche. Gibt es was Neues?«

»Nein. Ich habe eure Berichte durchgesehen. Jakobs Onkel lebt in einer Scheune. Wieso das? Was ist mit dem Bauernhaus?«

»Es soll ein Heimatmuseum werden«, sagte Gina. »Viel Arbeit muss er sich nicht damit machen. Da drinnen sieht es aus wie vor dem Zweiten Weltkrieg. Ofenheizung, Kohleherd in der Küche, keinerlei Maschinen für die Haus- und Feldarbeit. Aber keine Sorge: Er schläft nicht auf Heu und auf Stroh. Er hat die Scheune ausbauen lassen. Das ist eine richtige nette Wohnung.«

»Dass der Junge vielleicht in dem Bauernhaus ...«

»Er hat es am Donnerstag durchsucht und mir gestern alle Räume gezeigt. Nichts, nothing, niente«, sagte Gina.

»Dieser Münch ist nicht verheiratet, hat auch keine Lebenspartnerin?«

»Nein. Er lebt alleine mit etwa zweitausend Büchern, grob geschätzt. Er scheint mehr in der Vergangenheit zu leben als im Jetzt.«

»Wie meinst du das?«

»Er ist Historiker und beschäftigt sich mit Leuten, die längst tot sind. Er hat mir einen Vortrag über einen Widerstandskämpfer im Dritten Reich gehalten, von dem ich noch nie etwas gehört habe, Josef Zott. Über den hat er ein Buch geschrieben. Aber ich bin sicher, wenn ich ihn gefragt hätte, wer Brad Pitt ist oder Madonna, hätte er keinen blassen Schimmer gehabt.«

Im Hintergrund hörte Dühnfort erneut das Bellen eines Hundes und dann Stimmengewirr. »Was ist da los, Gina?«

»Nur ein Fuchs«, sagte sie. »Einer der Hunde hat einen toten Fuchs aufgespürt.«

Dühnfort hielt es nicht länger im Büro aus. Er verabschiedete sich von Gina und griff nach dem Autoschlüssel. Er musste etwas tun und entschloss sich, nach Mariaseeon zu fahren.

Während der Fahrt hörte er Radio. Nach den Nachrichten kam der Wetterbericht. Eine Gewitterfront zog heran. Für die Seen wurde Sturmwarnung gegeben. Dühnfort blickte in wolkenloses Blau. Als er das Dorf erreichte, hatte sich das Wetter bereits geändert. Mariaseeon lag, scheinbar ausgestorben, unter einem aschgrauen Himmel, der die schwüle Luft wie unter einem Schirm staute. Dühnfort parkte das Auto am Dorfplatz. Kein Mensch war zu sehen, kein Laut zu hören, sogar die Vögel waren verstummt. Eine furchterregende Stille. Dühnfort ging die Straße entlang, die zum Kletterbaum führte, bis zum Münch-Anwesen. Jakob musste am Hof seines Onkels vorbeigegangen sein. Das Haus war unbewohnt und sah auch so aus. Staubige Fensterscheiben, leere Blumenkästen an den ausgeblichenen Holzbalkonen, blätternde Farbe an den Läden.

Die Stille, die über dem Dorf lag, wurde jäh durchbrochen. Die Glocken der Kirche begannen zu läuten. Dem ersten hellen Schlag folgten drei weitere, dann gesellte sich der dunklere Ton einer zweiten Glocke dazu. Innerhalb der nächsten Minute öffneten sich Türen und Tore; sonntäglich gekleidete Menschen jeden Alters traten auf die Straße und gingen Richtung Dorfmitte, während die Glocken weiter zu einem Gottesdienst riefen.

Auch im Münch-Anwesen rührte sich etwas. Ein Mann durchquerte den Hof, schloss das Tor auf, trat heraus und sperrte hinter sich wieder ab. Er schien Dühnfort nicht zu bemerken, der nur zwei Meter neben ihm stand.

»Herr Münch?«

»Kein Interview«, sagte Münch.

Das Glockengeläut verstummte.

»Dühnfort. Ich leite die Suche nach Ihrem Neffen.«

Münch drehte sich um. »Verzeihung. Das konnte ich nicht wissen.« Sein Gesicht war blass. »Ich gehe zum Bittgottesdienst für Jakob. Begleiten Sie mich?«

Dühnfort hatte von dem Gottesdienst nichts gewusst. Er war überrascht und auch wieder nicht. Eigentlich war es naheliegend, dass die Menschen von Mariaseeon für

Jakob beten wollten. Er nickte und ging neben Münch her Richtung Kirche.

»Meine Kollegin hat mir erzählt, dass Sie Autor sind.«

Jakobs Onkel musterte ihn. Seine Augen waren ebenso blau wie die seiner Schwester. »Nun denken Sie vielleicht, ich schreibe Romane. Da muss ich Sie enttäuschen. Unterhaltung. Zerstreuung. Wozu sollen sie gut sein? Sie nehmen uns die Zeit für Wichtigeres.«

»Sie schreiben also Fachbücher«, sagte Dühnfort.

Münch nickte. »Momentan arbeite ich an einem Buch über Mariaseeon. Die Dorfgeschichte.«

Dühnfort überlegte, wie alt der Mann wohl sein mochte. Etwa Anfang vierzig, und doch war das dunkle Haar von kräftigen weißen Strähnen durchzogen. Der Anzug war ordentlich, aber altmodisch. »Entschuldigen Sie meine Neugier, aber weshalb wohnen Sie in der umgebauten Scheune?«

Münch zuckte kurz mit dem Kopf, als ob er ihn schütteln wollte. »Ein Streit mit meinem Vater. Vor dreißig Jahren. Seither wohne ich dort. Es reicht für mich. Ich bin nicht anspruchsvoll.«

»Aber das Vermögen, das Sie mit dem Verkauf der Felder erzielt haben, würde Ihnen doch anderes ermöglichen.«

»Ich konnte studieren und promovieren. Das war mein Traum. Das hat es ermöglicht«, sagte Münch. »Mehr brauche ich nicht. Ich bin unabhängig. Ich kann mich den Themen widmen, die mich interessieren.«

»Sie haben das Geld großzügig geteilt, obwohl sie dazu nicht verpflichtet gewesen wären«, sagte Dühnfort.

»Was sollte ich alleine damit? Meine Mutter hat sich den Buckel krummgearbeitet. Es gab keinen Komfort. Es gab kaum Maschinen. Wir waren arm. Jetzt kann sie sich leisten, was sie will. Sie hat ein tolles Haus.«

»Hat es jemals Streit gegeben wegen des Geldes?«, fragte Dühnfort.

»Nein.« Münch blieb stehen. »Gabi hat ihren Erbteil ausbezahlt bekommen und ich habe den Hof übernommen. Das ist so üblich bei Bauern. Als ich dann das Land verkauft habe, habe ich geteilt. Wieso hätte es Streit geben sollen?«

»Niemand fühlt sich benachteiligt oder übergangen?«

Münch schüttelte den Kopf.

Seltsam, dass die Familie sich nichts aus dem Reichtum machte. Gabi Sonnberger hat eine Vereinbarung mit ihrem Mann, das Geld nicht anzurühren. Anselm Münch lebte bescheiden. Aber vielleicht lag der wahre Luxus nicht im Konsum. Vielleicht lag er darin, Zeit zu haben für sich, für die Menschen und Ziele, die einem wichtig waren.

»Am Donnerstagnachmittag, als Jakob entführt wurde, da haben Sie gearbeitet.«

Münch bestätigte das und setzte den Weg zur Kirche fort.

Dühnfort folgte ihm. »Sie haben nicht gesehen, wie Ihr Neffe hier entlanggegangen ist?«

»Nein. Das wäre auch nicht möglich. Mein Arbeitszimmer hat nur Fenster zum Garten.« Münch blieb wieder stehen und wandte sich Dühnfort zu. »Ich kann meine Gefühle nicht gut zeigen. Ich bin so erzogen worden. Das schüttelt man nicht so leicht ab. Aber ich leide mit meiner Schwester. Wenn ich nur irgendetwas tun könnte …« Sein Blick wanderte zur Kirche, er ging weiter.

»Wann haben Sie Jakob eigentlich das letzte Mal gesehen?«

»Am Sonntag haben wir gemeinsam zu Mittag gegessen. Gabi denkt, ich kann nicht kochen. Deshalb lädt sie mich oft zum Essen ein. Damit ich wenigstens ab und zu eine anständige Mahlzeit bekomme.«

Sie erreichten den Dorfplatz. Vor einer Viertelstunde war er wie ausgestorben gewesen, jetzt strömten Menschen aus allen Richtungen der Kirche zu. Dühnfort war verblüfft. Er hatte sich keine Gedanken darüber gemacht, hatte aber unbewusst angenommen, dass nur ein paar alte Damen und Jakobs Familie zum Gottesdienst gehen würden. Doch ganz Mariaseeon schien auf den Beinen zu sein. Vor den Stufen, die zum Kirchhof hinaufführten, hatten sich Reporter und Kamerateams aufgestellt und hielten diese Prozession in Wort und Bild fest. Anselm Münch blieb stehen. »Sehen Sie sich das an«, sagte er.

***

Agnes stand erstarrt im Wald und rang nach Luft. Ihr Kind hatte nach ihr gerufen. Sie war nicht da gewesen. Sie hatte Yvonne alleingelassen.

Wieder wimmerte es: »Ich will meine Mami.« Das war nicht Yvonne. Das war eine Jungenstimme. Jakob. Diese Erkenntnis riss sie mit einem Schlag aus der Panikattacke, so wie es der Schlag des Polizisten getan hatte.

»Jakob. Bist du das?« Das Wimmern verstummte. Agnes lauschte, aber es blieb still. »Jakob?« Kein Windhauch rührte sich, die schwüle Luft lag wie ein feuchtes Tuch über allem. Schweiß brach Agnes aus allen Poren.

»Bist du lieb?« Die Stimme des Jungen klang leise und zögerlich. Sie kam aus dem Gebüsch auf der anderen Seite des Wegs.

Erleichtert atmete Agnes aus. »Ja, ich bin lieb. Ich bin auch eine Mami und ich bringe dich jetzt zu deiner.« Sie ging auf das Gebüsch zu. »Kannst du mich sehen?«

»Ja.«

Agnes versuchte, das Dickicht mit Blicken zu durchdringen, konnte aber außer einem Gewirr von Zweigen und vertrockneten Ästen nichts erkennen. Die kleinen Fichten standen zu dicht, nahmen sich Licht und Wasser. Viele waren abgestorben.

»Kannst du zu mir kommen?«, fragte sie.

»Das geht nicht.« Die Stimme kippte um. Jakob begann zu schluchzen. »Er hat mich ganz fest angebunden.«

Agnes suchte nach einem Zugang und fand einen Durchschlupf. Sie ließ sich auf die Knie nieder und krabbelte auf allen vieren durchs Gehölz.

»Ich bin schon unterwegs. Ich bin gleich bei dir.« Der Haargummi löste sich, Strähnen verfingen sich in Ästen. Sie riss sie los, schlang die Haare zu einem Knoten und stopfte sie in den Ausschnitt des Sweatshirts. Der Himmel hatte sich inzwischen weiter verfinstert, bleigraue Wolken hingen wie gewaltige Kissen über den Wipfeln und erstickten jedes Geräusch. Mit lautem Knall zerbrach ein trockener Ast unter Agnes' Knien. Vor ihr tat sich eine kleine Lichtung auf. In ihrer Mitte lag ein Reisighaufen. Darauf saß Jakob, nackt. Dieses Bild erinnerte Agnes an etwas. Sie konnte sich aber nicht darauf besinnen, woran. Jakobs kleine Hände waren mit einem bunten Kunststoffseil an einen wuchtigen Pfahl gefesselt, der tief in die Erde gerammt worden war. Seine Augen waren von einem leuchtenden Blau, wie Agnes es noch nie gesehen hatte. Jetzt waren sie weit aufgerissen, genau wie sein Mund. Das Kinn zitterte und die Tränen liefen. »Ich will meine Mami.« Jakobs Weinen wurde heftiger, und nun zitterte nicht nur das Kinn, der ganze kleine Kerl bebte. »Ich will meine Mami.« Jakobs Schluchzen klang in der gespenstischen Stille überlaut.

»Schttt. Jetzt ist ja alles gut.« Agnes ging vor ihm in die Hocke, umarmte ihn, zog ihn zu sich heran und wischte ihm die Tränen mit der Hand weg. »Ich mach die Knoten auf und dann bringe ich dich zu deiner Mami. Versprochen.« Mit zitternden Fingern begann Agnes, die Fesseln zu lösen.

»Mein Lulli ist weg.« Rotz lief Jakob aus der Nase. Er schniefte. »Ich hab ihn weggekippt.«

»Wer hat dich hier festgebunden?«, fragte Agnes.

»Der Kaba«, wimmerte Jakob.

»Der Kaba hat dich festgebunden?«

»Ich habe ihn in die Ritze gekippt.«

Agnes begann, den letzten Knoten zu lösen. »Du hast Kaba in eine Ritze gekippt? Warum?« Sie beugte sich tiefer über Jakob, um das Seil besser zu fassen zu bekommen.

»Ich bin dann immer eingeschlafen. Aber ich will nicht schlafen. Ich will zu meiner Mami.«

Agnes' Blick fiel auf einen blauen Benzinkanister und ein Päckchen Streichhölzer, die hinter dem Reisighaufen lagen. Ihre Beine sackten einfach unter ihr weg. Plötzlich fand sie sich auf den Knien wieder. Eruptionsartig erbrach sie den Erdbeerkuchen. Ihr Magen klumpte sich erneut zusammen, würgte bittere Flüssigkeit hervor. Schweißnass und zitternd ließ sie sich auf das Moos fallen. Eine bodenlose Kraftlosigkeit überfiel sie. Sie wollte hier liegen bleiben, nichts denken, in den Boden wie in ein Moor einsinken, bis sie verschwunden war. Aber sie konnte hier nicht liegen bleiben, sie musste Jakob in Sicherheit bringen. Sie rappelte sich auf, löste den letzten Knoten und nahm den Jungen auf den Arm. Mit den Armen umschlang er ihren Nacken, mit den Beinen ihre Hüften. Sie fühlte die Kühle seines Körpers durch ihre

Kleidung dringen, spürte kalte Haut an ihren Händen und warme Tränen ihren Hals hinunterrinnen. Sie wollte den Jungen absetzen, aber er umklammerte sie mit der verzweifelten Kraft eines Ertrinkenden.

»Ich will dir nur meinen Pulli anziehen. Dann darfst du gleich wieder auf meinen Arm«, sagte sie und stellte ihn auf den Boden. Dann schlüpfte sie aus dem Sweatshirt und streifte es Jakob über. Es reichte ihm bis zu den Knöcheln, die Ärmel verdeckten seine Hände.

»Ich bin ein Gespenst«, sagte er, hob die Arme ein wenig an und ließ sie gleich wieder fallen. Ein kleines schiefes Lächeln erschien auf seinem nassen Gesicht. Agnes krempelte die Ärmel hoch.

»Arm«, sagte er, streckte ihr seine Ärmchen entgegen und klammerte sich wieder an sie, als würde er sie niemals wieder loslassen.

»So, und jetzt bring ich dich zu deiner Mami. Du kannst dir gar nicht vorstellen, wie sie sich freuen wird, dich zu sehen.«

»Aber der Papi auch.«

***

Der Gottesdienst neigte sich dem Ende zu. Mit einem Akkord begann der Organist das letzte Lied. Einige Takte später setzten Chor und Besucher ein. Vielstimmiger Gesang erfüllte die Kirche. *Jesus, meine Zuversicht.* Dühnfort betrachtete die Gläubigen. Die Kirche war voll wie sonst wohl nur an Weihnachten. All diese Menschen waren gekommen, um Jakobs Familie ihre Solidarität zu zeigen und ihr Mitgefühl auszudrücken. Vermutlich fühlten sie sich ebenso hilflos wie er und glaubten, hier Ruhe und Hoffnung zu finden.

Dühnfort stand abseits vom Gedränge hinter einem

schmiedeeisernen Gitter, das Kirchenschiff und Portalvorhalle trennte. Über ihm befand sich die Empore mit Orgel und Chor, rechts und links die beiden Eingänge. Anselm Münch saß zusammen mit Jakobs Familie in der vordersten Reihe. Gabi Sonnberger hatte Dühnfort einen kühlen Blick zugeworfen, als sie mit ihrem Mann an ihm vorbeigegangen war. Einen Blick, der ihn beunruhigt hatte.

Er versuchte sich auf das Lied zu konzentrieren. … *meine starke Glaubenshand wird in ihn gelegt befunden, dass mich auch kein Todesbann ewig von ihm trennen kann.* Der Text ließ ihn erschauern, es durchfuhr ihn eiskalt. Wie konnte man nur ein solches Stück auswählen? Anscheinend war er nicht der Einzige, dem es unpassend erschien. Unruhe ergriff die Besucher, wie leichter Wind, der über die Felder streicht, die Ähren in Unruhe versetzt, sich fortpflanzt, bis das ganze Feld wogt. Die Stimmen setzten teilweise aus, Füße scharrten, Geraune übertönte den Gesang, Köpfe wurden gedreht.

Plötzlich wurde die Seitentür, die Dühnfort im Blick hatte, aufgestoßen. Kühler Wind fegte herein. Das helle Blitzlicht von Fotoapparaten flammte mehrmals auf. Dühnfort beugte sich vor, um erkennen zu können, wer da so kurz vor Schluss des Gottesdienstes die Kirche betrat. Mit einem sandigen Quietschen fiel die Tür ins Schloss. Musik und Gesang erstarben. Er erkannte Agnes Gaudera. Sie versuchte, den schweren Holzriegel vor die Tür zu schieben. Ein Kind klammerte sich an sie. Jakob. Dühnfort traf die Erleichterung wie ein unerwarteter Schlag. Von draußen trommelte jemand an die Tür. Sicher die Reporter. Wie hatte sie die bezeichnet? Aasgeier, hatte sie gesagt. Die hatte sie nun ausgesperrt. Mit einem Mal war es still. Agnes Gaudera drehte sich um, und Dühnfort beobachtete, wie die Menschen eine Gasse für sie frei machten.

Gabi Sonnberger und ihr Mann drängten aus der Bank und liefen ihr entgegen. Die beiden Frauen trafen sich auf dem Mittelgang. Jakob streckte die Arme nach seiner Mutter aus, die ihn an sich zog. Nun klammerte er sich an sie. Bestürzt bemerkte Dühnfort, dass Beppo Sonnberger weinte. Er umarmte seine Frau und seinen Sohn. Mit einem Ärmel wischte er die Tränen ab. Er hat recht gehabt, dachte Dühnfort, Jakob geht es gut. Eine alte Frau, vielleicht Jakobs Großmutter, bekreuzigte sich, während Anselm Münch seinem Neffen über die Haare strich. Immer mehr Menschen drängten nach vorne.

Agnes Gaudera stand alleine da. Die Arme hingen an ihr herab, als wären sie nutzlos geworden. Das Sweatshirt, das Jakob anhatte, musste ihr gehören. Sie trug einen Sport-BH und schlang nun die Arme um die Schultern. Einen Augenblick stand sie so, dann ging sie den Gang entlang. Das Ganze hatte nicht eine Minute gedauert und noch immer herrschte Stille in der Kirche. Als hätten alle Angst, der erste Laut würde sie aus einer Vision reißen und Jakob wieder verschwinden lassen. Dühnfort beobachtete, wie Agnes Gaudera zielstrebig auf die unverriegelte Seitentür zuging. Er musste mit ihr reden und drängte sich durch die Menge. In diesem Moment wurde die Tür geöffnet, die Reporter stürmten herein. Sie rissen Kameras hoch. Blitzlichter erhellten die Kirche, Stimmen wurden laut. Der Bann war gebrochen. Dühnfort warf erst einen Blick auf Jakobs Familie, der Junge kuschelte sich noch immer in die Arme seiner Mutter, dann bahnte er sich den Weg durch die in Bewegung geratene Menge.

Ein Reporter hielt Agnes Gaudera an der Schulter fest und redete auf sie ein. Dühnfort schnappte das Wort

»Exklusivinterview« auf, während er versuchte, zu ihr zu gelangen. Die restlichen Journalisten schoben sich durch das Gedränge, sie wollten zu Jakob. Dort wartete das eigentliche Motiv, das Auflage bringen würde: die glücklich vereinte Familie. Agnes Gaudera klaubte die Hand von ihrer Schulter. Dühnfort verstand nicht, was sie sagte, aber ihr Gesichtsausdruck war eindeutig. Der Reporter eilte seinen Kollegen nach. Dühnfort stieß mit Anselm Münch zusammen. Der trug sein Sakko in der Hand und reichte es Agnes Gaudera. Sie schlüpfte hinein. Es war ihr viel zu groß. Mit einer kraftlosen Bewegung schlang sie die mageren Arme um ihren Körper. Es sah aus, als habe sie Angst, auseinanderzufallen.

»Liebe Brüder und Schwestern, die Wege des Herrn erscheinen uns oft unergründlich. Doch in all seinem Tun liegt ein tiefer Sinn, der uns oft verborgen bleibt.« Der Pfarrer war an das Mikrofon getreten und versuchte, die Gemeinde zu sammeln. Agnes Gaudera fuhr herum und verließ die Kirche. Dühnfort hatte Mühe, ihr zu folgen.

***

Sie war am Ende ihrer Kräfte, aber sie lief schon wieder. Wann hatte sie damit angefangen? Wovor lief sie davon?

Inzwischen war es dunkel geworden. Die Straßenlaternen leuchteten. Die Hitze des Tages stand zwischen den Häusern. Der Himmel war bleigrau, über dem See hing ein schwefelgelber Schimmer. Erste Blitze zuckten vor der Alpenkette. Agnes lief an der Bäckerei vorbei, überquerte bei der Apotheke die Straße und bog auf den Weg zu ihrem Haus ein. Die Worte des Pfarrers hallten in ihrem Kopf nach. Sie konnte sie nicht ertragen. Welcher Sinn sollte darin liegen, ein Kind gefangen zu halten und verbrennen zu wollen? Welcher Sinn sollte im Tod ihrer Tochter und ihres Mannes liegen?

Sie zitterte, ihr war kalt. Es war paradox: Eine tropische Schwüle lag über dem Dorf und sie klapperte beinahe mit den Zähnen. Sie zog das Sakko enger um sich. Der Mann, der es ihr gegeben hatte, hatte sich als Jakobs Onkel vorgestellt. Er hatte Jakobs Augen. Eisblau wie tiefe Gletscherseen. Die Jacke wärmte nicht, aber sie verströmte einen ganz eigenen Geruch nach Schilf, Heu und sauren Äpfeln. Ein Duft, der sie an ihre Kindheit erinnerte, der sie augenblicklich entspannen ließ und die Kälte vertrieb.

Sie hatte schon den Uferweg erreicht, als sie Schritte hinter sich hörte. Ohne ihr Tempo zu drosseln, blickte sie sich um. Der Polizist gab sich Mühe, sie einzuholen.

»Meine Güte, Frau Gaudera. Halten Sie doch bitte mal an«, keuchte er.

»Sonst erschießen Sie mich auf der Flucht, oder was?«

»Sonst breche ich mit Herzinfarkt zusammen.« Er blieb stehen, beugte den Oberkörper nach vorne, stützte seine Hände auf die Knie und rang nach Atem.

Agnes stoppte und beobachtete ihn aus einigen Metern Entfernung. »Keine Kondition. Müssen Polizisten nicht regelmäßig trainieren?«

»Ich muss Sie sprechen. Oder glauben Sie, dass Sie Jakob bei seinen Eltern abliefern können und mich interessiert das nicht?«

Sie wollte ihn nicht noch einmal in ihr Haus lassen. »Wir können einen Termin ausmachen.«

Er richtete sich auf, betrachtete sie schweigend. Sie kannte diesen Blick. Rainer hatte sie oft so angesehen. Gleich würde er sie anschreien.

»Es tut mir leid«, sagte er. »Ich wollte das Foto nicht zerstören. Es war ungeschickt von mir und ich habe mich entschuldigt. Sind Sie deshalb immer noch böse auf mich?«

Er sagte das mit seinem Lausbubenlächeln. Und Agnes wusste, dass sie ihm Unrecht tat, wenn sie deswegen noch immer wütend auf ihn war. Es war ein Missgeschick gewesen.

Ein kühler Windhauch wehte heran und ließ sie frösteln. Ihm folgte augenblicklich eine eisige Bö, die das trockene Laub aufwirbelte und in die Bäume fuhr. Ein schwerer Regentropfen klatschte auf ihren Arm. Agnes blickte zum Himmel. Er war schwefelgelb. Das Unwetter stand direkt über ihnen. Der nächste Windstoß rüttelte die Buchen durch. Sie knöpfte das Sakko zu. Dühnfort sah ebenfalls nach oben. Seine Brauen zogen sich zusammen. Unter der nächsten Attacke ächzte der Baum, unter dem Agnes stand. Ein abgestorbener Ast krachte direkt neben ihr zu Boden. Der Polizist griff nach ihrem Arm. »Wir müssen hier weg.«

Zum Haus war es nicht mehr weit. Sie lief voraus. Der Wind peitschte durch die Bäume, spielte mit vereinzelten Regentropfen. Dann begann es von einem Moment auf den anderen in Strömen zu regnen. Innerhalb weniger Augenblicke wurde Agnes nass bis auf die Haut. Wasser lief ihr in die Augen, das Haar klebte in nassen Strähnen im Gesicht. Der Sturm jagte den Regen vor sich her und jetzt setzte auch noch Hagel ein. Hagelschloßen trafen Agnes am Kopf, schlugen mit einem hellen Pling auf die Autos, die am Wegrand parkten, mit einem stumpferen Ton auf den Asphalt und mit einem tiefen Klang auf die Ziegeldächer. Die Melodie des Hagels verschmolz mit dem Rauschen des Regens und dem Geheul des Sturms zu einer infernalischen Unwettermusik. Eilig knöpfte Agnes im Laufen das Sakko wieder auf und hielt es schützend über den Kopf, bis sie ihr Grundstück erreichte. Der Sturm riss ihr das Gartentürchen aus der Hand. Es schlug scheppernd gegen das Mülltonnenhäuschen. Sie lief weiter bis unter das Vordach der Haustür. Dort blieb sie keuchend stehen. Dühnfort war dicht hinter ihr. Weiter vorne an der Straße ertönte ein Ächzen. Eine Eiche schwankte, neigte sich dann auf die Seite und stürzte quer über die Straße, die sie soeben passiert hatten. Ein Blitz zuckte über den Himmel, tauchte die Szenerie für den Bruchteil einer Sekunde in kaltes Licht, gleichzeitig ertönte ein metallischer Schlag und die Straßenlaternen erloschen, noch bevor der Donner über den See gerollt war. Mit einem Mal war es stockfinster.

Agnes wollte den Hausschlüssel aus der Hosentasche fischen, erwischte aber Jakobs Turnschuh, der noch dort steckte. Sie drückte ihn Dühnfort in die Hand. Dann sperrte sie auf. Als sie den Lichtschalter betätigte, blieb es dunkel. Tastend ging sie durch den Flur in die Küche. Sakko und Jogginghose klebten kalt an ihrer Haut. Die Laufschuhe quietschten vor Feuchtigkeit bei jedem Schritt. Aus der Schublade holte sie Teelichter und Streichhölzer, während Dühnfort noch durch den Flur tappte. Sie zündete zwei an und stellte sie in Wassergläser. Im schwachen Schein der Flammen sah sie Dühnfort im Türrahmen lehnen. Wasser lief aus seinen Haaren, aus den Hosensäumen tropfte es auf den Boden.

»Das ist Jakobs Turnschuh. Wo haben Sie den gefunden?«, fragte er.

»In der Nähe der Marienkapelle.« Alles zu seiner Zeit, dachte sie. Bibbernd ging sie zum Küchenschrank, holte eine Rolle Gefrierbeutel hervor und riss einen ab. »Hier, darin können Sie das Beweisstück sicher verwahren. Wenn ich aufgetaut bin, stehe ich Ihnen Rede und Antwort.«

Sie drückte ihm noch eines der Gläser in die Hand und ging nach oben ins Schlafzimmer. Dühnfort folgte ihr. Türrahmen schienen sein bevorzugter Stützpunkt zu sein. Schon wieder lehnte er an einem.

»Nehmen Sie das«, sagte sie, holte ein Handtuch aus dem Schrank und reichte es ihm. Sie fand auch einen alten Jogginganzug, der ihr zu groß war. Sie hatte ihn gekauft, als sie mit Laufen begonnen hatte, vor über einem Jahr, als sie noch zwanzig Kilo mehr gewogen hatte. Ihm passte er vermutlich. Noch immer stand er angelehnt und beobachtete sie im dürftigen Licht. »Nebenan ist das Gästebad, dort können Sie sich umziehen.«

Agnes bemerkte, wie er sie musterte. Dann bedankte er sich und verschwand nebenan.

***

Zwanzig Minuten später saß Agnes mit Dühnfort im Wohnzimmer. Jetzt war ihr warm. Sie trug eine bequeme Hose, ein Fleeceshirt und dicke Socken. Die Haare fühlten sich noch klamm an. Sie hatte sie, so gut es ging, trockengerubbelt. Lange Haare waren unpraktisch. Als Rainer noch lebte, hatte Agnes sie immer abschneiden wollen. Aber er hatte das nicht gewollt. Und jetzt brachte sie es nicht übers Herz.

Draußen tobte das Unwetter weiter. Es hatte zwar aufgehört zu hageln, aber Regen und Sturm jagten mit unverminderter Kraft durch den Ort, über den See und durch den Forst. Noch immer gab es keinen Strom.

Mittlerweile hatte sie Dühnfort erzählt, wie sie Jakob gefunden hatte. Nun telefonierte er. Das Unwetter würde noch die ganze Nacht andauern. Erst in den Morgenstunden war mit Besserung zu rechnen. Ein Orkan tobte über Südbayern. Er hatte Bäume entwurzelt und viele Straßen unpassierbar gemacht. Es war unmöglich, den Jungen zur Untersuchung in das Institut für Rechtsmedizin nach München zu bringen. Diese Tatsache hatte Dühnfort zunächst nicht akzeptieren wollen. Erst hatte er versucht, ein Einsatzfahrzeug zu bekommen, aber die Zufahrtsstraßen nach Mariaseeon und ein Teil der A 8 und A 99 waren gesperrt. Bäume waren auf die Fahrbahnen gestürzt. Es hatte zwei Tote gegeben. Dann hatte er versucht, einen Helikopter zu organisieren. Agnes hatte nicht verstanden, was sein Gesprächspartner geantwortet hatte. Aber sie konnte es sich vorstellen. Der spinnt wohl, war ihr erster Gedanke gewesen. Er schien sich gar nicht mit Jakob und seinen Eltern zu freuen. Ihm ging es anscheinend nur darum, Spuren zu sichern.

Im Augenblick telefonierte Dühnfort mit Jakobs Mutter. Anscheinend war Jakob noch auf ihrem Arm eingeschlafen und schlief seither tief und fest.

»Nein, Frau Sonnberger, Sie müssen ihn nicht wecken. Wir werden morgen mit ihm reden. Ich habe nur eine Bitte. Sie dürfen ihn nicht waschen oder baden. Wir brauchen alle Spuren, sein körperlicher Zustand muss dokumentiert werden.« Er schwieg einen Augenblick. »Nein, nicht seine Kinderärztin. Das muss ein Rechtsmediziner machen. Das ist Vorschrift. Selbstverständlich können Sie oder Ihr Mann mit dabei sein.« Dühnfort beendete das Gespräch und wählte gleich wieder. Jetzt informierte er eine Kollegin und bat sie, den Leiter der Spurensicherung zu verständigen. Sobald das Wetter es zuließ, mussten sie den Fundort untersuchen. Dann legte er das Handy auf den Couchtisch, lehnte sich zurück und verschränkte die Hände im Nacken. Die beiden Gläser mit den Teelichtern standen nun hier. Schon wieder beobachtete er sie. Agnes hatte eine vage Idee, was in ihm vorging. Rainer war in München ein prominenter Mann gewesen. Das Unglück hatte damals tagelang Stoff für Zeitungsartikel geliefert und der Name Gaudera war selten. Sicher wusste er über sie Bescheid.

»Vergessen Sie's«, sagte sie.

»Was?« Seine Augenbrauen stiegen in die Höhe.

»Ich glaube, ich weiß, was Sie jetzt denken.«

»Erstaunlich.«

»Wetten?«

»Gut. Worum?«, sagte er und lächelte.

Er nahm das also wörtlich. Agnes überlegte, aber sie hatte keine Idee, worum sie mit ihm wetten könnte. Sie zuckte mit den Schultern.

»Ich koche gerne und, wie man sagt, auch leidlich gut. Wenn ich gewinne, darf ich etwas Leckeres für Sie kochen, einverstanden?« Ein leichtes Schmunzeln erschien auf seinem Gesicht.

»Ich dachte, wenn Sie gewinnen, sollte mein Einsatz eher eine Art Strafe sein«, erwiderte Agnes. »Etwas, was mir nicht leichtfällt, mich Überwindung kostet. Obwohl, ich weiß ja nicht, wie Sie wirklich kochen. Aber Sie verlieren sowieso. Also einverstanden.« Nur fiel Agnes nichts ein, womit Dühnfort seine Wettschuld einlösen könnte, falls er verlor.

»Wenn ich verliere, haben Sie einen Wunsch frei«, schlug Dühnfort vor.

Agnes gefiel dieser Blankoscheck irgendwie. »Gut. Abgemacht. Aber Sie müssen ehrlich sein.«

»Ich bin Polizist, wie könnte ich da jemals schummeln«, sagte er schmunzelnd. »Also?«

»Sie haben sich überlegt, ob ich mir Jakob geschnappt habe. Eine durchgeknallte Frau, die über den Verlust ihres Kindes nicht hinwegkommt, holt sich Ersatz, bereut die böse Tat und bringt das Kind zurück.«

Das Lächeln verschwand aus seinem Gesicht.

»Und?«, fragte sie. »Habe ich gewonnen?« Eigentlich hatte sie einen Scherz machen wollen. Nun merkte sie erschrocken, dass er wohl tatsächlich glaubte, sie wäre in der Lage, ein Kind zu entführen.

»Ich wusste nicht, dass ich so leicht zu durchschauen bin. Einen Moment lang habe ich das gedacht. Aber ich glaube es nicht.«

»Zu gütig.«

»Das ist mein Beruf.«

»Jeden zu verdächtigen? Immer misstrauisch zu sein?«

»In meinem Job muss ich alle Möglichkeiten in Erwägung ziehen.«

»Sie sind also ein guter Polizist. Richtig?«, fragte Agnes.

Er schaute sie erstaunt an.

»Ich meine: Lösen Sie Ihre Fälle?«

»Die meisten schon«, antwortete er. »Aber natürlich mache ich das nicht allein. Wir arbeiten im Team und erhalten Unterstützung von Experten aus verschiedenen Abteilungen und Einrichtungen.«

»Aha«, sagte Agnes. »Die menschliche Komponente kommt offensichtlich von den Kollegen. Für Sie scheint Jakob nur ein geklauter Gegenstand zu sein, der schnellstens unters Mikroskop gelegt werden muss. Hilfe, es könnten ja Spuren verlorengehen.« Sie sah, wie Dühnfort zusammenzuckte. Es tat ihr sofort leid. Das war offensichtlich ein Schlag unter die Gürtellinie gewesen.

»Vielleicht wirkt das auf Sie unmenschlich«, sagte er. »Aber ein Kidnapper ist auf freiem Fuß. Wir kennen seine Motive nicht. Wer weiß, ob er nicht noch mal zuschlägt, und dann wird wieder ein Kind leiden, dann werden wieder Eltern wahnsinnig vor Angst, und wir sind die bösen Buben, die den Täter nicht rechtzeitig gefasst haben.«

Agnes schluckte. »Es tut mir leid«, sagte sie schließlich. »Ich habe das nicht so gemeint. Aber es hat so herzlos gewirkt, wie Sie Jakob unbedingt noch heute Nacht zur Untersuchung bringen lassen wollten.«

Dühnforts Magen knurrte laut. »Entschuldigung«, sagte er mit einem verlegenen Lächeln.

Wenigstens ist er höflich, dachte Agnes. Auch sie war hungrig. Sie hatte heute so gut wie nichts gegessen. »Ich mache uns etwas zu essen«, sagte sie und stand auf.

»Das wäre, ehrlich gesagt, ganz toll. Ich helfe Ihnen.«

Er folgte ihr in die Küche. Sie hatte die Gläser mit den Kerzen mitgenommen und hielt eines in den geöffneten Kühlschrank. Er war voll. Als sie gestern einkaufen gegangen war, hatte sie sich plötzlich hilflos wie ein Kind gefühlt. Ein Jahr lang hatte ihre Mutter alles für sie erledigt. Gekocht, gewaschen, eingekauft. Sie hatte nicht gewusst, was sie brauchte, und hatte wahllos alles Mögliche in den Einkaufswagen gelegt.

»Holen Sie einfach raus, was Sie mögen. Ich decke inzwischen den Tisch.«

Tastend suchte sie Geschirr und Besteck zusammen. Dann zündete sie noch einige Teelichter an und stellte sie auf den Küchentisch. Sie sah, wie Dühnfort das große Brett nahm und Wurst, Käse, Oliven und Tomaten darauf anrichtete.

»Gilt Ihr Angebot auch für den Wein?«, fragte er.

Wenig später saßen sie sich gegenüber und stießen mit einem gut gekühlten Soave an.

»Worauf trinken wir?«, fragte er.

»Darauf, dass es Jakob gutgeht. Auf seine glückliche Familie.«

»Auf seinen Schutzengel«, sagte er lächelnd.

»Quatsch. Ich bin doch kein Schutzengel. Sie hätten mal meine unchristlichen Gedanken lesen sollen, als ich Jakob seiner Mutter übergeben habe. Gehört Neid zu den Todsünden?«

»Wenn Sie ihn nicht gefunden hätten ...«

Warum spricht er nicht weiter?, fragte sich Agnes. Nimmt er jetzt Rücksicht auf die seiner Meinung nach durchgeknallte Frau, die ihm da gegenübersitzt?

»Sie finden die Stelle wieder?«, fragte er.

»Ich denke schon.« Agnes stand auf und breitete die Karte aus, die noch auf der Arbeitsfläche neben dem Herd lag. Er trat neben sie und stellte eines der Teelichter aufs Papier. Agnes spürte die Wärme, die sein Körper ausstrahlte. Sie beugte sich über die Karte und zeigte ihm den Fundort.

»Wissen Sie, wie weit man mit dem Auto fahren kann?«

»Ich denke, bis zur Kapelle. Danach wird der Weg zu schmal.«

Sie setzten sich wieder. Agnes machte sich ein Käsebrot und trank einen Schluck Wein.

»Jakob war unverletzt?«

»Er hat nur ein paar Kratzer. Ich denke, vom Reisig. Ich habe ihn allerdings nicht so genau angeschaut. Er hat gefroren und ich habe ihm mein Sweatshirt übergezogen.« Ich bin ein Gespenst, hatte er gesagt. Agnes musste bei dieser Erinnerung lächeln.

»Hat er etwas gesagt, was Schlüsse auf sein Versteck oder den Entführer zulässt?«

Agnes erzählte ihm, dass Jakob von Kaba gesprochen hatte, von dem er immer müde geworden sei, und dass er ihn in eine Ritze gekippt hatte. Vielleicht war er mit Schlafmitteln ruhiggestellt worden. Jetzt schlief er ja auch.

»Das Schlafmittel hat nicht lange genug gewirkt, wenn Jakob nicht alles getrunken hat«, sagte Dühnfort nachdenklich. »Der Entführer bringt ihn schlafend in den Wald, er fesselt ihn, deponiert Benzin und Streichhölzer und geht dann. Er muss etwas vergessen haben.«

»Sie glauben, dass er Jakob ...«, Agnes konnte es nicht aussprechen. Seit sie den Jungen gefunden hatte, versuchte sie, genau dieses Bild nicht in sich entstehen zu lassen. Sie hatte das Gefühl, dass der Boden unter ihr nachgab, und schaffte es nicht, die Bilder zurückzudrängen: Die Straße war abgesperrt. Blaulichter zerhackten die Dunkelheit. Sie stürmte an Löschwagen und Einsatzfahrzeugen vorbei, rannte in einen Polizisten hinein. Sie sah Flammen aus dem Dachgeschoss lodern. Aus ihrer Wohnung. Orangerote Zungen, die sich in den Nachthimmel fraßen. In der Menschenmenge: ihre Nachbarn. Die Hausmeisterin wandte sich ab. Die alte Frau Lackermeier riss die Augen auf. Agnes eilte durch die Menge und suchte Rainer und Yvonne. Sie konnte sie nicht finden. Jemand hob die Hand vor den Mund, deutete nach oben. Es dauerte einen Moment, bis sie verstand. Das war Wahnsinn. Warum tat denn keiner was? Der Feuerwehrmann lief hinter ihr her. Das ist Selbstmord, brüllte er und zerrte sie aus dem brennenden Haus.

Agnes hatte ihren Körper heute so überanstrengt, dass er ihr die Panikattacke ersparte. Sie fühlte die ersten Anzeichen dafür, die aber in leisen Wellen am Ufer verebbten. Dühnfort beobachtete sie schon wieder. Sie bemerkte, dass sie zitterte. Es war ihr peinlich.

»Es tut mir leid«, sagte er. »Es muss schrecklich für Sie gewesen sein und ich rede so gedankenlos daher.«

Agnes stand auf, der Stuhl kippte beinahe um. »Ich mache mir jetzt einen Cappuccino. Mögen Sie auch einen?« Ihre Stimme klang fremd.

Dühnfort trat neben sie. »Es gibt keinen Strom.« Er nahm sie in die Arme, wie Michael es manchmal tat, wenn sie es zuließ. Sie lehnte ihren Kopf an seine Schulter. Sein Haar roch nach Wald, sein Körper nach Seife und ein wenig nach Schweiß.

Sie hatte ihren Mann und ihr Kind verloren. Sie hatte Rainers Briefe und Gedichte verloren. Sie hatte Yvonnes Zeichnungen und Fotos, ihre Bastelarbeiten und Töpfereien verloren. Sie hatte alles verloren. Sogar Rainers Uhr, seine kindische Micky-Maus-Uhr. Alles war verbrannt. Es gab nichts mehr, was ihr Halt hätte geben können. Sie kam sich vor wie losgelöst, als ob sie in leerem Raum triebe, erfolglos nach einem Stück suchend, das sie wie einen Rettungsring hätte ergreifen können: den Beweis dafür, wie es einmal gewesen war.

Vermutlich würde ich heute für Rainers Micky-Maus-Uhr einen Schrein errichten, dachte Agnes. Sie sah sich plötzlich vor einer Art Altar knien und diese Scheußlichkeit ehrfurchtsvoll betrachten. Ein albernes Kichern stieg in ihr auf. Sie konnte es nicht unterdrücken, sie lachte, bis ihr die Tränen über die Wangen liefen.

»Erzählen Sie es mir?« Sie konnte Dühnforts Atem warm an ihrem Nacken fühlen, spürte seine Arme, die sie hielten. Noch nie hatte sie über diesen Abend gesprochen. Eine Psychologin der Kriseninterventionsgruppe hatte ihre Hilfe angeboten, ebenso der Pfarrer ihrer Eltern. Sie hatte abgelehnt. Den Pfarrer hatte sie hinausgeworfen.

»Es war letztes Jahr. Am fünfzehnten März«, begann sie, ihren Kopf noch immer an Dühnforts Schulter gelehnt. »Ich habe eine Freundin in Pullach besucht. Wir haben eine Flasche Wein geköpft und danach wollte ich nicht mehr fahren und bei Kathrin übernachten. Meistens haben meine Besuche bei ihr so geendet. Trotzdem wollte ich Rainer Bescheid sagen, aber er ging nicht ans Telefon. Als ich es später noch mal versuchte, war eine Bandansage dran: Diese Nummer ist vorübergehend nicht erreichbar.« Dühnforts Hände glitten über ihren Rücken. Sie konnte ihre Wärme durch den Stoff spüren. Ein beinahe vergessenes Gefühl. Sie machte sich los, setzte sich auf den Küchenstuhl, trank einen Schluck Wein. Auch er setzte sich wieder.

»Ich war beunruhigt«, fuhr sie fort. »Deshalb bin ich dann doch heimgefahren. Wir haben in Neuhausen gewohnt. Sanierte Altbauwohnung unterm Dach. Als ich in die Orffstraße eingebogen bin, habe ich erst die Blaulichter gesehen und dann das Feuer. Es war schon zu spät. Die Feuerwehr konnte nichts mehr machen.« Sie stützte den Kopf in beide Hände. Yvonnes Stimme hallte in ihrem Schädel: *Mami, ich will aber! Ich will, ich will, ich will!* Hastig erzählte Agnes weiter. »Sie konnten nur noch das Übergreifen auf die Nachbarhäuser und eine Ausbreitung im Haus verhindern. Die Wohnung ist völlig ausgebrannt. Der Brandsachverständige hat festgestellt, dass ein laienhaft verlegtes Kabel hinter einer Trockenbauwand zu einem Schwelbrand geführt hat. Der Dachstuhl ist in Brand geraten, danach muss alles sehr schnell gegangen sein. Rainer und Yvonne haben keine Chance gehabt. Yvonne wurde in ihrem Bett gefunden, Rainer hinter der Wohnungstür. Die Ermittlungen gegen den Hausbesitzer und den Architekten, der den Umbau des Speichers geleitet hat, sind vor acht Wochen eingestellt worden. Es war nicht nachzuweisen, wer die Verantwortung für das unsachgemäß verlegte Kabel trug.«

»Und Ihnen ist nichts geblieben?«

»Nur die Klamotten auf dem Leib und mein Auto.«

»Und das Bild?«

»Ich hatte es rahmen lassen und meiner Mutter gezeigt und dann dort vergessen.«

***

Wieder hatte er den Kaba getrunken. Er schreckte aus seinem Alptraum hoch. Es war nur ein Traum, beruhigte er sich und tastete nach dem Lichtschalter. Der Strom war wieder da. Er warf einen Blick auf den Wecker, der neuerdings neben seinem Bett stand, und augenblicklich stieg heißer Zorn in ihm hoch. Bis vor wenigen Monaten hatte ihn jeden Morgen um sechs Uhr das Angelusgeläut geweckt. Doch dann hatten Häretiker gerichtlich durchgesetzt, dass die Glocken von Maria Himmelfahrt erst ab sieben Uhr läuten durften. Seither weckte ihn ein elektronisches Fiepen. Seither begann jeder Tag mit einem Ärgernis. Der Wecker zeigte zwanzig nach drei. Noch immer tobte der Sturm ums Haus. Regen prasselte aufs Dach und gegen die Scheiben, ein stetes Klopfen, als begehre die Naturgewalt Einlass. Er stand auf. Der Schlafanzug klebte schweißnass an seinem Körper. Er zog ihn aus und wollte ihn im Bad gleich in die Waschmaschine stecken. Aber er musste sie erst leeren. Die Kleidungsstücke, die er getragen hatte, als er in den Wald gefahren war, um die Spuren zu beseitigen, hatte der Regen durchweicht und er hatte sie natürlich sofort gewaschen. Er zog sie aus der Waschmaschine, legte sie in den Trockner und schaltete ihn ein. Dann stopfte er den Schlafanzug in die Maschine und startete das Kochprogramm. Normalerweise wusch er nachts nie. Alles geriet in Unordnung. Dieser Gedanke erinnerte ihn daran, dass er die neu erdachte Planung noch niederschreiben musste. Dann ging er unter die Dusche. Heiß regnete das Wasser auf ihn nieder. Die Scheiben beschlugen, dichter Dampf hüllte ihn ein. Er schrubbte seinen Körper, bis die Haut rot war. Es würde ihm nie gelingen, diesen Schmutz von sich abzuwaschen. Dann rieb er sich mit Hautöl ein und zog einen frischen Pyjama an. Barfuß ging er in die Küche. In der Mikrowelle erwärmte er einen Becher Milch.

Mit einem Becher Kaba hatte es begonnen.

Seither konnte er den Geruch von heißer Schokolade nicht ertragen. Sie war heiß und süß gewesen. Und sie hatte ihn so müde gemacht, dass er in einen bleiernen Schlaf gesunken war. In einen Schlaf, durch den ihn wirre Träume jagten, die sein Herz rasen ließen, die seinen Knabenkörper mit kaltem Schweiß bedeckten. Ein bohrender Schmerz. Er wollte aufwachen. Aber betäubende Müdigkeit umschlang ihn und zog ihn zurück in schwüle Finsternis. Er glaubte, er würde sterben.

Als er sich halbwegs in die Wirklichkeit zurückgekämpft hatte, lag er in einem fremden Bett. Er hatte Schmerzen. Es war dunkel, und für einen verwirrten Augenblick glaubte er, noch zu träumen. Schritte erklangen, die Tür wurde geöffnet. Das Licht ging an. Es blendete ihn. Der Mann, den er ab diesem Zeitpunkt nur noch als Peiniger bezeichnete, trat ein. Er warf ein Kleiderbündel auf den Boden. »Zieh dich an«, sagte er.

Entsetzt bemerkte er, dass er nackt unter der Decke

lag. Der Peiniger kam näher, beugte das Gesicht dicht über ihn. Er konnte seinen Atem riechen. Er roch nach Kaffee und Zigaretten. Ein wässriger Blick aus grauen Augen traf ihn. »Wie sehr man sich in einem Menschen täuschen kann«, sagte er seufzend. »Du hast das Böse in dir. Du bist schlecht. Durch und durch. Eine faule Frucht.« Feine Spucketropfen trafen sein Gesicht. Sein Magen stülpte sich um. Er würgte alles wieder hinunter. »Was hast du nur mit mir gemacht«, sagte der Peiniger leise. »Du kleiner Teufel.«

Es war seine Schuld. Aber was? Er war schlecht und wusste nicht, warum. Er wollte doch gut sein. Tränen stiegen ihm in die Augen. Er schluckte heftig. Erst zu Hause bemerkte er die blutigen Striemen an seinem Körper. Voller Scham hatte er diese Zeichen seiner Schande verborgen. Jahrelang.

Er riss sich aus dieser Erinnerung los, trank das Glas Milch in einem Zug leer. An Schlaf war nicht zu denken. Zu oft hatte er solche Nächte erlebt. Er ging ins Wohnzimmer und holte ein Buch aus dem Regal. Aber er schlug es nicht auf.

Gestern hatte er Rat gesucht und wie immer gefunden. *Er ist wie ein Baum, gepflanzt an Wasserbächen, der seine Frucht bringt zu seiner Zeit und dessen Laub nicht verwelkt; alles, was er tut, gelingt ihm.*

Dieser Rat hatte ihn mit Zuversicht erfüllt und er hatte sich seiner Zweifel geschämt. Die Erinnerung trieb ihm leise Tränen der Freude und Dankbarkeit in die Augen. Seine Zeit war gekommen. Alles, was er begann, würde ihm gelingen. Die Phase der Umkehr lag hinter ihnen. Sie hatten das Zeichen verstanden. Er hatte alles genau durchdacht. Es wäre ein erhabenes Bild gewesen: Jakob, blumenbekränzt im feierlichen Licht der Kerzen, schlafend zu Füßen der Jungfrau. So hätte er gefunden werden sollen. Von den Bräuten Christi und nicht von dieser Frau. Sie hatte es kaputtgemacht. Wer gab ihr das Recht, seine Pläne zu durchkreuzen?

Montag, 12. Mai

»Da bist du also wieder«, sagte Dühnfort.

Jakob saß am Frühstückstisch. Vor ihm standen ein Teller mit einer Breze und ein Glas Milch. Er trug noch immer Agnes Gauderas Sweatshirt. Der Halsausschnitt war ihm über die Schulter gerutscht, das Gesicht vom Schlaf noch verquollen. Er blickte auf und musterte Dühnfort ausdruckslos.

»Nehmen Sie doch Platz«, sagte Gabi Sonnberger. »Mein Mann kommt gleich.« Dühnfort sah ihr die Erleichterung an. Die Schatten unter den Augen wurden von einem strahlenden Blick überlagert, die gebeugte Körperhaltung war einem federnden Gang gewichen. Und doch glaubte Dühnfort für einen Moment, als sie sich setzte, Anspannung zu spüren.

Dühnfort wandte sich an Jakob. »Geht es dir gut?«

Jakob nickte.

»Weißt du, wer ich bin?«

Der Junge schüttelte bedächtig den Kopf.

»Ich heiße Konstantin Dühnfort und bin Polizist. Ich habe dich gesucht. Natürlich nicht alleine. Über zweihundert Polizisten haben nach dir gesucht. Und wir sind alle froh, dass es dir gut geht. Natürlich fragen wir uns, wo du warst.«

Jakob umfasste die Ellenbogen mit den Händen.

»Kannst du mir das sagen?«

Langsam drehte der Junge den Kopf von links nach rechts.

»Jemand hat dich versteckt?«

Jakobs Augen weiteten sich, während er nickte.

»Weißt du, wer dich versteckt hat?«

Der Bub nickte, schwieg aber.

»Sagst du mir, wer das war?«

Wieder nickte der Junge. Dühnfort wartete. Jakob kletterte auf den Schoß seiner Mutter. Er schloss die Augen und sagte kaum hörbar: »Der schwarze Mann.«

»Der schwarze Mann«, wiederholte Dühnfort und fragte sich, was Jakob meinte. »Hat er schwarze Haut?«

Jakob runzelte die Stirn.

»Herr Dühnfort möchte wissen, ob der schwarze Mann so schwarz ist wie Jim Knopf«, sagte Gabi Sonnberger.

Jakob schüttelte den Kopf.

»Du nennst ihn so, weil er schwarze Sachen trägt?«, fragte Dühnfort.

Es folgte ein Nicken. Jakobs Lippen wurden blass und schmal. Er drehte sich auf dem Schoß seiner Mutter um, schlang die Arme um ihren Hals und vergrub den Kopf an ihrer Schulter.

»Das muss jetzt reichen.« Gabi Sonnberger stand mit ihrem Sohn auf dem Arm auf.

Der Junge brauchte Zeit, und es war besser, wenn Beatrice Mével, die Psychologin, mit ihm sprach. Sie war darin geschult, Kinder, die Schreckliches erlebt hatten, so zu befragen, dass sie nicht noch mehr verunsichert wurden und die Polizei trotzdem ermittlungsrelevante Informationen erhielt. Dühnfort blickte auf die Uhr. In zehn Minuten würde Gina eintreffen, um Jakob und seine Mutter zur Untersuchung zu begleiten.

Gabi Sonnberger bemerkte seinen Blick. »Ich muss Jakob noch umziehen. Mein Mann wird mitfahren. Der Kaffee ist frisch. Nehmen Sie sich doch eine Tasse.«

Dühnfort sah ihr nach. An der Tür zögerte sie einen Augenblick, als wollte sie noch etwas sagen, wandte sich dann aber ab und verließ die Küche.

Der schwarze Mann. Das war doch ein Anfang. Dühnfort schenkte sich Kaffee ein und trank einen Schluck. Dann griff er nach der Zeitung, die auf dem Fensterbrett lag. Beinahe hätte er gelacht, als er die Titelseite sah.

HALLELUJA! Über dieser blattbreiten Schlagzeile stand in kleinerer Schrift: *Jakob: Durch ein Wunder gerettet.* Das die Titelseite beherrschende Foto zeigte Gabi Sonnberger mit Jakob auf dem Arm und Beppo Sonnberger mit tränenfeuchten Augen. Weiter unten gab es einen rot umrandeten Kasten mit der Headline: *Der Engel von Mariaseeon.* Auf einem Foto war Agnes Gaudera zu sehen. Jakob klammerte sich an sie, während sie versuchte, die Kirchentür zu schließen. Das aus der Kirche in die Dämmerung dringende Licht beleuchtete sie von hinten. Ihre langen Haare und die helle Kleidung strahlten im Gegenlicht und ließen sie beinahe überirdisch erscheinen. Der Schein, der sie umgab, konnte nicht allein vom Gegenlicht verursacht worden sein. Bestimmt war das Bild am Computer nachbearbeitet worden. Der Reporter hatte es sich nicht nehmen lassen, auf den tragischen Verlust, den *der Engel von Mariaseeon* vor einem Jahr erlitten hatte, hinzuweisen. Dühnfort überflog den Artikel. Rainer Gaudera, Gründer der xSoft AG, war ein erfolgreicher Unternehmer gewesen.

Eine verwöhnte Frau, dachte Dühnfort, ich hätte ihr nichts zu bieten. Er war irritiert über diesen Gedanken, leerte die Tasse Kaffee und las weiter. Der Verfasser hatte ganze Arbeit geleistet und das Unglück noch einmal minutiös geschildert. Dühnfort hoffte, dass Agnes Gaudera diese Zeitung nicht zu sehen bekam.

Ja, sie gefiel ihm, hatte ihm vom ersten Augenblick an gefallen, als sie sich aufgerappelt und gesagt hatte, dass mit ihr alles in Ordnung sei, und er sofort gespürt hatte, dass dem nicht so war. Er erinnerte sich an den vergangenen Abend, als er sie wie selbstverständlich in die Arme genommen hatte. Es war sonst nicht seine Art. Ganz schön forsch, dachte er. Vermutlich weckte ihre scheinbare Zerbrechlichkeit seine Beschützerinstinkte. In diese Falle war er nun schon zweimal geraten. Zuerst während des Studiums, als er sich Hals über Kopf in Kim, eine japanische Musikstudentin, verliebte. Sie war neu in Hamburg, hatte Schwierigkeiten mit der Sprache, mit den Behörden und mit dem deutschen Essen. Er organisierte für sie einen Sprachkurs, erledigte den Behördenkram, lernte japanisch kochen und sorgte dafür, dass sie das frei werdende Zimmer in der WG erhielt. Nach knapp zwei Jahren sprach sie gut Deutsch, aß am liebsten französische Küche und angelte sich den Juniorchef des größten Hamburger Autohauses.

Und dann Konstanze. Auch sie ein zartes, scheinbar hilfloses Persönchen. Sie war Lehrerin geworden, da sie befürchtete, in der freien Wirtschaft nicht bestehen zu können. Sie richtete sich in diesem Biotop Schule ein und wusste nicht, wie es im richtigen Leben zuging. Dass er keinen geregelten Tagesablauf hatte, Überstunden machen musste und, schlimmer noch, machen wollte, dass er nach Dienstschluss nicht abschalten konnte, führte regelmäßig zu Streit. Als sich die Probleme häuften, suchte sie sich einen Neuen. Knallhart. Aber das war Vergangenheit. Er hatte seine Lehre daraus gezogen.

Dühnfort hörte die Haustür zuschlagen, dann Schritte auf dem Flur. Gina kam in die Küche. Er faltete die Zeitung zusammen.

»Die Tür war auf«, sagte sie. »Guten Morgen, Boss«, fügte sie hinzu und deutete dann auf die Zeitung. »Fehlt nur, dass sie ihr Flügel hinretuschiert hätten und einen Heiligenschein. Warum hat sie den Jungen ausgerechnet in die Kirche gebracht?«

»Sie hatte ihm versprochen, ihn zu seiner Mutter zu bringen, und die war in der Kirche.«

»Übrigens: Auftrag erledigt.« Gina berichtete, dass der *Engel von Mariaseeon* ein Alibi hatte. Melanie Berger hatte beobachtet, wie ihre neue Nachbarin zwischen fünfzehn und achtzehn Uhr den Umzugswagen entladen hatte. »Frau Berger ist übrigens Jakobs Erzieherin«, fügte Gina hinzu. »Wie bist du überhaupt auf die Idee gekommen, dass Frau Gaudera etwas mit Jakobs Entführung zu tun haben könnte?«

»Sie hat vor einem Jahr ihr Kind verloren und dann findet ausgerechnet sie den vermissten Jungen. Ich wollte sichergehen, dass wir nichts übersehen.« Er fühlte sich nicht wohl dabei.

Gina zog einen Stuhl heran und setzte sich. »Ich hab es vor dem Unwetter ja gerade noch nach Hause geschafft. Aber du, hast du hier übernachtet?«

»Im Gasthof«, sagte Dühnfort. Er hatte dort um kurz vor Mitternacht noch ein Zimmer bekommen und gut geschlafen.

Beppo Sonnberger hielt seiner Frau die Tür auf. Sie trug Jakob. Sein Kopf lag auf ihrer Schulter, ein Arm hing schlaff herab, der andere lag locker um ihren Nacken. Noch immer trug er Agnes Gauderas Sweatshirt.

»Er will es nicht hergeben«, sagte Gabi Sonnberger.

Jakob schnarchte.

»Er muss Schlafmittel oder Drogen bekommen haben«, sagte Beppo Sonnberger. »Gestern hat er noch von

Kaba geredet, den er weggeschüttet hat. Vielleicht war da was drin. Und er hat das gemerkt.«

Dühnfort nickte. »Ein schlaues Kerlchen. Wenn er geschlafen hätte, hätte Frau Gaudera ihn nicht gefunden.«

»Gaudera heißt sie also. Hat sie nicht die Villa Niedermeyer unten am See gekauft?«, fragte Gabi Sonnberger. »Sie war plötzlich weg. Wir haben uns gar nicht bei ihr bedankt.«

***

Ein eisiger Wind fegte durch das Dorf und jagte Wolkenfetzen über den frostigblauen Himmel, der Dühnfort ans Polarmeer denken ließ. Das sommerliche Intermezzo war beendet. Die Eisheiligen machten ihrem Namen Ehre. In Mariaseeon herrschte emsiges Treiben. Die Dorfbewohner waren dabei, die Spuren des Unwetters zu beseitigen. Am Rathaus befestigten Spengler ein losgerissenes Blechdach. Einer der Arbeiter grüßte Dühnfort: »Gut, dass der Bub wieder da ist.«

Kurz vor halb zehn Uhr traf Dühnfort am Uferweg ein. Buchholz und zwei Mann aus seinem Team sowie Alois Fünfanger und Agnes Gaudera warteten schon auf ihn. Michael Wagner, ein Mann der Freiwilligen Feuerwehr, den Dühnfort angefordert hatte, stieß kurze Zeit später zu ihnen. Er hatte eine Motorsäge dabei. Dühnfort fuhr mit Agnes Gaudera voran. Herabgefallene Äste und zwei umgestürzte Bäume unterbrachen mehrfach die Fahrt. Dann waren Wagner und die Motorsäge gefragt.

Etwa fünfzig Meter vor der Marienkapelle stellten sie die Fahrzeuge ab, setzten Schutzhelme auf und zogen Gummistiefel an. Buchholz ließ das Gelände um die Kapelle absperren, dort wollte er später nach Spuren suchen. Dühnfort dankte Wagner für seine Hilfe und schickte ihn heim.

Agnes Gaudera führte die Gruppe einen schmalen Pfad entlang bis zu der Stelle, an der sie Jakob gefunden hatte. Sie wateten durch Schlamm, stiegen über abgebrochene Äste und entwurzelte Bäume, immer darauf bedacht, möglichst neben dem schmalen Pfad zu gehen, den vermutlich auch der Kidnapper benutzt hatte. Sie kämpften sich zu dem Reisighaufen durch und fanden dann nichts. Der Täter hatte seine Spuren beseitigt. Kunststoffseil, Pfahl, Benzinkanister und Streichhölzer waren weg. »Der traut sich was«, sagte Dühnfort. »Feig ist er jedenfalls nicht.«

»Oder der Mut der Verzweiflung hat ihn getrieben.« Alois ging in die Hocke und stocherte mit einem dürren Zweig im Waldboden herum.

»Vielleicht auch Dummheit oder hohe Risikobereitschaft«, ließ Buchholz sich vernehmen. Er trug einen weißen Einwegoverall und leuchtete mit der mobilen Tatortleuchte, die er in einer Tasche mit Schultergurt trug, den Boden ab. »Schließlich hat er russisches Roulette gespielt. Allerdings mit Bäumen. Die Wahrscheinlichkeit, gestern Nacht während des Orkans hier von einem Baum erschlagen zu werden, schätze ich jedenfalls deutlich höher ein als eins zu sechs.«

Dühnfort sah zu Agnes Gaudera hinüber. Sie saß in einiger Entfernung auf einem Baumstumpf. Jeder Windhauch fegte Wasser aus den Bäumen. Die kühle Waldluft trug einen intensiven Duft von Harz und Erde in sich. Vereinzelt drangen Sonnenstrahlen durch die Wipfel, zeichneten auf das Moos wärmende Lichtinseln, aus denen nebliger Dunst aufstieg.

Dühnfort spürte einem Gefühl nach. Was trieb den Täter an, sein Leben zu riskieren, wenn ihm im Falle seiner Entdeckung nicht der Tod, sondern einige Jahre Gefängnis drohten? Mut? Vorstellbar. Angst und Verzweiflung? Nachvollziehbar. Das Gefühl, das Dühnfort Unbehagen bereitete, sagte ihm etwas anderes. Wer so vorging, hatte entweder keine Vorstellungskraft, war sich der Gefahr also nicht bewusst und somit dumm, oder er konnte sicher sein, dass ihm nichts geschehen würde. Aber woher sollte er diese Sicherheit nehmen?

»Die spannendere Frage ist eigentlich, wann er entdeckt hat, dass ihm sein Opfer abhandengekommen ist«, sagte Alois. »Mal angenommen, er ist, kurz nachdem Jakob von seinem Schutzengel gefunden wurde, hier aufgekreuzt, dann hat er ausreichend Zeit gehabt, aufzuräumen und aus dem Wald zu verschwinden, bevor das Unwetter losbrach.«

»Das ist möglich«, sagte Dühnfort. »Frau Gaudera hat ungefähr zwanzig Minuten von hier bis zur Kirche gebraucht. Das Unwetter setzte etwa zehn Minuten später ein. Bestenfalls hätte er also eine halbe Stunde Zeit gehabt. Aber genauso interessant ist die Frage, wann er den Jungen hierhergebracht hat.« Dühnfort zog sein Handy aus der Tasche.

Bichler hatte mit Dühnforts Anruf gerechnet und die entsprechenden Informationen schon zusammengetragen. Die Durchsuchung des Gebiets um die Marienkapelle war am Samstagnachmittag erfolgt, um fünfzehn Uhr war sie abgeschlossen gewesen. Die Kapelle hatte Bichler selbst durchsucht. »Sie war zwar verschlossen, aber der Schlüssel lag in der Regenrinne. Dass die Leute sich keine besseren Verstecke einfallen lassen. Unter der Fußmatte, im Blumentopf oder in der Regenrinne. Es ist immer das Gleiche. Aber in der Kapelle war nichts Auffälliges.« An den Reisighaufen konnte Bichler sich nicht erinnern.

»Jakob wurde also irgendwann zwischen Samstagnachmittag und Sonntagabend hierhergebracht«, überlegte Dühnfort. »Mit hoher Wahrscheinlichkeit erst, unmittelbar bevor der Täter ihn töten wollte. Es war ein schöner Wochenendtag, Spaziergänger und Radfahrer waren im Forst unterwegs. Die Stelle ist zwar abgelegen. Trotzdem wird er kein Risiko eingegangen sein. Vermutlich ist er mit einem Auto bis zur Kapelle gefahren. Den Rest des Weges musste er zu Fuß zurücklegen. Dabei hat Jakob einen Schuh verloren. Also hat er den Jungen erst hier entkleidet und die Kleidungsstücke mitgenommen. Frau Gaudera hat jedenfalls keine gesehen. Dann fesselt er den schlafenden Jungen und geht. Warum tut er das?«

»Vielleicht hat er den Bittgottesdienst für Jakob besucht«, sagte Alois. »Vielleicht hat er sich daran aufgegeilt, den betenden Menschen zuzusehen, um dann seine Macht vollends auskosten zu können: Er ist mächtiger als Gott, er alleine entscheidet über Leben und Tod des Jungen. Er hat den Daumen schon gesenkt, während all die anderen die Hände betend erhoben haben.«

»Mensch, Fünfanger, du guckst zu viele Krimis«, sagte Buchholz, der hinter dem Gestrüpp zum Vorschein kam. »Wenn du mich fragst, hat der Kerl den Jungen missbraucht und wollte ihn umbringen. Zur Verdeckung einer Straftat, wie das in unserem Beamtendeutsch so schön heißt, und anschließend wollte er die Leiche beseitigen, sprich verbrennen.«

»Wenn Sie mich nicht brauchen, gehe ich jetzt nach Hause.«

Dühnfort fuhr herum. Agnes Gaudera stand hinter ihm, blass, mit schmalem Mund. Laufen wird sie, dachte er, wie von Dämonen gejagt. Und wenn sie dann völlig ausgepowert ist, wird sie die Ruhe, hinter der sie herläuft, nicht gefunden haben. Es wird nur die Ruhe der Erschöpfung sein.

***

Dühnfort wischte den Schlamm im Gras ab und legte die Gummistiefel in den Kofferraum seines Autos. Bis jetzt gab es keine Spuren. Jakobs Entführer hatte Glück gehabt. Der sintflutartige Regen der vergangenen Nacht hatte die Spuren fortgespült, die der Täter nicht selbst beseitigt hatte.

Dühnfort schlug den Kofferraumdeckel zu. Einen Moment lang überlegte er, im Rechtsmedizinischen Institut anzurufen, um einen vorläufigen mündlichen Bericht von Jakobs Untersuchungsergebnissen zu erfragen, aber dafür war es noch zu früh. Er ging zur Kapelle. Auf der Giebelseite befand sich die Eingangstür. Die Regenrinnen waren in Griffhöhe. Dühnfort suchte tastend nach dem Schlüssel, als er das Motorengeräusch eines Autos vernahm, das sich langsam näherte. Vor dem Absperrband hielt ein dunkelblauer Fiat, der Motor wurde ausgeschaltet. Gabi Sonnberger stieg aus. »Ich hatte gehofft, dass ich Sie hier treffe«, sagte sie, ging um das Auto herum und holte vom Beifahrersitz einen Korb. Obenauf lag ein in weinrotes Seidenpapier gewickelter Blumenstrauß.

»Gibt es schon erste Ergebnisse?«

Gabi Sonnberger schüttelte den Kopf. »Darf ich?«, fragte sie und schlüpfte auf sein Nicken hin unter dem Absperrband hindurch. Sie griff in die Regenrinne, zog einen altmodischen Bartschlüssel hervor und sperrte die Kapellentür auf. Dühnfort folgte ihr.

Drinnen war es kühl und dämmrig. Die Luft roch

feuchtmodrig. Zwei schmale Fenster rechts und links des kleinen Altars ließen spärlich Licht herein, das auf eine mit Pastellfarben bemalte und mit Blattgold verzierte Marienstatue fiel.

Dühnfort betrachtete die Figur. Die Details waren fein gearbeitet. Die Falten des weiten Gewandes fielen so weich, als wären sie tatsächlich aus Stoff, die Hände waren zartgliedrig, aber am meisten faszinierte ihn der Gesichtsausdruck. Er schien lebendig zu sein, ein sanfter Blick, ein mildes, den Mund umspielendes Lächeln. Diese Figur war ein Meisterwerk. »Das ist ein wertvolles Stück. Erstaunlich, dass sie noch nicht gestohlen wurde. Noch dazu, wo der Schlüssel so leicht zu finden ist.«

»Vor ungefähr fünf Jahren hat das einer versucht.« Gabi Sonnberger zog ein Feuerzeug aus der Hosentasche und zündete zwei Kerzen auf dem Altar an. Die Wirkung von Licht und Schatten war verblüffend. Nun lächelte die Madonna Dühnfort an. »Sie hat dem Dieb kein Glück gebracht. Ein paar Kilometer von hier ist er gegen einen Baum gerast. Er war sofort tot, das Auto war ein einziger Trümmerhaufen, aber die Madonna hat nicht den kleinsten Kratzer abbekommen. Völlig unversehrt lag sie im Gras. Zuerst haben wir überlegt, ob wir sie zu uns ins Haus nehmen, da wäre sie sicherer. Aber sie gehört hierher. Deshalb haben wir sie zurückgebracht.«

»Wir?«, fragte Dühnfort. »Gehört die Figur Ihnen?«

»Die Kapelle gehört zum Hof«, sagte Gabi Sonnberger. »Ein Vorfahre von mir, Josef-Maria Münch, hat sie als Dank für wundersame Errettung bauen lassen. Das war im Jahr 1788.« Sie wickelte einen Strauß aprikosenfarbener Rosen aus dem Blumenpapier und legte sie auf den Altar. »Er ist von einem Unwetter überrascht worden. Hier an dieser Stelle. Es muss ähnlich schlimm gewesen sein wie das letzte Nacht. Er war mit seinem Ochsengespann unterwegs und hat den Hof nicht rechtzeitig erreicht«, sagte sie, während sie das Blumenpapier glattstrich, einen Strauß weißer Lilien aus einer Vase nahm und darin einwickelte. Eigentlich hatten sie noch ganz frisch ausgesehen. »Er hat sich mitten im Forst befunden, als das Unwetter losbrach, und er hat um sein Leben gefürchtet.« Gabi Sonnberger drehte sich zu Dühnfort um und deutete auf eine Wand neben dem Altar. »Auf dem Votivbild ist das Ereignis dargestellt.«

Es hing zwischen einigen anderen Votivtafeln, die Gläubige aus Dankbarkeit für Hilfe in der Not gestiftet hatten. Dühnfort betrachtete das mit Ölfarben auf Holz gemalte Bild. Die Farben waren im Laufe von über zweihundert Jahren verblasst, das Motiv aber noch gut zu erkennen. Es zeigte im Stil naiver Malerei ein Fuhrwerk, das von zwei Ochsen durch einen Wald gezogen wurde. Die Bäume neigten sich im Wind. Regen und Hagel waren mit beinahe waagerechten Pinselstrichen gemalt. Zwischen den Bäumen stand eine verschwommene Gestalt, von einem Lichtschein umgeben.

»Josef-Maria Münch hat die Ochsen angetrieben, schneller zu laufen, als ihm eine Lichtgestalt erschienen ist, die Jungfrau Maria. Mit einer Geste gab sie ihm zu verstehen, dass er anhalten sollte. Das hat er getan, und einen Augenblick später ist ein Blitz in eine Eiche gefahren, hat sie gespalten und ein Teil stürzte über den Weg. Wäre mein Vorfahre weitergefahren, hätte ihn der Baum erschlagen.« Gabi Sonnberger holte eine Flasche aus dem Korb, füllte daraus Wasser in die Vase, stellte die Rosen hinein und rückte sie vor die Madonna.

»Interessante Geschichte«, sagte Dühnfort.

Jakobs Mutter faltete den eingewickelten Lilienstrauß

mehrfach längs und quer zusammen und legte dann das Päckchen in den Korb.

»Die sahen doch noch ganz gut aus«, sagte Dühnfort.

»Heute Abend wären sie sowieso weggeworfen worden. Dann bringen die Kommunionkinder frische Blumen.«

Dühnfort verstand nicht.

Gabi Sonnberger lächelte. »Es ist Mai. Marienmonat. Da bringen die Mädchen, die in diesem Jahr Erste Heilige Kommunion haben, jeden Abend frische Blumen in die Marienkapelle. Das ist ein Brauch seit über zweihundert Jahren, seit es die Kapelle gibt.«

»Gestern Abend auch?«

Gabi Sonnberger schüttelte den Kopf. »Sicher nicht bei dem Sturm.«

»Und jetzt bedanken Sie sich für Jakobs Rettung?« Dühnfort blickte auf die Rosen.

»Eigentlich nicht. Das war ein spontaner Entschluss. Ich bin nicht so gläubig und Jakob ist nicht durch ein Wunder gerettet worden.« Sie sah ihn an und senkte dann den Blick. »Ich muss mit Ihnen reden. Ich wollte Sie hier treffen. Sie haben doch gesagt, dass Sie zu Jakobs Fundort wollten, und Sie haben mir gestern am Telefon erzählt, wo das ist, also wusste ich, wo ich Sie finden kann. Heute Morgen hat sich keine Gelegenheit ergeben.« Sie blickte auf ihre Hände. »Setzen wir uns doch einen Augenblick.« Sie deutete auf eine zierliche Gebetbank.

Wortlos setzte Dühnfort sich neben Jakobs Mutter. Eine vage Befürchtung stieg in ihm auf. Aber das konnte nicht sein. »Nun, weshalb wollten Sie mich treffen?«

Sie seufzte, schlug die Beine übereinander und umfasste das obenliegende Knie mit den Händen. »Wie hat mein Mann gesagt: Da musst du jetzt durch, das hast du dir alleine eingebrockt, also löffle es auch alleine aus. Das ist der Grund, weshalb Beppo mit Jakob zur Untersuchung ist. Beppo hat nichts damit zu tun. Ich hab es ihm erst gestern Nacht erzählt.«

»Was, Frau Sonnberger?«

Sie blickte ihn an. »Sie werden gleich ganz furchtbar wütend auf mich sein.«

***

Agnes war nahe daran, die Nerven zu verlieren. »Nein, ich ändere meine Meinung nicht. Ich gebe keine Interviews.« Ständig riefen Reporter an. Agnes zog den Akku aus dem schnurlosen Bürotelefon, knallte es zurück in die Ladeschale und schaltete den Anrufbeantworter aus. Ihre Privatnummer hatte sie, Gott sei Dank, nicht eintragen lassen.

Sie wollte nicht ein weiteres Mal Beute der Medien werden. Aber eigentlich war genau das schon geschehen. Man hatte sie nicht nur zum *Engel von Mariaseeon* gemacht, sondern auch dafür gesorgt, dass ihr Schicksal nun im Dorf bekannt war. Bestenfalls würden mitleidige Blicke sie verfolgen, wenn sie durch den Ort ging, und Gespräche verstummen, wenn sie ein Geschäft betrat. Schlimmstenfalls würden wildfremde Menschen mit gierigem Leuchten in den Augen, Mitgefühl heuchelnd ihre Geschichte hören wollen in der Hoffnung, schaurige Details zu erfahren.

Das Privattelefon klingelte. Es war Agnes' Mutter, die sich besorgt erkundigte, ob es ihrer Tochter auch gutgehe, und am liebsten sofort vorbeigekommen wäre. Agnes gelang es, das zu verhindern. Danach überlegte sie, ob sie an ihrer Eigenwerbung weiterarbeiten sollte, verschob das aber auf später. Erst musste sie im Garten für Ordnung sorgen. Im hinteren Bereich war eine Fichte abgeknickt und überall lagen abgebrochene Äste herum. Das Haus war unbeschädigt geblieben. Aber sie hatte noch nicht nachgesehen, ob das Atelier Schäden davongetragen hatte, und war darauf gefasst, dass der Hagel die großen Fensterflächen zertrümmert hatte. Agnes schlüpfte in die alten Laufschuhe und ging hinaus.

Auf dem Gartenweg kam ihr Jakobs Onkel entgegen. Er trug eine Pappkiste voller Blumen. Beinahe hätte sie ihn in Jeans, Sweatshirt und Stiefeln nicht erkannt. Schuldbewusst dachte Agnes an das Sakko, das noch feucht im Badezimmer lag.

»Grüß Gott, Frau Gaudera.«

Agnes war von seinen widersprüchlichen Gesichtszügen fasziniert. Ein kräftiges Kinn und eine niedrige Stirn gaben ihm etwas Bodenständiges. Dieser Eindruck wurde aber durch eine schmale Nase, einen fein geschwungenen Mund und klare blaue Augen, die eher zu einem Gelehrten passten, in Frage gestellt. »Hallo, Herr Münch.«

»Die sind von meiner Schwester«, sagte er und stellte die Kiste neben der Haustür ab. »Sie hat mich gebeten, das zu übernehmen. Sie lässt sich entschuldigen. Es ist ein ziemlicher Trubel. Sie kommt nicht weg.«

»Danke.« Agnes war verwundert. Ein Strauß als Dankeschön hätte es auch getan.

»Meine Schwester meint, dass Ihre Blumen bei dem Unwetter kaputtgegangen sind. Deshalb schickt sie Pflanzen und keinen Strauß«, sagte Jakobs Onkel, als hätte er ihre Gedanken gelesen. »Ach ja. Ich soll Ihnen noch ausrichten: Sie kommt in den nächsten Tagen vorbei, um sich selbst zu bedanken.«

»Sie braucht sich doch nicht zu bedanken, um Gottes willen.«

»Natürlich müssen wir Ihnen danken«, sagte er in einem Tonfall, der keinen Widerspruch zuließ. »Gut, dass Sie nicht zum Bittgottesdienst gegangen sind. Sonst hätten Sie Jakob nicht gefunden.«

»Ich habe mich verlaufen. Es war ein Zufall, ein kleiner Scherz des Schicksals.« Agnes schämte sich sofort. Dieser Scherz hatte Jakob das Leben gerettet. Ich sollte mich mit seiner Familie freuen und nicht verbittert darüber sein, dass das Schicksal bei Rainer und Yvonne nicht zu solchen Späßen aufgelegt gewesen war.

Münch schluckte und holte dann Luft, als würde er ihr gleich etwas Unangenehmes mitteilen müssen. »Da Sie jetzt quasi zur Familie gehören: Ich bin der Anselm.« Er reichte ihr die Hand.

Agnes fühlte sich überrumpelt. Nur weil sie den Jungen gefunden hatte, musste sie sich nicht von seiner Familie vereinnahmen lassen. Aber sie konnte das angebotene Du nicht zurückweisen, ohne dass es verletzend wirkte. Also erwiderte sie gezwungenermaßen Anselms Händedruck. »Wie geht es Jakob?«

»So weit ganz gut, glaube ich«, sagte Anselm Münch und zeigte auf die Pflanzen. »Soll ich dir beim Einpflanzen helfen?«

»Ich muss erst Blumenerde besorgen, das mache ich morgen. Aber im Garten könnte ich ehrlich gesagt Hilfe gebrauchen. Wenn das jetzt nicht zu unverschämt ist. Ein Baum ist abgebrochen. Den muss ich wohl irgendwie beseitigen lassen. Könnten Sie das?«

»Du«, sagte er. »Wir waren doch beim Du.«

Ein kleines Lächeln huschte über sein Gesicht, erreichte die Augen aber nicht. Agnes entdeckte gleichzeitig einen melancholischen Zug um seine Mundwinkel. Plötzlich erfüllte sie tiefe Trauer, am liebsten hätte sie losgeheult und wusste nicht, warum. Es war einfach alles zu viel gewesen. Sie riss sich zusammen. »Kannst du das?«, wiederholte sie die Frage und versuchte zu lächeln.

»Mir gehört ein Stück vom Forst. Mit einer Motorsäge kann ich also umgehen.«

»Im Schuppen ist eine«, sagte Agnes. »Hoffentlich funktioniert sie.«

Sie gingen in den hinteren Teil des Gartens. Erleichtert stellte Agnes fest, dass alle Atelierfenster heil geblieben waren. Sie hatte wirklich Glück gehabt.

Die Fichte war auf etwa zwei Meter Höhe abgeknickt. Der Wipfel war zu Boden gestürzt, aber das zersplitterte Ende des Stamms lag noch auf der Bruchstelle auf. Anselm holte die Motorsäge aus dem Schuppen. Agnes nahm den Schubkarren und begann, Zweige und Äste einzusammeln, die der Sturm aus den Bäumen geschüttelt hatte. Anselm startete die Säge, die wider Erwarten sofort ansprang. Mit ihrem sirrenden Kreischen unterband sie jedes weitere Gespräch. Nach einer Viertelstunde hatte Anselm den Baum von allen Zweigen befreit. Nun holte er eine Leiter aus dem Schuppen, lehnte sie an den Stamm und stieg hinauf. Mit einem Schnitt trennte er den aufliegenden Teil vom Rest. Mit einem dumpfen Knall stürzte der Stamm zu Boden.

»Du kannst die Zweige aufsammeln. Ich säge den Stamm noch auf Meterstücke. Morgen komme ich mit dem Traktor und der Seilwinde. Der Wurzelballen muss auch raus.«

Agnes war durstig. »Ich hole uns was zu trinken«, sagte sie. »Magst du Saft oder Wasser oder lieber einen Kaffee?«

»Wasser ist in Ordnung«, antwortete Anselm.

Agnes holte eine Flasche und zwei Gläser. Sie setzten

sich auf den silbrigen Baumstamm, der vor dem Atelierfenster lag. Anselm schien nervös zu sein. Er fuhr sich bereits zum dritten Mal durch die Haare. Dabei beobachtete er sie, wandte aber schnell den Blick ab, als er merkte, dass sie es bemerkt hatte. »Durch diesen Zeitungsartikel kennt jeder im Dorf dein Schicksal«, begann er ganz unvermittelt.

Agnes zuckte zusammen. Ging das also jetzt los.

»Ich habe mich gefragt, was du nun machst. Arbeitest du wieder?«

Agnes war erleichtert, dass er nicht an ihrer Vergangenheit rührte. »Ich bin gerade dabei, mich selbstständig zu machen.«

»Selbstständig. Gut. Ich hätte einen Auftrag«, sagte Anselm und blickte auf. »Wenn du magst.« Unsicher sah er sie an.

Wie ein Kind, das sich zu nah ans Wasser gewagt hat und nun Angst hat, hineinzufallen, dachte sie. Was sollte das für ein Auftrag sein?

»Gestaltest du Bücher?«

»Ich habe mal ein Kochbuch mit Prominentenrezepten entworfen. Das war eine Werbeaktion für einen Küchenhersteller. Woran denkst du?«

»Die Geschichte von Mariaseeon. Das Manuskript ist fertig. Der Verlag hat erste Entwürfe gemacht, aber sie gefallen mir nicht. Man versteht dort nicht, was ich will. Deshalb werde ich das Buch selbst herausgeben.«

Agnes hatte angenommen, dass Anselm, der Besitzer des Münch-Hofes, Bauer sei.

Er bemerkte ihren irritierten Blick. »Ich habe Geschichte studiert und sogar promoviert. Das Buch über die Dorfgeschichte ist eine Liebhaberei und soll gut gestaltet werden. So wie ich mir das vorstelle. Sieh dir die

Unterlagen an, dann kannst du entscheiden, ob du das machen magst.«

***

Dühnfort betrachtete das Kuvert, das er von Gabi Sonnberger entgegengenommen hatte, und versuchte, den aufsteigenden Ärger nicht die Oberhand gewinnen zu lassen. »Was ist das?«

»Eine Lösegeldforderung.« Trotzig hielt sie seinem Blick stand.

Dühnfort zog einen Briefbogen aus dem weißen Umschlag. »Vielen Dank auch für Ihr Vertrauen.« Er konnte nicht sitzen bleiben und erhob sich. Vor dem Altar blieb er stehen. Milde lächelte ihn die Mutter Gottes an. Dühnfort verspürte den unsinnigen Wunsch, die Statue umzudrehen. Stattdessen wandte er sich um. »Wann haben Sie den bekommen?«

»Ich gar nicht. Meine Mutter hat ihn bekommen.«

»Und wann?«

»Samstag früh lag er in ihrem Briefkasten, als sie die Zeitung geholt hat.«

Dühnfort faltete den Bogen auseinander. Es war ein Computerausdruck. Er enthielt eigentlich das Übliche: Keine Polizei; die Drohung, Jakob zu töten; eine Forderung über eine Million. Aber etwas war ungewöhnlich. Der Erpresser nannte Übergabeort und -zeit. Ein Dilettant. »Wie sind Sie an den Brief gekommen?«

»Meine Mutter hat mich angerufen. Sie wusste ja, dass eine Polizistin mithört, und hat deshalb nur gesagt, dass es ihr nicht gutgeht und ob ich kommen kann. Ich bin gleich los.«

»Ihre Mutter hielt es also für notwendig, Sie, aber nicht uns zu informieren. Sehe ich das richtig?«

Gabi Sonnberger bestätigte das. Ihre Mutter hatte ihr die Entscheidung überlassen wollen, um sich nicht später Vorwürfe machen zu müssen, falls die Polizei versagte und Jakob etwas zustieß.

»Warum haben Sie uns dann nicht informiert?«

Sie sah ihn ungläubig an, doch dann platzte es aus ihr heraus. »Ich wollte meinen Jungen wieder, und zwar lebend.«

»Und das hätten wir nicht geschafft? Da sind Sie als Mutter natürlich viel kompetenter als ein Team gut ausgebildeter und erfahrener Polizisten.«

Sie stand auf und stellte sich vor ihn. Ihre Augen funkelten. »Ich einfache, dumme und unerfahrene Bäuerin, Hausfrau und Mutter«, sagte sie mit ruhiger Stimme, der man aber anmerkte, dass sie sich mühsam beherrschte, »habe gemerkt, dass Ihre gut ausgebildeten und erfahrenen Polizisten mich beschatten.«

Dühnfort konnte das nicht glauben.

»Dunkelgrauer Golf mit getönten Scheiben. Ein junger Schnösel, der völlig übernächtigt aussah, und ein Glatzkopf mit Quadratschädel und Pilotenbrille. Echte Profis«, sagte sie und legte den Kopf in den Nacken.

Der Glatzkopf war Rauchenbichler, der Übernächtigte Kölle, nur Karstensen hatte sie nicht bemerkt. Dühnfort fühlte Wut in sich hochsteigen wie Quecksilber in einem Thermometer, unter das ein Streichholz gehalten wird. Er atmete scharf aus.

Gabi Sonnberger fuhr sarkastisch fort, dass eine so stümperhafte Überwachung auch dem Kidnapper aufgefallen wäre und er Jakob dann getötet hätte. »Logisch, oder?«, sagte sie und hob eine Augenbraue.

»Aus Ihrer Sicht vielleicht«, erwiderte Dühnfort, um einen sachlichen Tonfall bemüht, obwohl der Ärger sich in ihm staute und ein Ventil suchte. Er würde sich von Gabi Sonnbergers Überheblichkeit nicht aus der Fassung bringen lassen.

»Und wenn ich ihm gebe, was er haben will, und er sicher sein kann, dass ich ohne Polizei aufkreuze, dann wird er Jakob laufenlassen. Logisch, oder?«

Dühnfort verlor die Beherrschung. »Ganz und gar nicht. Jakob ist ein gefährlicher Zeuge, der ihn identifizieren könnte. Was glauben Sie, warum er Jakob halb betäubt auf einen Scheiterhaufen gefesselt hat? Benzin und Streichhölzer lagen bereit. Er wollte ihn töten. Logisch, oder?«, fuhr er sie an.

»Nein«, keuchte sie. Schlagartig wich alle Arroganz aus ihrem Gesicht. Langsam setzte sie sich auf die schmale Gebetbank. Dühnfort sah, welchen Schlag er ihr versetzt hatte, sah, dass ihr dieser Gedanke bisher nicht gekommen war, aber er konnte sich nicht bremsen.

»Ich weiß ja nicht, ob das in Ihren Schädel reingeht. Aber Sie haben es der Besessenheit einer fanatischen Sportlerin zu verdanken und dem Zufall, dass sie sich verlaufen hat. Sonst hätte sie Jakob nicht gefunden. Dann wäre er jetzt tot«, sagte er kalt.

Frau Sonnberger brach in Tränen aus. »Ich habe gedacht, er hat ihn im Wald freigelassen. Also nicht freigelassen«, stotterte sie. »Ich meine, er wollte doch, dass Jakob gefunden wird, hab ich gedacht. Er wollte ihn verbrennen, o Gott. Ich wollte doch nur meinen Jungen zurück«, schluchzte sie.

Nun gut. Er hatte zurückgeschlagen, der Druck war gewichen, aber er fühlte sich nicht besser. »Es ist, wie es ist«, sagte er resigniert, setzte sich neben sie und reichte ihr ein Taschentuch, in das sie sich schnäuzte. Mit dem Handrücken wischte sie die Tränen ab. »Aber wenigstens haben wir jetzt vielleicht ein Motiv«, sagte Dühnfort nach einer Weile. »Das ist doch schon mal was. Sie haben eine Million bezahlt?«

Gabi Sonnberger schniefte und nickte. »Sie haben recht gehabt. Thomas hat mir das Geld besorgt. Ich war am Nachmittag noch einmal bei meiner Mutter und hab ihn von dort angerufen und das Treffen am Friedhof vereinbart.«

»Wissen Sie, ob die Scheine registriert wurden?«

»Nein. Thomas wollte das zwar, aber dafür war dann keine Zeit mehr. Es war ja Samstag und er hat nie so viel Geld in seiner Filiale. Er musste es von der Zentrale organisieren.«

Gabi Sonnberger berichtete, dass sie alles so gemacht hatte wie gefordert. Sie hatte in der Nacht zum Sonntag um drei Uhr zwei Müllsäcke voller Geldscheine am Parkplatz Portenläng bei Otterloh in die Mülltonne gelegt und war dann sofort gefahren. Ihr war nichts aufgefallen. Kein Mensch weit und breit, auch kein Auto.

»Wie haben Sie es eigentlich geschafft, sich unbemerkt davonzuschleichen?«

»Das war ganz einfach«, sagte sie lächelnd. »Ich bin hinten raus, durch den Obstgarten. Von dort gibt es einen Fußweg, der bis zur Dorfstraße führt. Dort bin ich lang.« Dühnfort kannte den Weg. Merde, dachte er. Hat Kölle denn gepennt?

Gabi Sonnberger hatte sich das Auto ihrer Mutter geliehen, die es auf der Straße geparkt und ihrer Tochter am Nachmittag den Schlüssel mitgegeben hatte. Beppo Sonnberger hatte tief und fest geschlafen, nachdem seine Frau ihn überredet hatte, eine Schlaftablette zu nehmen.

»Warum haben Sie ihn nicht eingeweiht?«, fragte Dühnfort.

»Beppo ist wahnsinnig korrekt. Ich hatte Angst, dass er nicht mitmacht und Sie informiert. Außerdem haben wir doch die Vereinbarung, dass ich das Geld nicht anrühre. Ich war nicht sicher, ob er darauf bestehen würde. Ich hatte einfach keinen Nerv für einen Streit mit ihm.«

»Wo hat Thomas Schmidt Ihnen das Geld übergeben?«

Gabi Sonnberger lächelte.

»Also, das glaube ich jetzt nicht, dass er unbemerkt von meinen Leuten zwei Müllsäcke voller Geld bei Ihnen im Haus abgeliefert hat.«

»Nein, hat er auch nicht«, beeilte sich Gabi Sonnberger zu sagen. »Wir haben uns hier getroffen. An der Kapelle.«

***

Den Brief mit der Lösegeldforderung gab Dühnfort bei der KTU ab und bat um schnellstmögliche Untersuchung. Er hoffte, dass Buchholz und seine Leute am Geldübergabeort brauchbare Spuren fanden. Der erste vorläufige Bericht aus der Rechtsmedizin war entmutigend, jedenfalls was die Spurenlage betraf. Ein paar schwarze Fasern unter Jakobs Fingernägeln. Das war alles. Kein Blut, kein Sperma, kein Haar, keine Hautschuppe. Nichts. Merde, dachte Dühnfort. Wenigstens war Jakob nicht missbraucht worden. Jedenfalls nicht derart, dass man es körperlich feststellen konnte. Mit Kölle hatte Dühnfort bereits auf der Rückfahrt in die Stadt telefoniert. Der junge Vater litt an Schlafentzug, da sein Filius keine Nacht durchschlief. Für ein paar Minuten war er während der Observierung eingenickt.

Kurz vor drei. Zeit, den Kindervernehmungsraum aufzusuchen. Dühnfort ging die Treppe zur zweiten Etage hinunter, dann den Flur entlang und öffnete die Tür zu dem eigens für die Befragung von Kindern eingerichteten Raum. Er hatte noch ein paar Minuten Zeit, bis Beatrice Mével, die Psychologin, kam. Dühnfort hatte schon mehrfach mit ihr zusammengearbeitet und schätzte die stämmige Frau, die nichts aus der Ruhe bringen konnte. Sie stammte aus Brest, hatte in München studiert, sich in die Stadt und einen ihrer Bewohner verliebt und war geblieben.

In einer Ecke leuchtete das rote Stand-by-Licht einer Videokamera. In der Mitte des Raumes befanden sich zwei Stühle und ein Tisch, auf dem sich Bilderbücher, Stoffpuppen, Buntstifte und Blöcke stapelten. Weiter hinten im Raum lagen eine bunt gestreifte Matratze und etliche Kissen. Daneben hatte jemand eine kleine Mauer aus gelbbezogenen Schaumstoffwürfeln aufgebaut. Dühnfort drehte sich um und betrachtete den Spiegel an der gegenüberliegenden Wand. Im Raum dahinter saß ein Kollege, der die Videokamera bediente und das Gespräch aufzeichnete. Falls Jakob den Täter oder das Versteck erkannt hatte, würde Beatrice Mével das vorsichtig aus ihm herausholen, dann wäre der Fall schnell erledigt.

Die Tür wurde geöffnet, die Psychologin trat ein. Beatrice Mével war eine kleine Mittfünfzigerin mit kupferrot gefärbtem Kurzhaarschopf. Wie meistens trug sie ein grünes Kleidungsstück, das die Farbe ihrer Augen betonte. Heute war es ein moosgrüner Rollkragenpulli. Nicht ganz so vorteilhaft war der enge Tweedrock, der knapp über den Knien endete und den Blick auf stämmige Waden lenkte. Sie begrüßte Dühnfort und setzte sich. Ihre ausgebeulte Aktentasche stellte sie auf den Boden und deutete auf den anderen Stuhl. Dühnfort nahm Platz und fragte sie, wie weit sie mit dem Fall vertraut war.

Wie sich herausstellte, war sie auf dem Laufenden. »Sie haben heute Morgen mit Jakob gesprochen. Was für einen Eindruck hat er auf Sie gemacht?«, fragte sie.

»Er wirkte sehr verstört und hat kaum geredet. Eigentlich hat er nur drei Worte gesagt: der schwarze Mann.«

»Mehr nicht?«

»Ich habe nicht weiter nachgebohrt. Sie können das besser«, sagte Dühnfort.

Beatrice Mével kräuselte die Lippen. »Das gefällt mir nicht. Jakobs Verhalten deutet auf eine akute Belastungsreaktion hin. Das kann schwierig werden.«

Plötzlich war Dühnfort beunruhigt.

»Sie möchten bei der Befragung wirklich nicht anwesend sein?«

Dühnfort verneinte. Er hatte sich das gründlich überlegt. Zwei Erwachsene, die auf einen traumatisierten Fünfjährigen einredeten. Das Bild gefiel ihm nicht. Er hatte Angst, dass Jakob dann vielleicht ganz dichtmachen würde.

Es klopfte. Die Psychologin stand auf und öffnete die Tür. Gina betrat den Raum, gefolgt von Beppo und Jakob Sonnberger. Jakob versuchte sich hinter seinem Vater zu verstecken. Dühnfort stellte Beatrice Mével vor. Sie sprach kurz mit dem Vater und bat dann alle außer Jakob, den Raum zu verlassen.

Jakobs Vater protestierte. »Ich lass doch meinen Buben nicht allein.«

»Er ist in guten Händen«, erwiderte Beatrice Mével.

Jakob klammerte sich an die Beine seines Vaters. »Sie sehen doch, dass er nicht alleine bei Ihnen bleiben will.« Sonnberger nahm Jakob auf den Arm.

»Musst du auch nicht«, sagte Beatrice Mével zu Jakob. »Ich habe einen guten Freund von dir mitgebracht.« Jakob blickte auf und sah sich im Zimmer um.

»Du hast deinen Lulli verloren. Stimmt's?«

Jakob nickte und zog die Unterlippe unter die Schneidezähne.

»Ich habe ihn mitgebracht. Er ist in diesem Zimmer.«

Das ist nicht möglich, dachte Dühnfort, die KTU würde dieses Beweisstück niemals herausgeben. Und selbst wenn sie es geschafft hatte, sich den Bären auszuleihen, musste ihr doch klar sein, dass sie Jakob den Kuschelbären nicht wieder abnehmen konnte.

Jakob sagte nichts, versuchte aber, vom Arm seines Vaters herunterzukommen. Sonnberger setzte ihn ab. Jakob sah sich im Raum um und stürzte sich dann auf den Kissenberg. Hastig durchsuchte er ihn. Beatrice Mével gab mit einem Kopfnicken in Richtung Tür zu verstehen, dass der Zeitpunkt, den Raum zu verlassen, gekommen war.

»Dein Lulli ist hier«, sagte sie und ging zu ihrer Aktentasche.

***

Dühnfort betrat den Überwachungsraum, grüßte Mani Schmitz, einen mageren Kerl mit Stirnglatze, der für die Videoaufzeichnung zuständig war, und setzte sich neben ihn an den Tisch vor die Glasscheibe, die auf der anderen Seite ein Spiegel war.

Beatrice Mével hatte inzwischen den Lulli aus der Aktentasche geholt und Jakob gegeben. Er saß auf der Matratze, den Kuschelbären fest an sich gedrückt. Sie setzte sich neben ihn.

»Ich glaube, der Lulli hat dich genauso vermisst wie

du ihn«, sagte sie. Jakob blickte nicht auf, zeigte keine Reaktion.

»Ich habe gesehen, dass ihm ein Auge fehlt. Wie ist denn das passiert? Hat er gekämpft?«

Jakob ließ sich zur Seite fallen, drückte den Bären weiter an sich und zog die Knie zum Bauch.

Merde, dachte Dühnfort, das sieht nicht gut aus. Sie sollte ihm ein paar Minuten Ruhe geben.

Beatrice Mével blieb neben dem Jungen sitzen und sagte nichts. So vergingen einige Minuten, bis Jakob plötzlich murmelte: »Ein Rabe hat es ihm ausgehackt. Er ist vom Himmel gestürzt und hat es ihm ausgehackt und mitgenommen.«

»Das ist ja schrecklich«, sagte Beatrice Mével. »Armer Lulli. Was hat der Rabe damit gemacht?«

»In sein Versteck gebracht natürlich«, erwiderte Jakob und setzte sich auf.

»Das war ein schwarzer Rabe?«

Jakob sprang auf und trat nach den Kissen. »Rabenschwarzer Rabe, rabenschwarzer Rabe!«, brüllte er. Die Kissen flogen durch den Raum. Dann stürzte Jakob sich auf die Mauer aus Schaumstoffwürfeln. »Rabenschwarzer Rabe, rabenschwarzer Rabe!«

Er hat Angst, dachte Dühnfort. Er ist wütend, aber hauptsächlich hat er Angst.

Jakob schleuderte die Würfel durch den Raum. Beatrice Mével ließ ihn gewähren. »Rabenschwarzer Rabe, rabenschwarzer Rabe.« Er schien sich langsam zu beruhigen. Das Geschrei wurde leiser und verebbte. Jakob setzte sich mitten im Raum auf den Boden. Er wirkte völlig apathisch. Beatrice Mével kniete sich ihm gegenüber.

»Der Rabe hat seine Beute in sein Versteck gebracht«,

sagte sie. »Weißt du, ich kenne mich mit Raben nicht so gut aus. Aber ich glaube, dass sie schlau sind.«

Jakob nickte kaum merklich.

»Also hat der Rabe bestimmt ein gutes Versteck, oder?«

Jakob rührte sich nicht.

Beatrice kniete weiter auf dem Boden und wartete. Ihr müssen die Füße einschlafen, dachte Dühnfort. Jakob blickte an ihr vorbei an die Wand. Dann stand er plötzlich auf und begann, aus den Schaumstoffwürfeln einen runden Turm zu bauen. In der untersten Reihe ließ er eine Lücke. Als der Turm drei Reihen hoch war, holte er sich das größte Kissen von der Matratze, legte es obenauf, schnappte sich noch einen Würfel, den er neben das Loch in der untersten Reihe stellte, und kroch mit seinem Lulli im Arm in den Turm. Seine Hand erschien an der Öffnung. Jakob verschloss sie mit dem letzten Würfel.

Merde, dachte Dühnfort, das war es dann wohl.

Zehn Minuten später saß Jakob noch immer in seinem Turm. Beatrice Mével hatte zunächst abgewartet, ob er von alleine wieder herauskäme, dann hatte sie versucht, mit ihm zu reden, aber es war ihr nicht gelungen, ihn hervorzulocken.

»Ich werde jetzt anfangen, den Turm abzubauen«, sagte sie und legte das Kissen zurück auf die Matratze. Dühnfort sah, wie sie von oben zu Jakob hineinblickte. Plötzlich stoben die Würfel in alle Richtungen davon, Jakob trat und schlug nach ihnen, gab aber keinen Laut von sich. Er stürmte zur Tür, riss sie auf und lief hinaus auf den Flur, wo sein Vater auf ihn wartete.

***

Dühnfort verabschiedete sich von Beppo Sonnberger und Jakob und ging mit Beatrice Mével in die Kantine. Jetzt brauchte er einen ordentlichen Kaffee. Er bestellte für sich einen Cappuccino und für Beatrice Mével einen Espresso. Als sie an einem der Tische saßen, fragte er, wie sie an den Lulli gekommen sei.

»Ein kleiner Trick. Ich habe ihn mir bei der KTU genau angesehen. Das ist ein ganz normaler Teddybär, den es in jedem Kaufhaus gibt. Also bin ich losgezogen und bei Hertie fündig geworden. Das Auge abzumachen war eine Kleinigkeit. Dann habe ich ihn einigen Torturen unterzogen, bis er gebraucht aussah. Zum Schluss fehlte nur noch ein grüner Filzstiftfleck und fertig war der Lulli«, erklärte sie.

»Hatten Sie nicht Angst, dass Jakob den Schwindel bemerkt?«

»Eigentlich nicht. Wir glauben, was wir glauben wollen«, sagte Beatrice Mével und zuckte mit den Schultern. »Den richtigen Lulli wird er nie wiederbekommen. Der bleibt bei den Asservaten. Der neue Lulli wird den Platz des alten einnehmen. Jakob hat also seinen Lulli wieder.«

»Eine erschreckende Logik«, sagte Dühnfort. »Ich fühle mich plötzlich so ersetzbar.«

Beatrice Mével hob kaum merklich die Augenbrauen. »Sie vergleichen sich mit einem Kuscheltier. Interessant«, sagte sie lächelnd.

»Figürlich geht's allmählich in die Richtung«, erwiderte Dühnfort. »Aber reden wir über Jakob. Er hat Angst.«

»Natürlich ist er verängstigt«, sagte sie und trank einen Schluck Espresso. »Er ist ein kleiner Junge, der einer extremen psychischen Belastung ausgesetzt war. Die wenigsten Erwachsenen haben für eine akute Belastungsreaktion eine adäquate Bewältigungsstrategie, geschweige denn ein Fünfjähriger.«

»Was bedeutet das für unsere Arbeit?«, fragte Dühnfort. »Wann werden wir Informationen von Jakob erwarten können?«

»Ich weiß es nicht«, sagte Beatrice Mével.

»Wenn Jakob in therapeutische Behandlung käme ...«

»Das ist nicht nötig«, unterbrach sie ihn. »Eine akute Belastungsreaktion ist keine Krankheit. Jakob reagiert ganz normal auf eine unnormale Situation. Er braucht Zeit, das Erlebte zu bewältigen. Dabei sollte man ihn psychologisch begleiten, sonst könnte sich das zu einer posttraumatischen Belastungsstörung auswachsen, dann wäre allerdings eine Therapie angebracht. Aber jetzt nicht. Jetzt braucht Jakob Ruhe, um Abstand zu gewinnen, und sein Sicherheitsgefühl muss wiederhergestellt werden. Ich habe dem Vater zur psychologischen Begleitung geraten und ihm Adressen gegeben.«

»Aber wie lange wird es dauern, bis Jakob stabil genug ist, um uns Auskünfte geben zu können?«

»Das können Tage sein oder Wochen. Aber Jakob hat uns Informationen gegeben«, sagte Beatrice Mével.

»Er hat den *schwarzen Mann* bestätigt«, sagte Dühnfort. »Der schwarze Rabe ist der schwarze Mann. Das wissen wir schon seit heute Morgen.«

»Jakob hat auch die Entführung am Kletterbaum bestätigt«, sagte Beatrice Mével. »Der Rabe hat sich auf den Lulli gestürzt, das heißt also aus großer Höhe und völlig überraschend. Jakob lag nach dem Sturz verwirrt am Boden. Ein schwarz gekleideter Mann hat sich zu ihm hinuntergebeugt und ihn gepackt. Ich vermute, dass der Entführer maskiert war. Ein rabenschwarzer Rabe. Ganz und gar schwarz. Vielleicht hat er eine dieser schwarzen Masken getragen, wie Motorradfahrer sie unter den Helm ziehen.«

»Das würde zu unserer Theorie passen, dass der Entführer von Jakob nicht erkannt werden wollte, was wiederum bedeutet, dass er ihn eigentlich nach der Lösegeldzahlung freilassen wollte.«

»Und dann wundern Sie sich, dass Jakob schweigt«, sagte Beatrice Mével und schüttelte den Kopf. »In diesem Fall wird der Kidnapper Jakob mit allen denkbaren Sanktionen gedroht haben, wenn er den Mund nicht hält.«

***

Am Nachmittag kam Melli auf eine Tasse Tee vorbei. Natürlich wollte sie wissen, wie Agnes Jakob gefunden hatte, und erzählte dann die aktuellste Neuigkeit: »Gabi hat Lösegeld gezahlt.«

Wenn das stimmte, dann war Jakob wenigstens nicht gequält oder missbraucht worden. Ein beruhigender Gedanke, fand Agnes. Aber hatte der Kidnapper nicht geplant, Jakob zu verbrennen? Sie wollte sich das nicht vorstellen. Mit äußerster Willenskraft schaffte sie es, ihrer Phantasie Einhalt zu gebieten. Melli blieb nur kurz, die Hochzeitsvorbereitungen beanspruchten sie ganz. Gutgelaunt verabschiedete sie sich.

Danach lief Agnes eine Zwölfkilometerrunde. Als sie zurückkam, duschte sie und ging dann, erschöpft und hungrig, in die Küche. Der Kühlschrank war noch immer voll, aber sie konnte sich nicht aufraffen, etwas zu essen. Sie nahm eine Flasche Wasser heraus, holte ein Glas und setzte sich an den Küchentisch. Mit gleichmäßigen Schlucken trank sie das Glas leer, ohne es abzusetzen, und überlegte, dass sie etwas kochen könnte. Die erste warme Mahlzeit in diesem Haus. Für einen lohnte sich das allerdings nicht. Aber wenn sie weiter so dachte, bekäme sie wohl nie wieder etwas Vernünftiges zu essen. »Das ist doch lächerlich«, sagte sie in die Stille. Sie würde sich jetzt Spaghetti kochen, mit selbstgemachter Tomatensoße. Das hatte Yvonne am liebsten gegessen.

Während Agnes Tomaten überbrühte, häutete und Kerne entfernte, zogen Bilder durch ihren Kopf: der matschige Waldweg, Jakob auf dem Reisighaufen, die Schlagzeile der Zeitung, Gabi Sonnbergers Tränen. Sie war eine schöne Frau. Schwarze Haare, blaue Augen, groß, schlank, selbstbewusst. Genau der Typ Frau, neben dem ich mich immer unscheinbar fühle, dachte Agnes. Genau der Typ Frau, auf den Rainer geflogen war. Sie schrak zusammen, das Messer entglitt ihrer Hand, sie griff danach und schnitt sich in den Finger. Mist. Schnell leckte sie das Blut ab. Kein Wunder, dass sie sich geschnitten hatte. Es wurde schon dunkel. Sie konnte nicht richtig sehen, was sie tat. Sie schaltete das Küchenlicht ein und ging ins Bad, um ein Pflaster auf die Wunde zu kleben.

***

Dämmerung legte sich über das Dorf, verschmolz das graue Zwielicht des Abends mit der absoluten Finsternis der anbrechenden Neumondnacht. Unbeweglich stand er in der Haselnusshecke, die das Grundstück vom Weg trennte. Agnes schaltete das Licht in der Küche ein und verließ den Raum. Jetzt kannte er ihren Namen. Aber er wusste nicht, wer sie war. Agnes. Das bedeutete *die Reine*. War sie eine Gleichgesinnte? Eine Verbündete? Die ihm zugedachte Aufgabe war jedoch einzigartig. Er allein war der Gesandte. Ein Engel? Das wäre möglich. Ein Engel, der hilfreich einschritt. In ihrem Auftrag. So musste es sein. Er war erleichtert. Aber er nahm noch etwas anderes wahr. Ein irritierendes Gefühl, das wie feine Nadeln stach. Er beschloss, es nicht zu beachten.

Sein Plan war nicht vollkommen gewesen. Beim nächsten Mal würde er es sein. Agnes konnte Jakob nicht zufällig gefunden haben. Es musste der Wille seiner wahren Mutter gewesen sein. Natürlich. Die Kirche war bis zum letzten Platz gefüllt gewesen. Sie hatten das Zeichen verstanden. Der erste Schritt auf dem Weg der Umkehr war getan. Die Opferung Jakobs war dadurch hinfällig geworden. Er hatte vorgehabt, den schlafenden Jungen gleich nach dem Gottesdienst in die Marienkapelle zu bringen. Kurz darauf wäre er von den Kommunionkindern gefunden worden. Die Kausalität zwischen Prüfung, Rückkehr zum Glauben und Errettung hätte nicht unmittelbarer sein können, hatte er gedacht. Aber das Erscheinen eines Engels in der Kirche, die der Jungfrau Maria, seiner wahren Mutter, geweiht war, war unvergleichlich erhabener, unmittelbarer und eindrucksvoller gewesen.

Sein linker Fuß schlief ein. Er verlagerte sein Gewicht und hätte beinahe laut aufgeschrien. Sein Rücken war eine feurige Wunde, aus der bei jeder Bewegung Qual loderte. Aber er hatte sich unter Kontrolle, biss sich auf die Lippen, schmeckte metallischen Geschmack von Blut. Gleichzeitig fühlte er die dünne Schorfschicht aufplatzen, die sich auf dem erkaltenden Lavastrom des Schmerzes gebildet hatte. Ein warmes Rinnsal nässte sein Hemd. Trotzdem blieb er unbeweglich in der Hecke stehen.

***

Agnes klebte ein Pflaster auf den Schnitt und kehrte in die Küche zurück. Zügig bereitete sie die Tomatensoße zu. Mit einer Routine, die sie sich selbst nicht mehr zugetraut hatte. Das Nudelwasser kochte. Agnes schüttete eine Packung Spaghetti hinein. Dann deckte sie den Küchentisch. Ein Gedeck. Es sah falsch aus. Als gäbe es eine Regel, die verbat, für eine Person zu decken. Agnes schüttelte den Kopf. Sie musste sich daran gewöhnen. Als die Nudeln fertig waren, goss sie diese ab und kippte sie in eine Schüssel. Vor ihr lag ein Nudelberg. Ein Blick in den Soßentopf bestätigte ihr, sie hatte für drei Personen gekocht. Auch daran muss ich mich gewöhnen, dachte sie und schluckte den Klumpen, der sich in ihrem Hals gebildet hatte, hinunter. War doch eigentlich ganz praktisch. Einmal gekocht reicht für drei Mahlzeiten. Ob man Spaghetti einfrieren konnte?

Plötzlich dröhnte die Stille in den Ohren. Agnes ging zum Fenster und lehnte die Stirn gegen die Scheibe. Die Dämmerung begann den Garten zu verschlucken, ihn sich einzuverleiben. Die Haselnusshecke war schon verschwunden. Der Schlund der Dunkelheit würde bald das Haus erreichen. Agnes riss sich aus diesen unheimlichen Gedanken los und wandte sich wieder der warmerleuchteten Küche zu. Noch immer bedrückte sie die Stille. Aber das konnte sie ändern. Sie straffte die Schultern und ging ins Wohnzimmer. Groß war die Auswahl nicht. Agnes griff nach einer CD mit Lounge-Musik. Das ist genau die Hintergrundmusik, die ich jetzt brauche, dachte sie und schob die Scheibe in den Player.

Sie ging zurück in die Küche. Leise Musik wehte wie eine Frühlingsbrise durch die Räume. Agnes füllte ihren Teller. Als sie sich setzen wollte, läutete das Telefon. Das Bürotelefon stand noch immer akkulos auf dem Schreibtisch. Es war das Privattelefon, das klingelte. Agnes ging ins Wohnzimmer, drehte die Musik leiser und nahm das schnurlose Gerät aus der Ladeschale.

»Hallo, Agnes«, sagte Kathrin. Ihre Stimme klang zögerlich. »Ich habe mir gedacht, es ist Zeit, das Kriegsbeil zu begraben.«

Seit beinahe einem Jahr hatte Agnes nicht mit Kathrin gesprochen. Aber Kriegsbeil war trotzdem mächtig übertrieben. Sie hatten sich nicht zerstritten. Agnes hatte den Kontakt abgebrochen. Nur fiel ihr im Moment nicht ein, warum sie das getan hatte.

»Hallo, Kathrin. Ich freue mich«, sagte sie. Und sie freute sich wirklich, die vertraute Stimme ihrer besten Freundin wiederzuhören. »Ich weiß gar nicht mehr, weshalb wir uns gezankt haben. Vergessen wir es einfach, ja? Woher hast du eigentlich meine Nummer?« Mit dem Telefon in der Hand ging sie zurück in die Küche und blieb am Fenster stehen.

»Von Michael. Die Nummer, die ich von der Auskunft erhalten habe, ist anscheinend falsch.«

»Wahrscheinlich haben sie dir meine Büronummer gegeben …«

»Büronummer? Hast du dich endlich selbstständig gemacht? Gratuliere.« Kathrin klang ehrlich begeistert.

»Es bleibt mir ja nichts anderes übrig. Aber ich freue mich darauf.«

Agnes berichtete Kathrin, wie es ihr in den letzten Monaten ergangen war, wie sie das Haus entdeckt und gekauft hatte, erzählte vom Umzug und den Plänen für die Akquise. »Stell dir vor, heute Nachmittag ist mir der erste Auftrag angeboten worden. Ich soll ein Buch über Mariaseeon gestalten.«

»Das klingt ja nicht gerade prickelnd, wenn ich bedenke, für welche Kunden du früher gearbeitet hast.«

»Wenn ich bedenke, dass ich jahrelang Windeln gewechselt und drei Mahlzeiten am Tag zubereitet habe und meine größte intellektuelle Herausforderung die war, Rainer bei der Lösung des *Zeit*-Kreuzworträtsels zu helfen, dann finde ich diesen Auftrag sehr wohl prickelnd. Irgendwie muss ich ja anfangen.«

»Ich finde es ja toll«, sagte Kathrin »dass du endlich wieder in deinem Beruf arbeiten kannst. Da fällt mir was ein. Werner wird die Vermarktung der Luitpoldhöfe übernehmen. Mietwohnungen, Läden, Büros und so weiter. Alles superexklusiv. Dafür braucht er bestimmt Broschüren und Anzeigen und so. Ich werde ihn mal dezent darauf hinweisen, dass du jetzt ein eigenes Designstudio hast.«

Kathrins Mann Werner war der bevorzugte Immobilienmakler der Münchner Bussi-Gesellschaft. So wie Agnes Kathrin kannte, würde sie Werner nicht dezent auf irgendetwas hinweisen. Sie wird ihn entweder nach Mariaseeon lotsen oder mich in sein Büro schleppen, überlegte Agnes amüsiert. »Das wäre natürlich toll. Eigentlich habe ich es mir schwieriger vorgestellt, an Aufträge zu kommen, und jetzt habe ich gleich zwei in Aussicht.«

»Mensch, Agnes. Du bist eine erstklassige Grafikerin. Jetzt mach dich nicht schon wieder klein. Man wird sich um dich reißen.«

Agnes sah das nicht so optimistisch, aber der überschwängliche Zuspruch tat ihr gut. »Weißt du was, besuch mich doch. Ich mache uns ein üppiges Frühstück, wie früher, und dann quatschen wir den ganzen Tag.«

Kathrin fand den Vorschlag hervorragend, konnte sich aber im Moment nicht auf einen Termin festlegen. Sie wollte sich deshalb in den nächsten Tagen melden. »Ach, was ich dir noch sagen wollte: Engel steht dir gut. So ätherisch. Sag mal, hast du abgenommen? Das sah auf dem Bild in der Zeitung jedenfalls so aus.«

Als Agnes in die Küche zurückkehrte, war das Essen kalt geworden. Sie schob den Teller in die Mikrowelle und trank noch ein Glas Wasser.

***

Die Wunde hatte aufgehört zu bluten. Das warme Rinnsal war versickert. Die feuchte Stelle des Hemdes lag kalt auf seiner Haut. Heute Morgen hatte er erfahren, dass er mit einer unbedachten Bemerkung die Abhaltung des Bittgottesdienstes veranlasst hatte. Sie hatten das Zeichen also nicht von alleine verstanden. Er hatte einen Hinweis gegeben, wenn auch unabsichtlich. Dafür musste er Buße tun. Sein Rücken wurde von blutigen Striemen überzogen, wie so oft seit unzähligen Jahren. Immer häufiger geschah es, dass alte Narben aufplatzten, die nur schwer wieder verheilten. Sein Rücken glich einer Landschaft, durch die Lavaströme geflossen waren. Sein Peiniger hatte ihm diese Art von Buße beigebracht. Er war schon lange tot. Trotzdem konnte der Mann, der verborgen in der Hecke stand, von den Qualen der neunschwänzigen Katze nicht lassen. Er spürte, wie sein Gedärm sich verkrampfte. Er begann kalt zu schwitzen, fühlte sich besudelt. Er musste duschen. Aber er konnte sich nicht losreißen. Agnes, die Reine, fesselte ihn. Sie stand telefonierend am Küchenfenster. Konnte er ihr vertrauen? Die Vorstellung, nicht alleine zu sein, ließ ihn ruhig werden. Aber es gab nur Hinweise, kleine Zeichen, noch konnte er nicht sicher sein. Plötzlich dachte er: Was, wenn stimmt, was in der Zeitung stand? Was, wenn sie den Jungen tatsächlich zufällig gefunden hat, wenn es nicht der Wille seiner wahren Mutter gewesen war? Dann hatte Agnes seinen Plan durchkreuzt, dann stand sie im Dienst des Bösen. Aber dann hätte sie den

Jungen doch nicht in die Kirche gebracht. *Der Teufel ist listig*, sagte seine innere Stimme. Er drängte sie zurück, sprach lautlos ein Gebet und bat seine wahre Mutter um ein Zeichen. Als er wieder aufblickte, sah er Agnes ein Glas Wasser trinken. Das war das Zeichen. Auch er trank nur Wasser, während er seine Aufträge ausführte. Also war sie seine Vertraute. Er musste sich ihr offenbaren. *Es gibt viele Menschen, die Wasser trinken*, flüsterte die Stimme. Wie eine lästige Mücke schwirrte sie in seinem Kopf. *Wer sagt dir denn, dass sie nur Wasser trinkt? Du kannst niemandem vertrauen. Du bist allein*. Nein!, schrie er lautlos gegen das Sirren an. Ich bin nicht allein. Die Liebe meiner wahren Mutter wärmt mich wie ein schützendes Kleid. Sie ist größer und vollkommener, als jede menschliche Liebe je sein könnte. *Was weißt du denn schon von Liebe?*, flüsterte die Stimme. *Sieht sie nicht unzüchtig aus, die Reine?*, höhnte sie. *Hast du ihre Brüste denn nicht gesehen, die sie, nahezu entblößt, in der Kirche gezeigt hat? Pralle kleine Pfirsiche. Hast du dir nicht vorgestellt, diese Früchte zu betatschen?* Nein!, schrie er stumm gegen die Stimme an. Lass mich. Quäl mich nicht. »Mutter, hilf!« Er kauerte sich auf dem Boden zusammen, als könne er sich so gegen die Stimme schützen. »Mutter! Zu dir ruf und seufze ich. Mutter! Du Gütigste, steh mir bei!«, flüsterte er mit heiserer Stimme. *Hast du dir nicht vorgestellt, in diese Pfirsiche zu beißen?*, säuselte die Stimme. »Mutter! Mächtigste! Schutz mir leih!«, betete er mit fester werdender Stimme. *Lügner*, flüsterte es. »O Mutter! So komm, hilf beten mir!« *Lügner*, flüsterte es erneut. »O Mutter! So komm, hilf streiten mir!« Seine Stimme war laut geworden. Er hörte ein Geräusch und hob den Kopf. Agnes öffnete das Fenster und blickte in den Garten. Sie lauschte eine Weile in die Dunkelheit, dann schloss sie es wieder.

***

Die innere Stimme war verstummt. Er fühlte sich völlig erschöpft. Er duschte und ölte seine Haut ein. Nun, da die erste Aufgabe erfüllt war, durfte er wieder essen und trinken. Vor ihm auf dem Tisch standen Brot, Butter, ein Krug Wasser und ein Glas Wein. Beinahe hätte er sich daraufgestürzt, so hungrig war er. Aber er musste die völlige Kontrolle über sich zurückgewinnen. Er durfte nicht die Zweifel Oberhand gewinnen lassen. Also beherrschte er sich, schnitt mit kontrollierten Bewegungen eine Scheibe Brot vom Laib, bestrich sie sorgsam mit Butter. Dreißig Messerstriche, er zählte mit. Das Brot duftete, das Wasser lief ihm im Mund zusammen. Er legte es zurück auf den Teller und trank einen Schluck Wasser. Dann erst biss er ein Stück ab und kaute sorgfältig, dreißigmal, bevor er schluckte. Er fühlte sich gut. Er hatte sich im Griff. Eine Scheibe Brot musste genügen, obwohl er das Gefühl hatte, den ganzen Laib verschlingen zu können. Er räumte ihn in den Brotkasten und stellte die Butter in den Kühlschrank. Das Glas Wein sparte er sich auf, nahm es mit ins Wohnzimmer, nachdem er die Küche geputzt hatte.

Er setzte sich auf die Sofakante. Langsam trank er den ersten Schluck Wein, schmeckte seine fruchtige Säure, spürte ihn die Kehle hinabrinnen und mit einem wärmenden Streicheln im Magen ankommen. Wohlige Zufriedenheit breitete sich in ihm aus. Bis auf ein paar Kleinigkeiten hatte er es gut gemacht. Er hatte sich als würdig erwiesen. Seit vielen Jahren stand er bei seiner wahren Mutter in tiefer Schuld. Sie hatte ihn nicht nur gerettet. Sie hatte ihn gerächt. Sie hatte ihr flammendes Schwert in das Herz seines Peinigers gestoßen.

Nun hatte er einen ersten kleinen Teil seiner Schuld abgetragen. So wie sie ihm damals geholfen hatte, half er nun ihr. Ihr Leiden durfte nicht sinnlos sein.

Seine Berufung hatte er lange geahnt. Langsam war sie in ihm gewachsen, so wie ein Schössling aus einem Samen spross, der auf fruchtbare Erde gefallen war. Während der Meditationen fühlte er sein Gedeihen, während der Tage bezog er die Nahrung dafür. Tage, an denen er nicht mehr vor der Welt floh. Er stählte sich. Er hatte sich einen Fernsehapparat gekauft, las die Tageszeitungen: Er sah dem Schrecklichen ins Auge und seine Entschlossenheit wuchs. Er befand sich auf einem Schlachtfeld. Das Gute kämpfte gegen das Böse; und Satan war dabei, zu siegen. Die Gebote wurden mit Füßen getreten, Götzen angebetet, man befleckte sich selbst und schämte sich nicht. Unsittlichkeit bedeckte die Erde, der Giftbecher der Unzucht wurde gereicht. Wenn der Jüngste Tag anbrach, war das Verderben besiegelt. Dann wurde das Leben und Leiden seiner wahren Mutter sinnlos. Das durfte nicht geschehen. Während einer Meditation hatte er das hell leuchtende Licht seiner Berufung erhalten. Seine wahre Mutter hatte ihn zu ihrem Gesandten auserwählt. Er hatte sich der Tränen der Dankbarkeit, die er deshalb vergossen hatte, nicht geschämt. Er würde der irdische Vollstrecker ihres heiligen Willens sein. Nicht das Gebetbuch, sondern den Dolch, der ihr Herz, das Herz Mariä, durchbohrte, wählte sie als seine Waffe. Der Sünde Sold ist der Tod. So sollte es sein.

In den Besitz eines Dolches gelangte er schnell. Man konnte alles kaufen. Brennend vor Verlangen, wollte er losschlagen. Aber wie sollte er eine Wahl treffen? Wie sollte er vorgehen? Er musste umsichtig sein. Tagelang ersann er Pläne und verwarf sie wieder, wählte Menschen aus, die er ihrer Strafe und Erlösung zuführen wollte. Doch mit wem sollte er beginnen? Mit der Friseuse, dieser Hure, die beinahe jeden Mann im Dorf in ihr Bett gelockt hatte, auch ihn? Oder mit der alten Hexe, die hinter der Kirche wohnte und unwidersprochen behauptete, dass es Gott nicht gab? Oder mit der Ärztin, die heimlich Abtreibungen vornahm? Oder mit der Schlampe von Bäckerin, die Ehebruch betrieb? Oder mit dem Mädchen aus dem Kirchenchor, das heimlich Satan anbetete? Es kam ihm vor, als könnte er diese Liste endlos fortsetzen. Aber wie sollte er beginnen? Er brauchte ein Zeichen und wusste plötzlich, dass er es in der Bibel finden würde. Blind schlug er sie an einer Stelle auf: Abraham soll seinen Sohn Isaak opfern. Die Glaubensprüfung.

Ratlos brütete er über diesem Zeichen. Wollte seine wahre Mutter, dass zunächst er seinen Glauben prüfte, bevor er losschlug? Aber sein Glaube war ebenso fest wie der Abrahams, er würde jede Prüfung bestehen. Er war ebenso bereit, für die Jungfrau Maria zu sterben, wie zu töten. Wäre sein Glaube nicht unerschütterlich, hätte sie ihn nicht auserwählt. Sein Glaube musste also nicht geprüft werden. Vielleicht war das Zeichen falsch. Aber das konnte nicht sein. Er konnte es nicht verstehen. Er war unzulänglich. Nein. Das war er nicht. Er musste die Botschaft entschlüsseln. Erst in den frühen Morgenstunden verstand er, was seine wahre Mutter ihm auftrug. Und wieder kniete er in Demut vor ihrer Güte nieder.

Die Sünderinnen, die er bestrafen, läutern und erretten sollte, würden eine Glaubensprüfung niemals bestehen, da sie keinen Glauben hatten. Somit wäre eine Prüfung sinnlos, da das Ergebnis von Beginn an feststand. Bevor er in den Kampf ziehen konnte, erwartete seine wahre Mutter daher von ihm, die Sünderinnen einer Prüfung zu unterziehen, die ihnen die Möglichkeit zur Besinnung und zur Umkehr gab. Nun wusste er, was zu tun war. Abraham sollte sein Liebstes opfern, sein Kind. Also hatte er, der Gesandte, sich entschlossen, ein Kind aus ihrer Mitte zu nehmen und es zu opfern, wenn die Gottlosen kein Zeichen der Umkehr gaben. Er entschied, ihnen drei Tage Zeit zu geben. So wie seine wahre Mutter drei Tage nach Jesus suchen musste, als sie ihn im Tempel verloren hatte. Gab es nach dieser Frist keine Anzeichen der Umkehr, würde er dem Kind die Kehle durchschneiden wie einem Opferlamm und es verbrennen.

Doch sie hatten die Prüfung bestanden. In ihrer großen Not hatten sie sich Gott und der Jungfrau Maria zugewandt. Einige von ihnen würden diesen Weg dauerhaft beschreiten, andere hatten ihn sicher schon wieder verlassen. Sie alle hatten ihre Chance gehabt. Er war bereit.

DIENSTAG, 13. MAI

Dühnfort kaufte sich auf dem Viktualienmarkt ein Croissant und einen Kaffee zum Mitnehmen. Er frühstückte auf dem Weg ins Präsidium. Dort angekommen, wischte er sich Krümel vom Mund, warf Becher und Tüte in einen Papierkorb und ging in sein Büro. Dr. Weidenbach hatte einen vorläufigen Bericht geschickt. Er überflog ihn und ging dann ins Besprechungszimmer. Bis auf Buchholz waren alle da. Alois kochte in der Kaffee-Ecke grünen Tee. Gina telefonierte. Dühnfort setzte sich an seinen gewohnten Platz am Besprechungstisch. Buchholz kam herein, grüßte mit einem Kopfnicken und ließ sich auf einen Stuhl fallen.

»Dann wären wir ja vollzählig«, sagte Dühnfort. Gina beendete ihr Telefonat und setzte sich. »Zeit für einen Überblick«, begann er. »Wo stehen wir in dieser Ermittlung?« Er fasste die Ergebnisse zusammen. Die Spurenlage war katastrophal. Er fragte Buchholz, was sie am Parkplatz gefunden hätten.

»Jede Menge Fingerabdrücke am Müllbehälter. Ein Abgleich mit der Kartei läuft. Mal abwarten.«

»Wir müssen also davon ausgehen, dass Jakob tatsächlich entführt wurde, um Lösegeld zu erpressen. Er ist körperlich in guter Verfassung, aber psychisch angeschlagen. Zurzeit ist er nicht in der Lage, uns Informationen zu geben. Wir müssen uns also vorerst mit dem begnügen, was uns zur Verfügung steht«, sagte Dühnfort und blätterte in den Unterlagen. »Jakob war mit Schlafmittel vollgepumpt. So viel, dass es auch vierzehn

Stunden nach seinem Auffinden noch in seinem Blut nachweisbar war. Er muss die meiste Zeit geschlafen haben, meint Dr. Weidenbach. Merkwürdig ist, dass es sich dabei um den Wirkstoff Midazolam handelt. Die Handelsform heißt Dormicum. Es ist ein Mittel, das in der Notfallmedizin verwendet wird. Als Schlafmittel wird es in Tablettenform verabreicht. Für eine Betäubung muss es gespritzt werden. Am besten intravenös, dann wirkt es sehr schnell, oder intramuskulär, dann dauert es bis zu einer halben Stunde, bis die Wirkung einsetzt. Jakobs Körper weist keine Einstichstellen auf. Wir können also davon ausgehen, dass er das Medikament in Tablettenform verabreicht bekommen hat. Vermutlich in Kaba aufgelöst. Seltsam ist nur, dass andere, ebenso wirksame Schlafmittel leichter zu erhalten sind. Warum also Dormicum?«

Buchholz fuhr sich mit der Hand durch die grauen Locken. »Der Bericht vom LKA-Labor ist endlich da«, sagte er und wühlte in einem Stapel Papier, der vor ihm lag. Schließlich zog er ein Fax daraus hervor. »Bei der Glasscherbe, die wir am Kletterbaum gefunden haben, handelt es sich tatsächlich um den Splitter einer Ampulle. Es wurden Anhaftungen von Midazolam gefunden«, sagte er. »Das heißt aber, dass Jakob das Mittel intravenös oder intramuskulär bekommen haben muss.«

Das war seltsam. Dühnfort nahm sich vor, Dr. Weidenbach darauf anzusprechen.

»Der Täter hat das Zeug entweder verfügbar«, sagte Gina, »also ist er Arzt oder arbeitet im medizinischen Umfeld, oder er hat es geklaut.«

»Nehmt euch Sonnbergers Schwester, die, die im Krankenhaus arbeitet, noch einmal vor und deren Mann, den Pharmavertreter«, sagte Dühnfort.

Gina und Alois nickten.

»Was uns hoffentlich weiterbringen wird, ist der Erpresserbrief.« Dühnfort blickte zu Buchholz hinüber.

»Den hat ja wohl ein Amateur geschrieben«, sagte Gina. »Wer ist denn so dämlich und gibt beinahe vierundzwanzig Stunden vor der Übergabe den Übergabeort bekannt? Verdammter Mist«, fluchte sie. »Wenn Kölle besser aufgepasst hätte, hätten wir den Kerl bei der Übergabe geschnappt.«

Dühnfort gab ihr recht. Was ihn aber entschieden mehr ärgerte, war die Tatsache, dass Gabi Sonnberger ihnen nicht vertraut hatte.

Mittlerweile hatte Buchholz seine Papiere geordnet. »Der Erpresserbrief ist die reinste Schatzkammer. Neben den Fingerspuren von Jakobs Mutter und der Großmutter gibt es auf dem Schreiben einen Teilabdruck von einem rechten Handballen. Aber das Schönste ist«, Buchholz strahlte wie ein Kind bei der Bescherung, »auf dem Brief gibt es einen feinen Niederschlag von Stärkemehl.« Er blickte abwartend in die Runde. Sein Blick sagte, dass er noch etwas in petto hatte.

»Stärkemehl«, sagte Gina »braucht man doch zum Backen und Kochen.«

Buchholz legte seine Notizen zurück auf den Stapel und verschränkte die Hände vor seinem mächtigen Bauch. »Man braucht es auch in Druckereien.«

»Aha«, sagte Dühnfort überrascht.

»Ich hatte damit vor einigen Jahren schon mal zu tun. Deshalb kam es mir gleich bekannt vor. Das Stärkemehl wird mit Trocknungsmitteln und antistatischen Zusätzen als Distanzhalter verwendet. Wenn die bedruckten Bögen aus der Druckmaschine kommen und gestapelt werden, ist die Farbe noch feucht. Damit die Papiere nicht zusammenkleben, wird eine feine Schicht Puder dazwischengeblasen. Niederschlag von solchem Puder habe ich auf dem Brief gefunden. Der Erpresser arbeitet also in einer Druckerei oder in der Herstellung des Puders beziehungsweise im Vertrieb.« Buchholz lehnte sich zurück und kratzte sich den enormen Schädel.

Sie hatten eine konkrete Spur. Womöglich standen sie vor einem Durchbruch. »Gina und Alois, ihr geht die Gewerbedateien von Mariaseeon und den Nachbarorten durch. Welche Druckereien gibt es, welche steckt in finanziellen Schwierigkeiten. Gibt es Inhaber mit einer Vorstrafe, gibt es Mitarbeiter mit nicht blütenweißer Weste und finanziellen Nöten. Das Übliche halt«, sagte Dühnfort.

»Sollten wir nicht mit der Presseabteilung reden?«, fragte Alois. »Wir könnten die Bevölkerung um Mithilfe bitten. Am Sonntag waren Ausflügler im Seeoner Forst unterwegs. Die Marienkapelle ist ein beliebtes Ausflugsziel, vielleicht ist jemandem ein Auto aufgefallen. Und die Straße nach Portenläng ist zwar nicht der Stachus, aber Samstagnacht wird auch dort das eine oder andere Fahrzeug gefahren sein. Möglicherweise hat jemand eine Beobachtung am Parkplatz gemacht.«

Dühnfort stimmte Alois zu und bat ihn, sich darum zu kümmern. Er beendete die Besprechung und prüfte, ob sein Handy eingeschaltet war. »Ich fahre nach Mariaseeon«, sagte er zu Gina. Seit sie gestern erwähnt hatte, dass Melanie Berger Jakobs Erzieherin war, hatte Dühnfort das Gefühl, mit dieser Frau sprechen zu müssen. Die altbekannte Angst, einmal etwas zu übersehen, trieb ihn um.

***

Der Kindergarten lag am Ortsrand und grenzte an Felder und Wiesen. Er bestand aus zwei modernen eingeschossigen Gebäudeteilen, die ein L bildeten und von einem großen Garten umgeben wurden. Darin gab es einen Hügel, Rutschbahn, Klettergerüst und einen großen Sandkasten. Dühnfort hielt auf dem Parkplatz, der um diese Zeit leer war, und ging zur Eingangstür. Sie war verschlossen. Er musste klingeln. Nach einer Weile sah er durch die Glasscheibe eine Frau näher kommen. Sie war klein und mager. Kurze Haare standen von einem kantigen Kopf in alle Himmelsrichtungen ab. Sie trug ein bunt gestreiftes T-Shirt und Jeans, aus der sie nun einen Schlüsselbund zog und aufsperrte.

»Grüß Gott«, sagte sie. Dühnfort war über ihre tiefe, volltönende Stimme irritiert. Sie stand im Widerspruch zu ihrer Erscheinung. Er stellte sich vor und bat um ein Gespräch mit Frau Berger.

»Das bin ich«, antwortete sie und schloss hinter ihm ab. »Seit Jakobs Entführung machen wir das so«, erklärte sie. »Wir wollen sicher sein, dass kein Unbefugter den Kindergarten betritt.« Melanie Berger führte ihn in eine kleine Teeküche. Aus dem danebenliegenden Gruppenraum klang leiser Gesang. »Nehmen Sie Platz. Ich sage nur kurz Bescheid, wo ich bin. Dann habe ich Zeit für Sie.«

Dühnfort setzte sich und hörte, wie sich ihre Schritte entfernten und eine Tür geöffnet wurde. Für ein paar Sekunden wurde der Gesang lauter. Er blickte sich um. Überall hingen Kinderzeichnungen. Regenbogen und Froschkönige, Prinzessinnen und Pilzhäuschen. Neben der Kaffeemaschine klebte das Bild eines Dinosauriers an der Wand. *Jakob*, war mit krakeliger Kinderschrift daruntergeschrieben. Er kommt im Herbst in die Schule, hatte seine Mutter gesagt, und plötzlich durchströmte Dühnfort Freude. Jakob würde diesen Herbst eingeschult werden. Er würde lernen, er würde wachsen. Erst jetzt fühlte Dühnfort, wie eine Last von ihm abfiel. Er stand auf, ging ans Fenster und blickte in den Garten. Auf der anderen Seite des Zauns befand sich ein Getreidefeld, dahinter konnte er den Waldrand erkennen.

Der Gesang setzte wieder ein. Schritte erklangen auf dem Holzboden, Melanie Berger kam zurück in die Teeküche.

»So, jetzt können wir in Ruhe reden«, sagte sie und lächelte ihn an.

»Besucht Jakob den Kindergarten schon wieder?«, fragte Dühnfort und setzte sich ihr gegenüber auf einen hellen Kiefernholzstuhl.

»Morgen oder übermorgen wird er wiederkommen. Ich habe heute früh mit Gabi gesprochen. Also mit seiner Mutter, meine ich. Wir sind befreundet. Er sagt kein Wort, hat sie mir erzählt, und sie hofft, wenn er wieder in der Gruppe ist und bei seinen Freunden, dass das dann aufhört.«

»Das wäre schön«, sagte Dühnfort. »Wenn Jakob wieder spricht, würden Sie mich dann informieren?« Er holte die Brieftasche hervor und reichte Melanie Berger eine Visitenkarte.

»Natürlich«, sagte sie und steckte die Karte ein.

»Und die Bilder, die Jakob malt und zeichnet, könnten Sie mir die geben?«

»Ich kann Kopien für Sie machen«, sagte Melanie Berger. »Wir haben hier einen Farbkopierer. Aber die Bilder können nur die Kinder selbst verschenken. Da sind sie auch sehr eigen.«

»Kopien genügen völlig.« Wenn Jakob nicht sprach,

so würde er vielleicht zeichnen, was er erlebt hatte. Irgendwie musste er das ja verarbeiten.

»Deswegen sind Sie gekommen?«, fragte Melanie Berger und legte den Kopf leicht schief.

»Auch«, sagte Dühnfort. »Ich weiß, dass meine Kollegin schon mit Ihnen gesprochen hat. Aber Ihnen ist nichts aufgefallen, was in Zusammenhang mit Jakobs Entführung stehen könnte?«

»Nein. Das habe ich Frau Angelucci schon gesagt. Niemand hat vor dem Kindergarten rumgelungert. Niemand ist Jakob auf dem Heimweg gefolgt, weil er nicht alleine gegangen ist. Alle Kinder werden von ihren Eltern abgeholt. Keines darf alleine nach Hause gehen. Das dürfen sie erst, wenn sie in der Schule sind.«

»Es muss nicht unmittelbar am Tag der Entführung oder am Tag davor gewesen sein«, sagte Dühnfort.

Melanie Berger schüttelte den Kopf. »Ich würde Ihnen ja gerne helfen. Aber da war nichts. Alles war wie immer. Auch an den Tagen davor.«

»Waren vielleicht Leute im Kindergarten, die normalerweise nicht hier sind? Handwerker oder Vertreter oder Eltern, die ihre Kinder anmelden wollten?«

Melanie Berger dachte nach und schüttelte nach einer Weile den Kopf. »Nein, tut mir leid.«

»Sind Sie immer da?«

»Wir haben hier nur zwei Gruppen, beide halbtags. Von sieben Uhr dreißig bis dreizehn Uhr. Wir sind zwei Erzieherinnen, zwei Kinderpflegerinnen und zwei Praktikantinnen. Es gibt also keinen Schichtdienst.«

»Gibt es unter den Eltern einen Drucker?«, fragte Dühnfort.

»Einen Drucker?«, wiederholte Melanie Berger. »Lassen Sie mich mal nachdenken.«

Dühnfort konnte förmlich sehen, wie sie in Gedanken jedes Kind aufrief, die Eltern danebenstellte und sich deren Berufe ins Gedächtnis rief. Sie sah dabei originell aus, selbst wie ein Kind, das gewissenhaft über einer Aufgabe brütete. Nach einer Weile sagte sie: »Nein. Ein Drucker ist nicht dabei.«

Dühnfort erhob sich. »Danke. Rufen Sie mich an, wenn es Bilder von Jakob gibt. Ich hole sie dann ab.«

Sie begleitete ihn zur Tür und schloss auf.

Wieder fiel ihm der große Garten auf. »Schön ist das hier.«

»Wir nutzen den Garten auch intensiv. Jedes Jahr legen wir mit den Kindern Blumen- und Gemüsebeete an. Vor allem im Sommer verbringen wir viel Zeit im Freien.« Sie verstummte, ihr Blick ging in die Ferne, war aber sofort wieder da.

»Frau Berger?«

Sie sah ihn an und schüttelte den Kopf. »Ach nichts.«

»Woran haben Sie gerade gedacht?«, bohrte Dühnfort nach.

»Das ist schon beinahe ein Jahr her«, sagte sie. »Das hat sicher nichts mit Jakobs Entführung zu tun.«

»Es interessiert mich trotzdem.«

»Kommen Sie mit«, sagte Melanie Berger nach einem Moment des Überlegens und verschloss die Tür wieder. Er folgte ihr durch die Aula bis zu einer großen Glasschiebetür, die sie öffnete. Zielstrebig ging sie zu den Gemüsebeeten hinüber, die entlang des Zauns angelegt waren. Auf der anderen Seite war ein Haferfeld. Dühnfort war ihr gefolgt und blieb nun neben ihr stehen.

»Im Sommer stellen wir hier die Planschbecken auf«, sagte Melanie Berger und deutete auf die große Rasenfläche, die zwischen Gebäude und Beeten lag. Dann drehte sie sich zum Feld um. »Letzten Sommer ist hier Mais gewachsen. Der wird ziemlich hoch.« Sie deutete mit der Hand über ihren Kopf. »Bestimmt zwei Meter.«

Plötzlich hatte Dühnfort eine Ahnung, was sie ihm erzählen würde. »Jemand hat sich darin versteckt und die Kinder beobachtet«, sagte er halblaut mehr zu sich selbst.

»Ich weiß es nicht«, sagte Melanie Berger. »Also, ob er tatsächlich die Kinder fotografiert hat, meine ich.«

»Erzählen Sie mir einfach, was geschehen ist.«

»Das muss Mitte Juli letzten Jahres gewesen sein, kurz vor Ferienbeginn. Seit Wochen war es heiß, wir hatten die Planschbecken aufgestellt und die Kinder waren hauptsächlich draußen. An manchen Tagen haben wir schon die Brotzeit draußen gemacht. Vielleicht hätte ich damals doch die Polizei rufen sollen. Aber eigentlich habe ich ihm geglaubt.«

»Wem haben Sie was geglaubt?«

»Er hat gesagt, dass er den Klatschmohn fotografiert und die Kornblumen, die am Rande des Maisfelds wuchsen. Er hat mir die Bilder sogar auf dem Display seiner Digitalkamera gezeigt, und trotzdem fand ich das seltsam, wie er da so im Maisfeld stand, als wolle er nicht gesehen werden.« Sie zupfte nervös an einem Ohrläppchen. »Aber er hat das alles so plausibel erklärt und außerdem hat er mir die Bilder ja gezeigt.«

»Wer, Frau Berger?«, fragte Dühnfort.

»Mein ehemaliger Lehrer, der Herr Kallweit.«

***

Dühnfort saß im Auto und telefonierte mit Alois. »Hast du das Alibi von Kallweit überprüft?«

»Noch nicht. Dr. Wiessner war übers Wochenende

verreist und gestern bin ich nicht dazu gekommen. Ist das ein Problem?«

»Nein«, sagte Dühnfort. »Ich mache das jetzt.«

»Gibt es da eine Verbindung zu Jakob?«

»An den Gerüchten, dass Kallweit Kinder fotografiert, scheint was dran zu sein«, sagte Dühnfort und berichtete Alois, was er eben in Erfahrung gebracht hatte.

»Hat er Jakob fotografiert?«

»Das wusste seine Erzieherin nicht«, sagte Dühnfort. »Da sind ein paar Dutzend Kinder rumgewuselt. Einen direkten Zusammenhang zu Jakobs Entführung haben wir nicht. Da gibt uns kein Richter einen Durchsuchungsbeschluss. Jedenfalls nicht wegen der Entführung, und für das andere brauche ich mehr.«

»Vertun wir da nicht unsere Energie?«, wandte Alois ein. »Ich meine, wir haben eine heiße Spur und die führt in eine Druckerei. Und es geht um Lösegeld und nicht um Missbrauch. Oder gibt's eine Verbindung zwischen Kallweit und einer Druckerei?«

»Ich habe keine Ahnung, ob es da eine Verbindung gibt«, sagte Dühnfort. »Wenn du aber glaubst, dass ich einen Pädophilen laufen lasse, weil ich zufällig gerade einen Kidnapper suche, dann hast du dich geirrt.«

»Den können wir uns doch noch später schnappen«, entgegnete Alois. »Und außerdem fällt das nicht in unseren Zuständigkeitsbereich.«

»Ich überprüfe jetzt sein Alibi, und wenn das nicht wasserdicht ist, dann schnappe ich ihn mir. Dann bin ich nämlich zuständig.« Und wenn du in meinem Team bleiben willst, dann kannst du dich gleich von der Vorstellung verabschieden, so ein Beamtenarsch zu werden, der Dienst nach Vorschrift macht. Merde, dachte er. Warum bin ich plötzlich so wütend? Er atmete durch.

»Du und Gina, ihr recherchiert das Umfeld der Druckereien weiter. Ich kümmere mich um Kallweit. Wir können nicht mit Sicherheit ausschließen, dass Jakob nicht missbraucht worden ist. Es hat keine Penetration stattgefunden, das wissen wir, aber vielleicht wurde an ihm manipuliert, vielleicht wurden Aufnahmen von ihm gemacht. Und wir wissen immerhin, dass ein Pädophiler, der Kinder heimlich fotografiert, unmittelbar in Jakobs Nähe war.«

»Ein vermutlich Pädophiler, der vermutlich Kinder fotografiert«, sagte Alois. »Außerdem ist das ein Jahr her und gehört nicht zu unseren Aufgabengebieten.«

»Es ist schließlich unser Job, genau diese *Vermutlichs* zu verifizieren«, erwiderte Dühnfort, den nun eine unheimliche Ruhe überkam. Er kannte diese Ruhe, es war die Ruhe vor dem Sturm. Ein Wort noch von Alois und er würde explodieren.

***

Agnes stand vor dem Schaufenster der Buchhandlung und starrte auf Yvonnes Kinderbibel. Sie kam vom Rathaus, wo sie sich angemeldet hatte, kurz bevor das Einwohnermeldeamt um zwölf Uhr für den Parteienverkehr schloss. Natürlich handelte es sich nicht um Yvonnes Kinderbibel, die war verbrannt, aber es war die gleiche. Einem Impuls folgend, betrat Agnes den Laden. Hinter einem Verkaufstresen aus hellem Holz stand eine mollige Frau mit einer randlosen Brille auf der Nasenspitze. Sie blickte auf. »Ach, Sie sind das. Grüß Sie, Frau …«, sie überlegte kurz. »Gaudera«, sagte sie dann lächelnd.

Ich bin bekannt wie ein bunter Hund, dachte Agnes. Wenigstens hat sie mich nicht Frau Engel genannt, so wie die Verkäuferin in der Bäckerei.

»Jetzt hätte ich beinahe Engel gesagt.« Die Buchhändlerin kam hinter der Theke hervor und reichte Agnes die Hand. »Roswitha Riedel. Suchen Sie etwas Bestimmtes oder wollen Sie in Ruhe stöbern?«

»Beides. Ich interessiere mich für die Kinderbibel.«

»Die habe ich erst gestern ins Schaufenster gestellt«, sagte Roswitha Riedel. »Nachdem Jakob so wundersam wieder aufgetaucht ist und die Zeitung vom Wunder von Mariaseeon geschrieben hat, haben tatsächlich ein paar Leute nach religiöser Literatur gefragt. Deshalb habe ich ein wenig umdekoriert.«

Sie holte eine Kinderbibel aus einem Regal. »Wenn Sie ein bisschen schmökern wollen; dort hinten gibt es eine Leseecke.« Ein alter Ohrenbackensessel stand in einer Ecke neben einem Bistrotisch. »Wenn Sie etwas brauchen, rufen Sie mich einfach.« Frau Riedel verschwand wieder hinter ihrem Tresen. Agnes machte sich daran, die Regale zu durchstöbern. Schnell wurde sie fündig. Dieser Laden schien eine Quelle für ihre verlorengegangenen Schätze zu sein. Rainer Maria Rilkes Gedichte, die Gesamtausgabe auf Dünndruckpapier, und den Band *Gedichte fürs Gedächtnis* von Ulla Hahn nahm sie mit in die Leseecke.

Oben auf dem kleinen Stapel lag die Kinderbibel. Yvonne hatte zu ihrem vierten Geburtstag ein Puzzlespiel mit einem Arche-Noah-Motiv geschenkt bekommen. Da Agnes ihr die Geschichte Noahs nicht in allen Einzelheiten erzählen konnte, kaufte sie eine Kinderbibel. Immer wieder hatte sie Yvonne daraus vorlesen müssen. Und plötzlich wusste Agnes, woran die Szene im Wald sie erinnerte: an die Geschichte von Abraham und Isaak. Hastig blätterte sie und fand die Seite sofort. Eine farbige Illustration zeigte Isaak, nur mit einem Lendenschurz bekleidet und gefesselt auf einem Reisighaufen. Das war das Bild, das seit Sonntag in Agnes' Kopf herumspukte. Die Geschichte dazu kannte sie beinahe auswendig. Yvonne hatte eine besondere Vorliebe dafür entwickelt. Unzählige Male hatte Agnes sie vorgelesen. Abraham soll seinen Sohn Isaak opfern. Nach anfänglichen Zweifeln ist er schließlich dazu bereit, geht mit Isaak auf den Berg Morija, bindet ihn auf einen Holzstoß und will ihn opfern, als Gott ihm Einhalt gebietet und ein Opferlamm schickt. In der Kinderbibel blieb unerwähnt, auf welche Weise Abraham sein Kind hätte opfern sollen. Agnes hatte nachgeschlagen: Einem Opferlamm wird die Kehle durchgeschnitten. Sie war froh, dass Yvonne nicht nachfragte, was das Wort *opfern* genau bedeutet.

»Das war aber ganz schön fies vom Gott«, sagte Yvonne. »Der arme Isaak muss doch ganz doll Angst gehabt haben. So ein blöder Gott. Papi würde dem nicht folgen«, fügte sie empört hinzu. »Der Papi ist ja auch Amithist, da muss er das gar nicht.« Atheist hatte sie gemeint. Das war damals im katholischen Kindergarten, den sie besuchte, ein Thema. Yvonne war, wie Rainer, nicht getauft.

Agnes starrte auf das Bild. Vielleicht hatte auch Jakob geopfert werden sollen? Vielleicht hatte ein religiöser Fanatiker Jakob gekidnappt. Aber das war ein absurder Gedanke. Agnes schüttelte den Kopf. Schließlich hatte Melli erzählt, dass Jakobs Mutter Lösegeld gezahlt hatte. Sie klappte die Bibel zu und trug sie zusammen mit den Gedichtbänden zur Kasse.

Auf dem Heimweg schimpfte sie sich eine verdammte Idiotin. Auch wenn sie alles nachkaufte, was Yvonne besessen hatte, würde nichts jemals wieder so sein, wie es gewesen war. Was wollte sie mit Yvonnes Bibel, wenn sie ihr niemals wieder daraus vorlesen konnte? Sie hatte einem sentimentalen Impuls nachgegeben, warum nur? Vielleicht in der Hoffnung, in diesem Schatz würde sich die Vergangenheit spiegeln und so für einige Augenblicke lebendig werden, wie vorher im Buchladen. Aber dieser Spiegel hatte zwei Seiten. Agnes zerrte das Buch aus der Tüte und legte es an der Schulbushaltestelle auf die Bank.

***

Dühnfort verließ die Praxis von Dr. Till Wiessner. Kallweit hatte kein Alibi. Er hatte zwar einen Termin am Donnerstagnachmittag gehabt, aber bereits um vierzehn Uhr; und Wiessners Sprechstundenhilfe hatte sich erinnert, dass Kallweit kurz vor drei Uhr gegangen war. Er hat mich eiskalt belogen, dachte Dühnfort. Das reichte jedoch nicht für einen Durchsuchungsbeschluss. Es fehlte die Verbindung zu Jakob.

Er stieg in sein Auto, rief Bachmaier an und fragte, ob er wisse, wie man Veith erreichen könnte.

»Den Job bei der DLRG macht er ehrenamtlich«, sagte Bachmaier. »Tagsüber triffst du ihn wahrscheinlich an seinem Arbeitsplatz an. Er arbeitet in einem Geschäft für Raumausstattung.« Bachmaier wusste allerdings nicht, ob in Mariaseeon oder in einer der Nachbargemeinden.

Dühnfort ging zurück in die Praxis und fragte Wiessners Sprechstundenhilfe, ob es in Mariaseeon ein Geschäft für Raumausstattung gab. »Schon in der dritten Generation«, sagte sie. »Wie unsere Praxis.«

Sie konnte unmöglich für alle drei Generationen Wiessner-Doktoren gearbeitet haben, aber für zwei schon. Das graue Haar war zu einem Pferdeschwanz gebunden, wie bei einem jungen Mädchen. Sie trug Jeans und einen weißen Kittel, unter dem eine rosa Bluse hervorlugte. Trotzdem, sie musste über sechzig sein.

»Raumausstattung Veith«, sagte sie. »Fahren Sie die Dorfstraße entlang Richtung Baierdilching. Kurz vor dem Ortsausgang biegen Sie links ab in die Wendelsteinstraße. Das zweite Haus rechts.«

Der Laden befand sich in einem umgebauten Bauernhaus. Das Dach stand auf der Giebelseite weit über, ein geraniengeschmückter Balkon zog sich über die gesamte Breite. Im ersten Stock waren die Fenster klein und hatten blaulackierte Fensterläden. Im Erdgeschoss gab es zwei große Schaufenster, die von blau-weiß gestreiften Markisen beschattet wurden. Auf dem Rauputz über den Fenstern war ein Schild angebracht. *Raumausstattung Veith seit 1907.* Alle Parkplätze vor dem Laden waren frei. Dühnfort blickte auf die Uhr. Hoffentlich hatte das Geschäft über Mittag nicht geschlossen.

An der Tür hing aber ein Schild mit dem Hinweis *Durchgehend geöffnet.* Dühnfort trat ein. Eine Glocke bimmelte. Regale mit Farbeimern, Pinseln, Klebebändern und sonstigem Malerzubehör unterteilten den Raum. Dühnfort ging an einem Tisch mit Tapetenmusterbüchern vorbei auf den Kassentresen zu. Hinter einem Regal trat ein Mann hervor. Er war beinahe zwei Meter groß, bullig und sonnengebräunt. Blondgefärbte Haare standen borstig von seinem quadratischen Schädel ab. Im linken Ohr trug er einen goldenen Ring. Trotz seiner jugendlichen Aufmachung schätzte Dühnfort ihn auf Anfang vierzig. »Grüß Gott«, sagte er. »Kann ich Ihnen helfen?«

»Ich hoffe.« Dühnfort stellte sich vor. »Sind Sie Herr Veith?«

Der Mann nickte.

Dühnfort erklärte, weshalb er kam. Veith bestätigte, dass er Bachmaier von dem Vorfall am See erzählt hatte. »Aber da war ja anscheinend nichts dran«, sagte er. »Sonst wäre der Herr Kallweit ja nicht so davongekommen.«

»Kennen Sie ihn?«

»Er war über dreißig Jahre Lehrer an der Schule im Dorf«, sagte Veith. »Auch ich hab meine Tatzen von ihm gekriegt.«

»Es gibt Gerüchte, dass er nicht nur Blumen, sondern auch Kinder fotografiert. Ist da was dran?«

»Gerüchte halt.« Veith zupfte am Ohrring. »Selber gesehen habe ich das nie, und wenn ich ihn dabei erwischen würde, dann würde er das nie wieder tun.« Veith schlug mit der rechten Faust in die linke Handfläche. »Seit letztem Sommer habe ich ein Auge auf ihn.«

»Gab es während Ihrer Schulzeit schon Gerüchte über Kallweit?«

Veith dachte nach. »Nein«, er schüttelte den Kopf. »Über Kallweit nicht …«

Dühnfort wurde hellhörig. »Über wen dann?«

Veith zögerte. Seine Miene verfinsterte sich. »Ach, das ist ewig her«, sagte er abwehrend. »Und außerdem ist er tot und über Tote soll man nicht schlecht reden.« Veith war blass geworden. Aber plötzlich zog eine Röte über seinen Hals hinauf ins Gesicht und vertrieb die Blässe. Scham oder Wut?, fragte Dühnfort sich. Veith straffte die Schultern, der muskulöse Brustkorb wölbte sich. Ein energischer Zug legte sich um seinen Mund. Er schlug noch einmal mit der Faust in die Hand. »Vielleicht ist das jetzt die richtige Zeit. Dem Sepp soll endlich Gerechtigkeit widerfahren«, sagte er. »Einmal muss ich es erzählen, das hab ich immer gewusst.« Veith musterte ihn.

Dühnfort kannte diesen Blick. Der Mann versuchte einzuschätzen, ob er ihm vertrauen konnte. »Setzen wir uns.« Dühnfort deutete zu dem Tisch, auf dem die Tapetenmusterbücher lagen. Dort standen zwei Stühle.

Veith nickte, ging aber zunächst zur Eingangstür, drehte das Schild um und ließ eine Lamellenjalousie vor der Eingangstür herunter. Dann setzte er sich an den Tisch. Dühnfort würde sich jetzt eine Geschichte über einen Toten anhören. Veith lag offenbar daran. Und vielleicht würde das Gespräch auch ermittlungsrelevante Erinnerungen über Kallweit zutage fördern.

Doch Veith schwieg. Er atmete hörbar. Etwas arbeitete in ihm, er sog die Luft ein, sein mächtiger Brustkorb hob und senkte sich, und plötzlich brach es aus ihm heraus: »Der Sepp war mein bester Freund, und er hat sich erschossen, als er vierzehn war. Seine Eltern und der Pfarrer haben es so hingedreht, dass es nicht rauskam. Sonst hätte der Pfarrer ihn nicht christlich bestatten dürfen. Aber ich weiß, dass er sich erschossen hat. Ich weiß auch, warum er das getan hat, aber ich hab ihm nicht geglaubt.« Veiths Redeschwall endete ebenso abrupt, wie er begonnen hatte.

»Was haben Sie ihm nicht geglaubt?«

Veith blickte Dühnfort direkt in die Augen. »Alles. Weil es nicht zu glauben war. Ich war doch auch erst vierzehn. Wir hatten doch damals keine Ahnung, dass es solche perversen Schweine gibt. Dabei hat er mir seinen Rücken gezeigt. Er war voller Narben und verkrusteter Wunden. Ich habe sie gesehen und dem Sepp trotzdem nicht geglaubt. Ich habe gedacht, dass sein Vater ihm eins mit dem Ochsenziemer übergegeben hat. Das war vorstellbar. Das andere nicht.« Veith kaute auf dem Daumennagel herum, legte dann aber die geballte Faust auf den Tisch. »Wir hatten doch keine Vorstellung von Sex. Mit vierzehn. Wir konnten uns gerade mal vorstellen, ein Mädchen zu küssen und ein bisschen zu fummeln. Natürlich wussten wir, dass es Schwule gibt, die es mit Männern treiben. Aber wie, das wussten wir nicht, und dass es Pädophile und Perverse gibt, wussten wir auch nicht.«

»Ihr Freund ist missbraucht worden«, sagte Dühnfort. »Von wem?«

»Von genau dem, von dem man das niemals geglaubt hätte«, antwortete Veith. »Vom Herrn Pfarrer. Der Sepp hat sich mit dem Jagdgewehr seines Vaters erschossen, weil er die Quälereien und Vergewaltigungen durch den Pfarrer nicht mehr ausgehalten hat. Der Herr Pfarrer hat die Macht besessen, das alles zu vertuschen. Ich habe belauscht, wie er auf den alten Dr. Wiessner eingeredet hat, den Eltern die Schande einer gerichtlichen Untersuchung zu ersparen und auf den Totenschein eine natürliche Todesursache zu schreiben oder wenigstens einen Unfall und nicht einen Suizid zu bescheinigen, damit der Sepp ein christliches Begräbnis kriegen konnte. Aber bei einem Unfall wäre der Sepp auch rechtsmedizinisch untersucht worden, dann wären die Wunden entdeckt worden. Dann wäre die Kripo eingeschaltet worden. Das weiß ich heute. Ich habe mich erkundigt. Und der alte Dr. Wiessner hat auf den Pfarrer gehört.«

»Aber der Bestatter …«

Veiths Gesichtszüge verhärteten sich. »Es hat alles gepasst. Der Onkel von Sepps Mutter hat das Bestattungsinstitut damals gehabt. Sie muss ihn überredet haben dichtzuhalten.«

»Aber der Schuss muss doch gehört worden sein«, wandte Dühnfort ein.

»Der Sepp hat sich draußen im Wald in der Jagdhütte von seinem Vater erschossen. Den Schuss hat niemand gehört. Sein Vater hat ihn gefunden. Sie haben dann behauptet, dass er an einer Lungenembolie gestorben ist. Das lag in der Familie. Sepps Cousine ist mit fünfzehn daran gestorben und auch seine beiden Großeltern.«

»Und wie haben Sie von alledem erfahren?«

»Dass der Sepp tot ist? Das hat sich schnell im Dorf herumgesprochen. Ich habe das nicht geglaubt und bin dann rübergelaufen. Die Haustür war offen, also bin ich rein. Und dann habe ich sie gehört. Sie standen in der guten Stube und der Herr Pfarrer hat auf den alten Dr. Wiessner eingeredet. Ich bin rauf in Sepps Zimmer und da lag er …« Veiths Stimme brach. »Ich hätte ihn fast nicht erkannt«, flüsterte er heiser. »Der halbe Kopf war weg.« Tränen traten in Veiths Augen. »Kennen Sie die Abziehbildchen?«, fragte er und wischte sich die Tränen weg. Dühnfort nickte. »Die waren früher in den Brausetütchen drin. Man machte sie mit Spucke nass und drückte sie dann auf die Haut. Das sah dann aus wie eine Tätowierung. Ein paar Tage vorher haben wir uns jeder eine Piratenflagge auf den linken Oberarm gemacht. Daran habe ich ihn erkannt.«

»Warum haben Sie damals nichts unternommen?«, fragte Dühnfort. »Sie hätten doch sagen können, was sie wussten.«

Veith schluckte und sah ihm direkt in die Augen. Er fixierte ihn eine Weile, dann lachte er bitter auf. »Also gut: Heute ist der Tag der Wahrheit. Niemand weiß das. Nicht einmal meine Frau. Wer mich danach fragt, dem erzähle ich, dass ich bei einem Sturz in einem Stacheldrahtzaun hängen geblieben bin. Aber einmal muss das alles raus. Und nun sind ausgerechnet Sie derjenige, dem ich das vor die Füße kotze. Einem Mann, den ich nicht kenne. Aber Sie sind von der Kripo. Es ist höchste Zeit. Das bin ich dem Sepp schuldig.«

Veith stand auf und zog das schwarze T-Shirt über den Kopf. Er hatte breite Schultern und den muskelbepackten Oberkörper eines Bodybuilders. Auf dem linken Oberarm war eine kleine Piratenflagge eintätowiert. Er drehte sich um und zeigte Dühnfort seinen Rücken. Die Haut war braun bis auf einige weiße unebene Linien, die sich von der Schulter Richtung Taille zogen. Es waren Narben.

»Mich hat er nur ein Mal erwischt«, sagte Veith mit trockener Stimme und räusperte sich. Er zog das T-Shirt wieder an. »Das war einen Tag bevor der Sepp sich erschossen hat. Danach hatte er mich in der Hand. Niemand hätte mir geglaubt, einem Arschficker«, sagte er bitter. »Der feine Herr Pfarrer hat mich nicht nur misshandelt und missbraucht. Nach Sepps Tod hat er mir gedroht, die schwule Beziehung, die der Sepp und ich gehabt hätten, publik zu machen. Das war natürlich eine Lüge. Aber wem hätte man geglaubt, frage ich Sie, dem honorigen Herrn Pfarrer oder einem verstörten Jungen?«

»Sie hätten sich jemandem anvertrauen sollen«, sagte Dühnfort.

»Wem denn?«, fragte Veith. »Ich habe es einmal bei meiner Mutter versucht. Aber die hatte damals weiß Gott andere Sorgen. Mein Vater lag mit Krebs im Krankenhaus, und sie hat versucht, das Geschäft zu erhalten. Und irgendwie bin ich damit ja dann auch klargekommen. Ich bin ja nur ein Mal sein Opfer geworden«, sagte Veith. »Ich habe das alles weggeschoben, wie einen bösen Traum. Aber ich bin krank geworden. Psychosomatisch, haben die Ärzte gesagt, und dass ich mich zusammenreißen soll, dass ich das meiner Mutter nicht antun kann, dass es reicht, wenn sie sich um ihren todkranken Mann sorgen muss. Also habe ich mich zusammengerissen.« Veith hatte gepresst gesprochen und stieß nun die Luft aus, die er angehalten hatte. »Eine höhere Gerechtigkeit hat für Strafe gesorgt. An dem Tag, an dem ich aus dem Krankenhaus gekommen bin, ist der Herr Pfarrer an einem Herzinfarkt gestorben. Er hat ein pompöses Begräbnis bekommen und ruht hoffentlich in Unfrieden. Er soll, verdammt noch mal, in der Hölle schmoren, an die er geglaubt hat.« Veith lehnte sich zurück und sein Blick ging in die Ferne. »Der Sepp hat den Tod gewählt. Aber ich habe mir damals vorgenommen, nie wieder Opfer zu werden, und habe mit Aikido und Bodybuilding angefangen. Wahrscheinlich muss jeder seine Art finden, mit so etwas fertig zu werden«, sagte er. »Das war's. Nun ist es raus. Was werden Sie nun tun?«

Dühnfort fühlte sich nicht wohl in seiner Haut. Er musste Veith enttäuschen und damit das in ihn gesetzte Vertrauen. »Strafrechtlich lässt sich da leider nichts mehr machen. Es gibt keine Möglichkeit, gegen Tote zu ermitteln. Die Vertuschung der wahren Todesumstände durch den Arzt und die Eltern ist zwar strafrechtlich relevant, aber verjährt. Wie lange ist das alles her?«

»Achtundzwanzig Jahre«, sagte Veith tonlos. »Sie können also nichts tun? Es gibt keine Gerechtigkeit für den Sepp?«

»Nein, ich kann nichts tun«, erwiderte Dühnfort mit fester Stimme. »Aber Sie können etwas tun. Erzählen Sie die Wahrheit, reden Sie mit Sepps Eltern, reden Sie mit dem Arzt, reden Sie mit Sepps Freunden und ehemaligen Klassenkameraden.«

»Das kann ich nicht«, erwiderte Veith. »Sepp hätte das

nicht gewollt, dass seine Schande so öffentlich gemacht wird. Nicht ohne eine Bestrafung des Täters. Es hat ihn ja schon solche Überwindung gekostet, mit mir darüber zu reden.«

»Aber Schweigen schützt die Täter. Es ist unglaublich, wie lange es oft dauert, bis Missbrauchsfälle bekannt werden, weil Nachbarn, Verwandte, Lehrer und Freunde die Augen verschließen, weil man das Unglaubliche nicht wahrhaben will. Lieber glaubt man fadenscheinigen Ausreden, als genau hinzusehen. Ich kann verstehen, dass Sie Bedenken haben, Ihren Freund bloßzustellen, wenn sie die Wahrheit sagen. Aber Sie werden sicher verhindern wollen, dass vielleicht ein anderer Täter unentdeckt bleibt, weil alle wegsehen.«

»Sie denken an Kallweit. Sie glauben, dass er auch so ein perverses Schwein ist.«

»Im Moment glaube ich noch gar nichts. Aber an den Gerüchten, dass er heimlich Kinder fotografiert oder sich nackt vor Kindern zeigt, scheint etwas dran zu sein. Außer dem Vorfall, den Sie meinem Kollegen geschildert haben, ist mir noch ein weiterer bekannt geworden. Das ist aber sehr vage. Das reicht alles nicht aus, um einmal genauer hinschauen zu können«, sagte Dühnfort.

»Für eine Hausdurchsuchung, meinen Sie.«

Dühnfort nickte. Er hatte nur Hinweise, aber keine Beweise. Er brauchte mehr. »Sie machen doch nicht immer Dienst im Familienbad.«

»Wir wechseln uns ab. Aber wir reden natürlich über Vorfälle. Ich kann mich ja mal bei den Kollegen umhören. Geben Sie mir Ihre Nummer.«

Dühnfort reichte ihm seine Karte. Veith zog die Jalousie hoch, drehte das Schild wieder um und öffnete die Tür. »Ich denke über das nach, was Sie mir geraten haben«, sagte er. »Vielleicht rede ich mit dem alten Dr. Wiessner.«

***

Dühnfort fuhr hinunter zum See, parkte sein Auto am Familienbad und ging zum Ufer. Das Bad war beinahe leer, nur weiter hinten auf der Liegewiese sah er zwei Frauen in Badeanzügen. Die Sonne stand hoch am wolkenlosen Himmel, die Temperatur betrug aber höchstens zweiundzwanzig Grad, eine kühle Brise wehte. Dühnfort setzte sich auf eine Bank und starrte auf die Wasseroberfläche. Sie kräuselte sich im Wind. Plötzlich hatte er das Gefühl, der Sommer sei bereits vorbei, es sei schon Herbst. Er blickte in die Bäume, deren Laub zartgrün war. Ein Zitronenfalter flog vorbei. Jeder wird auf seine Art mit so etwas fertig, hatte Veith gesagt. Der eine bringt sich um, der andere wird ein Meister im Kampfsport, wieder ein anderer wird vielleicht selbst zum Täter. Das Schweigen war der Kitt, der die Opfer zusammenhielt, ohne dass sie es wussten. Das Schweigen war der Kokon, der den Täter einhüllte, bis er sein Tun mit noch größerer Grausamkeit erneut entfaltete. Veiths Beichte ließ auf einen sadistischen Täter schließen, der einen Jungen in den Tod getrieben und einen anderen missbraucht und gequält hatte. Vielleicht nicht nur einen. Vermutlich gab es mehr Opfer. Aber der Täter ist tot. Und ich kann Veith nicht helfen, dachte Dühnfort. Er muss sich selbst helfen. Ich muss überlegen, wie ich weiter vorgehe. Hatte Alois recht, sollte er Kallweit den Kollegen überlassen, die sich mit Pädophilie und Missbrauch beschäftigten?

Kallweit hatte die Arztpraxis um kurz vor drei Uhr verlassen. Jakob war um halb drei bei Dennis angekommen. Die Jungen hatten sich ein Video angesehen und waren dann in den Garten gegangen, um Sumoringer zu spielen. Kallweit musste auf dem Heimweg die Dorfstraße entlanggegangen oder -gefahren sein. Also musste er das Haus der Familie Mittermeyer passiert haben. Der Garten war von der Dorfstraße her einsehbar. Hatte Kallweit die Buben gesehen, auf dem Fußweg hinter dem Grundstück Posten bezogen und sie fotografiert? War er Jakob, der wenig später das Haus seines Freundes verlassen hatte, gefolgt?

Dühnfort holte sein Handy aus der Tasche und wählte die Nummer der Mittermeyers. Dennis' Mutter meldete sich nach dem vierten Läuten. Er grüßte sie und fragte nach dem Video, das sich die Jungen angesehen hatten.

»Es war ein Zeichentrickfilm«, sagte sie. »Ist das wichtig?«

»Vielleicht. Wie lange dauert der Film?«

»Eine halbe Stunde vielleicht. Aber sie haben sich den Film nicht ganz angesehen. Sie fanden, das sei Babykram, und sind in den Garten.«

»Dann waren die beiden schon vor drei Uhr im Sandkasten?«, fragte Dühnfort.

»Ja«, sagte sie.

»Sind Sie ganz sicher?«

»Sie waren vor drei Uhr im Garten. Sicher.«

»Danke«, sagte Dühnfort und verabschiedete sich.

Er hatte sich entschlossen. Jetzt würde er mit den Kindern reden, vor denen Kallweit onaniert haben sollte.

***

Mit dem Lift fuhr Dühnfort aus dem zwölften Stock ins Erdgeschoss. Den Weg in die Trabantenstadt Taufkirchen hatte er umsonst gemacht. Das kleinere der Mädchen brachte keinen vernünftigen deutschen Satz heraus, der Bub schwieg, wie damals; und das ältere Mädchen hatte pampig erklärt, es sei ja schließlich amtlich festgestellt worden, dass der alte Sack sich nur abgetrocknet habe. Der Fahrstuhl erreichte das Erdgeschoss. Dühnfort verließ das Gebäude und ging zu seinem Auto, das er weiter vorne am Einkaufszentrum geparkt hatte. Sackgasse. Merde. Er blickte auf die Uhr. Es war kurz vor drei. Er hatte Hunger, betrat das Einkaufszentrum und besorgte sich ein belegtes Brötchen und eine Tafel Schokolade. Noir. Achtzig Prozent Kakaoanteil. Ans Auto gelehnt, aß Dühnfort das Brötchen und hielt Ausschau nach einem anständigen Becher Kaffee. Er entdeckte ein Stehcafé auf der gegenüberliegenden Straßenseite. Während er am Tresen stand und einen Becher Milchkaffee bezahlte, begann das Handy in der Brusttasche zu fiepen. Er zog es heraus, nahm den Becher und das Wechselgeld und verließ das Geschäft. Dann erst meldete er sich.

»Tag, Tino«, begrüßte ihn die Stimme seines Bruders Julius. »Ich warte noch immer auf dein Feedback wegen der Übernachtung.«

Den Geburtstag seines Vaters hatte Dühnfort vollkommen vergessen. Am Samstagmorgen sollte er in Hamburg sein. Er hatte noch keine Bahnfahrkarte, er hatte kein Geschenk, er hatte noch nicht einmal eine Idee, was er seinem Vater zu diesem besonderen Geburtstag schenken könnte.

»Wann reist du an und wie lange bleibst du?«, fuhr Julius fort. »Allmählich sollten wir das wissen. Sonst läuft uns die Planung aus dem Ruder.« Julius hatte sich mittlerweile das Gebaren und den Tonfall eines britischen Landlords angeeignet. Das entsprechende Outfit kultivierte er schon seit Jahren: Button-down-Hemden,

Tweedsakkos und Burberry-Pullunder gehörten zu den Basics seiner Garderobe.

»Ich werde einen Zug am Freitagvormittag nehmen, dann bin ich am frühen Abend in Hamburg. Am Montag muss ich wieder im Präsidium sein«, sagte Dühnfort mit fester Stimme. Inzwischen war er bei seinem Auto angekommen und stellte den Kaffeebecher auf dem Dach ab. »Ich bleibe also zwei Nächte, und für mich musst du nichts planen, ich schlafe einfach in meinem alten Zimmer.« Sein ehemaliges Zimmer war vor Jahren schon als Gästezimmer eingerichtet worden, genau wie die ehemaligen Räume seiner Mutter. Wenn er in Hamburg war, schlief er dort.

Dühnfort hörte, wie Julius sich räusperte. »Es gibt ein kleines Problem«, sagte er. »Onkel Jost und Tante Hilda haben sich nun doch entschlossen zu kommen. Ich kann die beiden unmöglich in einem Hotel einquartieren.«

Soll das nun heißen, dass ich in ein Hotel gehen soll?, überlegte Dühnfort, während er mit der frei gewordenen Hand den Autoschlüssel aus der Hosentasche holte und aufschloss. »Du weißt, dass Mutter die beiden nicht ausstehen kann«, erwiderte er. »Sie sollten sich, so gut es geht, aus dem Weg gehen können.«

»Ach, das weißt du ja noch nicht. Mutter hat abgesagt.«

»Schade.« Er hatte sich auf sie gefreut. »Warum kommt sie nicht?«

»Sie muss kurzfristig in die Staaten fliegen«, sagte Julius. »Angeblich will irgendein amerikanisches Provinzmuseum ihre Arbeiten ausstellen.«

»Angeblich?«

»Was ich von den künstlerischen Qualitäten unserer Mutter halte, ist dir bekannt«, erwiderte Julius, »das müssen wir jetzt nicht vertiefen. Ich reserviere also für dich zwei Übernachtungen im Hotel Casa Verde. Soll ich eine kleine Suite buchen?«

Das war wieder typisch für Julius. Noch immer sah er Konstantin als Rivalen, den er am liebsten aus dem Haus gehabt hätte, und nun nutzte er den erstbesten Vorwand, ihn ins Hotel abzuschieben. »Mir reichen ein Schlafsack und eine Luftmatratze«, erwiderte Dühnfort in einem Anflug von kindischem Trotz.

»Das Haus ist voller Gäste«, entgegnete Julius. »Wenn du dein Zeltlager nicht im Weinkeller aufschlagen willst, ist es wohl besser, ein Hotelzimmer zu buchen. Ich würde dich ja gerne bei mir unterbringen.«

Hohle Floskel, dachte Dühnfort.

»Aber Victoria ist im vierten Monat und morgendliche Übelkeit, Lärm und Gerüche machen ihr sehr zu schaffen. Sie bedarf absoluter Ruhe, da ist es besser, wenn keine Gäste im Haus sind.«

Julius wurde also Vater und das erwähnte er mal so nebenbei. Dühnfort fühlte sich plötzlich niedergeschlagen. »Ich kümmere mich selbst um ein Zimmer«, sagte er und konnte sich nicht überwinden, seinem Bruder zu gratulieren. »Wir sehen uns also am Samstag.« Er schob das Handy zurück in die Brusttasche, nahm den Kaffeebecher vom Autodach und setzte sich hinters Lenkrad. Er trank den Kaffee und aß die schwarze Schokolade. Julius hatte immer die Erwartungen ihres Vaters erfüllt. Er hatte Jura studiert, war Strafverteidiger geworden und war in Vaters Kanzlei eingetreten. Mittlerweile hatte er sie übernommen. Julius' Frau stammte, wie konnte es anders sein, aus den ersten Kreisen der Hamburger Gesellschaft. Und natürlich war Julius derjenige, der ihren Vater zum Großvater machte. Dühnfort verstand nur nicht, warum sein Bruder noch immer versuchte, ihn auszustechen. Er hatte das längst auf allen Gebieten getan und trotzdem betrachtete er ihn noch als Rivalen. Als Rivalen worum? Julius befand sich inzwischen alleine auf einem Schlachtfeld, das Dühnfort vor Jahren schon verlassen hatte.

Verwundert bemerkte er, dass er die ganze Tafel Schokolade gegessen hatte. Er knüllte den leeren Kaffeebecher zusammen und warf ihn mit dem Schokoladenpapier in einen Mülleimer, der in der Nähe des Autos stand.

Sein Handy begann wieder zu fiepen. Vielleicht war Julius klar geworden, dass es nicht die feine englische Art war, den eigenen Bruder ins Hotel zu schicken. Aber es war Georg Veith. »Ich hab was für Sie«, sagte er. »Wenn das stimmt, kriegen Sie den Durchsuchungsbeschluss.«

***

Kurz vor halb vier Uhr fuhr Dühnfort durch den Münchner Vorort Grünwald. Prächtige Villen standen verborgen hinter alten Bäumen in parkähnlichen Grundstücken. Nach kurzer Suche hatte er die Adresse gefunden, die Veith ihm gegeben hatte. Dühnfort hatte sich telefonisch angemeldet und parkte nun vor einem modernen Gebäude aus Holz und Glas. Margarete Benningsen, die Mutter der Kinder, die von einem Unbekannten am See fotografiert worden waren, ließ ihn ein und führte ihn in ein geräumiges Wohnzimmer mit modernen Designermöbeln. Sie stellte Dühnfort ihre Kinder vor: zwei Jungen im Alter von neun Jahren, Zwillinge, außerdem einen Sohn, der die erste Klasse besuchte, und ein vierjähriges Mädchen, das sich schüchtern hinter der Mutter versteckte. Dann rief sie das Kindermädchen, das mit den Kindern spielen ging. Sie strich sich die langen, kastanienbraunen Haare über die Schulter. »So, nun können wir ungestört reden«, wandte sie sich an Dühnfort. »Sie sagten, dass Sie wegen des Vorfalls im Mariaseeoner Bad mit mir sprechen möchten.«

Dühnfort nickte. »Sie haben dort im August letzten Jahres einen Mitarbeiter der DLRG um Hilfe gebeten. Was ist damals vorgefallen?«

»Das war eine unerfreuliche Geschichte.« Sie lehnte sich im Sofa zurück und schlug die Beine übereinander, die in Designerjeans steckten. »Ich war mit den Kindern dort beim Baden. Im Laufe des Nachmittags ist mir ein älterer Herr aufgefallen, der sich in unserer Nähe niedergelassen hat und ständig in seiner Kühltasche rumkramte, aber nie etwas herausholte. Bis mir klar geworden ist, dass er immer dann mit seiner Tasche beschäftigt war, wenn eines meiner Kinder sich umzog. Plötzlich hatte ich einen Verdacht. Kurz danach ging der Mann schwimmen. Die Zeit habe ich genutzt und mir die Tasche angesehen. Danach war mein Blutdruck bei zweihundert, das können Sie sich vielleicht vorstellen.«

»Noch nicht«, sagte Dühnfort. »Aber wenn Sie mir verraten, was Sie in der Tasche gefunden haben …«

»Er hatte darin eine Digitalkamera eingebaut, eine mit schwenkbarem Sucher. Sie steckte in einer Metallhalterung. Den Sucher hatte er so eingestellt, dass er nur einen Blick in die Tasche werfen musste, um zu erkennen, was er im Visier hatte. Auf der Außenseite der Tasche war eine Klappe angebracht, die er bloß zur Seite schieben musste, dann war das Objektiv frei und er konnte knipsen, ohne dass es jemand merkte. Vermutlich hat er eine ganze Reihe von Aufnahmen meiner Kinder gemacht.«

»Haben Sie die Kamera an sich genommen?«

»Nein«, sagte sie und verzog das Gesicht. »Und darüber ärgere ich mich noch heute. Ich wollte die Polizei rufen, aber ich hatte das Handy im Auto vergessen. Also bin ich zur DLRG-Hütte gegangen. Es hat eine Weile gedauert, bis ich den jungen Mann, der dort Dienst tat, überzeugen konnte, mit mir zu kommen. Als ich mit ihm an unserem Platz angekommen war, war unser Nachbar verschwunden.«

»Wahrscheinlich hat er Sie beobachtet und hat es dann vorgezogen zu gehen. Haben Sie den Vorfall angezeigt?«

»Ich habe am nächsten Tag hier auf der Polizeidienststelle Anzeige erstattet. Als ich Wochen später nachgefragt habe, hat man mir mitgeteilt, dass der Mann nicht ausfindig gemacht werden konnte. Sind Sie diesem Menschen jetzt auf der Spur?«

»Mit Ihrer Aussage kriege ich ihn«, sagte Dühnfort. »Vorausgesetzt, er ist es. Können Sie ihn beschreiben?«

»Natürlich«, antwortete Margarete Benningsen. »Er war etwa Ende sechzig, Anfang siebzig, schlank, gute Figur für sein Alter, zirka einen Meter fünfundsiebzig groß. Sein Haar war ganz weiß und noch sehr voll. Irgendwie hat er mich an Johannes Heesters erinnert.«

Mittwoch, 14. Mai

Es war zwei Minuten vor sieben Uhr morgens, als Dühnfort in Kallweits Straße einbog. Ein kleiner Konvoi folgte ihm.

Nachdem er sich gestern von Margarete Benningsen verabschiedet hatte, war er zum Amtsgericht gefahren, um den Durchsuchungsbeschluss für Kallweits Haus zu beantragen. Es hatte ihn Mühe gekostet, Christoph Leyenfels, den Staatsanwalt, zu überzeugen. Zunächst zog er Dühnforts Zuständigkeit in Zweifel und fragte, ob er den Fall nicht lieber an das für Pädophilie zuständige Kommissariat abgeben wollte. Aber Dühnfort sah einen Zusammenhang zu Jakobs Entführung. Kallweit hatte, was sein Alibi betraf, gelogen und er musste Jakob im Garten seines Freundes gesehen haben. Halbnackt. »Oft gehen die Täter zunächst relativ harmlos vor, begnügen sich mit Bildern und Filmen. Aber irgendwann wollen sie ihre Phantasien ausleben. Das muss ich Ihnen doch nicht erklären«, sagte Dühnfort. Leyenfels war dieser Argumentation schließlich gefolgt.

Dühnfort stoppte vor Kallweits Haus. Die Fahrzeuge der Schutzpolizei, Ginas roter Golf und Alois' schwarzer Mini rollten hinter seinem aus. Türen wurden geschlagen, zwölf Polizisten in Uniform standen vor Dühnfort. Er wies zwei an, Gartentor und Zufahrt zu sichern, zwei schickte er hinters Haus. Die restlichen acht Männer würden bei der Durchsuchung helfen. Dühnfort klingelte. Nichts rührte sich. Er läutete nochmals. Wenn Kallweit nicht in zwei Minuten die Tür öffnet, werde ich sie aufbrechen lassen, dachte Dühnfort und blieb mit dem Finger auf dem Klingelknopf.

Ein anthrazitgrauer Opel Frontera näherte sich. Das Fahrzeug wurde langsamer und blieb vor dem Tor stehen. Dühnfort trat heran. Kallweit ließ die Scheibe herunter und betätigte gleichzeitig eine Fernbedienung. Das Gartentor öffnete sich. »Was soll dieser Auftrieb?«, fragte Kallweit. Er sah müde und übernächtigt aus.

»Ich habe einen Durchsuchungsbeschluss. Wenn Sie so freundlich wären, uns einzulassen.«

»Was?«, fragte Kallweit fassungslos, fing sich aber schnell wieder. »Einen Moment. Ich fahre in die Garage.« Das Garagentor öffnete sich wie von Geisterhand, der Wagen verschwand darin. Einen Augenblick später kam Kallweit auf Dühnfort zu und ließ sich den Beschluss zeigen.

»Wir suchen nach Fotos von Kindern, im Speziellen nach Aufnahmen von Jakob Sonnberger.«

Kallweit seufzte und unterdrückte ein Gähnen. Seine Augen waren gerötet und von dunklen Schatten umgeben. Er sperrte auf und ließ Dühnfort und seine Kollegen ein. Im Flur wies Dühnfort die Truppe an, unter Ginas und Alois' Leitung, das Haus zu durchsuchen. Dann folgte er Kallweit ins Wohnzimmer.

»Sie suchen also Fotos von Jakob Sonnberger.« Kallweit setzte sich auf die Kante eines braunen Ledersessels und stellte die Beine nebeneinander. Er wirkte angespannt. Graue Stoppeln sprossen auf Wangen und Kinn. Seine Kleidung sah zerknautscht aus. »Ich habe Ihnen doch schon einmal erklärt, dass ich Pflanzen fotografiere und keine Kinder. Warum glauben Sie diesen verleumderischen Gerüchten?«

»Wir haben eine Zeugin«, sagte Dühnfort.

»Eine Frau, die gesehen haben will, wie ich den Jungen fotografiert habe?«, fragte Kallweit ungläubig.

»Die einen Blick in Ihre raffiniert umgebaute Kühltasche geworfen hat.«

»Was für eine Kühltasche?«, fragte Kallweit und studierte dabei ein Hosenbein. »Ich besitze keine Kühltasche.«

»Sie sind auch nie in der Nähe des Kindergartens gewesen?«

»Am Kindergarten geht jeder vorbei, der ins Dorf will.«

»Sie haben Jakob nie beobachtet?«

»Nein.«

»Jakobs Erzieherin hat Sie letzten Sommer in einem Maisfeld neben dem Kindergarten entdeckt, in dem Sie sich versteckten und fotografierten.«

»Das war ja eine tolle Entdeckung. Eine echte Sensation. Pensionär fotografiert den gemeinen Klatschmohn in voller Blüte. Papaver rhoeas ist übrigens die lateinische Bezeichnung dafür. Ich habe ihr die Bilder gezeigt.« Kallweits Gesicht war rot geworden, eine Ader an der Schläfe trat pochend hervor.

»Haben Sie ihr alle gezeigt? Auch die von Jakob, der im Planschbecken saß?«

Kallweit versuchte sich zu beruhigen. Er atmete durch. »Ich habe keine Kinder fotografiert, sondern Mohn. Wenn die Kindergärtnerin der Ansicht war, ich würde Kinder fotografieren, wieso hat sie dann nicht die Polizei gerufen? Ich kann Ihnen sagen, warum. Sie hatte keinen Grund dafür. Und jetzt, nach dieser Entführung, wird ein Schuldiger gesucht und ich soll der Sündenbock sein. So einfach geht das aber nicht.« Kallweit lehnte sich zurück und schloss für einen Moment die Augen. Dühnfort hatte plötzlich den Eindruck, dass er gegen Tränen ankämpfte.

»Ich muss jetzt meine Medikamente nehmen«, sagte Kallweit, öffnete die Augen wieder und blickte auf seine Armbanduhr.

Der Mann hat sich gut im Griff, dachte Dühnfort. Zweimal tief durchatmen und schon gibt er wieder den Grandseigneur.

»Wenn Sie mich bitte entschuldigen würden.« Kallweit stand auf und ging in die Küche.

Dühnfort folgte ihm. Die Küche war klein und blitzblank. Genau wie der Rest des Hauses und der Garten. Kallweit hielt penible Ordnung in seinem Reich. Die Küche war rustikal eingerichtet. Eine Einbauküche in L-Form, ein kleiner Holztisch, zwei Stühle mit rotgeblümten Sitzkissen. Zwei uniformierte Kollegen waren damit beschäftigt, die Schränke zu durchsuchen. Dühnfort bat sie, später damit fortzufahren. Kallweit füllte die Kaffeemaschine. »Ich darf die Medikamente nicht auf nüchternen Magen nehmen«, erklärte er. »Möchten Sie auch einen Kaffee?«

»Gerne«, erwiderte Dühnfort und blickte aus dem Fenster. Alois und zwei Schutzpolizisten durchsuchten die Garage. Kallweit holte Tassen und Geschirr aus dem Schrank, füllte ein Schälchen mit Müsli und Weizenkleie und rührte einen Becher Biojoghurt darunter. Dann füllte er ein Glas mit Wasser und stellte es neben die Kaffeetasse. Dühnfort betrachtete dieses gesunde Frühstück und dachte an ein Schokocroissant.

»Gesunde Ernährung war mir schon immer wichtig«, sagte Kallweit, der seinen Blick bemerkt hatte. »Das ist der Grund, weshalb ich in meinem Alter noch so fit bin. Vermutlich bin ich fitter als Sie.« Er lächelte Dühnfort an und holte aus einer Schublade eine Medikamentenpackung und ein Fläschchen mit Tropfen. Aus der Blisterfolie drückte er zwei Tabletten in die Hand. »Das sind nur Blutdrucktabletten und Tropfen zur allgemeinen Stärkung. Leider leide ich genetisch bedingt an zu hohem Blutdruck.«

Aha, dachte Dühnfort, es lassen sich also nicht alle Zipperlein mit gesunder Lebensweise verhindern. »Am Donnerstagnachmittag, als Jakob verschwand, waren Sie bei Ihrem Hausarzt, Dr. Wiessner. Das ist doch richtig?«

Kallweit wandte sich ab und nahm die Kaffeekanne aus der Maschine. »Das habe ich Ihnen bereits gesagt.« Er kam mit der Kanne an den Tisch und schenkte zuerst sich ein, dann Dühnfort, bevor er sich setzte. Dann erst bot er dem Kommissar Platz an.

Dühnfort holte sich die Tasse, lehnte sich jedoch wieder an die Fensterbank. »Sie sind aber bereits um kurz vor drei Uhr gegangen. Sie waren also nicht mehr in der Praxis, als Jakob entführt wurde.«

Kallweit musterte ihn. »Milch?«, fragte er und hob das Milchkännchen hoch. »Letztes Mal haben Sie Milch in den Kaffee genommen, wenn ich mich recht erinnere. Allerdings haben Sie ihn dann doch nicht getrunken.«

Dühnfort ertappte sich bei der Vorstellung, die Kaffeetasse nach Kallweit zu schleudern. »Danke«, sagte er und griff nach dem Kännchen.

»Wer hat behauptet, ich wäre schon vor drei Uhr gegangen? Sicher Frau Hirthe, die Sprechstundenhilfe«, sagte Kallweit. »Sie sollte längst in Rente sein. Vor einigen Wochen hat sie meine Blutprobe vertauscht. Sie ist unzuverlässig. Sie wird sich in der Zeit vertan haben.« Kallweit trank einen Schluck Kaffee. »Das ist alles?

Mehr haben Sie nicht? Ich wundere mich, wie Sie diesen Durchsuchungsbeschluss erhalten konnten.«

Kallweit saß wieder ganz auf dem hohen Ross. Dühnfort hörte Gina die Treppe herunterpoltern. Sie betrat die Küche. »Die Kellertür ist abgesperrt. Wo ist der Schlüssel?«

Kallweit stand auf, holte den Schlüsselbund aus dem Flur und reichte ihn Gina. »Muss das sein? Dort gibt es nur eine Waschküche, eine kleine Werkstatt und einige Regale mit ausrangierten Büchern und Zeitschriften.«

»Wir tun nur unsere Arbeit. Das müssten Sie als ehemaliger Beamter doch verstehen.« Gina grinste ihn an und verschwand.

»Tun Sie, was Sie nicht lassen können«, rief ihr Kallweit hinterher. »Aber wenn Sie etwas beschädigen, werde ich Schadenersatz verlangen. Und lassen Sie die Finger von den Werkzeugen.« Er setzte sich wieder und strich sich die Haare aus der Stirn.

»Sie leben gerne in Mariaseeon?«, fragte Dühnfort.

»Ja. Natürlich.«

»Seit wann?«

»Seit meinem dreizehnten Lebensjahr. Mein Vater ist damals hierher versetzt worden.« Kallweit stockte und schluckte. Wieder hatte Dühnfort den Eindruck, dass er Tränen niederkämpfte.

»Er war bei der Bahn. Wir haben eine Dienstwohnung im alten Bahnhof bezogen. Fünfundvierzig, im April haben die Amis ihn in Schutt und Asche gelegt, genau wie das Kloster. Die Munitionsfabrik, die sie eigentlich bombardieren wollten, war fünf Kilometer entfernt. Das haben sie immer noch nicht gelernt, das Zielen und Treffen, die Amis. Kollateralschäden. Pah. Das hat damals niemanden interessiert.«

»Sie leben also gerne hier und verstehen sich gut mit den Leuten.«

»Aber natürlich. Welch eine Frage.«

»Dann verstehe ich das nicht. Sie erfreuen sich allgemeiner Beliebtheit. Aber man scheint sich gegen Sie verschworen zu haben. Sie sind von Lügnern umzingelt, die üble Gerüchte über Sie verbreiten. Wie erklären Sie sich das?«

»Sie übertreiben gewaltig. Nur weil ein paar zickige Frauen Probleme mit den Hormonen und der Wahrnehmung haben, heißt das nicht, dass ich kein geachteter Bürger dieser Gemeinde bin. Diese Behauptung entbehrt jeder Grundlage.« Kallweits Gesicht war hochrot geworden. »Das werden Sie selbst feststellen. Ich habe nichts zu verbergen.« Er griff nach den Tabletten und schluckte sie trocken herunter. Für einen Moment schloss er die Augen. Als er sie wieder öffnete, fixierte er Dühnfort. »Sie können mein Haus auf den Kopf stellen. Sie werden nichts finden. Außer Pflanzenfotos.« Während er das sagte, glitt ein feines Lächeln über sein Gesicht. Und für einen Augenblick befürchtete Dühnfort, dass er recht behalten würde.

»Wir werden Sie nicht länger als unbedingt nötig stören«, sagte er. »Sie sehen ziemlich müde aus. Muss eine lange Nacht gewesen sein.«

»Allerdings. Es ist ziemlich anstrengend, die ganze Nacht kleine Jungs zu missbrauchen.« Wieder lächelte Kallweit, aber plötzlich veränderte sich sein Gesicht. Das Lächeln verschwand. Kallweit hatte seine Mimik nicht mehr unter Kontrolle. Der Mund verzog sich, öffnete sich zu einem dunklen Schlund und aus der Tiefe seines Brustkorbs entfuhr Kallweit ein heiseres Schluchzen. Er schlug die Hand vor den Mund. Tränen liefen über sein

Gesicht. Bestürzt beobachtete Dühnfort diese abrupte Veränderung.

»Mein Vater ist heute Morgen um halb sechs gestorben«, stieß Kallweit hervor. »Ich habe die ganze Nacht an seinem Sterbebett gesessen. Bitte entschuldigen Sie mich.« Er stand auf und verließ die Küche.

***

Kallweit schlief. Ein Schutzpolizist war vor der Schlafzimmertür postiert. Dühnfort stand mit Alois in Kallweits Arbeitszimmer und betrachtete einen Stapel Fotografien. Bilder von Rosen in allen Farben und Formen. Er knallte sie auf den Schreibtisch. Beinahe Mittag und sie hatten noch nichts gefunden. Weder Fotoabzüge noch Bilddateien in Kallweits Computer, der nicht einmal mit einem Passwort geschützt war, weder Kleidungsstücke von Jakob noch sonst einen Hinweis auf den Jungen. Naturfotos hingegen gab es in Hülle und Fülle.

»Ich habe dir ja gleich gesagt, dass wir hier unsere Zeit vertun«, meinte Alois.

Dühnfort blickte aus dem Fenster in den Vorgarten. Einer der Schutzpolizisten öffnete das Garagentor mit der Fernbedienung. Ein junger Bursche, der sicherlich noch nicht lange dabei war. »Habt ihr in der Garage was gefunden?«

»Da war nichts. Wir sollten hier endlich Schluss machen. Das führt doch zu nichts.« Alois fuhr den Rechner runter.

Was macht der Kollege dann dort?, wollte Dühnfort fragen, als er sah, wie der Junge das Tor mittels der elektronischen Hilfe schloss, öffnete und dann wieder schloss. Er spielte. In der Küche lag eine Fernbedienung für das Gartentor. Dühnfort ging ins Wohnzimmer. Fernseher,

DVD-Player, Videorecorder und Stereoanlage ließen sich ebenfalls aus der Ferne bedienen. Sogar die Jalousien ließen sich so steuern.

»Komm, lass uns einpacken«, sagte Alois, der ihm gefolgt war. »Ich hole Gina. Sie ist mit dem Keller so gut wie fertig. Hier ist nichts. Wir haben einen unbescholtenen Bürger belästigt. Was denkst du, wie sich seine Nachbarn jetzt über Kallweit das Maul zerreißen.«

Dühnfort hatte nicht die Absicht, einzupacken, und es war ihm egal, was die Nachbarn über Kallweit dachten. Er warf Alois einen Blick zu. »Kollateralschaden«, sagte er und ging zu Gina in den Keller hinunter. Kallweit war nervös geworden, als Gina ihn um die Schlüssel gebeten hatte. Irgendetwas musste hier unten sein. Dühnfort betrat die Waschküche. Waschmaschine, Wäschetrockner und Leinen, diverse Waschmittel, ordentlich in einem Regal verstaut. Der Raum lag unter der Küche. Dühnfort ging weiter in den Heizungskeller, der sich unterhalb des Arbeitszimmers befinden musste. Gina verließ ihn gerade. »Hier unten ist nichts«, sagte sie und ging nach oben. Dühnfort folgte dem schmalen Flur zu einer penibel aufgeräumten Werkstatt, über der sich das Wohnzimmer befand.

Der Keller hatte den gleichen Grundriss wie das Erdgeschoss. In der Werkstatt gab es eine Werkbank und einen Schrank mit Werkzeugen. Schrauben und Nägel waren, nach Größen geordnet, in beschrifteten Plastikbehältern verstaut. Dühnfort ging zurück und setzte sich auf die Kellertreppe. Er hörte Alois oben die Kollegen der Schutzpolizei zusammentrommeln. »Wir packen ein.«

Kallweit hatte handwerkliches Geschick. In die Flurnische, die sich vor Dühnfort befand, hatte er zwei Regale eingebaut, in denen sich alte Zeitschriften und

Bücher befanden. Der Platz reichte für ein drittes. Aber es fehlte noch. Trotzdem hatte Kallweit die Nische oben und unten mit Blenden abgeschlossen. Die würde er abmontieren müssen, wenn er das fehlende Regal einpassen wollte. Und plötzlich wusste Dühnfort, warum das Regal fehlte. Er stand auf und schob den Kopf in die Mauervertiefung. Sein Blick blieb an einer Metallschiene hängen, die hinter der Blende verlief. Ein kleines rotes Lämpchen leuchtete daneben. Dühnfort tastete die Blende ab und fand eine Fernbedienung, die in einer Halterung steckte. Er holte sie heraus und drückte eine Taste. Mit leisem Surren setzte sich ein Regal in Bewegung und glitt zur Seite. Eine Tür wurde sichtbar. Kallweit hatte einen verborgenen Raum in seinem Haus. Er befand sich unter der Garage.

***

Das Sirren verstummte. Dühnfort legte die Fernbedienung in eines der Fächer und setzte sich auf die Kellertreppe. Nachdenklich betrachtete er die graulackierte Metalltür. Von oben hörte er die Stimmen von Gina und Alois. Alois wies gerade die Kollegen der Schutzpolizei an, das Haus zu verlassen.

»Boss, kommst du?«, rief Gina in den Keller hinunter.

Ich muss mich wappnen, diese Tür zu öffnen, dachte Dühnfort. Er hörte Gina die Kellertreppe herunterkommen. Er erkannte den Klang ihrer Schritte.

»Wo bleibst du?« Sie setzte sich neben ihn auf die Stufen und folgte seinem Blick. »Das gibt es doch nicht.« Mit einem Satz war sie bei den Regalen und betrachtete die Konstruktion. »Das funktioniert ferngesteuert?« Dühnfort nickte. Gina fand die Fernbedienung und ließ das Regal vor die Tür gleiten.

»Wo bleibt ihr denn?«, rief Alois von oben. Gina ließ das Regal wieder zurückfahren. Alois kam die Kellertreppe herunter.

Dühnfort erhob sich. »Wann wir die Zelte abbrechen, entscheide noch immer ich.« Alois stand eine Stufe über ihm auf der Kellertreppe. »Die Männer, die das Grundstück gesichert haben, gehen zurück auf ihre Posten. Einen schickst du wieder vor Kallweits Schlafzimmer. Die anderen sollen in den Bussen warten, bis wir sie brauchen. Da gehen wir erst mal alleine rein.« Dühnfort wies auf die Tür.

Alois pfiff leise durch die Zähne. »So ein raffinierter Hund.« Gina ließ die Tür gerade wieder hinter dem Regal verschwinden. »Du hast das richtige Gespür gehabt, gratuliere.« Er klopfte Dühnfort auf die Schulter. Gina verzog den Mund. Dühnfort verstand sie. Alois' Vorgesetztengehabe ging auch ihm langsam auf die Nerven. »Ruf Buchholz an. Er wird hier gebraucht.«

Alois warf einen Blick auf die Tür und dann auf das Handydisplay. »Ich bin gleich wieder da«, sagte er und ging nach oben.

»Willst du, Boss, oder darf ich?«, fragte Gina.

»Mach nur.« Er zog, wie Gina, Latexhandschuhe an.

Sie ging vor ihm in den Raum.

Das Erste, was Dühnfort wahrnahm, war Dunkelheit, angenehme Wärme und frische Luft. Kallweit musste eine Belüftungsanlage für das Zimmer haben. Gina schaltete das Licht ein. Er wusste nicht, was er erwartet hatte. Das jedenfalls nicht. Dühnfort blickte in eine Schiffskajüte. Mahagoni und Messing, wohin er auch sah.

»Ich glaub es ja nicht«, sagte Gina. »Auf Matrosen, oje.«

Ein rot-weißer Rettungsring hing an einer Wand neben einem Ölgemälde, das einen Dreimaster in schwerer See zeigte. Alte Ruderblätter lehnten in einer Ecke, ein zusammengerolltes Schiffstau lag daneben. Ein verschrammter Schiffskoffer diente als Bar. Blitzende Gläser und Flaschen hingen und standen in extra dafür angefertigten Halterungen. An der gegenüberliegenden Wand befanden sich zwei messinggefasste Bullaugen, die aber nicht die weite See, sondern zwei runde Stücke hellblau gestrichener Wand zeigten. Darunter stand ein Doppelbett aus Mahagoni, daneben zwei Nachttische. Captainslook nannte man diesen Stil wohl. Edelholzkuben mit versenkten Messingbeschlägen. An einem der Nachttische war eine Halterung angebracht, die Dühnforts Aufmerksamkeit erregte. In ihr befand sich ein Beamer. Er war so angebracht, dass er die Bilder oder Filme, die man mit ihm projizieren konnte, an die Decke warf. Dühnfort blickte nach oben. Dort war eine Art Segel aufgespannt. Es hing nicht an einem Mast, sondern waagrecht über dem Bett. Eine Leinwand. Dühnfort wollte sich nicht vorstellen, welche Filme und Bilder Kallweit sah, wenn er auf diesem Bett lag, er wollte sich auch nicht vorstellen, was er dann tat, aber er wollte sich gerne vorstellen, dass Kallweit alleine dort lag.

Gina stand an einem Schreibtisch mit Flachbildmonitor. Sie startete den dazugehörenden Rechner und tippte auf der Tastatur herum. »In den allgemeinen Bereich für das Betriebssystem und die Programme komme ich rein«, sagte sie. »Aber der überwiegende Teil der Festplatte ist passwortgeschützt.«

»Wir nehmen ihn mit. Meo wird ihn schon knacken.« Meo war einer der Computerspezialisten der Münchner Kripo und für seine Hartnäckigkeit bekannt, Computern ihre Geheimnisse zu entlocken.

In den Regalen hinter dem Schreibtisch fand Dühnfort Magazine und DVDs mit kinderpornographischem Inhalt. Vermutlich tauschte Kallweit Bilder im Internet. Seine raffiniert umgebaute Kühltasche ermöglichte es ihm, sich nah an seine Opfer anzupirschen und so Bilder in guter Qualität zu machen. Sicher waren sie begehrte Tauschobjekte.

Gina durchsuchte die Seemannskisten. Dühnfort öffnete einen Schrank und blickte auf etwa zwanzig Archivkartons aus grauer Pappe. Auf der Stirnseite trugen sie Namensschilder. *Kevin*, las er. Er nahm den Karton aus dem Schrank und stellte ihn auf den Tisch.

Alois kam herein. »Die Spurensicherung wird in zwanzig Minuten hier sein.« Neugierig sah er sich um.

»Dein unbescholtener Bürger hat sich gerade in einen Beschuldigten verwandelt«, sagte Gina, die einen Stapel Magazine aus der Kiste geholt hatte und zu ihm aufsah.

»Ihr habt tatsächlich Bilder von Jakob gefunden?«, fragte Alois.

Dühnfort hob den Deckel des Archivkartons ab und holte ein Fotoalbum im Postkartenformat aus einem der abgeteilten Fächer. Es enthielt, chronologisch geordnet, etwa ein Dutzend Aufnahmen eines Jungen über einen Zeitraum von etwa acht bis neun Jahren. Die ersten zeigten Kevin als etwa Dreijährigen in Badehose und mit Schnuller im Mund. Die Aufnahmen endeten mit der beginnenden Pubertät. Dühnfort sah Kallweit vor sich, wie er verborgen in Gebüschen und Hecken, in Maisfeldern und Wiesen seinen ahnungslosen Opfern auflauerte.

Alois hatte sich inzwischen an den Schreibtisch gestellt und versuchte, in den geschützten Bereich des Rechners zu gelangen. »Könntest du bitte Herrn Kallweit wecken? Wir werden ihn mitnehmen. Und dann schicke drei Kollegen herunter. Sie sollen Kartons mitbringen. Es gibt einiges einzupacken.« Dühnfort sah, wie Alois zu einer Erwiderung ansetzte, sie aber runterschluckte. Mit verkniffenem Gesicht verließ er wortlos Kallweits Kajüte.

Dühnfort durchsuchte den restlichen Inhalt des Kartons: ein grüner Schnuller, ein gestreiftes T-Shirt, ein aufblasbarer Schwimmflügel, eine dunkelblaue Jungenbadehose. Die Badehose hatte an einer Stelle einen hellen Fleck. Er sah wie getrockneter Rotz aus. Als Dühnfort klar wurde, was das war, fühlte er Übelkeit aufsteigen.

»Guck mal!«, rief Gina. »Da haben wir ja das gute Stück.« Sie kniete vor einer offenen Schublade, die sie aus der Seitenverblendung des Bettes gezogen hatte, und hob die Kühltasche hoch. »Ganz schön raffitückisch.« Sie trug die Tasche zu Dühnfort. »Was ist? Du siehst aus, als hättest du verdorbenen Fisch gegessen.«

»Er sammelt Trophäen. Kallweit ist ein Fetischist«, sagte Dühnfort und schob ihr Kevins Karton hinüber.

Gina betrachtete die Badehose. »Benutzt er die zum Wichsen?«, fragte sie. »Das ist ja zum Kotzen.«

Dühnfort durchsuchte den Schrank und fand Jakobs Karton. Er stellte ihn auf den Schreibtisch und nahm den Deckel ab. Die Schachtel hatte die gleiche Einteilung wie Kevins. Das Fotoalbum war noch dünn. Das erste Foto zeigte Jakob auf einem Spielplatz. Auf dem übernächsten Foto stand Jakob zusammen mit einem anderen Jungen in einem Planschbecken. Im Hintergrund erkannte Dühnfort den Kindergarten. Er blätterte weiter. Sein Herz begann schneller zu schlagen. »Bingo«, sagte er. »Wir haben ihn.« Auf dem Foto waren Jakob und Dennis zu sehen. Die beiden standen kämpfend im Sandkasten.

»Lass sehen«, sagte Gina und betrachtete die Bilder.

»Er hat Jakob fotografiert, kurz bevor er verschwunden ist«, stellte sie fest. »Sind wir gut, Boss, oder sind wir gut?«

»Wenn ich den Advocatus Diaboli geben darf«, sagte Dühnfort, »dann beweist dieses Foto, dass Kallweit den Jungen fotografiert hat und wann er das getan hat. Es ist kein Beweis für die Entführung.«

»Ich liebe deine überschwängliche Euphorie und deinen grenzenlosen Optimismus«, sagte Gina. »Habe ich dir das eigentlich schon mal gesagt?«

Dühnfort nickte. Er war ein ernsthafter Mensch, die Leichtigkeit des Seins fehlte ihm. Überall sah er Fallstricke und Probleme, machte sich tausend Gedanken, wo einer genügt hätte. So bin ich nun mal, dachte er, und die Wahrscheinlichkeit, dass sich das noch ändert, ist gering.

Er betrachtete den restlichen Inhalt der Schachtel. Auch von Jakob hatte Kallweit Trophäen gesammelt. Dühnfort zog einen grünen Pullover mit Saurierapplikation und ein weißes T-Shirt heraus. Das T-Shirt war mit einer Comicfigur bedruckt, die einen gelben Bauarbeiterhelm trug. Der Schriftzug unter der Figur verriet, wer sie war: Bob der Baumeister.

***

Agnes stand am raumhohen Fenster in Anselms Arbeitszimmer, während er etwas zu trinken holte. Sie wollte sich die Unterlagen für das Buch ansehen. Das hatten sie gestern vereinbart, als er den Wurzelballen der Fichte mit Seilwinde und Traktor herausgezogen hatte.

In der Scheibe konnte Agnes vage ihr Spiegelbild erkennen. Sie hatte sich angezogen wie früher zu Agenturterminen. Schicker Hosenanzug, Haare aufgesteckt, und sogar einen Lippenstift hatte sie sich zugelegt. Sie wollte bei ihrem ersten Auftraggeber kompetent auftreten. Aber Anselm schien ihre Aufmachung nicht bemerkt zu haben. Agnes blickte über eine Blumenwiese mit Margeriten, Klatschmohn und Hahnenfuß, bis hin zur weißen Mauer des Kirchhofs. Zwischen zwei Apfelbäumen stand ein Gewächshaus und weiter hinten, an der Kirchhofmauer, ein Gartenhaus aus Holz.

Anselm kam mit einem Tablett zurück.

»Apfelschorle?«, fragte er.

»Gerne.«

Er schenkte das Glas voll und reichte es ihr. »Die Unterlagen sind hier.« Er führte sie zu einem langen Tisch, auf dem eine Reihe von Schubern aufgebaut war. Anselm hatte die Unterlagen, nach Kapiteln geordnet, darin verstaut und erklärte ihr den Aufbau des Manuskripts.

Er fängt ja bei Adam und Eva an, dachte Agnes überrascht. Na ja, nicht ganz. Aber er begann mit dem Ende der letzten Eiszeit, der Eroberung Bayerns durch römische Legionen und der Christianisierung, bis er endlich bei der Gründung Mariaseeons angelangt war. »An welche Zielgruppe richtet sich das Buch eigentlich?« Sie hatte angenommen, dass es Einheimische und Touristen kaufen sollten. Im Augenblick hatte sie aber den Eindruck, dass es sich um ein eher wissenschaftliches Werk handelte.

»Die Entwicklung Mariaseeons, das bäuerliche Leben, Recht und Steuern sind repräsentativ für diese Gegend. Das Buch ist also für jeden interessant, der Einblick in die Entwicklung der bäuerlichen Kultur in Bayern erhalten möchte.«

»Also an ein eher breiteres Publikum«, sagte Agnes und hatte eine erste vage Idee, wie sie all die Fakten so aufbereiten könnte, dass daraus ein schönes und gut lesbares Buch wurde: ein großformatiger, reich bebilderter Band, die umfangreichen Textinformationen so gegliedert, dass der Leser durch das Buch geführt wurde und die Fülle der Informationen gut erfassbar war. Ein hübsch anzusehendes Buch, das die Schönheit des heutigen Dorfes ebenso zeigte wie die harte Arbeit und das karge Leben der Bauern zu früheren Zeiten. Anselm hatte eine Vielzahl von alten Fotografien und Dokumenten zusammengetragen, die eine solche Gestaltung problemlos möglich machten. Sie teilte ihm diese Idee mit, stieß damit aber auf Unverständnis.

Er wollte einen kleinteiligen Satzspiegel mit zahlreichen Tabellen und Zeittafeln. Der Textanteil sollte überwiegen, die Bilder klein gehalten werden. Sie konnte ihm nicht verständlich machen, dass ein solches Buch mühsam zu lesen war, ein tiefes Interesse des Lesers voraussetzte und schwerverdauliche Kost werden würde.

»Ich will aber kein Fastfood«, sagte Anselm. »Das Buch ist eine Liebhaberei von mir, es muss sich nicht rechnen. Wer sich für das Thema interessiert, wird es lesen.«

Anselm passte also in die Kategorie *schwieriger Auftraggeber*, wie Agnes schon vermutet hatte. Aber gut, er war der Kunde. Er hatte sehr präzise Vorstellungen, die durchaus umsetzbar waren. Er war der Autor und wusste genau, was er wollte. Wie Rainer, dachte Agnes.

»Denkst du, du kannst dich an diese Vorgaben halten?«

»Kein Problem. Ich mache aber erst einmal einen Seitenspiegel und ein Angebot, damit du weißt, was an Kosten auf dich zukommt.«

»Das ist nicht so wichtig. Hauptsache, es wird so, wie

ich es mir vorstelle.« Anselm musterte sie. »Wenn dieses Projekt gut läuft, wartet ein Folgeauftrag auf dich.«

Na bravo, dachte Agnes. Zwei schwierige Aufträge in Aussicht. Aber eigentlich war sie froh, dass sich so schnell eine Möglichkeit für den beruflichen Neuanfang ergeben hatte. Sie war nicht in der Position, wählerisch zu sein, und schwierige Kunden gab es immer. »Wieder ein Buch?«, fragte sie.

Anselm nickte. »Über die Kapellen im bayerischen Oberland. Manche haben ganz erstaunliche Entstehungsgeschichten.« Er erzählte ihr von der Marienkapelle, die einer seiner Vorfahren, als Dank für Errettung aus höchster Gefahr, hatte errichten lassen und die im Laufe der Jahrhunderte immer wieder von Menschen, die auf ein Wunder hofften, aufgesucht worden war.

»Dann gibt es dort Votivbilder?«, fragte Agnes. Seit ihrer Studienzeit interessierte sie sich für naive Malerei.

Anselm nickte. »Interessieren sie dich?«

»Ich finde die Vielfältigkeit der gestalterischen Mittel interessant. Manche nehmen Entwicklungen der Malerei vorweg. Einmal habe ich eine Tafel gesehen, die war über zweihundert Jahre alt, hatte aber durchaus surrealistische Züge.«

»Ich kann dir die Kapelle zeigen«, sagte Anselm. Es klang nicht sehr begeistert.

»Wenn das keine Umstände bereitet.« Agnes hatte das Gefühl, dass er das Angebot nur aus Höflichkeit machte. »Ich will dich nicht bei deiner Arbeit stören.«

»Du störst mich nicht. Ich sage dir Bescheid, wenn es mir zeitlich passt«, erwiderte Anselm. Er begleitete sie bis zum Hoftor und reichte ihr zum Abschied die Hand. Sie fühlte sich warm und etwas rau an.

»Du hast ganz kalte Hände«, sagte er.

Wieder bemerkte Agnes den melancholischen Zug, der sich um seinen Mund eingegraben hatte.

***

Zu Hause wischte sie den Lippenstift ab, ging ins Schlafzimmer und zog sich um. *Du hast dich aufgebrezelt*, hätte Rainer gesagt. Aus seinem Mund hatte das immer etwas abfällig geklungen. Am liebsten war ihm gewesen, wenn sie Jeans und Pulli getragen hatte. Viel Geld für Kleidung habe ich in den Jahren unserer Ehe nicht ausgegeben, schoss es ihr plötzlich durch den Kopf. Nur wenn Rainer sie, was nicht so oft vorgekommen war, zu offiziellen Anlässen mitgenommen hatte, hatte sie sich etwas Luxus gegönnt. Wie damals, zur Abendeinladung eines wichtigen Geschäftspartners. Für diesen Anlass hatte sie ein sexy Kleid gekauft. Tiefschwarz, figurbetont mit dezentem Ausschnitt. Sie sah darin atemberaubend aus, trotz ihrer üppigen Figur. Als Rainer sie darin sah, flippte er aus. Wie eine Nutte laufe sie herum. Ob sie denn gar kein Gefühl für Anstand habe. Er zog ein biederes Kostüm aus dem Schrank, das sie zehn Jahre älter aussehen ließ. Das hatte sie dann angezogen. In mancher Hinsicht war er ziemlich spießig, dachte Agnes und holte Jeans und T-Shirt aus dem Schrank. Prüfend betrachtete sie sich im Spiegel der Schranktür. Ein Rest Lippenstift haftete noch im Mundwinkel. Sie entfernte ihn. Auch der rotbraune Lippenstift war neu. Rainer hatte ihr verboten, Makeup zu verwenden. Sie gefiele ihm ungeschminkt besser und sie wolle sich doch wohl nicht für andere Männer schön machen, hatte er lächelnd gesagt. Agnes zuckte bei dieser Erinnerung zusammen. Was war heute nur mit ihr los? Warum erinnerte sie sich an die Sachen, die Rainer spießig und besitzergreifend aussehen ließen? Sie fühlte sich plötzlich schrecklich. Er hatte sie geliebt. Ausgerechnet sie. Sie war weder schön noch besonders charmant, verfügte nicht über den Esprit, den andere Frauen hatten. Gut, sie war beruflich sehr erfolgreich gewesen. Damals. Hatte sie das für Rainer begehrenswert gemacht? Agnes wischte diesen Gedanken beiseite und ging hinunter in ihr Arbeitszimmer.

Sie startete den Mac und rief die Webseite eines Berufsverbandes für Grafikdesigner auf, lud den Mitgliedsantrag herunter, füllte ihn aus, faxte ihn unterschrieben zurück und bestellte den Tarifvertrag für Designleistungen des Verbandes. Sie hatte keine Ahnung, was sie heute als Freelancerin verlangen konnte. Immerhin war sie über acht Jahre raus aus dem Job.

Rainer hatte darauf bestanden, dass sie ihren Beruf aufgab, solange Yvonne noch nicht die Schule besuchte. Agnes hatte allerdings die Hoffnung gehabt, spätestens wenn Yvonne in den Kindergarten gehen würde, stundenweise arbeiten zu können. Als Freiberuflerin konnte sie sich die dafür nötige Zeit einteilen. Aber Rainer setzte sich durch und sie konnte ihn verstehen. Er war als Kind, nach der Scheidung seiner Eltern, in der Verwandtschaft herumgereicht worden. Der Vater war nach Südafrika gegangen, wo er in Johannesburg für ein deutsches Unternehmen das Vertriebsnetz aufbaute. Die Mutter machte Karriere in einem Pharmakonzern und war ständig auf Reisen. Schließlich sorgten abwechselnd seine Großeltern und seine Tante für Rainer. Zu Hause fühlte er sich weder da noch dort. »Du bist mein Zuhause«, hatte er einmal gesagt. »Du gibst mir das, wonach ich gesucht habe, ohne dass ich wusste, was mir fehlte. Geborgenheit. Das kannte ich ja nicht. Dafür liebe ich dich.«

Agnes schluckte den Klumpen, der sich in ihrem Hals

festgesetzt hatte, rasch herunter. Sie hatte verstanden, dass es Rainer lieber gewesen war, wenn sie sich voll und ganz um Yvonne kümmerte. Er wollte seiner Tochter im Übermaß geben, was ihm vorenthalten worden war. Natürlich stellte sie ihren Berufswunsch hintenan. Aber immerhin setzte sie durch, die wenigen Werbemittel, die Rainer für die Firma brauchte, zu gestalten. So hatte sie den Anschluss an die aktuelle Entwicklung der gängigen Grafikprogramme nicht ganz verpasst.

Plötzlich begann es in Agnes' Fingern zu kribbeln, ihr Mund wurde trocken, ein Gefühl wie Teppichflor breitete sich darin aus. Sie schluckte heftig, Panik stieg auf. Sie stürzte in die Küche und trank hastig ein Glas Wasser. Nun ging es besser. Was war das denn?, fragte sie sich, wischte die Frage aber gleich wieder beiseite und ging zurück ins Arbeitszimmer. Sie hatte schließlich zu tun.

Anselm hatte ihr eine CD-ROM mit den Textdateien gegeben. So konnte sie den Umfang kalkulieren. Sie schob die Scheibe in den Computer. Nach zwei Stunden intensiver Arbeit hatte Agnes einen groben Seitenspiegel erstellt. Auf dieser Basis konnte sie einen Kostenvoranschlag machen, aber dafür musste sie auf den Tarifvertrag warten. Sie stand auf, massierte die verspannten Schultern und ging in die Küche. Dort machte sie sich einen Cappuccino, den sie auf der Terrasse trinken wollte. Auf dem Weg dorthin kam sie durchs Wohnzimmer. Der Raum wirkte noch immer seltsam nackt. Morgen fahre ich zu Ikea, dachte sie, und kaufe Vorhänge und einen Teppich. Und plötzlich hatte sie das Gefühl, das Haus tat ihr gut. Etwas war in Bewegung geraten, was ein Jahr lang stillgestanden hatte. Etwas in ihr war verrutscht. Es kam ihr vor wie eine tektonische Verschiebung.

Sie setzte sich aufs Sofa und versuchte diesem Gefühl

nachzuspüren, wurde aber durch das Läuten der Hausklingel aus ihren Gedanken gerissen. Sie erwartete niemanden, aber vielleicht wollte Dühnfort noch eine Auskunft. Mittlerweile hatte sie eine Idee, wie er seine Wettschuld einlösen könnte.

Agnes ging zur Tür und öffnete. Aber es war nicht Dühnfort. Gabi Sonnberger und Jakob standen davor. Er hielt einen Strauß bunter Frühlingsblumen in der Hand, den er nun hochhob. Sie begrüßte Gabi Sonnberger, ging dann in die Knie und nahm Jakob den Strauß ab. »Danke. Die Blumen sind wunderschön. Hast du sie selbst gepflückt?«

Jakob nickte.

Agnes bat ihre Gäste herein, sie folgten ihr in die Küche. Sie stellte die Blumen in ein Bierglas, da sie keine Vase hatte. In Gedanken setzte sie eine auf ihren Ikea-Einkaufszettel. Dann bot sie Jakobs Mutter einen Cappuccino an.

»Möchtest du auch etwas trinken?«

Jakob nickte.

»Mal sehen, was ich habe.« Agnes sah in den Kühlschrank. »Magst du eine Cola?«

Jakob nickte eifrig.

Im selben Moment wusste Agnes, dass sie einen Fehler gemacht hatte. Auch sie war eine der Mütter gewesen, die auf gesunde Ernährung achteten. Cola hatte nicht dazugehört. Fragend sah sie zu Gabi Sonnberger hinüber.

»Ein Glas«, sagte sie. »An besonderen Tagen machen wir eine Ausnahme. Wahrscheinlich ist jetzt jeder Tag besonders. Vermutlich werde ich ihm nie wieder etwas verbieten können.« Sie lächelte und schob eine dunkle Haarsträhne hinters Ohr.

Als der Cappuccino fertig war, hatte Jakob das Glas

bereits geleert und hielt es Agnes wieder hin. Sie blickte zu seiner Mutter.

Sie lachte. »Wie gesagt. Ein Glas noch, dann ist aber wirklich Schluss.«

Agnes füllte das Glas erneut und ging dann voran ins Wohnzimmer. Jakob blieb mitten im Zimmer stehen und sah sich um. Etwas schien ihn zu irritieren.

»Ich habe leider keine Spielsachen«, sagte Agnes. »Aber Buntstifte und Papier. Möchtest du etwas malen?«

Jakob nickte. Agnes ging mit ihm in das angrenzende Arbeitszimmer, ließ aber die Tür offen, damit Gabi ihren Sohn im Blickfeld hatte, und holte Papier und Stifte hervor. »Magst du hier malen oder lieber drüben bei uns?«

Jakob ließ sich auf dem Boden nieder. Agnes ging zurück zu seiner Mutter.

»Sollen wir uns nicht duzen?«, fragte sie und reichte Agnes die Hand. »Ich bin die Gabi.«

Auch wenn sie Jakobs Mutter eigentlich nicht kannte, war Jakob ein Bindeglied. Wie hatte Anselm gesagt? *Da du jetzt zur Familie gehörst.* Also reichte Agnes Gabi die Hand. »Agnes.«

Dann tranken sie ihren Kaffee. Agnes' Cappuccino war nur noch lauwarm. Jakob malte. Es war still im Zimmer. Jakob hatte noch kein Wort gesagt, seit er gekommen war. »Spricht er nicht mehr?«, fragte Agnes.

Gabi schüttelte den Kopf. »Die Psychologin meint, das ist eine ganz normale Reaktion und gibt sich wieder. Hoffentlich bald. Dieses Schweigen macht mir Angst.« Sie strich sich über eine Schläfe, als habe sie Kopfschmerzen.

Agnes verstand, was sie meinte. Man konnte alles hineininterpretieren in dieses Schweigen. Die Fragen blieben unbeantwortet und die Phantasie lief Amok.

»Aber sie werden den Entführer sicher bald schnappen.« Gabi nahm die Hand von der Schläfe und griff nach der Tasse. »Du weißt bestimmt, dass ich Lösegeld bezahlt habe. Das hat ja im Dorf schnell die Runde gemacht.«

Agnes nickte. »Melli hat es mir erzählt. Warum hast du das getan? Ich meine, allein, ohne Polizei?«

Gabi berichtete von der dilettantischen Beschattung und ihrer Angst, dass auch der Entführer sie bemerken und Jakob dann töten würde.

Genau das hat er vorgehabt, dachte Agnes.

»Wenn er anfängt, das Geld auszugeben, wird er auffallen«, fuhr Gabi fort. »Es wird ihm schon unter den Nägeln brennen, es zu verjubeln. So wie dem Kidnapper des Frankfurter Bankierssohns. Ich glaube, der hatte sich schon ein neues Auto bestellt, bevor er den Jungen entführt hatte.«

Er hat sein Opfer Minuten nach der Entführung umgebracht, dachte Agnes. Auf so grausame Art, dass ihr bei der Erinnerung daran ganz übel wurde. »Jakob geht es gut, das ist doch die Hauptsache.«

»Ja schon. Aber wenn ich mir vorstelle …« Gabi legte die Hand vor den Mund.

»Stell es dir nicht vor«, sagte Agnes. Sieh ihn dir an, deinen netten Jungen. Du hast ihn wohlbehalten wiederbekommen. Sei froh und zufrieden und lamentiere nicht herum, was hätte sein können, du hast keine Ahnung, wie das ist, dachte sie.

»Dühnfort war natürlich wütend über meinen Alleingang«, sagte Gabi. »Er behauptet, dass der Entführer Jakob umbringen wollte. Das kann nicht sein. Ich glaube das nicht. Es wäre so unfair.«

Ja, es ist unfair, überlegte Agnes, während Gabi weiterredete. Ich habe dir dein Kind zurückgebracht. Mir hat niemand meine Tochter wiedergegeben.

»Ich habe doch alles so gemacht, wie der Kidnapper es gefordert hat. Er hatte also keinen Grund, sich nicht an die von ihm selbst aufgestellten Regeln zu halten.« Je länger Gabi sprach, umso fester wurde ihre Stimme.

Agnes traute ihren Ohren nicht. Wie konnte Gabi so blind sein?

»Er hat Jakob in den Wald gebracht, damit er gefunden wurde. Natürlich nicht sofort«, redete Gabi weiter.

Dass Jakob für den Täter gefährlich werden konnte, blendete sie anscheinend aus. Ihr Sohn konnte ihn und das Versteck identifizieren. Das musste ihr doch klar sein. Aber Agnes begann zu verstehen.

»Deshalb war die Stelle so abgelegen und deshalb hat er Jakob auch gefesselt und dafür gesorgt, dass er schlief. Damit Jakob weder rufen noch fortlaufen konnte. Er brauchte einen zeitlichen Vorsprung«, fuhr Gabi fort.

Gabi hat ihren Sohn durch ihren Alleingang in höchste Lebensgefahr gebracht, dachte Agnes. Was wäre geschehen, wenn ich mich nicht verlaufen hätte? Wenn Jakob etwas zugestoßen wäre, müsste Gabi mit dieser Schuld leben. Sie musste das wissen, aber dieses Wissen war unerträglich. Deshalb bog sie sich die Wahrheit zurecht.

»Und sein Plan ist ja auch aufgegangen«, sagte Gabi. »Du hast Jakob dann gefunden.«

»Ja«, sagte Agnes. Und ich hatte nicht den Eindruck, dass er ihn freilassen wollte. Ich habe die Vorstellung niedergekämpft, dass er ihn bei lebendigem Leibe verbrennen wollte. Aber das konnte sie Gabi nicht sagen. »Du hast recht. Warum hätte er Jakob etwas antun sollen? Er hat doch bekommen, was er wollte«, sagte sie stattdessen.

Ein Lächeln der Erleichterung zog über Gabis Gesicht. »Ich bin froh, dass du das auch so siehst. Du kannst das besser beurteilen, schließlich hast du Jakob gefunden und nicht die Polizei. Sicher ist Dühnfort voreingenommen. Schließlich erlebt er in seinem Beruf lauter schreckliche Sachen. Dass einmal etwas gut ausgeht, daran ist er nicht gewöhnt.«

Jakob kam aus dem Arbeitszimmer und reichte Agnes mit einem zaghaften Lächeln das Bild, das er gezeichnet hatte.

»Ist das ein Geschenk für mich?«

Jakob nickte.

»Danke.« Agnes betrachtete die Zeichnung. Jakob hatte ein windschiefes rotes Herz vor einem grünen Hintergrund gemalt. Darüber befanden sich rote und orange Krakel. Das Bild war in fröhlichen Farben gehalten und doch wirkte es auf Agnes beunruhigend. Die Krakel sahen aus wie Feuerzungen. Als würde das Herz in Flammen stehen.

Donnerstag, 15. Mai

In der folgenden Nacht zog eine Wolkenfront von Westen heran, regnete über München ab und löste sich im Morgengrauen auf. Dühnfort hatte das Schlafzimmerfenster geöffnet und wurde um halb sechs durch das Zwitschern der Vögel geweckt. Er stand auf, machte Frühstück und setzte sich auf den Balkon. Es war noch kühl, die Luft war feucht, aber der Himmel war von jenem silbrigen Blau, das einen schönen warmen Tag ankündigte. Mir fehlt das Meer, dachte er plötzlich.

In der Wohnung links unter ihm, die vor wenigen Wochen ein junges Pärchen bezogen hatte, wurde ein Rollladen hochgezogen. Der Kaffee dampfte. Dühnfort trank einen Schluck.

Kallweit hatte gestern während der Vernehmung einen Kreislaufkollaps erlitten. Da der Haftbefehl schon vorlag, war er ins Gefängnis Stadelheim auf die Krankenstation gebracht worden.

Dühnfort hatte erwartet, Kallweit würde ein Geständnis ablegen. Die Beweislage war erdrückend. Aber er gab nur zu, was nicht zu leugnen war: Dass er Kinder fotografierte. Er fand nichts dabei und konnte die Aufregung nicht verstehen. Aus seiner Sicht waren die Fotografien harmlos. Auf Dühnforts Einwand, weshalb er sich dann verstecken und eine zweckentfremdete Kühltasche zur Tarnung seiner Kamera verwenden musste, erwiderte Kallweit, dass die Menschen leider genauso reagierten wie die Polizei und ihm perverse Motive unterstellten, wo er doch nur die Schönheit der Kinder festhielt.

»Sie erfreuen sich also an der Schönheit von kleinen Jungs«, mischte Gina sich ein.

»Das ist schließlich nicht verboten.«

»Und holen sich dabei ganz harmlos einen runter.«

»Auf solchen Unflat antworte ich nicht.«

»Brauchen Sie auch nicht. Die Spermaspuren an Kevins Badehose sprechen für sich. Und ich bin sicher, wir werden noch mehr davon finden. Wir fangen ja gerade erst an zu suchen.«

Kallweit sah blass und mitgenommen aus. Dühnfort fiel ein, dass er in der vergangenen Nacht nicht geschlafen, sondern am Sterbebett seines Vaters gesessen hatte, der im Alter von beinahe achtundneunzig Jahren in den Morgenstunden auf der Pflegestation eines Münchner Altenheims verstorben war. Dühnfort hatte das überprüft. Er bot Kallweit ein Glas Wasser und ein Sandwich an. Kallweit lehnte ab.

»Wir haben in Ihrem Haus, in Ihrem gut verborgenen Raum, ein Kleidungsstück sichergestellt, das Jakob Sonnberger am Tag seiner Entführung getragen hat. Außerdem haben Sie Jakob unmittelbar vor seiner Entführung fotografiert. Das sind schwerwiegende Beweise. Sie sollten ein Geständnis ablegen.«

Kallweit wich weiter aus, hielt sich an seine bewährte Taktik. Der Anschein sprach gegen ihn. Er gab zu, die Arztpraxis vor drei Uhr verlassen zu haben. Auf dem Heimweg hatte er Jakob und Dennis im Sandkasten gesehen, sich auf dem Fußweg hinter der Hecke versteckt und die Kinder fotografiert.

»Das wissen wir. Wir haben die Bilder schließlich bei Ihnen gefunden. Wie sind Sie an das T-Shirt gekommen?«

Kallweit seufzte, wie er das wohl früher bei unverständigen Schülern getan hatte. »Frau Mittermeyer kam in den Garten. Die Kinder mussten sich anziehen und gingen ins Haus. Da habe ich das T-Shirt entdeckt. Es lag im Gras. Ich habe es an mich genommen.«

Dühnfort glaubte ihm nicht und überlegte, ob eine Gegenüberstellung das Problem lösen würde. Aber er verwarf den Gedanken gleich wieder. Der Junge war psychisch angeschlagen, Dühnfort wollte ihm eine Gegenüberstellung nicht zumuten. Außerdem brauchten sie mehr als die Aussage eines kleinen Kindes, um Kallweit vor Gericht zu bringen.

Die Balkontür links unter ihm wurde geöffnet. Der junge Mann trat heraus. Er trug Boxershorts. Mit einem Kopfnicken grüßte er zu Dühnfort hinauf. Dühnfort grüßte zurück. Der Kaffee war in der kühlen Morgenluft kalt geworden. Der junge Mann lehnte sich ans Balkongeländer und sah auf den Friedhof. Seine Freundin kam aus der Wohnung und trat hinter ihn. Sie trug Slip und T-Shirt, schlang ihm die Arme von hinten um die Brust und begann an einem seiner Ohren zu knabbern. Er drehte sich um und küsste sie. Einen Augenblick später waren die Küsse leidenschaftlicher geworden. Der junge Mann löste sich von seiner Freundin, deutete mit dem Kinn kurz nach oben zu Dühnfort. Sie blickte hinauf und lächelte ihm zu. Dann verschwanden die beiden in ihrer Wohnung. Dühnfort ging in die Küche und kochte frischen Kaffee.

Gestern hatte er Kallweit in die Mangel genommen und dabei übersehen, in welcher Verfassung sich der Mann befand. Er wurde immer blasser. Ein matter Schweißfilm bedeckte seine Stirn. »Wenn ich vielleicht doch ein Glas Wasser ...«, hatte er gesagt und war dann lautlos vom Stuhl gekippt.

Nun, wir werden sehen, dachte Dühnfort. Lange hält

er diese Taktik nicht durch. Seit gestern war Buchholz mit einem achtköpfigen Team dabei, das Haus unter die Lupe zu nehmen. Nicht einmal Kallweit, der gründlich putzte, konnte alle Spuren von Jakobs Anwesenheit beseitigt haben. Um zehn Uhr fand eine Besprechung statt. Dann werden wir mehr wissen, dachte Dühnfort. Er trank den frischen Kaffee, aß ein Croissant und ging unter die Dusche.

Um Viertel vor acht Uhr verließ er seine Wohnung und machte sich zu Fuß auf den Weg ins Präsidium. Vorher hatte er im Internet die Zugverbindungen nach Hamburg recherchiert und online eine Fahrkarte gekauft. Der Zug würde kurz vor fünf in Hamburg sein. Ausreichend Zeit, sich dort um ein Hotelzimmer zu kümmern. Aber noch immer hatte er keine Idee, was er seinem Vater schenken sollte. Er war ihm fremd geworden. Plötzlich fühlte Dühnfort sich schuldig. Der Tag wird kommen, an dem er stirbt. Dann werde ich vielleicht an seinem Sterbebett sitzen, und wir werden uns nichts zu sagen haben, weil es nichts mehr gibt, was uns verbindet. Nachdenklich ging er die Sendlinger Straße entlang. Etwas gab es doch, was ihnen die zunehmende Distanz nicht nehmen konnte, erkannte er. Die Zeit, als er der kleine Sohn gewesen war, der seinen Vater bewundert und geliebt hatte. Damals, als sein Vater Sagen, Märchen und Abenteuerbücher vorlas; nicht nur als Konstantin noch nicht selbst lesen konnte, auch später noch. Sein Vater hatte ein Talent dafür, gab jeder Figur eine eigene Stimme und entführte Konstantin so, durch die Macht der Worte, in die abenteuerlichsten Welten. Er machte ihn mit Odysseus, Achill, Paris und der schönen Helena bekannt. Er nahm ihn mit nach Troja und ins Labyrinth des Minotaurus. Er entführte ihn nach Gondor und stellte ihn in den Schicksalsberg neben Gollum und Frodo. Er hatte ihm Tausende Seiten vorgelesen. Das konnte ihnen niemand nehmen. Ein lange vergessenes Gefühl von Geborgenheit tauchte aus den Tiefen von Dühnforts Erinnerung auf. Es fühlte sich wohltuend und gleichzeitig schmerzlich an. Diese Zeit war lange vorbei. Die Zeit, in der sein Vater ihm vorgelesen hatte, die Zeit, in der er mit ihm ganze Wochenenden im Bastelkeller verbracht hatte, um Modelle von Segelflugzeugen zu bauen. Wochenenden, an denen Julius rumnölte, weil er lieber Fußball spielen wollte. Aber Konstantin und sein Vater sägten aus Balsaholz Spanten, klebten mit Holzleim Teile zusammen, bespannten Flügel mit Stoff und bestrichen sie mit Spannlack. Dann, wenn die Flugzeuge fertig waren, kam der Jungfernflug. Das war ein Traum seines Vaters. Einmal in einem richtigen Segelflugzeug zu fliegen. Aber es war nie etwas daraus geworden. Warum eigentlich? Hatte er es ganz vergessen oder hatte sich in dem zunehmend hektischer werdenden Kanzleialltag einfach keine Gelegenheit ergeben?

Dühnfort ging am Verlagsgebäude der Süddeutschen Zeitung vorbei und bog in den Färbergraben ab. Mein Vater hat mir eine glückliche Kindheit geschenkt, dachte er. Vielleicht ist das der Grund, weshalb ich selbst Vater werden möchte. Ich will weitergeben können, was er mir gegeben hat. Er stellte sich vor, wie es wäre, mit seinen Jungs Modellflugzeuge zu bauen. Plötzlich wusste er, was er seinem Vater schenken, womit er ihm eine Freude machen konnte.

***

Um kurz nach acht Uhr schloss Dühnfort die Tür zu seinem Büro und öffnete das Fenster. Dann setzte er sich an den Schreibtisch und startete den Computer. Nach wenigen Minuten hatte er gefunden, wonach er suchte. Er bestellte einen Gutschein für einen Segelflug, den sein Vater innerhalb eines Jahres bei einem Segelflugclub in der Nähe von Hamburg einlösen konnte. Er bezahlte online mit seiner Kreditkarte und hatte Minuten später eine PDF-Datei auf dem Rechner, die er an seinen privaten Mail-Account weiterleitete. Auf dem Heimweg würde er schönes Papier besorgen, um den Gutschein darauf auszudrucken.

Dann füllte er den Urlaubsantrag aus und gab ihn bei seinem Vorgesetzten ab. Kallweit werden wir heute überführen, dachte er, und wenn nicht, kann Gina den Fall solange übernehmen. Das ist jetzt hoffentlich nur noch Routinearbeit. Er kehrte in sein Büro zurück und erledigte liegengebliebenen Papierkram. Um kurz vor zehn Uhr nahm er seine Unterlagen und machte sich auf den Weg zum Besprechungsraum. Alois kam ihm auf dem Flur entgegen. Er trug einen anthrazitgrauen Anzug mit weißem Hemd, allerdings ohne Krawatte. Der oberste Hemdknopf war geöffnet. Richtig lässig, dachte Dühnfort. Er merkte, dass er noch immer über Alois' ignorantes und eigenmächtiges Verhalten in den letzten beiden Tagen verärgert war.

»Hast du eine Minute für mich?«, fragte Alois. Dühnfort nickte und trat mit ihm an ein Fenster.

»Ich kann verstehen, dass du sauer auf mich bist«, sagte Alois. »Du hast mit Kallweit recht gehabt, ich habe mir Kompetenzen herausgenommen, die mir nicht zustehen. Ich habe Mist gebaut. Mea culpa. Du hast mir gezeigt, wer hier das Sagen hat, ich habe meine Lektion gelernt und jetzt würde ich gerne wieder richtig mitspielen.«

Alois gehört also zu denen, die zugeben konnten, wenn

sie einen Fehler gemacht hatten. »Gut«, sagte Dühnfort. »Und es geht nicht darum, dass ich recht behalte.«

Sie gingen gemeinsam Richtung Besprechungsraum. Ihre Schritte quietschten auf dem abgetretenen Linoleumboden.

»Ich bin der Sache mit dem Dormicum weiter nachgegangen«, sagte Alois. »Jakobs Onkel, der Pharmavertreter, hat damit beruflich nichts zu tun. Vermutlich käme er aber bei den Ärzten und in den Apotheken, die er besucht, an das Zeug ran. Auf der Station, in der Beppo Sonnbergers Schwester arbeitet, fehlt nichts davon. Soll ich an dem Thema dranbleiben?«

»Ja, mach das. Frag mal bei Dr. Wiessner nach«, sagte Dühnfort und betrat mit Alois den Besprechungsraum. Gina war schon da. Sie stand in der Kaffee-Ecke, in der die Kaffeemaschine röchelnd ihre Arbeit aufgenommen hatte. »Frank hat angerufen«, sagte sie. »Er steht im Stau und kommt zehn Minuten später.«

Meo Klein kam herein. »Moin«, sagte er, legte einen Stapel Unterlagen auf den ovalen Tisch und ging zu Gina. »Gibt's schon Kaffee?« Er sah übernächtigt aus, blass, dunkle Ringe unter den Augen. Blonde Fusselhaare fielen ihm ins Gesicht. Meo war der jüngste der Computerexperten, erst Anfang zwanzig, aber einer der besten. Er steckte in ausgebeulten Jeans und einem völlig zerknitterten grauen Sweatshirt, das zwei Nummern zu groß war.

»Dauert noch zwei Minuten«, sagte Gina. »Hast du die Nacht durchgemacht?«

»Nicht ganz«, antwortete er. »Und zwei weitere Minuten ohne Stoff überleb ich nicht.« Er zog die Kanne aus der Maschine. Kaffee tröpfelte auf die Warmhalteplatte und verdampfte. Meo goss einen Becher voll, schob die

Kanne zurück an ihren Platz und schaufelte drei Löffel Zucker in seinen Kaffee, bevor er ihn trank.

Meo hieß eigentlich Romeo. Eine Namenswahl, die er seinen Eltern ernsthaft übel nahm. Das hatte er Dühnfort bei der Weihnachtsfeier im vergangenen Jahr erklärt.

»Romeo allein ist ja schon übel genug«, hatte er gesagt, »aber in der Kombi mit Klein ist das nicht zu toppen. Klein Romeo. Kein Lehrer hat sich den Spaß entgehen lassen.«

Alois setzte sich neben Meo. »Hast du Kallweits PC geknackt?«, fragte er.

»Aber sicher doch. War eine Kleinigkeit.« Er wühlte in seiner Hosentasche und zog einen in Silberfolie verpackten Energieriegel heraus.

»Und?«, fragte Alois.

»Der Kerl ist ein Pädo. Hundertzwanzig Gigs fiese Bilder und Filme.«

»Und die Lösegeldforderung?«, fragte Dühnfort und setzte sich zu Alois und Meo an den Tisch.

»Nada«, sagte Meo. »Niente, nothing, nix. Ich habe fast die ganze Nacht damit verbracht. Kallweit hat den Brief nicht geschrieben. Jedenfalls nicht auf einer der beiden Kisten, die ihr angeschleppt habt.« Meo biss in den Energieriegel. Mit vollem Mund sprach er weiter. »Ich habe alle gelöschten Dateien reanimiert, der Brief war nicht dabei. Er hätte schon die Festplatte neu formatieren müssen, hat er aber nicht, und selbst dann könnte man den Brief finden.«

Dühnfort hatte auch nicht unbedingt damit gerechnet, dass Kallweit den Brief geschrieben hatte. Das passte nicht. Wenn er tatsächlich Lösegeld gefordert hätte, dann nur, um von den wahren Motiven abzulenken und so eine falsche Fährte zu legen. Mit hoher Wahrscheinlichkeit hätte er sich nicht dem Risiko ausgesetzt, bei einer Geldübergabe geschnappt zu werden. Kallweit wäre nicht am Übergabeort erschienen. Aber die Presse hatte letzten Freitag berichtet, dass es keine Lösegeldforderung gab. Schon damals hatte Dühnfort befürchtet, dass diese Nachricht jemanden auf dumme Gedanken bringen könnte.

Gina stellte einen Becher Kaffee vor ihm ab und eine Tüte Frischmilch daneben. Dühnfort blickte überrascht auf. »Danke«, sagte er.

»Keine Ursache«, erwiderte sie und setzte sich neben ihn.

»Ein Trittbrettfahrer«, sagte Alois.

»Vermutlich«, entgegnete Dühnfort. »Wie weit seid ihr mit den Druckereien gekommen?«

»In Mariaseeon und im Umkreis von zwanzig Kilometern gibt es vierzehn Druckereien. Ich habe bei den Ortskrankenkassen die Anmeldungen der Mitarbeiter abgefragt. Von vier Druckereien habe ich inzwischen Namenslisten vorliegen. Ich bin aber noch nicht dazu gekommen, sie mit dem Vorstrafenregister abzugleichen. Von den restlichen zehn werden die Mitarbeiternamen hoffentlich heute und morgen hier eintrudeln. Mit den Bankanfragen werden wir nach der Besprechung weitermachen. Wir werden sozusagen im Zentrum des Geschehens beginnen, in Mariaseeon, und uns dann vorarbeiten. Aus dem Handelsregister hat Gina die Namen der Inhaber und Geschäftsführer der Druckereien herausgesucht.« Alois blickte zu Gina.

»Sind alle überprüft, lauter blütenweiße Westen, jedenfalls beinahe. Es gibt einen, der hat eine Vorstrafe wegen Trunkenheit am Steuer, und einer hat als Achtzehnjähriger ein Auto geklaut und dafür eine Jugendstrafe kassiert. Das ist aber ewig her und seither hat er sich nichts zuschulden kommen lassen.«

»Gut«, sagte Dühnfort. »Bleibt da dran.«

»Wie ist Kallweits Vernehmung eigentlich gelaufen?«, fragte Alois.

»Er gibt zu, was wir ihm beweisen können«, sagte Dühnfort. »Ansonsten hält er sich an seine bewährte Strategie. Die Fakten sprechen zwar gegen ihn, er findet aber immer eine Erklärung.«

»Wie erklärt er denn den Besitz von Jakobs T-Shirt?«, fragte Alois. Dühnfort sagte es ihm. »Das wäre immerhin möglich.«

»Das glaubst du doch nicht wirklich«, sagte Gina überrascht.

»In dubio pro reo«, erwiderte Alois. »Im Zweifel für den Angeklagten. Wir sollten nicht voreingenommen sein.«

»Warten wir ab, was Frank alles gefunden hat. Dann werden wir ja sehen, wer hier voreingenommen ist«, sagte Gina. »Du glaubst doch nicht ernsthaft, dass Kallweit das Unschuldslamm ist, für das er sich ausgibt?«

»Wie soll das denn gegangen sein? Kallweit sieht Jakob zufällig im Garten seines Freundes und fotografiert den Jungen, um mit diesen Bildern seine sexuelle Perversion zu befriedigen. Nun reicht ihm das aber nicht mehr. Er wartet darauf, dass Jakob nach Hause geht, aber welch wundersame Fügung, der Junge geht zum einsamen Kletterbaum. Dort kann Kallweit ungesehen zuschlagen. So soll das gelaufen sein?«

»So in etwa wird sich das abgespielt haben«, sagte Gina.

»Dann frage ich mich aber, warum er den Jungen mit Dormicum betäubt hat. Hatte er das zufällig dabei? Außerdem frage ich mich, wie er ihn vom Entführungsort weggebracht hat. Wir sind bisher mit guten Gründen von einer geplanten Tat ausgegangen, oder?«, fragte Alois an Dühnfort gewandt.

»Kallweit muss den Jungen über einen längeren Zeitraum beobachtet haben. Im Belauern seiner Opfer hat er schließlich große Routine entwickelt. Bald wusste er, dass Jakob öfter alleine den Kletterbaum aufsucht. Er musste nur eine passende Gelegenheit abwarten. Die hat sich am Donnerstagnachmittag ergeben. Vermutlich hat Kallweit einige Male umsonst gewartet. Darin waren wir uns ja einig, dass das nicht sofort geklappt hat«, sagte Dühnfort. »Als Kallweit am Donnerstag gesehen hat, dass Jakob nicht heimging, sondern Richtung Kletterbaum, ist er nach Hause gegangen. Das sind nicht mehr als sieben Minuten. Er ist in sein Auto gestiegen und zum Kletterbaum gefahren. Das dauert nicht mehr als drei Minuten. Spätestens zehn Minuten nachdem er den Weg hinter dem Mittermeyer-Grundstück verlassen hatte, konnte er in seinem Versteck in der Weißdornhecke sein. Dieses raffiniert gestaltete Versteck spricht die gleiche Sprache wie die ebenso raffiniert umgebaute Kühltasche«, sagte Dühnfort. »Kallweit hat Jakob entführt. Er hatte die Gelegenheit, er hatte ein Motiv und er hatte die Mittel.«

»Und dann?«, fragte Alois. »Hat er mit ihm Händchen gehalten? Der Junge ist nicht missbraucht worden.«

»Es hat keine Penetration stattgefunden«, sagte Dühnfort. »Das heißt nicht, dass er Jakob nicht missbraucht hat.«

»Okay«, antwortete Alois und breitete die Hände aus, als wolle er sich geschlagen geben.

Frank Buchholz kam herein, ließ sich auf den Stuhl

neben Meo fallen, knallte einen Aktendeckel auf den Tisch, legte beide Hände darauf und sah in die Runde. Alle blickten ihn erwartungsvoll an.

»Um es kurz zu machen«, sagte er. »Wir haben in Kallweits Haus bisher keine Spur von Jakob gefunden. Absolut nichts.«

***

Dühnfort stand am Fenster seines Büros und blickte, wie so oft, auf den Dom *Zu unserer lieben Frau*, das Wahrzeichen Münchens. Die Domuhr schlug erst vier-, dann elfmal. Als die Schläge verstummten, hörte Dühnfort die höheren Töne des Glockenspiels vom Rathausturm herüberklingen. Er schloss das Fenster.

Kallweit hatte Jakob also nicht in seinem Haus versteckt. Er musste einen Zweitwohnsitz haben. Oder ein Wochenendhaus, eine Jagdhütte, einen Wohnwagen, oder er hatte die Wohnung eines pädophilen Freundes genutzt. Vielleicht hatte er aber auch die Wohnung seines Vaters nie aufgelöst, als dieser ins Altersheim gezogen war. Dühnfort hatte Gina und Alois darauf angesetzt. Es war nur eine Frage der Zeit, bis sie Jakobs Versteck finden würden.

Warum hatte Kallweit so schwerwiegende Beweise wie das T-Shirt und das Foto in seinem Haus aufbewahrt und nicht in seinem anderen Versteck? Er wusste, dass es Gerüchte über ihn gab. Dühnforts Besuch am Samstag musste doch eine Warnung für ihn gewesen sein. Aber Kallweit war überheblich. Er musste sich sicher gefühlt haben und seine perverse Gier war stärker als seine Umsicht.

Oder hatte Alois vielleicht doch recht? Waren sie auf der falschen Fährte? Sie durften nicht einseitig ermitteln.

Dühnfort griff zum Telefon und rief Gina und Alois an. »Kommt ihr mal rüber?«

Eine Minute später klopfte es an der Tür. Alois und Gina traten ein und setzten sich zu ihm.

»Was gibt's?«, fragte Alois.

»Ich möchte, dass du mit Kallweit redest. Vertritt den Standpunkt, den du vorher bei der Besprechung eingenommen hast, baue Vertrauen zu ihm auf. Vielleicht ist er dann bereit, ein Geständnis abzulegen. Frage ihn, was er gemacht hat, nachdem er Jakob fotografiert hatte, und überprüfe seine Angaben.«

»Okay«, sagte Alois.

Dühnfort sah, dass er sich bemühte, einen Ausdruck gelassener Gleichgültigkeit zu bewahren. »Ich fahre morgen nach Hamburg«, sagte Dühnfort. »Mein Vater hat Geburtstag. Gina, du wirst mich solange vertreten. Ich möchte aber auf dem Laufenden gehalten werden.«

Ginas Blick traf seinen. Ein warmes Lächeln erreichte ihre Augen. »Aber sicher doch«, sagte sie. Dühnfort wartete auf den obligatorischen Zusatz *Boss*, aber er kam nicht.

»Warum machen wir keine Gegenüberstellung mit Jakob? Wenn der Junge Kallweit erkannt hat, wäre alles klar«, sagte Alois.

Dühnfort erklärte ihm seine Gründe und dass eine Gegenüberstellung für ihn das letzte Mittel war, Kallweit zu überführen. »Wenn er gesteht, können wir ganz darauf verzichten. Also sieh zu, dass du seine Angaben widerlegst. Er gibt nur zu, was wir ihm beweisen können.«

Freitag, 16. Mai

Als er am nächsten Morgen erwachte, konnte er sich nicht vorstellen, in wenigen Stunden in Hamburg zu sein.

Der Gutschein war ausgedruckt, aber Dühnfort wusste nicht, was er auf die Karte schreiben sollte. Glück, Gesundheit, ein langes Leben? Oder sollte er seinem Vater danken für die gemeinsame schöne Zeit? Aber sie war ja nicht immer schön gewesen. Er hatte die Jahre vergessen, in denen sein Vater die Kanzlei aufgebaut und immer weniger Zeit für seine Familie gehabt hatte, die Zeit, in der er seine Frau systematisch vertrieben hatte. Vielleicht hätten sie nie heiraten sollen. Er, der Konservative, der zielstrebig in die ersten Kreise der Hamburger Gesellschaft vorstieß und zum, von der Presse gehätschelten, Starverteidiger wurde, und sie, die unkonventionelle Malerin, die für kurze Zeit sogar der DKP angehörte. Sie entwickelte ihren Malstil konsequent und porträtierte Hamburgs Gesellschaft so, wie sie diese sah. Als Hyänen, Schakale, eitle Affen. Das konnte auf Dauer nicht gut gehen. Konstantins Mutter wurde seinem Vater peinlich. Er schloss sie aus seinem Leben aus und machte sich über ihre Malerei lustig. Er nahm sich Geliebte. Aber das hatte Dühnfort erst bei der Scheidung der Eltern erfahren.

Bei der Geburtstagsfeier werde ich vielleicht nicht nur einem davongekommenen Mörder die Hand schütteln, dachte Dühnfort, sondern vielleicht auch etlichen ehemaligen Geliebten meines Vaters. Er konnte gut verstehen, dass Mutter abgesagt hatte. Er hatte ohnehin nicht verstanden, wie es Julius gelungen war, ihr zunächst eine Zusage abzuringen. Vermutlich mit Victorias Schwangerschaft. Was sollte er da? Sie waren ihm alle fremd.

Trotzdem packte er seine Tasche und machte sich auf den Weg zum Bahnhof. In der Bahnhofsbuchhandlung kaufte er ein Taschenbuch, einen Kriminalroman von Henning Mankell, und ging in die Bahnhofsvorhalle. An einem der Kioske besorgte er sich eine Flasche Wasser. Auf der schwarzen Anzeigetafel suchte er nach seinem Zug. Er hatte noch eine Viertelstunde Zeit. Der ICE war schon eingefahren. Dühnfort setzte sich auf eine Bank und beobachtete die Passagiere beim Einsteigen. Sein Handy klingelte. Er zog es aus der Jackentasche und blickte aufs Display.

»Hallo, Gina«, sagte er. »Schon Sehnsucht nach mir?«

»Aber immer«, erwiderte sie. Und wieder fiel ihm auf, dass sie auf den Zusatz *Boss* verzichtete. »Es tut sich was. Vor fünf Minuten hat mich der Filialleiter der Raiffeisenbank Baierdilching angerufen. Die war gestern auf unserer Anfrageliste. So wie es aussieht, hat eine Druckerei aus Baierdilching, die knapp vor der Insolvenz stand, über Nacht wundersame Hilfe erlangt. Heute Morgen war das Firmenkonto satt in den schwarzen Zahlen. Der Filialleiter hat nachgeguckt, woher das Geld stammt, und es kommt ihm komisch vor. Ich fahre da jetzt mal raus und melde mich dann wieder.«

Dühnfort überlegte. »Mach einen kleinen Umweg und sammle mich am Hauptbahnhof ein. Ich warte am Seiteneingang in der Bayerstraße auf dich.« Am anderen Ende herrschte Schweigen. »Gina?«

»Ich bin noch dran«, sagte sie.

»Holst du mich ab?«

»Taxi kommt in ungefähr siebeneinhalb Minuten, Boss.«

Dühnfort schob das Handy zurück in die Jacke und nahm seine Tasche. Gina war verärgert. Sie glaubte, er traue ihr nichts zu. In einem Schreibwarengeschäft in der Bahnhofshalle kaufte er ein Kuvert und eine Briefmarke. Er steckte den Gutschein hinein, füllte die Glückwunschkarte aus und warf den Brief in den gelben Kasten am Seiteneingang.

Am vereinbarten Treffpunkt wartete er auf Gina. Nach ein paar Minuten entdeckte er ihren roten Golf. Sie setzte den Blinker, blieb vor ihm am Fahrbahnrand stehen und schaltete die Warnblinkanlage ein, während er den Kofferraum öffnete, um seine Reisetasche zu verstauen. Gina stieg aus, nahm ihm die Tasche ab, warf sie in den Kofferraum, knallte den Deckel zu und setzte sich dann wieder hinters Steuer. Dühnfort setzte sich neben sie. Schweigend fuhr sie durch den dichten Verkehr auf die A 8.

»Warum hast du nicht gleich Alois als deine Vertretung gewählt?«, fragte sie schließlich, den Blick geradeaus auf die Autobahn gerichtet. »Wenn du mir nicht einmal eine simple Recherche zutraust.«

»Das hat nichts mit dir zu tun.«

»Sondern?«

»Du bist eine gute Ermittlerin und hast mehr Erfahrung als Alois«, sagte Dühnfort. »Aber wir stehen kurz vor der Aufklärung eines Falles. Da wollte ich gerne mit dabei sein. Sieh es also nicht als Misstrauen gegen dich. Vielleicht ist es Eitelkeit von mir.«

Gina warf ihm einen überraschten Blick zu. »Am Ermittlungsstand hat sich seit gestern nichts geändert.« Abrupt bremste sie. Sie waren am Ende eines Staus angelangt. »Du lässt doch nicht den Geburtstag deines Vaters sausen, um deiner Eitelkeit zu frönen. Das passt nicht zu dir.« Sie blickte zu ihm hinüber.

Sie hat schöne Augen, dachte Dühnfort. Noir, wie schwarze Schokolade. Gina hatte ein herzliches Verhältnis zu ihren Eltern. Sie würde sicher keine Familienfeier versäumen.

»Du verstehst dich nicht besonders gut mit ihm, oder?«, fragte sie und ließ die Kupplung langsam kommen, um fünf Meter weiterzurollen.

»Wahrscheinlich nicht besser oder schlechter als die meisten«, sagte er. »Du bist eine Ausnahme, Gina.«

»Wird dein Vater jetzt nicht enttäuscht sein?«

»Nein«, sagte Dühnfort. Es ging im Schneckentempo voran.

»Bist du so was wie das schwarze Schaf der Familie?« Gina blickte neugierig zu ihm hinüber. Wieder fielen ihm ihre Schokoladenaugen auf. »Ich habe seine Erwartungen nicht erfüllt. Das ist alles.« Dühnfort ließ das Fenster herunter, holte das Blaulicht aus dem Fußraum hervor und befestigte es mit dem Magnetschalter am Dach. Das war zwar nicht ganz vorschriftsmäßig, aber es war ihm egal. »Wir haben schließlich etwas zu erledigen«, sagte er zu Gina, die ihn mit hochgezogenen Augenbrauen musterte. Dann schaltete er das Licht ein. Mit ohrenbetäubender Lautstärke heulte das Signalhorn los. Gina scherte auf die Standspur aus.

Zehn Minuten später parkte sie vor der Raiffeisenbank Baierdilching. Mit gewohnt flottem Schritt betrat Gina die Bank. Dühnfort folgte ihr. Hinter einem Tresen stand eine junge Frau mit rotgefasster Brille. »Sie sind von der Kripo? Herr Greiner erwartet Sie. Wenn Sie mir folgen wollen.«

Sie klopfte an eine Holztür und hielt sie für Dühnfort und Gina auf, als ein mürrisches *Ja, bitte* erklang. Hinter einem schlichten Schreibtisch saß ein mächtiger Mann mit spärlich behaartem Schädel. Seine wabbelnde Fülle stellte die Nähte seines Trachtenanzugs auf eine Zerreißprobe. Keuchend stand er auf, kam um den Tisch herum und reichte erst Gina, dann Dühnfort die Hand.

»Grüß Gott, Greiner. Ich bin der Filialleiter«, stellte er sich kurzatmig vor. »Ich habe hier alles vorbereitet.« Er zeigte auf einen Tisch neben dem Fenster und bot ihnen Platz an. Sie setzten sich.

»Ihnen sind also auf den Konten einer Druckerei merkwürdige Zahlungseingänge aufgefallen«, sagte Gina.

Greiner nickte. »Karl Prohacek & Sohn. Wenn der Prohacek am Montag nicht zum Insolvenzgericht gegangen wäre, dann hätte ich ihn mir vorgeknöpft«, sagte er. »Nicht um ihn fertigzumachen, obwohl die Bank der größte Gläubiger ist.«

»Sondern?«, fragte Gina.

»Um ihn vor einem Strafverfahren wegen Insolvenzverschleppung zu bewahren. Die Prohaceks sind angesehene Leute hier.« Greiner wuchtete seine Fettmassen in eine andere Position.

»Bis gestern stand die Firma also kurz vor der Pleite«, sagte Gina.

Greiner nickte und griff nach den Papieren. Es waren Kontoauszüge. Er reichte sie Gina.

»Zuerst habe ich gedacht, dass der Prohacek Schwarzgeld aufs Firmenkonto geleitet hat. Aber er ist nicht der Typ dafür. Er ist eine ehrliche Haut. Und es ist zu viel.«

Gina warf einen Blick auf die Kontoauszüge und reichte sie dann Dühnfort. Das Konto der Druckerei Karl Prohacek & Sohn war mit beinahe hundertfünfzigtausend

Euro im Haben. Dühnfort suchte einen älteren Auszug. Am Mittwoch hatte sich der Kontostand noch annähernd achtundfünfzigtausend Euro im Soll befunden.

»Die Kreditlinie beträgt eigentlich nur fünfundvierzigtausend«, sagte Greiner. »Ich bin ihm da entgegengekommen. Aber das ging schon über ein halbes Jahr so. Und vor sechs Wochen ist der größte Kunde vom Prohacek in Insolvenz gegangen. Das sind beträchtliche Forderungsausfälle.«

Dühnfort studierte weiter die Kontoauszüge. Am Donnerstag waren drei Überweisungen auf dem Konto eingegangen, jeweils um die siebzigtausend Euro. Sie waren als Privateinlage ausgewiesen und stammten von drei verschiedenen Konten, die alle auf den Namen Karl Prohacek lauteten. »Diese Konten gibt es erst seit kurzem?«

»Die Prohaceks haben alle ihre Konten bei uns, schon immer. Das hier«, Greiner zeigte auf eine Buchung des Kontoauszugs, »das ist Prohaceks Privatkonto. Das vom Junior. Der leitet die Firma. Der Senior hat sie ihm schon vor Jahren übergeben. Die anderen beiden Konten sind neu. Er hat sie erst Anfang der Woche bei zwei Münchner Banken eröffnet. Ich war so frei und habe erst einige Telefonate geführt, bevor ich Sie angerufen habe. Es fällt mir nicht leicht, den Prohacek zu verdächtigen. Das müssen Sie mir glauben.« Greiner wischte sich mit einem Tuch die Stirn. Sein Hals war beinahe so breit wie sein Schädel. Eine Kaskade praller Speckfalten ergoss sich vom Kinn zur Brust.

»Auf den beiden neuen Konten hat er Bareinzahlungen vorgenommen?«, fragte Gina.

»Auch auf sein altes Privatkonto.« Greiner zog zwei Faxe aus seinen Unterlagen. »Die Leiter der Banken waren so freundlich, mir die Kontoauszüge zu faxen. Jemand hat bei verschiedenen Münchner Banken Bargeld eingezahlt. Aber immer weniger als fünfzehntausend Euro. Bei höheren Beträgen muss der Einzahler sich ausweisen und ein Formular ausfüllen. So soll Geldwäsche verhindert werden. Unterhalb dieser Grenze bleibt der Einzahler aber anonym. Ich habe nachgezählt. Es sind siebzehn Einzahlungen bei siebzehn Banken.«

»Er hat die Gelder also auf seinen drei Privatkonten gesammelt und dann, als Privateinlage deklariert, aufs Firmenkonto überwiesen«, sagte Dühnfort. »Das sehen wir uns jetzt genauer an. Können wir die Unterlagen mitnehmen?«

Greiner nickte.

Dühnfort ließ sich die Adressen geben.

»Ich glaube nicht, dass der Prohacek den Jungen entführt hat. Er ist ein netter Kerl. Immer hilfsbereit, und er sorgt sich rührend um seine alte Mutter«, sagte Herr Greiner. »Hoffentlich lässt sich das anders erklären.« Der Mann erinnerte Dühnfort an ein melancholisches Walross.

***

Prohacek saß unter Bewachung in einem Vernehmungszimmer und wartete auf seinen Anwalt, ohne den er sich nicht äußern wollte. Die Druckerei und das Privathaus Prohaceks wurden seit dem Nachmittag durchsucht.

Dühnfort ging über den Flur in sein Büro und blickte auf die Domuhr. Kurz nach acht Uhr abends. Die Fußgängerzone leerte sich bereits. Meo arbeitete an Prohaceks Computern. Die Durchsuchung der Druckerei und des Privathauses würde die ganze Nacht über dauern. Prohacek konnte vierundzwanzig Stunden ohne Haftbefehl festgehalten werden. Sie hatten also bis morgen Nachmittag Zeit, Beweise zu finden.

Seine Frau wartete auf einer Bank im Flur. Dühnfort würde sie als Zeugin befragen, sobald er Prohacek vernommen hatte. Das hatte er ihr bereits mitgeteilt.

Eigentlich sollte er jetzt in Hamburg sein. Sein Vater wartete auf einen Anruf. Dühnfort musste ihm endlich sagen, dass er nicht kam.

Er hob den Hörer ab, legte wieder auf und verließ sein Büro. Eine Etage tiefer klopfte er an Meos Tür und trat ein. Meo saß im Halbdunkel an einem langen Tisch vor den Computern aus der Druckerei und Prohaceks Haus. Das Leuchten der Monitore wirkte gespenstisch und ließ Meo noch blasser erscheinen. »Perfektes Timing«, sagte er und grinste Dühnfort an. »Voilà«, er vollführte eine schwungvolle Handbewegung, »da ist das Schätzchen.« Dühnfort blickte auf den Monitor, auf den Meo deutete, und las die ihm bereits vertrauten Worte des Erpresserbriefs.

»Prima«, sagte Dühnfort. »So langsam bekommen wir den Fall auf die Reihe.« Er bedankte sich und ging wieder in die dritte Etage hoch. Auf dem Flur begegnete ihm Gina.

»Dr. Hilprant ist jetzt da«, sagte sie und wies auf einen alten, mageren Mann, der vor dem Vernehmungszimmer auf einer Bank saß.

»Danke.« Dühnfort nickte Gina zu und ging dann zu Hilprant. Der Mann stand auf, er reichte Dühnfort nur bis zur Brust. Der Kopf saß eingesunken zwischen knochigen Schultern, der Schädel war, bis auf einen Kranz spärlicher weißer Haare, beinahe kahl. Dühnfort glaubte den Schädelknochen durch die dünne, von feinen blauen Adern durchzogene Haut sehen zu können. Hilprant trug einen teuer wirkenden grauen Anzug, ein weißes Hemd und eine Seidenkrawatte. Wässrigblaue Augen blickten Dühnfort über eine randlose Brille hinweg an. »Hilprant. Sehen wir zu, dass wir diesen Irrtum schnell aufklären.«

Dühnfort bat ihn in sein Büro und bot ihm Platz an. Hilprant setzte sich. »Sie haben meinen Mandanten wegen erpresserischen Menschenraubs vorläufig festgenommen. Das ist völlig absurd. Welche Beweise haben Sie denn für diese Anschuldigung?«

Dühnfort reichte Dr. Hilprant kommentarlos Kopien der Einzahlungsbelege und Kontoauszüge. Er beobachtete, wie Hilprant die Unterlagen durchsah und kaum merklich den Kopf schüttelte. »Unser EDV-Spezialist hat außerdem das Erpresserschreiben auf Prohaceks Computer gefunden«, fügte Dühnfort hinzu.

»Das gibt es nicht«, sagte Dr. Hilprant. »So kann man sich in einem Menschen nicht täuschen.« Er nahm die Brille ab, sein Gesicht wirkte plötzlich nackt und verletzlich. »Ich kenne den Junior von Kindesbeinen an. Das ist ein netter Junge, der niemandem je etwas zuleide getan hat. Ein ehrlicher und absolut korrekter Mensch. So einer entführt niemanden.«

Der nette Junge ist inzwischen beinahe fünfzig und trägt die Verantwortung für eine Firma, die in existenziellen Schwierigkeiten steckt, dachte Dühnfort. Die Verzweiflung hat schon manchen in eine Straftat getrieben. Das sollte Hilprant eigentlich wissen. Aber bevor er die Spurenlage nicht kannte, wollte er Hilprant nicht mitteilen, dass er seinen Mandanten lediglich für einen Trittbrettfahrer hielt. »Die Beweise sprechen gegen ihn. Sie sollten ihm zu einem Geständnis raten«, sagte er.

»Ich möchte zunächst unter vier Augen mit ihm sprechen«, erwiderte Hilprant. »Sind Sie so freundlich und bringen mich zu ihm?«

Dühnfort begleitete Hilprant zum Vernehmungsraum, in dem Prohacek wartete. Davor saß seine Frau, eine kühl wirkende Mittdreißigerin, die Dühnfort an Grace Kelly erinnerte. Ihr Mann dagegen war ein aus der Form geratener Endvierziger mit Stirnglatze. Ein ungleiches Paar. Hilprant begrüßte die Frau seines Mandanten. »Keine Sorge, Vera, das ist sicher ein Irrtum«, beruhigte er sie und nahm sie väterlich in den Arm.

»Sie wollen Frau Prohacek als Zeugin vernehmen?«, fragte Hilprant, aber es klang eher wie eine Feststellung.

Dühnfort bestätigte das.

»Wünschst du meinen Beistand, Vera?«

Vera Prohacek nickte.

»Gut. Jetzt spreche ich erst mit Karl und dann unterhalten wir beide uns. Vorher steht Ihnen meine Mandantin nicht zur Verfügung«, setzte Hilprant, an Dühnfort gewandt, hinzu.

Zwanzig Minuten später erschien Hilprant in Dühnforts Büro. Der Anwalt sah blass und müde aus. »Mein Mandant macht von seinem Aussageverweigerungsrecht Gebrauch«, sagte er und schob die Brille den Nasenrücken hinauf. »Und Frau Prohacek kann als Ehefrau das Zeugnis verweigern. Das möchte sie auch tun.«

»Warum haben Sie ihm dazu geraten?«, fragte Dühnfort. »Die Beweise sind schwerwiegend. Ein Geständnis würde sich strafmildernd auswirken.«

»Verkaufen Sie mich nicht für dumm, Herr Dühnfort«, sagte Hilprant, nahm die Brille ab und rieb sich die Nasenwurzel. »Gelder, über deren Herkunft mein Mandant nicht reden möchte, sind in die Firma geflossen. Er muss sich nicht selbst belasten. Sie müssen beweisen, woher das Geld stammt. Es handelt sich nicht um Teile des Lösegelds, wie er mir versichert hat. Den Brief kann jeder, der Zugang zur Druckerei hat, geschrieben haben. Ich nehme an, Sie werden die vorläufige Festnahme nicht aufheben.« Auch dies war eine Feststellung und keine Frage. Hilprant setzte die Brille wieder auf und verabschiedete sich.

Merde, dachte Dühnfort. Gut, dann musste das eben anders gehen. Am Montag würde er Gina und Alois mit Prohaceks Foto losschicken. Siebzehn Banken, das hieß ein halber Tag, aber dann würden sie Prohacek festnageln können. Jemand würde ihn als Einzahler identifizieren. Dühnfort überlegte, ob er Kölle und Co auf Frau Prohacek ansetzen sollte, rief dann aber erst Buchholz an. Er erreichte ihn in der Druckerei. Mit Prohaceks Haus waren sie beinahe fertig und hatten jede Menge Fingerspuren gesichert, die noch ausgewertet werden mussten, sonst aber nichts von Interesse gefunden. Mit dem Firmengelände würden Buchholz und sein Team in den Morgenstunden fertig sein. Dort gab es etliche Nebengebäude, Schuppen und Garagen, die noch nicht durchsucht worden waren. Vom restlichen Lösegeld war noch nichts aufgetaucht. Dühnfort wählte erneut und organisierte die Überwachung von Frau Prohacek. Dann packte er zusammen.

Als er einen Blick auf sein Handy warf, sah er, dass er eine Nachricht hatte. Er hörte die Mailbox ab. Sein Vater bat um Rückruf. Er saß zusammen mit Julius und Victoria im *Jus* und wartete auf ihn. Sie wollten in den Geburtstag hineinfeiern.

Dühnfort blickte auf die Uhr. Zwanzig nach acht. Die Stimme seines Vaters hatte so fröhlich und beschwingt geklungen. Er fühlte sich schäbig. Er zögerte einen Moment, bevor er wählte. Da musste er nun durch. »Hallo, Tino, wo bist du denn, wir sind schon beim Aperitif«, meldete sich sein Vater wohlgelaunt. Im Hintergrund konnte Dühnfort leise Stimmen, dezente Musik und Geschirrklappern hören.

»Ich bin noch in München. Tut mir leid. Aber ich komme nicht weg. Wir stehen kurz vor der Aufklärung eines Falls.«

»Das ist schade«, sagte sein Vater, und Dühnfort hörte im Hintergrund Julius sagen: »Tino kommt also nicht, das habe ich mir schon gedacht.«

»Das Wunder von Mariaseeon?«, fragte sein Vater. »Das ist doch dein Fall, oder?«

Dühnfort war verblüfft. »Ja. Woher weißt du das?«

»Hin und wieder kaufe ich mir Münchner Zeitungen und informiere mich, was du so machst.«

Samstag, 17. Mai

Melli sah wunderschön aus. Sie trug ein Etuikleid mit Bolerojäckchen aus cremefarbener Seide, und sogar die Sturmfrisur war, der Feierlichkeit des heutigen Tages angemessen, in geordnete Bahnen gelenkt. Aber es waren nicht nur diese Äußerlichkeiten. Melli war glücklich und das verlieh ihr eine unantastbare Schönheit.

Über hundert Gäste füllten die Glashäuser der alten Gärtnerei, die Mellis Eltern für die Hochzeit gemietet hatten. Orangen- und Zitronenbäume schufen südliche Atmosphäre. Unzählige Terrakottagefäße waren mit rosa und weißen Blumen, den Farben des Brautstraußes, bepflanzt. Jalousien sorgten für eine angenehme Temperatur in den Glashäusern. Im Innenhof, den die sich gegenüberstehenden Gewächshäuser bildeten, war eine Tanzfläche aufgebaut, rundherum standen Tische und Stühle. Die Band machte sich für den Brautwalzer bereit.

Agnes war satt und legte den Löffel in das noch beinahe volle Dessertschälchen.

»Kannst du nicht mehr?«, fragte Michael und schnappte sich den Rest der Nachspeise, als sie nickte. Von den Glashäusern klang Musik herüber. Der Brautwalzer wurde gespielt.

Michael kratzte den letzten Rest aus dem Schälchen, dann zog er Agnes hoch. »Komm, Schwesterlein, lass uns tanzen.« Ehe sie protestieren konnte, zog er sie hinter sich her auf die Tanzfläche. Er führte sicher und nach einigen Takten genoss Agnes den Walzer. Als er vorüber war, führte Michael sie an einen der Tische. »Ich verschwinde mal schnell für kleine Jungs.«

Agnes setzte sich und sah Anselm auf den Tisch zusteuern. Er bot ihr an, etwas zu trinken zu holen, und verschwand dann in der Menge. Als Nächste entdeckten Gabi und Jakob Agnes und setzten sich zu ihr an den Tisch.

»Wir haben Walzer getanzt, Jakob und ich«, sagte Gabi noch ganz atemlos. »Mein Mann ist leider ein Tanzmuffel. Sobald die Musik beginnt, ergreift er die Flucht.«

Anselm kam und stellte ein Tablett voller Gläser auf den Tisch. Jakob rutschte von seinem Stuhl und kletterte auf Agnes' Schoß.

Gabi war davon nicht begeistert. »Er zerdrückt deinen Rock.« Aber Agnes wehrte ab. Es war schön, ein Kind auf dem Schoß zu haben.

»Ich habe eine Auswahl zusammengestellt, als ich euch an den Tisch gehen sah«, sagte Anselm und reichte Gläser herum. »Prosecco, Orangensaft und Mineralwasser und für Jakob eine Cola. Das darf er doch?«

Jakob zögerte. Aber als seine Mutter nickte, nahm er das Glas. Michael kam zurück. Agnes stellte ihm Gabi, Jakob und Anselm vor. Nach zwei Minuten war das Gesprächsthema der *Engel von Mariaseeon*. Agnes war das unangenehm, und es gelang ihr, mit einer Frage nach der geplanten Motorradtour von Michael und Franz, das Thema zu wechseln. Dabei stellte sich heraus, dass die beiden schon am kommenden Wochenende starten wollten.

»Gewährst du mir nächsten Freitag Obdach?«, fragte Michael. »Wir wollen ziemlich früh los.«

»Natürlich. Bring deinen Schlafsack mit, Gästebettzeug fehlt leider noch in meinem Haushalt.«

Die Band begann wieder zu spielen. Agnes folgte Michael auf die Tanzfläche. Sie tanzte, mit kleineren Pausen, bis die Füße brannten, bis Laternen und Fackeln die Glashäuser beleuchteten. Anscheinend wollten alle Männer mit einem Engel tanzen. Beinahe keiner verkniff sich eine entsprechende Bemerkung. Nur der Pfarrer, der in einem ungewöhnlichen Freestyle über die Tanzfläche wirbelte, spielte nicht darauf an. Jakobs Entführung und glückliche Heimkehr war eines der Themen auf der Hochzeit. Die Verhaftung Kallweits ein anderes. Wie eine Bombe hatte diese Nachricht in die Dorfgemeinschaft eingeschlagen. Der Mann, der über dreißig Jahre das Vertrauen der Eltern und Schüler besessen hatte, entpuppte sich als Pädophiler. Viele wollten das nicht glauben und waren davon überzeugt, dass der Druckereibesitzer Prohacek aus dem Nachbardorf Jakob entführt hatte. Sein Motiv war irgendwie verständlich, das Kallweits unvorstellbar.

Auch Dr. Till Wiessner, der örtliche Arzt, den Anselm Agnes vorgestellt hatte, teilte diese Meinung. Sie tanzte Foxtrott mit ihm und war darauf bedacht, Abstand zu halten. Dass der Herr mit dem linken Fuß die Schrittkombination begann, vergaß er ständig. Schon zum dritten Mal trat er ihr auf die Zehen. Mit der Begründung, sie brauche dringend eine Pause, verließ sie die Tanzfläche. Wiessner begleitete sie an einen der Tische und setzte sich zu ihr. Agnes zog die Schuhe aus und streckte ihre malträtierten Zehen.

Der Arzt fuhr sich über seine Glatze. Nicht ein Haar hatte er auf seinem wohlgeformten Schädel. Diesen Mangel glich er durch einen gestutzten blonden Kinnbart aus. »Cremen Sie Ihre Füße mit Rosskastaniensalbe ein und legen Sie sie heute Nacht hoch«, empfahl er. »Dann schwellen sie nicht an.« Über weitere Gesundheitstipps kam er auf den neuen Notarztwagen zu sprechen, den Anselm der Feuerwehr gestiftet hatte. Und damit war er bei dem Thema angelangt, das ihm anscheinend auf der Seele lag. Bei seinem Freund Anselm. Er war Wiessners Backgammonpartner. Seit Schulzeiten waren sie befreundet und hatten gemeinsam Abitur gemacht. Erst während des Studiums hatten sich die Wege getrennt. Wiessner war nach Heidelberg gegangen. Dort hatte er seine Frau kennengelernt und war erst vor einigen Jahren nach Mariaseeon zurückgekehrt, um die Praxis seines Vaters zu übernehmen. Die Freundschaft zu Anselm war wiederaufgelebt, aber das Eremitenleben, das dieser führte, bereitete Wiessner Sorge.

»Er geht zu wenig unter Menschen. Stattdessen vergräbt er sich in seinen Büchern. Er sollte das Leben mehr genießen.«

»Vielleicht ist das seine Art, zu genießen«, sagte Agnes. »Es soll Menschen geben, die sich selbst genügen, für die es eine Freude ist, ein gutes Buch zu lesen und einen ruhigen Abend zu verbringen.«

»Aber doch nicht ausschließlich. Er vereinsamt da in seiner Scheune.«

»Aber er hat doch Sie als Freund und er hat seine Familie. Er macht nicht den Eindruck, vereinsamt zu sein.«

»Trotzdem, etwas mehr Geselligkeit könnte nicht schaden«, sagte der Arzt und fuhr sich mit der Hand über den Schädel. »Er hat mir erzählt, dass Sie sein Buch über Mariaseeon gestalten. Und wie er von Ihnen gesprochen hat, wie kompetent Sie sind, wie gut Sie verstanden haben, wie er sich das Layout vorstellt. Ich hatte den Eindruck, dass er Sie mag.«

Was?, dachte Agnes, die Idee habe ich überhaupt nicht gehabt und die will ich auch gar nicht haben. Wohin steuerte dieses Gespräch? Eine unmissverständliche Antwort war angebracht.

»Herr Wiessner, Sie lesen doch Zeitung, und falls nicht, Ihnen wird sicher der Dorfklatsch zugetragen. Ich gehe also davon aus, dass Sie über mich Bescheid wissen: Ich bin verwitwet, ich habe meinen Mann und meine Tochter verloren …«

»Ich dachte, das wäre schon über ein Jahr her.«

Was bedeutete schon Zeit? Für sie war es wie gestern. Ihre Kraft reichte nicht für die Vorstellung, sich jemals wieder zu verlieben, eine Beziehung einzugehen. Es käme einem Verrat gleich. »Wenn Sie Ihrem Freund einen Dienst erweisen wollen, dann lassen Sie ihn sein Leben führen und mich meines. Das ist ohnehin schwierig genug. Ich kann nicht den rettenden Engel für vereinsamte Seelen spielen. Damit das klar ist.«

Till Wiessner starrte sie einen Moment erstaunt an. »Es tut mir leid, wenn ich Ihnen zu nahe getreten bin. Aber ich dachte, nach einem Jahr …«

Agnes lachte. »Gibt es neuerdings eine DIN-Norm, die regelt, in welcher Frist man seinen Kummer zu bewältigen hat?«

Der Arzt musterte sie. Seine grauen Augen spiegelten einen Ausdruck, den Agnes kannte, jetzt aber nicht benennen konnte. Plötzlich fühlte sie sich grenzenlos einsam. Die Lichter, die Menschen um sie herum, alles rückte in weite Ferne, die zarten Düfte der Mainacht, die leise Musik entfernten sich mit rasender Geschwindigkeit von ihr. Übrig blieb ein leerer schwarzer Raum, in dem sie sich alleine befand. *Mami, ich will aber! Ich will, ich will, ich will!* Yvonnes Stimme drang durch die Zeit, durch ihr Vergessenwollen. Agnes stand abrupt auf. Sie musste hier weg. Sie musste dringend eine Runde laufen oder zwei. Unmöglich. Sie konnte nicht einfach von Mellis Hochzeit verschwinden. Die Band begann, einen Rock'n'Roll zu spielen.

»Das ganze Gerede bringt uns nicht weiter. Lassen Sie uns lieber wieder tanzen.« Sie zog den verdutzten Arzt hoch und zurück auf die Tanzfläche.

Eine Stunde später war Agnes froh, endlich etwas Ruhe zu haben. Sie setzte sich an einen Tisch, der ein bisschen abseits stand. Von hier aus konnte sie das Treiben in den Gewächshäusern beobachten. Die Band machte eine Pause und fast alle Gäste waren hineingegangen. Agnes hatte sich völlig verausgabt und die Unruhe in ihr hatte sich gelegt. Tanzen hatte die Joggingrunde ersetzt. Anscheinend war sie allein hier draußen. Sie legte den Kopf in den Nacken und besah sich den sternklaren Himmel. Kindern sagte man, dass Verstorbene im Himmel seien. Wenn sie nur daran glauben könnte. Sie hatte keine Illusionen. Hätte sie Rainer und Yvonne nicht einäschern lassen, würden sie jetzt von Würmern zerfressen. Sie hasste sich für solche Gedanken.

Es war kühler und zugig geworden. Agnes schob ihren Stuhl näher an die Wand eines Nebengebäudes, das abseits der Glashäuser stand. Die Ziegel hatten die Tageswärme gespeichert und strahlten sie nun ab. Sie lehnte sich zurück und betrachtete wieder den Himmel, bis das Kichern einer Frau sie auffahren ließ.

Ein Mann redete leise auf sie ein. »Uns sieht schon keiner. Die sind doch alle drinnen.«

Agnes sah sich um, konnte aber niemanden entdecken. Die beiden standen vermutlich an der Giebelseite des kleinen Gebäudes.

»Nein, lass das«, kicherte die Frau.

»Du liebst mich also nicht.«

»Natürlich liebe ich dich, mein Bärchen.«

Es folgte Schweigen, und Agnes dachte schon, dass die beiden gegangen wären, als leise Geräusche darauf schließen ließen, dass dort heftig rumgeknutscht wurde.

»Nein. Das geht doch nicht. Nicht hier, Bärchen.«

»Warum denn nicht? Das ist doch viel aufregender als immer nur in der Jagdhütte.«

»Wenn uns jemand sieht. Nein. Lass das.«

»Ich will dich aber. Jetzt und hier.«

Die Nahkampfgeräusche nahmen zu. Agnes wurde das peinlich. Leise ging sie fort und suchte sich einen Platz in Nähe der Gewächshäuser. Melli lief über den Hof. Agnes winkte ihr.

»Ach, hier bist du. Ich such dich schon ein Weilchen. Tut mir leid, dass ich kaum Zeit für dich hatte. Aber die Familie und die Verwandten haben mich ganz mit Beschlag belegt.« Sie setzte sich zu Agnes und legte die Füße auf einen Stuhl. Sie unterhielten sich eine ganze Weile über die Hochzeit und die bevorstehende Motorradtour von Franz und Michael.

Agnes sah, wie das Pärchen, das sich hinter dem Nebengebäude vergnügt hatte, hervorkam. Eine attraktive Dreißigjährige mit braunen, aufgesteckten Haaren, die jetzt allerdings etwas zerzaust aussahen. Der knappe Rock, der den Blick auf ihre schlanken Beine lenkte, war zerknautscht. Und auch die tief ausgeschnittene Bluse bot nicht mehr den Anblick makelloser Frische. Die Frau entdeckte Agnes' Blick und wandte sich schnell ab. Kurz darauf folgte ein Beau mit gelfrisierten Haaren, kantigem Gesicht und sorgfältig gepflegtem Kinnbart. Dem schicken Sommeranzug sah Agnes die Strapazen der letzten Viertelstunde an. »Wer war denn das?«, fragte sie.

»Anna, unsere Friseuse. Die Frisur hat sie doch toll hingekriegt. Ich hätte nicht gedacht, dass man aus so kurzen Haaren was machen kann«, sagte Melli und zeigte auf ihren Kopf.

»Und der Mann?«

»Das ist Konrad.«

»Sind die beiden ...?«

»Nein«, sagte Melli und beugte sich zu Agnes hinüber. »Die beiden sind zwar verheiratet. Aber nicht miteinander. Es ist wahrscheinlich, wie es immer ist. Das ganze Dorf weiß es, nur die betroffenen Ehepartner scheinen keine Ahnung zu haben. Eine meiner Freundinnen meint, dass es sträflich naiv wäre, anzunehmen, dass Männer treu sein könnten. Aber Franz ist das ganz bestimmt«, sagte Melli, »sonst hätte ich ihn nicht geheiratet.«

»Rainer hätte mich nie betrogen«, sagte Agnes. »Er war da ganz konservativ. Für ihn war Treue wichtig. Er hat Angst gehabt, dass ich fremdgehen könnte. Natürlich völlig unbegründet. Er hat versucht, das nicht zu zeigen, aber ich habe es trotzdem gespürt.«

»Wie?«, fragte Melli.

Agnes zuckte die Schultern. »Kleinigkeiten. Manchmal, wenn wir Zank hatten, hat er mir zur Versöhnung Gedichte geschrieben. Obwohl er Gedichte eigentlich nicht mochte. Aber ich habe ein Faible dafür. Harmonie war ihm wichtig. Jeden Freitag ist er mit einem Strauß Rosen nach Hause gekommen. Der Freitag war heilig. Da gab es keine Termine oder Geschäftsreisen. An einem Freitag hat's zwischen uns gefunkt, an einem Freitag hat er mir den Antrag gemacht, an einem Freitag haben wir geheiratet. Das war unser Tag.«

»Das klingt so romantisch«, sagte Melli. Agnes erinnerte sich, dass sie dieses Ritual am Anfang umwerfend, dann zunehmend lästig und gelegentlich beunruhigend gefunden hatte.

Franz und Michael traten hinaus und blickten sich um. Als sie Agnes und Melli entdeckten, kamen sie herüber. Die Band begann wieder zu spielen. Agnes tanzte in dieser Nacht, bis sie nicht mehr konnte.

***

Dühnfort verbrachte den Samstag im Präsidium und konnte das Gefühl nicht abschütteln, durch zähen Schlamm zu waten. Auf dem Heimweg entschied er sich, bei Bruno zu essen. Das Bistro Bruno befand sich in der Nähe seiner Wohnung und trug einen irreführenden Namen. Der Inhaber hieß Antonio und kochte italienisch. Dühnfort betrat das Restaurant, das noch beinahe leer war. Er bekam einen Tisch am Fenster, bestellte Antipasti und Capretto alla paesana und dazu Wasser und eine Karaffe Pinot Grigio. Die Getränke wurden sofort serviert. Während er Wein trank, beobachtete er die vorübergehenden Passanten und dachte an die Arbeit.

Bei der Durchsuchung der Druckerei und des Wohnhauses der Prohaceks war weder das restliche Lösegeld gefunden worden noch Spuren, die bestätigten, dass Jakob sich dort aufgehalten hatte. Das hatte Dühnfort auch nicht angenommen. Der Mann hatte die Situation für sich ausgenutzt und versucht, so sein Unternehmen zu sanieren. Das sollte er, verdammt noch mal, zugeben, aber bisher schwieg er.

Gedankenverloren knabberte Dühnfort an einem Grissino. Was ihn beunruhigte, war die Tatsache, dass sie mit den Ermittlungen bei Kallweit nicht weiterkamen. Die Wohnung seines Vaters hatte er, nach dessen Umzug in ein Pflegeheim, aufgelöst. Kallweits Adressbuch war dünn und bei Prüfung der Anschriften hatten sich keine Hinweise auf einen Zweitwohnsitz, ein Ferienhaus oder pädophile Freunde ergeben. In Kallweits Papieren waren keine Abrechnungen für Gas, Strom oder Wasser, die nicht das Haus in Mariaseeon betrafen.

Der Teller mit Vorspeisen wurde gebracht. Der Kellner wünschte guten Appetit und schenkte Wein nach. Dühnfort aß gebratene Zucchini, Mozarella mit Tomaten und marinierte Meeresfrüchte.

Inzwischen hatte Kallweit einen Anwalt. Er würde nicht lange brauchen, um seinem Mandanten ein umfassendes Geständnis für die Straftatbestände, die ohnehin nicht zu leugnen waren, nahezulegen. Dann würde Kallweit gegen Auflagen aus der U-Haft entlassen, wenn Dühnfort bis dahin nicht Beweise oder wenigstens begründete Hinweise dafür hatte, dass Kallweit Jakob entführt hatte. Der Besitz des T-Shirts alleine war zu dünn und eine Gegenüberstellung wollte Dühnfort noch nicht wagen. Alois war an Kallweit dran und überprüfte die Angaben, die er gemacht hatte.

Der Kellner räumte den Teller ab und fragte, ob es geschmeckt habe. Das Lokal hatte sich mittlerweile gefüllt, beinahe alle Tische waren besetzt. Gesprächsfetzen und Geschirrklappern verwoben sich zu einem Lärmteppich. Erste Rauchschwaden zogen durch den Raum. In der Luft lag ein Duft nach gegrilltem Fleisch und Pizza, nach Espresso und Schokolade. Dühnfort leerte das zweite Glas Wein und dachte an Agnes Gaudera, dachte an den Abend vor einer Woche, als er bei ihr in der Küche gesessen hatte. Er erinnerte sich an die verlorene Wette. Bisher hatte sie die Einlösung seiner Wettschuld noch nicht gefordert. Schade. Er überlegte, ob er sie anrufen sollte. Das Handy begann in seiner Brusttasche zu vibrieren.

»Hallo, Tino.« Sein Vater meldete sich mit der rauen Stimme, die Dühnfort beinahe fremd geworden war. »Störe ich dich?«

»Nein. Natürlich nicht«, sagte Dühnfort und fragte sich, was sein Vater wollte. Er rief so gut wie nie an.

»Ich meine nur, der Geräuschpegel im Hintergrund. Bist du auf einer Party?«

»Du störst nicht. Was gibt es denn?«

Der Kellner schenkte Wasser und Wein nach.

Dühnfort hielt sich das eine Ohr zu und presste das Handy fester an das andere. »Vater, bist du noch dran?«

»Weißt du, Tino, es gibt einen Punkt, in dem wir uns sehr ähnlich sind ...«

Was hatte sein Vater gesagt? Dass er ihm ähnlich sei? Das fand Dühnfort nun überhaupt nicht. Er wollte nicht sein wie sein Vater. »Ich verstehe dich nicht. Warte einen Augenblick.« Er stand auf und gab dem Kellner mit einem Handzeichen zu verstehen, dass er zum Telefonieren kurz vor die Türe gehen würde. Er trat ins Freie und lehnte sich an die Hauswand. »So, jetzt verstehe ich dich besser.« Mittlerweile war es dunkel geworden. Die Luft roch nach Mai. Er überlegte, ob er seinen Vater fragen sollte, wie die Feier gewesen war, aber damit würde er nur betonen, dass er nicht gekommen war. Einen Augenblick herrschte Schweigen.

»Ich habe gesagt, dass du mir in einem Punkt ähnlich bist. Wir haben beide Probleme, Gefühle zu zeigen. Deine Mutter hat mir das immer vorgeworfen ... Ich möchte mich bei dir bedanken«, sagte sein Vater. »Ich glaube, ich habe noch nie ein Geschenk bekommen, über das ich mich mehr gefreut habe. Dass du daran noch gedacht hast nach all den Jahren. Also danke.«

Dühnfort wusste nicht, was er darauf sagen sollte.

Wieder herrschte befangene Stille zwischen ihnen. Und ehe er antworten konnte, sprach sein Vater weiter.

»Julius ist übrigens der Meinung, du hättest unverantwortlich gehandelt. Er scheint zu glauben, dass ich ein alter Tattergreis bin. Aber ich freue mich auf den Segelflug. Ich habe bereits einen Termin vereinbart. Wenn das Wetter schön ist, fliege ich nächsten Samstagvormittag. Ich rufe dich an und erzähle dir, wie es war.«

Dühnfort fühlte sich unbehaglich. Wann hatte er zum letzten Mal etwas getan, was die Zustimmung seines Vaters gefunden hatte? Er wusste es nicht. Ebenso wenig wusste er, wie er sich nun verhalten sollte. Vielleicht war er überarbeitet, vielleicht hatte er zu viel Wein getrunken, der ihn nun träge machte und ihn zu langsam reagieren ließ. Wieder war es sein Vater, der das Gespräch fortsetzte.

»Wir sollten uns mal wieder treffen, Tino. Komm doch im Sommer mit nach Sylt. Julius und Victoria werden in diesem Jahr nicht dabei sein. Sie besuchen Freunde in England. Von Victorias Schwangerschaft weißt du?«

»Julius hat es neulich kurz erwähnt.«

»Ich freue mich, Großvater zu werden. Victoria hat bereits ein nettes Bäuchlein und Julius macht schon Zukunftspläne für den Filius. Kommst du nun mit ins Ferienhaus? Ich würde mich freuen.«

Das Ferienhaus auf Sylt. Gischt. Brandung. Möwengeschrei. Der Geruch von Sonnencreme. Sandpanierte Haut. Selbstgebaute Angeln. Quietschende Gummistiefel. Wind, der an den Haaren zerrt. Regenfäden am Fenster. Feuer im Kamin. Vater, der vorliest.

»Wann?«, fragte Dühnfort.

»Im August? Ich kann mich nach dir richten.«

»Ja. Gut. Ich komme. Anfang August. Das müsste

gehen«, sagte Dühnfort und freute sich plötzlich wie ein Kind.

Als er wieder an seinen Tisch zurückkehrte, kam der Kellner und fragte, ob er nun das Zicklein servieren könne. Dühnfort nickte. Gleichzeitig regte sich ein Gedanke in seinem Hinterkopf.

Gina hatte hartnäckig im Dorf nachgeforscht, hatte mit dem Pfarrer, mit Lehrern und den Übungsleitern des Sportvereins gesprochen, und es war ihr sogar gelungen, zu einigen Jugendlichen Kontakt zu finden. Aber noch immer war unklar, wer die Keltenschanze für satanistische Rituale nutzte, wie Jakobs Teddy dorthin gekommen war und welche Bedeutung das für den Fall hatte.

Samstag, 24. Mai

Die Sonne näherte sich dem Horizont. Die Nacht würde so klar werden, dass man die Milchstraße erkennen konnte. Es kühlte allmählich ab. Die von der Tageshitze erwärmten Luftschichten über Feldern, Wiesen und See verwirbelten mit der kühleren Waldluft. Die so entstandene Strömung trug den Duft von Gerste, Heu und Wasser bis zur Kapelle und vermischte sich mit dem Geruch von Schafgarbe, Waldmeister und Vogelmiere.

Einen Moment lang sog er diesen Frühsommergeruch ein, dann tastete er die Regenrinne ab. Sie war feucht und glitschig. Der Schlüssel lag nicht an der gewohnten Stelle, seine Finger wanderten über schlüpfrigen Modder. Übelkeit stieg ihm in die Kehle. Endlich fand er, was er suchte. Im feuchten Gras säuberte er seine Hände. Dann holte er die Blumen und den Wasserkanister, betrat die Kapelle und sperrte hinter sich wieder ab. Kühle Luft umfing ihn, ein leichter Luftzug streichelte sein Gesicht. Er roch feuchten Putz, altes Holz und geweihte Kerzen. Kurz schloss er die Augen, um vollends genießen zu können, was er empfand. Ruhe. Frieden. Gelassenheit. Dann ging er zum Altar, bekreuzigte sich und küsste die Füße seiner wahren Mutter.

Aus dem Nebenraum hinter dem Gnadenaltar holte er einen Müllsack, warf die Rosen hinein und arrangierte den Strauß weißer Lilien in der Vase. Aus dem Kanister füllte er frisches Wasser nach und stellte die Blumen neben die Marienstatue.

Heute war der Jahrestag seiner Wiedergeburt. Heute

vor vielen Jahren hatte sein neues Leben begonnen. Er entfernte die Reste alter Kerzen aus den Halterungen, steckte neue auf und entzündete sie. Die Kapelle leuchtete im feierlichen Licht. Der Blick seiner wahren Mutter war mild, alles verstehend. Ein gütiges Lächeln umspielte ihre Lippen. Sie wusste um ihr beider Geheimnis, um ihren Bund.

Er holte das Büchlein aus dem Schrein hinter der Statue. Seit jenem Tag gab es keine Zufälle mehr in seinem Leben. Dieses Wissen gab ihm Ruhe und Sicherheit. Damals hatte er das Büchlein hier entdeckt. Eine Abschrift des Bruderschaftsbüchleins des Heiligen Johann von Nepomuk, das jemand hier aufbewahrt hatte. Es war alt, die Seiten vergilbt und ausgefranst, das Papier brüchig. Es enthielt ein Gebet, das ihm wie ein Gelübde erschienen war. Er hatte es abgelegt. Jedes Jahr an diesem Tag erneuerte er es. Er kniete nieder, sammelte sich und richtete die Verse mit leiser Stimme in die feierliche Stille hinein an seine wahre Mutter.

Seit langem war er nicht mehr das Kind der Frau, die ihn geboren und verraten hatte. Aber sie, die Jungfrau Maria, hatte ihm sein Leben neu geschenkt. Sie hatte ihn gerächt. Sie hatte ihren Todesengel geschickt, der sein Schwert unbarmherzig in das Herz seines Peinigers gebohrt hatte. Wer solche Schuld trug, war der Gnade des Erbarmens nicht würdig.

Unbarmherzig. Welch herrliches Wort. Es hatte den metallischen Klang einer gutgeschärften Klinge. Er sprach es laut aus. Es drang in die Stille wie die Spitze seines Dolches in das Fleisch einer Katze und verhallte dann.

Stille legte sich samten über den Raum. Er verharrte vor der Madonna und erinnerte sich an jenen schrecklichen Tag und an die darauf folgende Nacht. Als Erstes sah er die Hände. Die Hände seiner Mutter.

Knochig und grob. Sie hielten ein Messer in der einen und eine Kartoffel in der anderen. Langsam glitt die Klinge unter die Schale und löste sie in einer Spirale ab, während er nach Worten suchte. Aber es gab keine Worte. Es war unmöglich, das auszusprechen. Die Spirale löste sich und fiel auf einen kleinen Haufen Kartoffelschalen. Die Hände legten die Kartoffel in die wassergefüllte Emailleschüssel und griffen nach der nächsten. Wieder fuhr das Messer unter die Schale. Plötzlich stoppte es. Er hob den Blick und sah die Augen seiner Mutter auf sich gerichtet. Sie waren klein und standen etwas zu weit auseinander. »Hast du etwas ausgefressen?«

Nein. Er hatte nichts ausgefressen. »Nein«, sagte er.

»Was rutschst du dann hier so herum?«

Er konnte es nicht sagen. Aber er konnte es auch nicht weiter ertragen. Der Sepp war tot. Lungenembolie, hatte seine Mutter gesagt und dabei weggesehen. Aber er hatte die Befürchtung, dass es nicht stimmte. Der Sepp war Ministrant gewesen und daher noch öfter beim Pfarrer als er selbst. Der Sepp war immer lustig gewesen. Aber in letzter Zeit nicht mehr, genau wie er selbst. Einmal hatte er dem Sepp freundschaftlich auf den Rücken geklopft. Da hatte er aufgeschrien und später hatte er dann den Blutfleck auf dem Hemd gesehen. Da hatte er es gewusst. Und nun war der Sepp tot. Und eigentlich wusste er, dass er sich umgebracht hatte. Er wusste es, weil auch er darüber nachdachte.

»Also, was ist los? Raus mit der Sprache.«

»Nichts, Mama.« Er konnte das nicht länger aushalten. Er hatte sich zu ihr gesetzt, weil er es ihr sagen musste. Aber er hatte Angst. Es war doch alles seine Schuld.

Er wusste, dass sie es ahnte, deshalb mied sie ihn, seit das mit Bene geschehen war. Sie war hart und lieblos zu ihm. Mit seinem Vater war nicht zu reden. Seit Benes Tod vor zehn Jahren war er die meiste Zeit betrunken, und wenn er betrunken war, war er unberechenbar, dann schlug er zu oder weinte. Beides war gleich schrecklich. Der Zeiger der Küchenuhr stand auf sieben Minuten vor fünf. Nur noch sieben Minuten, dann musste er hinübergehen. Hinüber zum Pfarrer. Die Angst wühlte mit eisiger Hand in seinen Eingeweiden.

»Ich sehe dir doch an, dass etwas nicht stimmt.«

Sechs Minuten vor fünf. Er blickte ihr in die Augen.

»Ich möchte heute nicht zum Pfarrer gehen.« Ein Anfang war geschafft.

»Warum denn?«

»So halt.«

»So halt«, äffte sie ihn nach. »Da fällt dir nichts Besseres ein? Der Pfarrer ist ein alter Mann und auf deine Hilfe angewiesen.«

Sie nahm die Kartoffel wieder auf und schälte weiter.

Vier Minuten vor fünf. Ein dünner Film von kaltem Schweiß begann seine Oberlippe zu bedecken, seine Hände fühlten sich kalt und feucht an. Sein Magen zog sich zu einem Klumpen zusammen. Er suchte nach Worten.

Drei Minuten vor fünf. Er konnte nicht hinübergehen. Aber er konnte auch nicht mit seiner Mutter darüber sprechen. Es war alles seine Schuld. Er hatte den Deckel vom Odelfass zugemacht. Bene hatte gesagt, dass er das tun solle. Das leere Odelfass auf der großen Wiese hinter dem Gemeindestadel war Benes U-Boot und er wollte auf Tauchfahrt gehen. Da mussten alle Luken zu sein, also hatte er seinem Bruder gehorcht und den Deckel geschlossen. Es war ein heißer Tag im August und das

Odelfass stand in der prallen Sonne. Und dann war die Miezi vom Anthofer-Bauern gekommen, die kleine rote Katze, die er so mochte. Hinter der war er dann hergelaufen und hatte Bene ganz vergessen. Er war fünf Jahre alt gewesen. Und bis heute wusste niemand, wer den Deckel zugemacht hatte, aber er wusste genau, dass seine Mutter lieber ihn als Bene tot gesehen hätte. Dieser Blick, den sie ihm manchmal zuwarf, sagte alles. Wie eine Katze sah sie ihn dann an, als belauere sie ihn, als wüsste sie die Wahrheit. Er konnte diesen Blick nicht ertragen.

Zwei Minuten vor fünf.

Er konnte seiner Mutter doch nicht sagen, dass es seine Schuld war, dass Bene in dem Odelfass gestorben war. Aber er hatte es dem Pfarrer gebeichtet. Er hatte auf die Vergebung seiner Sünde gehofft und Gott vergab ihm. Mit der Beichte hatte er seinem Peiniger jedoch die Waffe in die Hand gelegt, mit der er nun in Schach gehalten wurde.

Eine Minute vor fünf. Seine Mutter blickte auf die Uhr. »Es ist Zeit«, sagte sie.

Ihm wurde schlecht. Er stand auf und plötzlich sprudelten die Worte. Er wusste nicht, woher er sie nahm. Seine Mutter blickte auf; entsetzt starrte sie ihn an. Ihr Mund öffnete sich. Die Kartoffel und das Messer fielen auf den Tisch. Ihr Blick nahm einen metallischen Glanz an, der Mund wurde zu einem schmalen Strich, wie immer, wenn sie wütend wurde. Gleich würde sie aufspringen und in den Pfarrhof laufen. Sie würde den Pfarrer zur Rede stellen, vielleicht würde sie auch zur Polizei gehen. Erleichterung erfasste ihn. Ich hätte mich früher trauen sollen, dachte er, als sie aufsprang.

Und dann geschah das Unfassbare. Er nahm noch wahr, wie ihre Nasenflügel sich blähten, wie die Nüstern eines Pferdes, das schnaubt. Dann wurde er mit eiserner Hand am Genick gepackt. Sie zerrte ihn ans Spülbecken. Er wusste nicht, wie ihm geschah, erinnerte sich nur noch an Bruchstücke. Lügner, sündiges Lügenmaul. Und dann die Seife.

Er kniete vor der Madonna und schmeckte die Seife wieder. Mühsam schluckte er und sprach ein Gebet. Danach fühlte er sich ruhig. Der Seifengeschmack war verschwunden.

An diesem Abend, heute vor so vielen Jahren, wollte er sich umbringen, nahm einen Strick und irrte im Wald umher, bis er schließlich zufällig, wie er dachte – damals glaubte er noch an Zufälle –, bei der Kapelle angelangte. Damals betrachtete er die Votivtafeln zum ersten Mal genau. In jener Nacht begriff er, dass die Jungfrau Maria keine Phantasiegestalt war, dass sie wirklich denen half und die beschützte, die an sie glaubten. Den Erbauer der Kapelle hatte sie vor dem Tod bewahrt. Ein Votivbild zeigte ihre Erscheinung. Sie gebot dem Ochsengespann Einhalt, das sonst unter einen umstürzenden Baum geraten wäre. Ein anderes Bild zeigte einen Unfall mit einem Holzschlitten. Das Pferd lag unter den Stämmen begraben, der Bauer unversehrt daneben. Ein weiteres Bild stellte den Überfall einer Räuberbande dar, die damals brandschatzend und mordend durch das Land gezogen war. Die überfallenen Bauern flehten die Mutter Gottes um Hilfe an. Nur ein Funken Leben war noch in ihnen, als die Mordbrenner den Hof geplündert verließen. Der heilige Odem der Mutter Gottes entfachte diesen Funken. Aber die Räuber stürzten kurze Zeit später von einer zusammenbrechenden Holzbrücke in einen reißenden Fluss und ertranken. Die Jungfrau Maria hatte sie bestraft. Sie hatte die Opfer gerächt und die Täter bestraft.

Damals sprach er sein erstes wirklich empfundenes Gebet, flehte die Mutter Gottes um Hilfe an und fand das Büchlein. Er legte sein Gelübde ab und betete um Strafe für seinen Peiniger. Im Morgengrauen ging er unbemerkt nach Hause und kroch in sein Bett.

Als er am nächsten Tag von der Schule heimkam, machte die Nachricht schon im Dorf die Runde. Sein Peiniger war tot. Herzinfarkt. Da hatte er gelächelt und war in die Kapelle gegangen, um seiner wahren Mutter zu danken. Sie hatte sein Flehen erhört. Der Bund war besiegelt.

Eine Kerze begann im Luftzug zu flackern und verlöschte, wie auch ein Leben verlöschen konnte. Es war ganz einfach. Er saß im Halbdunkel und dachte an die Miezi.

Dreizehn Jahre war er gewesen, als er der inzwischen betagten Miezi den Schwanz abschnitt. Zuerst den Schwanz. Acht Jahre. So lange hatte er gebraucht, um zu erkennen, dass sie schuld war. Sie hatte ihn weggelockt, so wie Eva Adam verführt hatte, von der verbotenen Frucht zu essen, hatte sie ihn verführt, ihr zu folgen. Sie war verantwortlich dafür, dass er Bene vergessen hatte. Sie war ein Geschöpf Satans. Das sagte auch seine Oma, dass er sich vor Katzen in Acht nehmen sollte, dass Satan in sie einfahre. Er dachte lange darüber nach, wie er die Miezi bestrafen würde, und bereitete es sorgfältig vor. Zuerst band er ihre vier Pfoten an ein Gestell, das er eigens dafür gebastelt hatte. Sie kratzte, maunzte und fauchte. Er pappte ihr das Maul mit Sekundenkleber zu. Miststück! Dann schnitt er den Schwanz ab. Nie würde er das vergessen. Der Hals blähte sich. Einen Augenblick dachte er, dass das Kreischen nun vielleicht aus den Ohren dringen würde, wie Dampf aus dem Überdruckventil eines Schnellkochtopfs, aber alle Qual sprang aus den Augen. Stummer Schmerz. Erquickende Freude. Dann schnitt er sie auf. Glitschiges Gedärm und Blut quollen ihm entgegen. Das Vieh sah ihn an. Sein Blick: ein Flehen um Gnade. Ihm war aber nicht danach, Gnade zu gewähren. Als das Leben aus ihr wich, wurde ihr Blick milchig, entrückte und brach. Das war der großartigste Augenblick gewesen. Ein Moment, den er von da an immer wieder gesucht hatte.

Sonntag, 25. Mai

Der Abend war lau, die Sonne stand knapp über den Wipfeln und überzog die Landschaft mit einem rotgoldenen Schimmer. Agnes ging hinüber zu Melli. Eine Woche war seit der Hochzeit vergangen und vorgestern waren Franz und Michael zur Motorradtour aufgebrochen.

Das alte Häuschen, das Melli von ihrer Großtante geerbt hatte, befand sich in der Mitte eines liebevoll bepflanzten Gartens. Es war in keinem guten Zustand gewesen, aber gemeinsam mit Franz hatte sie es saniert und ein Kleinod daraus gemacht.

Agnes sah auf die Uhr, als sie den gepflasterten Weg entlang aufs Haus zuging. Kurz nach acht. Michael und Franz wollten eigentlich schon zurück sein. Aber auf dem Garagenvorplatz standen keine Motorräder. Agnes klingelte und Melli ließ sie ein. Das Haus war winzig. Ein kleiner Vorraum mit Garderobe, von dem eine schmale Treppe nach oben führte. Rechts ging es in die Küche und links ins Wohnzimmer mit Essecke. Einfache gestreifte Baumwollvorhänge hingen vor den Sprossenfenstern. Bunte Flickenteppiche lagen auf dem abgeschliffenen Dielenboden. In der Mitte stand ein Kiefernholztisch, den Melli mit weißem Porzellan und Kristallgläsern gedeckt hatte. Aus der Küche duftete es köstlich.

»Kann ich dir helfen?«, fragte Agnes.

»Wenn du magst, kannst du den Salat anmachen. Meine Salatsoßen werden immer zu sauer.« Melli blickte auf die Uhr. »Wo die beiden nur bleiben?«

»Vielleicht stehen sie im Stau«, meinte Agnes.

Es klingelte. »Na endlich.« Melli wischte sich die Hände an einem Küchentuch ab und ging zur Tür.

Agnes holte die Zutaten für eine Vinaigrette aus dem Kühlschrank. Eine tiefe Stimme klang von der Haustür bis in die Küche.

»Grüß Gott. Mein Name ist Aiblinger. Das ist meine Kollegin Frau Prinz. Wir kommen von der Polizeiwache Baierdilching. Sind Sie Frau Lechner?«

Was war da los? Agnes ging in den Flur. In der offenen Haustür stand ein Polizist in Uniform. Er stieß beinahe an den niedrigen Türstock. Ein graumelierter Schnauzbart klemmte zwischen Nase und Mund, weiße Haare lugten unter der Uniformmütze hervor. Seine Kollegin, eine junge Frau mit blondem Pferdeschwanz, verschwand beinahe hinter ihm.

»Dürfen wir reinkommen?«, fragte der Polizist.

Melli trat zur Seite. »Weshalb? Ist etwas passiert?«

Ein musternder Blick fiel auf Agnes. »Gehören Sie zur Familie?«

Agnes stellte sich vor.

Aiblinger wandte sich wieder an Melli. »Frau Lechner. Wir müssen Sie in einer dringenden persönlichen Angelegenheit sprechen. Möchten Sie, dass Ihre Freundin mit dabei ist? Meine Kollegin könnte mit ihr hinausgehen.«

»Nein. Agnes soll hierbleiben.« Mellis Stimme klang mit einem Mal schrill.

Der Polizist nahm seine Uniformmütze und drehte sie zwischen den Händen. Eine saure Übelkeit stieg in Agnes auf. Ein Déjà-vu. Melli deutete aufs Wohnzimmer. Aiblinger und seine Kollegin folgten ihr. Agnes setzte sich neben Melli auf das Sofa und versuchte, die Unruhe, die sich in ihr ausbreiten wollte, in Schach zu halten. Es konnte auch andere Gründe für diesen Besuch geben. Nur welche?

Aiblinger blieb stehen. »Frau Lechner, wir müssen Ihnen leider eine traurige Nachricht überbringen. Ihr Mann hatte einen schweren Unfall.« Aiblinger blickte auf den bunten Flickenteppich. »Er ist noch an der Unfallstelle gestorben.«

Mellis Kopf schnellte hoch. Sie sprang auf und ging zum Fenster. »Das kann nicht sein. Das ist ein Irrtum. Er hat ja noch heute Nachmittag mit mir telefoniert.« Aus ihrem Gesicht war jegliche Farbe gewichen. »Und außerdem hätte Agnes' Bruder uns angerufen, wenn sie einen Unfall gehabt hätten.« Es klang erleichtert, als wäre das der Beweis dafür, dass nicht war, was nicht sein durfte.

»Eine Verwechslung ist ausgeschlossen, Frau Lechner. Ihr Mann hatte seine Papiere bei sich und Herr Aschauer hat ihn identifiziert.«

Agnes wollte etwas sagen, aber sie fand keine Worte.

Melli setzte sich auf die Sofakante. Agnes legte den Arm um ihre schmalen Schultern.

»Herr Aschauer ist Ihr Bruder?«, fragte Aiblinger und blickte Agnes an.

Agnes nickte. Aiblinger erklärte ihr, dass Michael nur leicht verletzt sei. Einige Abschürfungen und ein Beinbruch. Er lag in der Unfallklinik Murnau.

»Wie?«, fragte Melli mit rauer Stimme. »Wie ist das passiert?«

Herr Aiblinger setzte sich. »Der Fahrer eines entgegenkommenden Lieferwagens ist aufgrund überhöhter Geschwindigkeit auf die Gegenspur geraten. Sein Fahrzeug ist frontal in das Motorrad Ihres Gatten geprallt.« Aiblinger drehte ein Ende seines Schnauzbartes zwischen den Fingern. »Ihr Gatte hat einen Genickbruch erlitten. Er war sofort tot.«

Das Fenster war offen. Eine leichte Brise wölbte die

Gardinen und gab den Blick in den Garten auf blühende Rosensträucher frei. Auf einer roten Rosenblüte saß ein Schmetterling. Ein brauner Bär. Weiter hinten, unter dem Schuppenvordach, lehnte ein Schubkarren. Daneben standen grüne Gummistiefel. Riesenkähne. Sie mussten Franz gehören. Niemals wieder würde er sie anziehen. Agnes zwang die aufsteigenden Tränen herunter.

»Er hat nicht leiden müssen«, sagte Aiblinger.

Melli stand wieder auf und sah in den Garten, ihre Schultern begannen zu zucken. Agnes wollte sie trösten. Aiblinger blickte Hilfe suchend zu ihr hinüber. Aber was sollte sie sagen? Es gab keine Worte. Es war, als ob eine riesige Hand sie niederdrückte und festhielt.

Die junge Polizistin nahm Melli schließlich in den Arm. »Das wird schon wieder, Frau Lechner. Die Zeit heilt alle Wunden.«

Melli fuhr herum und starrte sie an. »Was?«, rief sie. Die Sehnen an ihrem Hals traten wie gespannte Seile hervor. »Was wird wieder? Er ist tot! Tot!« Sie taumelte an Frau Prinz vorbei auf den Tisch zu. »Tot!« Mit einem Ruck zog sie die Tischdecke zu Boden. Splitternd zerbarsten Gläser und Teller. »Er ist tot!«, schrie sie und ließ sich aufs Sofa fallen. Sie rollte sich zusammen und drückte ihr Gesicht in die Kissen. Agnes griff nach einer Hand. Sie fühlte sich eiskalt an.

Aiblinger und seine Kollegin verabschiedeten sich, nachdem Agnes ihnen versichert hatte, sich um Melli zu kümmern. Sie schloss hinter den beiden die Tür, ging zurück ins Wohnzimmer und setzte sich neben Melli, die weinend auf der Couch lag. Agnes wusste, dass es ihr damals ähnlich gegangen war. Ihre Mutter hatte den Arzt gerufen, der ihr ein Beruhigungsmittel gegeben hatte. Sie erinnerte sich, das idiotisch und paradox gefunden zu haben. Aber dank des Mittels hatte sie schlafen können, hatte sie die Wirklichkeit vergessen können. Wochenlang hatte sie Valium genommen, Wochen, in denen die schreckliche Wahrheit in kleinen Dosen in ihr Leben eingesickert war.

Sie kniete sich neben Melli und streichelte ihr Haar. »Ich rufe Dr. Wiessner. Er soll dir was zur Beruhigung geben. In Ordnung?« Mellis Kopf zuckte. Agnes beschloss, das als Zustimmung zu werten, und griff zum Telefon.

In den Minuten, die vergingen, bis der Arzt kam, saß sie schweigend neben Melli. Die Zeit schien sich verlangsamt zu haben, und für einen Augenblick erfüllte Agnes der Wunsch, sie möge stillstehen. Es war unerträglich, dass sie weiter verstrich. Als es klingelte, stieg Agnes über die Scherben und ließ den Arzt ein.

»Ich kann das gar nicht glauben«, sagte Dr. Wiessner. »Vor einer Woche haben sie erst geheiratet und jetzt ...« Er strich sich mit einer Hand über die Glatze und folgte Agnes ins Wohnzimmer. Melli lag noch immer weinend auf dem Sofa. Dr. Wiessner setzte sich neben sie. »Melli, es tut mir so leid ...« Er schien noch etwas sagen zu wollen, fragte dann aber nur, ob er ihr eine Beruhigungsspritze geben dürfe. Melli nickte.

Er öffnete den Arztkoffer und holte eine Einwegspritze und eine Nadel hervor. »Ich werde dir Valium geben. Intravenös. Dann wirkt es schneller.« Wiessner bückte sich und suchte in seinem Arztkoffer. Eine Packung fiel heraus. Er hob sie auf, stutzte und schüttelte sie. Dann blickte er hinein. Die Schachtel schien leer zu sein. Er zog die Augenbrauen zusammen und legte die Packung in den Koffer zurück. Er holte eine Ampulle heraus, zog die Spritze auf und gab sie Melli. Fünf Minuten später war sie auf dem Sofa eingeschlafen.

MONTAG, 26. MAI

Agnes hatte die Scherben aufgeräumt, das Essen im Kühlschrank verstaut, kurz mit Michael telefoniert – er konnte die Klinik in zwei Tagen verlassen – und dann bei Melli übernachtet. Agnes hatte kein Auge zugetan. Als sie am nächsten Morgen nach Hause kam, war sie wie gerädert.

Sie ging in die Küche und schaltete die Espressomaschine ein. Ihr war zum Heulen zumute. Aber Tränen halfen nicht. Agnes holte Milch und Joghurt aus dem Kühlschrank.

Nachts um drei war Melli aufgewacht. Bis zum Morgengrauen hatte Agnes versucht, sie zu trösten. Aber es gab keinen Trost. Im Moment gab es nur Valium und die Zeit. Sie heilte keine Wunden, aber sie würde den Schmerz erträglicher machen.

Agnes gähnte. Ein starker Cappuccino und eine heiße Dusche würden sie wieder auf die Beine bringen. Sie musste arbeiten. Anselm hatte den Kostenvoranschlag akzeptiert, den sie ihm am Freitag vorgelegt hatte, und ihr den Auftrag erteilt. Zunächst würde sie anhand einiger prototypischer Seiten zwei Gestaltungsvarianten entwerfen. Wenn er sich für eine entschieden hatte, konnte sie richtig loslegen.

Agnes schäumte Milch auf. Als der Cappuccino fertig war, setzte sie sich an den Tisch, schob den Joghurt aber beiseite. Sie konnte nichts essen. Doch der Kaffee tat gut.

Ihr Blick fiel auf Jakobs Zeichnung. Bei ihrer Ikea-Einkaufstour hatte sie, neben bunten Gabehteppichen und cremefarbenen Vorhängen – endlich sah das Wohnzimmer wohnlich und freundlich aus –, auch einen Bilderrahmen gekauft. Nun hing das Bild in der Küche. Es erinnerte sie an früher, an die Wohnung in der Orffstraße, an Yvonnes gerahmte Zeichnungen. Jakob hatte Gefühl für Farben. Die Komplementärfarben, die er gewählt hatte, ließen einen Flimmereffekt entstehen. Die orangeroten und gelben Krakel über dem Herz erschienen dadurch wie Flammen. Ein brennendes Herz. Irgendwo hatte sie ein solches Motiv schon einmal gesehen. Vielleicht war es ein Symbol. Jakob war traumatisiert. Er sprach nicht. Vielleicht hatte er mit diesem Bild einen Hinweis auf seinen Entführer gegeben.

Agnes stand auf, nahm den Cappuccino mit ins Arbeitszimmer und startete den Mac. Als der Rechner hochgefahren war, ging sie im Internet auf die Suche nach »brennendes Herz«. Google zeigte ihr innerhalb einer Sekunde über zweihundertsechzigtausend Fundstellen an. Sie grenzte die Suche durch den Zusatz »Symbol« ein. Übrig blieben achtundzwanzigtausend Hinweise. Agnes überflog die ersten. Eine Firma für Hochzeitsgeschenke bot ein brennendes Herz als Symbol der Liebe an. Die nächste Webseite bezog sich auf eine Kunstauktion. *Amorette entfacht mit Blasebalg zwei brennende Herzen.* Eine Nippesfigur aus Porzellan zu einem stolzen Schätzpreis. Die nächste Seite ließ sie zusammenfahren. *Die Verbrechen des Dr. Capellari. Brennende Herzen.* Es handelte sich aber um den Titel einer Fernsehserie. Agnes gähnte und trank einen Schluck Kaffee. Sie entdeckte noch einen Roman mit dem Titel *Brennende Herzen* und eine Musik-CD. Vielleicht war sie die Suche falsch angegangen. Und außerdem war das Quatsch, sie sollte besser anfangen, an dem Buch zu arbeiten, anstatt hier die bayerische Version von Miss Marple zu geben. Schließlich hatte Gabi erzählt, dass Dühnfort den pensionierten Lehrer für den Kidnapper hielt. Bei ihm hatte man Jakobs T-Shirt gefunden; außerdem Fotos, die der Mann von Jakob gemacht hatte. Das waren Beweise, dachte Agnes, ich dagegen habe nur eine vage Idee. Als sie aus dem Fenster blickte, bemerkte sie, dass es zu nieseln begonnen hatte.

***

Dühnfort beobachtete einen Regentropfen. Er lief die Scheibe hinunter, wusch eine Spur aus der dünnen Staubschicht, die daran haftete, und tropfte aufs Alufensterbrett. Die Kastanien unten am Rande der Löwengrube trugen kein zartgrünes Blätterkleid mehr, sondern dunkelgrüne Blätter und standen in voller Blüte.

Die vergangene Woche war voller Arbeit gewesen, die zu nichts geführt hatte. Erbsenzählerei, Klinkenputzerei, Überprüfungen unzähliger Details, und nichts hatte die Ermittlungen vorangebracht. Kallweit schien keinen zweiten Wohnsitz zu haben. Im Moment sprach alles für seine Version: Er hatte nach dem Arztbesuch die Kinder beobachtet, fotografiert und Jakobs T-Shirt an sich genommen. Danach hatte er in der Apotheke seine Medikamente gekauft und war nach Hause gegangen. Auf dem Kassenzettel der Apotheke standen Datum und Uhrzeit. Um fünfzehn Uhr fünfundzwanzig hatte Kallweit sie verlassen. Um etwa sechzehn Uhr dreißig hatte eine Nachbarin ihn bei der Gartenarbeit beobachtet, als sie vom Einkaufen kam. Das Zeitfenster war knapp, aber ausreichend für eine Entführung, wenn das Versteck in ungefähr fünfzehn Minuten zu erreichen war. Doch noch immer fehlten die Beweise.

Für Mittwoch war der Haftprüfungstermin angesetzt. Bis dahin erwartete Christoph Leyenfels neue Fakten, ansonsten würde er Kallweit aus der U-Haft entlassen. Dühnfort fuhr sich durch die Haare. Zeit für einen ordentlichen Kaffee. Er hörte, wie die Tür geöffnet wurde, und drehte sich um. Gina kam mit zwei Bechern Kaffee herein. Unter dem Arm klemmte eine Tüte Frischmilch.

»Ich dachte mir, dass du auch einen magst.« Sie stellte die Becher auf den Schreibtisch, während sie der Tür mit dem Fuß einen Tritt versetzte. Mit einem leisen Ploppen fiel sie ins Schloss. Gina sah verändert aus. Sie öffnete die Milchtüte und reichte sie Dühnfort.

»Du bist ein Schatz«, sagte er und goss Milch in den Kaffee. Sogar an die Milch hat sie gedacht. Er freute sich über diese Aufmerksamkeit.

»Das hört frau gerne«, sagte sie lächelnd, setzte sich auf den Besucherstuhl und schlug die Beine übereinander. Sie trug einen hautengen Ringelpulli und einen Jeansrock, der knapp über dem Knie endete. Die Beine steckten in Stiefeln aus sandfarbenem Wildleder.

Tolle Beine, dachte Dühnfort, warum hat sie die bisher in Cargohosen versteckt? »Steht dir gut«, sagte er.

»Ich brauchte mal einen neuen Look.«

Dühnfort wusste, dass Gina Single war. Vor etwa einem Jahr hatte sie sich von ihrem Freund, einem Fahrschullehrer, getrennt. Vielleicht war sie ja frisch verliebt. Er setzte sich. »Was gibt's?«

Das Telefon begann zu läuten.

»Ist nicht so wichtig«, sagte sie.

Dühnfort meldete sich. Es war Dr. Till Wiessner. »Ein Mitarbeiter von Ihnen war neulich bei mir und hat gefragt, ob aus meiner Praxis Dormicum verschwunden sei.« Dühnfort schaltete den Lautsprecher ein. So konnte

Gina mithören. »Aus der Praxis nicht«, fuhr Wiessner fort. »Ich habe das in Gegenwart Ihres Kollegen kontrolliert. Aber aus meinem Arztkoffer. Das habe ich erst gestern Abend entdeckt.«

Wiessner berichtete auf Dühnforts Fragen hin, dass er den Arztkoffer sowohl in der Praxis als auch zu Hause aufbewahrte und ihn natürlich auch zu Hausbesuchen mitnahm. Da dieses Medikament selten gebraucht wurde, hatte er den Fehlbestand erst so spät bemerkt. Die Ampullen mussten irgendwann in den letzten fünf Wochen verschwunden sein.

»Wer hatte Zugang zum Koffer?«

Dr. Wiessner seufzte und erklärte, dass eigentlich jeder, der das unbedingt wollte, in der Praxis darangelangen könnte. Er wurde in einem der Behandlungszimmer aufbewahrt, bei Hausbesuchen stand er oft eine Weile unbeachtet herum.

Dühnfort bat ihn, eine Liste aller Patienten anzufertigen, die in den letzten fünf Wochen die Praxis aufgesucht hatten oder bei denen er Hausbesuche gemacht hatte. Der Arzt versprach, seine Sprechstundenhilfe damit zu beauftragen.

»Kallweit wird auf der Liste stehen, aber das sagt ja nichts«, sagte Gina, als Dühnfort den Hörer auflegte. »Was ist, wenn du dich irrst?« Gina schob eine Haarsträhne hinters Ohr.

»Möglich«, sagte Dühnfort. »Dann tappen wir völlig im Dunkeln.«

Prohacek hatte am Donnerstag aufgegeben. Vier Mitarbeiter von verschiedenen Banken hatten ihn eindeutig als Einzahler identifiziert. Er hatte das Versteck des restlichen Geldes verraten. Es lag in einem wasserdichten Behälter im Schilfgürtel.

Die Spurenlage war eindeutig. Weder im Privathaus der Prohaceks noch in der Druckerei oder einem der zahlreichen Nebengebäude hatte Jakob sich aufgehalten. Prohacek war der Trittbrettfahrer, für den Dühnfort ihn von Anfang an gehalten hatte.

Bei Kallweit war sich Dühnfort nicht mehr sicher, auf der richtigen Spur zu sein. Blieb noch die Frage, wie Jakobs Lulli in die Keltenschanze gelangt war. Er erkundigte sich bei Gina, wie sie vorankam.

»Mühsam«, sagte sie. »Ich habe noch mal mit dem Metzger, dem Lehrling und den Verkäuferinnen gesprochen. Niemand kann sich erklären, wie die Schlachtabfälle verschwunden sind. Satanisten gibt es nur in der Stadt und im Fernsehen. Trotzdem kommt mir der Lehrling, der mit seinen blonden Locken eher wie ein Engel aussieht, komisch vor. Er hat mit seinen siebzehn Jahren schon so etwas Aalglattes. Aber das ist nur ein Gefühl und im Dorf mögen ihn die Leute. Er sei höflich, nett und still, heißt es. Für mich sah das eher nach *Stille Wasser gründen tief* aus. Ich bleib dran.«

Dühnfort war mit seinen Gedanken wieder bei Kallweit. »Wenn wir bis morgen Abend keine Hinweise auf einen Zweitwohnsitz Kallweits haben, bleibt uns nur noch die Gegenüberstellung mit Jakob.«

»Willst du das wirklich?«

»Eigentlich nicht. Aber dann hätten wir vielleicht Gewissheit«, sagte Dühnfort.

»Eben. Vielleicht«, sagte Gina. »Ich würde das dem Jungen nicht zumuten. Spricht er eigentlich wieder?«

Dühnfort hatte vor einer Stunde mit Gabi Sonnberger telefoniert und schüttelte den Kopf.

»Dann hat das doch gar keinen Sinn. Wenn Jakob seinen Kidnapper erkannt hätte, hätte er ihn nicht als *der schwarze Mann* beschrieben, sondern uns was Konkreteres gesagt. Ich glaube nicht, dass die Gegenüberstellung uns weiterbringt. Und Jakob wird sie Angst machen. Wir sollten das nicht tun.«

»Wahrscheinlich hast du recht«, sagte Dühnfort. »Wir hängen uns erst mal an Kallweit ran, wenn er aus der U-Haft entlassen wird. Telefonüberwachung und Observierung. Früher oder später wird er uns zu dem Versteck führen.«

»Wenn er eines hat.«

»Es gibt ein Zeitfenster von etwa fünfundsechzig Minuten, in denen niemand Kallweit gesehen hat.«

»Glaubst du wirklich, dass er den Entschluss gefasst hat, Jakob zu entführen, und dann vorher noch in die Apotheke einkaufen geht?«

»Warum nicht? Fakt ist, dass das zeitlich passt. Um fünf nach halb vier steigt er in sein Auto und fährt in den Wald. Er stellt das Fahrzeug ab und versteckt sich in der Weißdornhecke. Viertel vor vier. Ein paar Minuten später erreicht Jakob den Kletterbaum. Er überfällt den Jungen, betäubt ihn und trägt ihn zum Auto. Zehn vor vier. Er fährt zum Versteck, das in maximal fünfzehn Minuten zu erreichen ist. Fünf nach vier. Er bringt den Jungen hinein und fesselt ihn. Maximal fünf Minuten. Zehn nach vier. Er fährt nach Hause. Fünfzehn bis zwanzig Minuten. Spätestens um halb fünf ist er in seinem Garten und grüßt freundlich seine Nachbarin, die vom Einkaufen kommt.«

»Wenn du meinst«, sagte Gina. Es klang resigniert. »Ich habe das Gefühl, du verrennst dich da etwas.«

»Ich verrenne mich nicht. Ich möchte, dass wir gründlich arbeiten«, erwiderte Dühnfort in einem Tonfall, der ihm selbst nicht gefiel.

»Ach. Das tun wir wohl nicht? Glaubst du, Alois und ich können Kallweits Versteck aus dem Hut zaubern? Ich denke nicht, dass da noch eines ist. Er hat doch schon so ein tolles. Oder warum hätte er sich sonst solche Mühe mit dem verborgenen Raum unter der Garage machen sollen?«

Mittwoch, 28. Mai

Der Himmel hatte sich bleigrau bezogen. Er lastete wie in stumpfes Metall gegossen über dem Waldfriedhof von Mariaseeon. Es begann zu nieseln, als sich der Trauerzug in Bewegung setzte. Voran schritt der Pfarrer, der das Kreuz vor sich hertrug, als könnte dieses Symbol dem Unbegreifbaren einen Sinn geben.

Michael ging, auf eine Krücke gestützt, neben ihr. Agnes und er bildeten das Ende des Zuges. Hinter dem blumengeschmückten Sarg schritt Melli. Sie trug ein schwarzes Kostüm, Hut und Pumps und sah in dieser Aufmachung noch kindlicher aus als sonst. Als wäre ein kleines Mädchen in die Kleidung eines Erwachsenen geschlüpft. Nur dass kleine Mädchen Braut und Prinzessin spielten. Mellis Eltern hatten ihre Tochter in ihre Mitte genommen. Hinter Melli gingen die Eltern von Franz. Sein Vater war Agnes von der Hochzeit als großer Mann mit aufrechtem Gang und breitem Kreuz in Erinnerung geblieben. Nun war der Kopf zwischen die Schultern gesunken, der Rücken gekrümmt, der Gang schleppend. Seine Frau, noch vor einer Woche personifizierte rotgesichtige Fröhlichkeit, schritt blass und eingefallen neben ihm her. Sie hatten sich eingehakt und boten einen Anblick schwankender Instabilität. Agnes fragte sich, wer wen stützte. Dahinter folgten Freunde und Verwandte, Nachbarn und Bekannte. Das halbe Dorf schien sich versammelt zu haben. Burschenverein und Freiwillige Feuerwehr waren mit Fahnen angetreten. Die Mitglieder der Feuerwehr trugen Uniform.

Kies knirschte unter ihren Füßen. Von vorne drang das Gemurmel der Gebete zu Agnes. Der Nieselregen wurde stärker. Feinste Tröpfchen fielen unaufhörlich, setzten sich in die Blütendolden von Flieder und Bauernjasmin, überzogen die Blätter mit einer perlenden Schicht, wuschen den Geruch von Getreide und gemähten Wiesen aus der Luft.

Der Zug bog in ein beinahe leeres Areal ein. Erst einige Gräber befanden sich links des Weges, der das Feld teilte. Gänseblümchen und Brunelle blühten im Gras. Am Ende der kurzen Reihe war das Grab für Franz bereit. Der Aushub war mit Kunstrasen abgedeckt, der vor Feuchtigkeit glänzte. Das akkurate rechteckige Loch klaffte wie ein Tor zu einer anderen Welt in der Wiese. Diese Welt war lächerliche zwei Kubikmeter groß, würde den Sarg aufnehmen, umgehend wieder mit Erde aufgefüllt werden und dann würde ein ganz normaler biologischer Prozess einsetzen. Am Ende würde Franz zu fruchtbarer Erde geworden sein. Das war die einzige Art von Wiederauferstehung, an die Agnes glaubte. Man sollte ihm eine Birne mit ins Grab legen wie in Fontanes Ballade *Herr von Ribbeck auf Ribbeck im Havelland*, dachte sie.

Zum Frühstück hatte sie eine ganze Kanne *Seelenharmonie* getrunken. Trotzdem fühlte sie sich dem, was nun bevorstand, nicht gewachsen. Michael schien ihre Unruhe zu bemerken. Er nahm ihre Hand in seine. Der Zug kam zum Stehen. Der Sarg wurde abgesetzt. Im Gedrängel, das entstand, als die Trauergemeinde sich um das Grab verteilte, geriet Agnes mit Michael dicht hinter Melli. Es war ihr unangenehm. Sie war nur eine Nachbarin, ihr stand dieser Platz nicht zu. Aber die Menge kam zur Ruhe, und Agnes konnte nicht mehr wechseln, ohne Aufsehen zu erregen.

Die Mitglieder des Burschenvereins stimmten ein Lied an. Agnes klinkte sich innerlich aus und sprach in Gedanken Verse von Eichendorff. *Mondnacht.* Es passte zu diesem Anlass. *Es war, als hätt' der Himmel die Erde still geküsst, dass sie im Blütenschimmer von ihm nun träumen müsst.* Nur schemenhaft nahm sie das Geschehen vor sich wahr. Eine Rede des Feuerwehrhauptmanns, dann nochmals Gesang. *Die Luft ging durch die Felder, die Ähren wogten sacht, es rauschten leis die Wälder, so sternklar war die Nacht.* Nun sprach der Pfarrer, und Agnes verstopfte ihre Ohren, indem sie still weiterrezitierte. *Und meine Seele spannte weit ihre Flügel aus, flog durch die stillen Lande, als flöge sie nach Haus.* Sie wünschte, dass Franz' Seele irgendwo eine Zuflucht finden möge, aber sie konnte daran nicht glauben. Ihre Leidenschaft für Lyrik stand in krassem Gegensatz zu ihrem Glauben an die nachweisbaren Realitäten. Niemals wäre sie in der Lage, das Begreifbare dem Unbegreiflichen zu opfern. Vielleicht fehlte ihr nicht der Glaube, sondern schlicht das grenzenlose Vertrauen, das dafür notwendig war. Oder war es einfacher? War Glaube blindes Vertrauen? Wenn ja, dann war sie dazu nicht bereit. Und doch gab es eine Seite in ihr, die sich diese Bereitschaft wünschte.

***

Er stand mitten unter ihnen und genoss die Zeremonie, so wie ihm jede Art von Ritual gefiel. Sie hatten einen genau definierten Ablauf, sie gaben Sicherheit. Die Braut trug Schwarz und das erfreute ihn. Sie hatte zwar so viel Anstand besessen, nicht in jungfräulichem Weiß zu heiraten, denn eines war sie sicher nicht mehr gewesen, Jungfrau, aber sie hatte sich vorehelich hingegeben. Manchmal folgte die Strafe eben auf dem Fuß. Während der Gebete studierte er ihr versteinertes Gesicht. Der Schmerz hatte in dem marmornen Antlitz dunkle Ringe unter die Augen gezeichnet und tiefe Falten um den Mund gemeißelt. Eigentlich interessierte sie ihn nicht. Trotzdem genoss er diesen Anblick noch einen Moment. Dann suchte er in der Menge nach dem glänzend braunen Schopf. Glänzend und braun wie das Fell einer Havanna-Katze, die er vor langer Zeit getötet hatte. Sie hatte der Apothekerin gehört. Es dauerte einen Moment, bis er gefunden hatte, wonach er suchte. Dieses Flittchen stand neben ihrem Mann, und hinter ihr stand ihr Liebhaber, teuflisch schön wie ein Satyr. Auch er interessierte ihn nicht. Auch er war ein Opfer. Das Opfer dieses infamen Weibs, dieser schamlosen Verräterin. Jetzt trat sie einen halben Schritt zurück und er ging ein wenig nach vorne. Ihre Körper berührten sich im Gedränge und rieben sich aneinander. Ekelhaft. Aber ihre Strafe war ersonnen, die Prozedur bis ins letzte Detail ausgefeilt, niedergeschrieben und vorbereitet. Die Einzelheiten waren als imaginärer Film in seinem Kopf abgespeichert. Er konnte es nicht lassen und sah kurz hinein, während er mechanisch ein Vaterunser herunterleierte. Eine kurze Vorstellung dessen, was er tun würde. Er war ganz in Vorfreude versunken, als er bemerkte, dass dieses grässliche Tier sich regte. Dieser elende Wurm, der sich seiner Kontrolle entzog. Er blendete den Film aus. Ein wenig Geduld noch. Bald war es so weit.

***

Der Pfarrer beendete das Vaterunser, und die Gemeinde verstummte mit ihm in einem kollektiven *Amen*, das wie ein einziger Seufzer klang. Dann setzte er zu einer weiteren Ansprache an. »Wir gedenken des Verstorbenen und wir gedenken des Todes. In unserer schnelllebigen und auf den Augenblick gerichteten Zeit, in der wir die Gewissheit, sterblich zu sein, verdrängen, ist es gut, den Tod anzunehmen. Angesichts des Todes von Franz Lechner fühlen wir uns ohnmächtig und denken an Jesus am Kreuz. Er hatte die gleichen Fragen wie wir. Mein Gott, warum hast du mich verlassen? Warum muss ich sterben? Warum dieser Tod, was ist sein Sinn? Am Ende hat er die Kraft Gottes gefühlt, als er sagte: Vater, dein Wille geschehe! Es gibt also hinter allem menschlichen Begreifen einen Sinn, auch einen Sinn für den Tod von Franz Lechner.«

Agnes sah Mellis Kopf hochschnellen. »Einen Sinn?«, fragte sie. »Das soll einen Sinn haben?« Sie wies auf das Loch in der Erde. »Ich verstehe nicht … Das kann man nicht schönreden. Wenn es Gott gäbe, würde er so etwas nicht zulassen. Und wenn doch, dann wäre er ein willkürlich richtender, selbstherrlicher Despot.«

Während Mellis Worten machte sich Unruhe in der Trauergemeinde breit. Gemurmel erhob sich.

»Liebe Melanie«, sagte der Pfarrer. »Ich verstehe deinen Schmerz. Lass uns später darüber sprechen.« Ihr Vater suchte etwas in der Sakkotasche und zog ein Päckchen mit Beruhigungstabletten hervor. Er wollte es Melli geben, aber sie wandte sich ab und stieß gegen Agnes, die hinter ihr stand. »Ich will hier weg«, sagte sie.

»Das geht doch nicht«, sagte Agnes leise. »Du kannst doch Franz jetzt nicht …«, sie suchte nach Worten, »alleine lassen.« Sanft nahm Agnes Melli an den Schultern und drehte sie wieder nach vorne. Sie leistete keinen Widerstand, ließ es einfach geschehen. Agnes dachte, dass sie leicht reden hatte. Sie selbst war bei der Beerdigung von Rainer und Yvonne nur körperlich anwesend gewesen. Die Angst, vor aller Augen zusammenzubrechen, hatte sie drei Valium schlucken lassen. Melli musste da durch, sie musste das ebenso ertragen.

***

Er konnte sich ein Grinsen nicht verkneifen und blickte zu Boden. So sahen die Leute sein gesenktes Haupt und die gefalteten Hände. Sie sahen nicht, wie sehr ihn diese unwürdige Äußerung amüsierte.

Aber eigentlich wollte er sich auf seine neue Aufgabe einstimmen. Als er den Blick hob, blieb er an Agnes haften. Das blonde Haar hatte sie aufgesteckt. Es umgab sie wie ein Glorienschein. Ihm wurde heiß. Er fuhr hoch. Sein Herz begann zu rasen. Er schwitzte. Der alte Dr. Wiessner sah besorgt zu ihm hinüber. Einer der Ministranten beobachtete ihn und zog dabei die Stirn in Falten. Schweiß rann ihm über den Rücken und durchnässte sein Hemd. Er faltete die Hände wieder. Er sammelte sich. Agnes hatte ihn auf seinen Fehler hingewiesen. Sie hatte das Miststück in den Arm genommen und zu ihm gedreht; und er verstand, was sie ihm damit sagen wollte.

***

Dühnfort verabschiedete sich von Leyenfels und legte auf. Wenigstens hatte er eine Observierung Kallweits und eine Telefonüberwachung durchgesetzt. Vor zwei Stunden war er aus der Untersuchungshaft entlassen worden.

Dühnfort bat Gina und Alois in sein Büro und besprach das weitere Vorgehen. Langsam schien Alois sich zu akklimatisieren. Er trug zwar, wie immer, Anzug und Hemd, aber ohne Krawatte, und das Sakko hatte er in seinem Büro gelassen. Noch immer gab es keinen Hinweis auf ein mögliches Versteck. »Wir könnten noch bei Vermietern von Wohnmobilen nachfragen«, schlug Alois vor.

Dühnfort nickte. »Macht das. Liegt der Einzelverbindungsnachweis der Telefonverbindungen inzwischen vor?«, fragte er Gina. Er hatte das unmittelbar nach Kallweits Festnahme beantragt. Der Antrag war aber in irgendeinem Bermudadreieck hängen geblieben.

»Seit gestern Nachmittag. Ich checke das gerade. Handy hat er wirklich keines. Er ist nirgends registriert.« Gina trug einen weitschwingenden Rock aus einem luftigen Stoff und war dezent geschminkt. Dühnfort vermutete, dass es einen neuen Mann in ihrem Leben gab.

Das Telefon auf seinem Schreibtisch klingelte. Er ging hinüber und nahm den Hörer ab.

»Hallo, Herr Dühnfort«, sagte Agnes Gaudera. »Ich würde Ihnen gerne etwas zeigen. Haben Sie Zeit?«

»Geht es um Jakob?«

»Um ein Bild, das er gemalt hat. Ich habe ein wenig Miss Marple gespielt.« Es klang verlegen.

Dühnfort lachte. Welch ein Vergleich.

»Weshalb lachen Sie?«

»Sie haben ungefähr so viel Ähnlichkeit mit Margaret Rutherford wie ich mit Arnold Schwarzenegger«, sagte er.

»Stimmt.« Ihr Tonfall ließ ihn an das Lächeln denken, mit dem sie seine Kochkünste in Zweifel gezogen hatte. »Ich habe mich ein wenig detektivisch betätigt. Dabei bin ich auf etwas gestoßen, das ich zwar am Telefon erklären könnte, aber es ist sicher überzeugender, wenn ich es Ihnen zeige.«

»Ich kann in einer halben Stunde bei Ihnen sein.«

»Lassen Sie sich Zeit. Ich bin den ganzen Nachmittag da. Ich muss arbeiten.«

Dühnfort nahm seine Jacke vom Bügel und verabschiedete sich von Gina und Alois.

Er fuhr durch dichten Verkehr auf die Autobahn. Jakobs Erzieherin hatte ihm Bilder und Zeichnungen des Jungen fotokopiert und geschickt. Aber Beatrice Mével hatte nichts darin entdeckt, was Rückschlüsse auf den Entführer zuließ. Jakob verarbeitete in düsteren Bildern sein Trauma. Diese Bilder wirkten beklemmend. Kein Wunder, dass Agnes Gaudera beunruhigt war.

Der Kies knirschte, als er seinen Wagen vor ihrem Haus stoppte. Er ging den Gartenweg entlang zur Tür und klingelte. Den Mittagskaffee hatte er ausfallen lassen, was sich nun bemerkbar machte. Er gähnte genau in dem Moment, als sie die Tür öffnete.

»Entschuldigung«, sagte er.

»Zu wenig Schlaf«, sagte sie. »Hatten wir dieses Gespräch nicht schon einmal?«

Dühnfort überlegte. Sie hatte recht. »Stimmt.«

»Wie ging's weiter? Ach ja, der Cappuccino. Die Maschine ist noch an. Mögen Sie einen?«

»Gerne.« Dühnfort folgte ihr in die Küche. Er sah sich um, während sie an der Espressomaschine hantierte. Im hellen Sonnenlicht sah der Raum freundlicher aus als in der Sturmnacht, in der er hier mit ihr gesessen hatte. An der Wand hing eine bunte Kinderzeichnung, die damals noch nicht dort gewesen war. Ein großes rotes Herz, mit Buntstiften gemalt.

»Um dieses Bild geht es«, sagte Agnes Gaudera und stellte eine Tasse Cappuccino auf den Tisch. »Ohne Zucker, das ist doch richtig?«

»Danke. Ja«, sagte Dühnfort. »Die Bilder, die ich

bisher von Jakob gesehen habe, sind alle düster. Das ist endlich mal ein farbenprächtiges.« Doch etwas irritierte ihn daran.

»Mich hat es beunruhigt«, sagte sie.

»Warum?«

Sie blickte ihn an. »Diese orangeroten und gelben Linien da«, sie zeigte auf das Bild, »erinnern mich an Flammen. Es sieht aus, als würde das Herz in Flammen stehen.«

»Vielleicht hat er verstanden, dass der Entführer ihn töten und verbrennen wollte. Da er nicht spricht, ist das möglicherweise seine Art, sich mitzuteilen. Können Sie mir das Bild mitgeben? Ich würde es gerne unserer Psychologin zeigen.«

»Ich scanne es für Sie ein und mache einen Ausdruck davon. Das Bild ist ein Geschenk, das ich nicht hergeben möchte«, fügte sie hinzu. »Sie werden mich jetzt vermutlich auslachen. Aber trotzdem. Ich habe über diesen Reisighaufen nachgedacht und weshalb Jakob nackt an ihn gefesselt war. Das Bild hat mich an eine Episode aus dem Alten Testament erinnert. Abraham soll seinen Sohn Isaak opfern. Diese Geschichte geht mir nicht aus dem Kopf.«

»Sie denken an einen religiösen Hintergrund?«

»Das ist absurd. Ich weiß.«

»Ich bin nicht sonderlich bibelfest. Abraham sollte seinen Sohn opfern, das weiß ich noch. Aber wie endet die Geschichte?«

»Gott schickte ein Opferlamm, als Abraham in blindem Glauben bereit war, das Opfer zu bringen. Es war eine Glaubensprüfung.«

»Und in welchem Zusammenhang steht dazu nun Jakobs Zeichnung?«

»Kommen Sie mit. Ich zeige es Ihnen.«

Dühnfort nahm die Tasse und folgte ihr ins Arbeitszimmer. Ein Schreibtisch stand unter dem Fenster. In der Mitte des Raums befand sich ein großer Tisch mit mehreren Stühlen. Vermutlich für Besprechungen. Auf diesem Tisch standen etliche Pappschachteln voller Dokumente und Fotografien. Einige lagen auf dem Tisch.

»Nehmen Sie doch Platz.«

Er setzte sich und beobachtete, wie sie einige Bogen Papier holte, die neben dem Computer lagen.

»Der Scheiterhaufen hat mich zuerst auf die Idee gebracht, dass ein religiös motivierter Täter Jakob entführt hat. Aber ich fand das dann doch ziemlich abwegig. Sie hatten ja den ehemaligen Lehrer verhaftet. Vor einigen Tagen habe ich mich gefragt, weshalb ich das Herzbild so beunruhigend finde, bis ich auf die Idee gekommen bin, dass es ein Symbol sein könnte. Im Internet habe ich das gefunden.« Sie reichte ihm einen Ausdruck, den sie von der Webseite eines Museums gemacht hatte. Ein kurzer Artikel behandelte die symbolische Darstellung der drei christlichen Tugenden Glaube, Hoffnung und Liebe in der Kunst. Er las: »Glaube (fides): Kreuz, Kelch, brennendes Herz …« Ein brennendes Herz als Glaubenssymbol.

»Und das ist noch nicht alles.« Sie reichte ihm ein weiteres Blatt. Die Österreichische Gesellschaft für Religionsphilosophie hatte auf ihrer Webseite einen Rückblick zu einer Tagung eingestellt. In der Zusammenfassung eines Vortrags einer Tübinger Theologin zum Thema *Ein gebrochenes Herz? Die Kategorie des Herzens in der christlichen Theologie- und Frömmigkeitsgeschichte und die Frage nach dem Geschlecht des Christentums* hatte Agnes Gaudera den Begriff »Herz-Jesu-Frömmigkeit« unterstrichen.

»Dieser Begriff ist mir bekannt vorgekommen. Und ich habe auch schnell ein Bild dazu gefunden.« Sie legte ihm einen farbigen Ausdruck vor. Er zeigte ein stilisiertes Herz. Es hatte eine Wunde und war von einem Dornenkranz umgeben. Auf dem Herz stand ein von Flammen umzüngeltes Kreuz. Dieses Bild hatte Ähnlichkeit mit Jakobs Zeichnung. Aber entscheidende Merkmale fehlten. Dühnfort legte die Hände in den Nacken, lehnte sich zurück und schloss die Augen. Irgendetwas wollte an die Oberfläche. Gott, Kirche, Glaube, Frömmigkeit. Maria Himmelfahrt. Der Bittgottesdienst. An Jakobs Fundort hatte Alois eine Bemerkung gemacht. Dühnfort versuchte sich zu erinnern. Er hatte etwas von betenden Händen gesagt. Dühnfort holte das Handy aus der Tasche und rief Alois an.

»Kannst du dich noch erinnern, was du gesagt hast, als wir den Fundort untersucht haben? Wir haben uns überlegt, warum der Entführer Jakob alleine auf dem Reisighaufen zurückgelassen hat. Du hast eine Bemerkung über betende Hände gemacht.«

»Ja, warte mal. Es ging um den Bittgottesdienst. Ich glaube, ich habe gesagt, dass Jakobs Entführer vielleicht in die Kirche gegangen ist und sich daran aufgegeilt hat, dass er alleine über Leben und Tod des Jungen entscheidet. Während die Menschen in der Kirche ihre Hände betend erhoben hatten, hatte er den Daumen bereits gesenkt. So ungefähr war das. Weshalb fragst du?«

»Nur so. Ich erkläre es dir später.« Dühnfort klappte das Handy zu.

»Sie halten meine Idee also gar nicht für so abwegig?«, fragte Agnes Gaudera.

»Nein«, antwortete er nachdenklich. »Da könnte vielleicht was dran sein. Aber mit Intuition alleine kommen wir nicht weiter. Wo setzt man da an?«, sagte er mehr zu sich selbst als an Agnes Gaudera gewandt.

»Fragen Sie doch mal den Pfarrer, vielleicht gibt es einen religiösen Fanatiker im Dorf und dann könnte ich auch im Internet weiterrecherchieren. Da findet sich sicher mehr zum Herz-Jesu-Kult.«

»Sie haben da eine interessante Arbeitshypothese aufgestellt und nun bieten Sie auch noch Ihre Hilfe an. Willkommen im Team«, sagte er schmunzelnd und beugte sich zu ihr hinüber. »Tino«, sagte er und reichte ihr die Hand. »Wir Kollegen duzen uns. Ich weiß aber nicht, ob ich eine Planstelle für Sie bekomme. Es wird wohl eher auf freie Mitarbeit hinauslaufen.«

Erst sah sie ihn überrascht an, den Mund zum Widerspruch schon geöffnet, wie ihm schien, dann aber huschte ein Lächeln über ihr Gesicht und sie schlug ein. »Meinen Stundensatz kann Papa Staat sicher nicht bezahlen. Ich mach das ehrenamtlich.«

»Jetzt mal Spaß beiseite«, sagte Dühnfort. »Das geht natürlich nicht, dass Sie«, er unterbrach sich, »dass du unsere Arbeit machst. Aber wir werden der Idee nachgehen.«

»Eigentlich hatte ich befürchtet, dass ich ausgelacht werde«, sagte sie und stand auf. »Ich scanne das Bild ein.« Agnes verschwand in der Küche.

Dühnfort blieb erstaunt über sich im Arbeitszimmer sitzen. Das war ja beinahe ein Flirt.

Agnes kehrte mit Jakobs Zeichnung zurück. Sie hatte das Bild bereits in der Küche aus dem Rahmen genommen.

»Dauert zwei Minuten«, sagte sie und schaltete den Scanner an; mit leisem Surren ging er in Betriebsstatus. Dühnfort sah sich um. Bei den Unterlagen auf dem Tisch handelte es sich hauptsächlich um alte Fotografien und Urkunden.

»Ich gestalte ein Buch über die Dorfgeschichte«, sagte Agnes. »Jakobs Onkel hat es geschrieben. Er ist Historiker.«

»Er hat mir davon erzählt.«

Sie legte die Zeichnung in den Scanner und startete das Programm. Ein gedämpftes Sirren erklang, die Zeichnung wurde digitalisiert. Wenig später erschien das flammende Herz auf dem Monitor. »Willst du einen Ausdruck oder soll ich dir das Bild per E-Mail schicken?«

»Als E-Mail ist es ausreichend. Ich drucke es dann im Präsidium aus«, sagte er und betrachtete ein Familienfoto aus den sechziger Jahren. Es zeigte die Familie Münch. Jakobs Großmutter war deutlich zu erkennen. Sie hatte die gleichen blauen Augen und niedrige Stirn wie ihre Kinder. Eigentlich hatte sie sich nicht verändert, war nur alt und weißhaarig geworden. Neben ihr stand ein schmächtiger, gebeugter Mann im fadenscheinigen Trachtenanzug. Jedes Elternteil hielt ein Kind an der Hand. Anselm an der Hand seiner Mutter, als etwa Vierjähriger mit speckiger Lederhose und abgetragenem Hemd.

»Verrätst du mir deine Mailadresse?«

»Natürlich.« Er suchte in seinen Taschen und gab ihr eine Visitenkarte.

»Ich habe eine Bitte«, sagte er, während er beobachtete, wie sie die E-Mail losschickte. »Falls Jakob noch mehr Bilder malt, würdest du mir die auch mailen?«

»Klar, Herr Kommissar«, sagte sie lächelnd. »Sonst noch einen Wunsch?«

Jetzt werde ich aber langsam übermütig, dachte Dühnfort, als er sagte: »Wie wäre es mit der Einlösung der Wettschuld?«

»Daran habe ich schon gar nicht mehr gedacht. Da solltest du dann auch was davon haben«, sagte sie und überlegte. »Wie wäre es mit einer Radtour?«

***

Zehn Minuten später parkte er vor dem Pfarrhaus, das sich neben der Kirche in einem großen, von einer weißen Mauer umfriedeten Garten befand. Ein Traktor mit Odelwagen bog in den engen Weg ein. Es war Beppo Sonnberger. Er grüßte Dühnfort im Vorbeifahren mit einem Kopfnicken und hinterließ Güllegeruch. Das Tor zum Pfarrhof stand offen. Dühnfort folgte dem Weg durch einen verwilderten Obstgarten, in dem die Apfelbäume mit unzähligen weißen Blüten besetzt waren. Die letzten Tulpen verblühten in den Rabatten. Das Areal war einige tausend Quadratmeter groß. Dühnfort wunderte sich, dass mitten im Ort eine solche brachliegende Fläche existierte. Neben der Haustür entdeckte er eine Messingklingel. Eine etwa siebzigjährige Frau öffnete, kurz nachdem er geläutet hatte. Ihre weißen Haare waren in geordnete Wellen gelegt, ein Hauch rosa Lippenstift betonte das zarte Braun ihres Teints. Über blauem Faltenrock und weißer Bluse trug sie eine geblümte Schürze. Er stellte sich vor und sagte, dass er gerne den Pfarrer sprechen würde.

»Es tut mir leid«, sagte sie. »Er ist noch nicht da, müsste aber jeden Augenblick kommen. Wenn Sie solange auf ihn warten möchten.« Sie trat zur Seite, bat ihn, ihr zu folgen, und stellte sich als Barbara Schulz vor. »Ich führe den Haushalt für den Herrn Pfarrer.«

Sie gingen einen mit ausgetretenen Steinplatten belegten Flur entlang. Das Haus musste sehr alt sein. Die Wände waren dick, mächtige dunkle Holzbalken trugen die Decke. Durch kleine Fenster, die wie Schießscharten in tiefen Leibungen saßen, drang nur spärlich Licht. Ein modriger Geruch lag in der Luft. Dühnfort sah sich um, während er der Haushälterin den langen Korridor entlang folgte. Alte Bilder und Stiche zeigten kirchliche Würdenträger und die ursprüngliche Klosteranlage, von der es nur noch die Kirche und das Pfarrhaus gab.

»Der Pfarrhof ist, außer der Kirche, alles, was vom Kloster Maria Himmelfahrt übrig geblieben ist«, sagte Frau Schulz.

»Wurde es nicht während der Säkularisation vom Staat enteignet?«, fragte Dühnfort, der sich dunkel erinnerte, davon gehört zu haben.

»Ja, das ist richtig. Ein paar angrenzende Bauern haben damals einige der Wirtschaftsgebäude gekauft und sie als Ställe und Scheunen genutzt.« Sie blieb vor einem Ölgemälde stehen und zeigte auf das Porträt eines bärtigen und streng blickenden Mannes. »Das ist Ignaz Graf von Mallott. Er hat den Rest der Klosteranlage 1804 mitsamt der Brauerei erworben. Unter seiner Leitung wurde das Seeoner Klosterbier berühmt. Es wurde bis nach Frankreich und Italien verkauft.« Frau Schulz seufzte und ging zum übernächsten Bild, einer alten, nachgedunkelten Fotografie. Es zeigte das schmale Gesicht eines zerbrechlich wirkenden jungen Mannes mit verträumten Augen. »Ansgar von Mallot«, sagte Frau Schulz. »Sein Urenkel. Als er die Brauerei erbte, war der Ruin abzusehen. Er war Musiker und überließ die Verwaltung des Besitzes seinem besten Freund. Der hat ihn nach Strich und Faden betrogen und sich mit dem ergaunerten Vermögen im Juni 1939 nach Amerika abgesetzt. Es war eine Tragödie.«

Dühnfort bemerkte den feuchten Glanz in ihren Augen. »Sie haben ihn gekannt?«, fragte er.

»Ich war damals ein kleines Mädchen, sechs Jahre alt.

Ansgar sah aus wie ein Prinz aus einem Märchenbuch. Er war mit der Tochter eines Münchener Kaufmanns verlobt. Sie ließ die Hochzeit platzen, als er den größten Teil seines Vermögens verloren hatte. Ansgar schloss die Brauerei, verkaufte die Anlagen und einige Felder, um die Schulden zu begleichen. So konnte er wenigstens das ehemalige Kloster und einen Teil des Grund- und Forstbesitzes retten. Als der Krieg wenige Wochen später begann, meldete er sich freiwillig. Ich glaube, er wollte nicht mehr leben. Für den Fall seines Todes verfügte er die Rückgabe des Klosters an die Erzdiözese. Im Sommer 1944 ist er in Frankreich gefallen.« Frau Schulz seufzte.

»Und das Kloster wurde dann kurz vor Kriegsende bombardiert«, sagte Dühnfort. Kallweit hatte das erzählt.

»In der Nacht vom siebten auf den achten April fünfundvierzig«, ergänzte Frau Schulz. »Eigentlich wollten die Amerikaner die Munitionsfabrik, die fünf Kilometer entfernt lag, treffen. Es war ein Inferno. An allen Ecken und Enden hat das Kloster gebrannt. Jeder aus dem Dorf hat beim Löschen mitgeholfen. So konnten wenigstens die Kirche und das Pfarrhaus gerettet werden.«

»Warum wurde das Kloster nicht wieder aufgebaut?«

»Es waren nur Ruinen übrig. Der Wiederaufbau hätte ein Vermögen gekostet. Maria Himmelfahrt war nur ein kleines unbedeutendes Kloster. Es gibt in Bayern größere und einflussreichere. Die Erzdiözese wollte nicht investieren. Die Trümmer wurden abgerissen, die Keller zugeschüttet, das Gelände eingeebnet und der Obstgarten angelegt.« Frau Schulz wandte sich von dem Bild ab, führte ihn weiter den Flur entlang und öffnete dann eine dunkle Eichentür. »Sie können hier warten.«

***

Eine Viertelstunde später saß Dühnfort mit dem Pfarrer in dessen Arbeitszimmer. Er war ein sportlich wirkender Mittfünfziger mit faltiger Denkerstirn und kurz geschnittenem, grau meliertem Haar. Er trug Jeans und ein schwarzes Poloshirt. Das Gespräch hatte bisher zu keinen neuen Erkenntnissen geführt. In Mariaseeon gab es keinen religiösen Eiferer. Wer die Idee für den Bittgottesdienst gehabt hatte, konnte der Pfarrer nicht sagen.

»Es war naheliegend, in dieser Situation für Jakob zu beten. Die Idee stand sozusagen im Raum«, sagte er, während er in der Schublade seines Schreibtischs etwas suchte. »Wer sie dann ausgesprochen hat ...« Er unterbrach seine Suche und zuckte mit den Schultern. »Ich weiß es nicht.« Er kramte weiter und zog schließlich ein zerknülltes Päckchen Zigarillos hervor. »Ein Laster gönne ich mir«, sagte er augenzwinkernd. »Stört es Sie?«

Dühnfort verneinte.

Der Pfarrer zündete sich ein Zigarillo an, sog daran und lehnte sich entspannt zurück, während er den Rauch langsam ausstieß.

Dühnfort unterbreitete ihm die, wie er zugeben musste, sehr vage Hypothese, dass Jakobs Entführung religiöse Motive haben könnte. Scheiterhaufen, Bittgottesdienst, Jakobs Zeichnung, die vielleicht ein Herz Jesu darstellte. Vielleicht gab es einen Zusammenhang zwischen diesen drei Puzzleteilen.

Erneut wühlte der Pfarrer in seinem Schreibtisch. Ein Aschenbecher kam zum Vorschein. »Der Herz Jesu-Kult hat seinen Ursprung im Frankreich des 17. Jahrhunderts«, sagte er. »Er geht auf die Vision einer Ordensschwester zurück.« Der Pfarrer streifte einen Aschekegel vom Zigarillo. »Symbolisch verkörpert es die in Christus menschgewordene Liebe Gottes.«

»Die Liebe Gottes. Wie passt das zu Entführung und geplantem Mord?«, fragte Dühnfort.

»Gar nicht. Im wahren und ursprünglichen Sinn«, erwiderte der Pfarrer. »Und trotzdem ist im Namen Christi und der Jungfrau Maria viel Blut geflossen. Denken Sie an die Kreuzzüge und an die Inquisition in all ihrer Grausamkeit. Da wurde gefoltert und gemordet, und das angeblich im Namen einer heiligen und guten Sache. In Wahrheit ging es immer um Macht und um das Ausschalten Andersdenkender. Oder Galileo Galilei. Erst nachdem er geschworen hatte, jetzt und für alle Zukunft, das zu glauben, was die Kirche für wahr hält und lehrt, erhielt er *nur* Kerkerhaft. Da ist er noch glimpflich davongekommen. Andere hatten weniger Glück: Giordano Bruno, Jan Huss, Jeanne D'Arc oder zum Beispiel die Agnes Bernauer. Ein einfaches Straubinger Mädchen, in das der Sohn des Herzogs Ernst von Bayern sich verliebte. Er ging mit ihr eine unstandesgemäße Ehe ein. Der Herzog schickte seinen Sohn unter einem Vorwand aus der Stadt und ließ die Schwiegertochter als Hexe und somit Häretikerin ertränken. Es war ein Mord aus machtpolitischen Motiven, gehüllt in den Mantel wahrer Gläubigkeit.«

»Das ist lange her …«, begann Dühnfort.

»Heute ist das nicht wesentlich anders«, unterbrach ihn der Pfarrer. »So modern, wie wir tun, sind wir nicht. Die grundsätzlichen Motive menschlichen Handelns ändern sich nicht. Und die herausragendsten durch alle Jahrhunderte sind das Streben nach Macht und Geld.«

»Für einen Pfarrer ist das eine deprimierende Sicht. Was ist mit dem Streben nach Erkenntnis und«, Dühnfort zögerte, »und Romantik, Liebe, sexueller Erfüllung?«

Der Pfarrer runzelte die Stirn. »Manchmal habe ich nihilistische Tendenzen.« Er schmunzelte. »Aber sehen wir uns doch das Streben nach Wissen an: Wer im Besitz von Wissen ist, ist im Besitz von Macht. Er kann dieses Wissen vorenthalten und exklusiv nutzen, er kann es weitergeben, um vielleicht einem anderen zu schaden oder auch um wirtschaftlichen Erfolg zu erzielen. Und die Liebe? Wann ist sie wirklich selbstlos? Wie oft wird sie mit Besitz verwechselt? Sie müssten das doch wissen. Wie viele Mörder haben Sie schon vor sich gehabt, die angaben, aus Liebe gemordet zu haben? In Wahrheit wollten sie ihren Besitz nicht aufgeben. Nach dem Motto: Wenn ich sie nicht haben kann, soll keiner sie haben, üben sie ein letztes Mal Macht aus. Ultimativ.«

Dühnfort gab ihm recht.

»Im Grunde geht es fast immer um Macht und Geld oder Hass und Rache«, fuhr der Pfarrer fort. »Aber zurück zu Ihrer Frage, wie Glaube und Mord und Totschlag zusammenpassen. Da gibt es ein aktuelles Beispiel, den Irakkrieg: Das ist ein heiliger Krieg. Bush sagt selbst, dass er eine christliche Mission zu erfüllen hat: Er muss das Böse aus der Welt schaffen. Er ist ein gläubiger Mann, Amerika die gotterwählte Nation. Bush ist ein christlicher Fundamentalist, und er scheut vor nichts zurück, um diesen heiligen Krieg zu gewinnen. Das begann mit der Lüge über die nicht vorhandenen Massenvernichtungswaffen und endet mit den Folterexzessen von Abu Ghraib vermutlich nicht. Dieses Verhalten, das nun wirklich nicht im Einklang mit den christlichen Geboten steht, wird damit gerechtfertigt, in einer höheren Mission zu handeln. Man stellt sich über die Regeln und kann so mit gutem Gewissen gegen sie verstoßen. Sie sehen also: Glaube und Liebe schließen Mord und Totschlag nicht unbedingt aus, die Frage ist, welche Position man einnimmt.« Der Pfarrer sog am Zigarillo.

Dühnfort ließ das Gehörte auf sich wirken. »Wer so denkt und handelt, muss sich auserwählt fühlen.«

Der Pfarrer nickte und drückte den Zigarillostummel im Aschenbecher aus.

»Aber wozu fühlt sich Jakobs Entführer auserwählt? Zu missionieren?«, dachte Dühnfort laut. »Wenn der Scheiterhaufen, auf dem Jakob gefunden wurde, den Scheiterhaufen darstellen soll, auf dem Abraham Isaak opfern sollte, hat der Entführer dann diese Glaubensprüfung wiederholt? Nur, wessen Glauben hat er geprüft? Dann hätte er ja …«

»… Gottes Position eingenommen«, vollendete der Pfarrer Dühnforts Gedankengang. »Dann suchen Sie einen Menschen mit Allmachtsphantasien.«

»Dann suche ich einen Täter, der diese Allmachtsphantasien aus dem Reich der Fiktion in die Wirklichkeit entlassen hat«, korrigierte Dühnfort. Mit diesem Gedanken musste er sich noch vertraut machen. Er erschien ihm unvorstellbar.

Er bedankte sich beim Pfarrer für das Gespräch, während dieser ihn zur Tür begleitete. Dabei kamen sie an einer Marienstatue vorbei, die Dühnfort nicht bemerkt hatte, als Frau Schulz ihn zum Arbeitszimmer begleitet hatte. Sie stand in einer Wandnische gegenüber der Bildergalerie. Ein Strauß weißer Lilien befand sich davor. Dühnfort stutzte. Solche Blumen hatte er bereits in der Marienkapelle gesehen. Auch dort hatten sie vor der Madonna gestanden. »Sagen Sie, diese Lilien, haben sie eine besondere Bedeutung?«, fragte er Pfarrer Schops.

Dieser lächelte und rückte den Strauß zurecht. »Es sind die Marienblumen, Zeichen der Reinheit und Unschuld unserer Mutter Gottes.«

Dühnfort verabschiedete sich und fuhr zurück ins Präsidium. Während der Fahrt telefonierte er mit Gina und Alois und unterbreitete ihnen die, wie er zugab, vage Arbeitshypothese. Gina schien skeptisch zu sein. »Ein religiös motivierter Täter? Das ist schon sehr abstrus. Aber ich komme mit diesem Satanistenthema langsam weiter. Die Sportlehrerin der neunten Hauptschulklasse hat heute in der Mädchenumkleide einen Halbsatz aufgeschnappt. Anscheinend ist eines der Girls aus dem Kirchenchor mit einem Jungen zusammen, den dieses Thema fasziniert. Leider weiß sie nicht, von wem die Rede war, und als sie nachgehakt hat, haben die Mädels das als Missverständnis hingestellt. Ich fahr mal raus und fühl denen auf den Zahn.«

Aber Alois war von der Idee angetan. »Ich schaue mal, was ich über diesen Herz-Jesu-Kult in Erfahrung bringe.«

»Ich werde Boos hinzuziehen«, sagte Dühnfort. »Vielleicht gab es ähnlich gelagerte Fälle.«

Alexander Boos leitete das Kommissariat für Fallanalysen. Landläufig wurden die Mitglieder dieser Gruppe nach ihrem amerikanischen Vorbild Profiler genannt. Als Basis für Fallanalysen dienten, entgegen häufiger Annahmen, ausschließlich objektive oder gesicherte Falldaten. Daher wollte Dühnfort durch das Hinzuziehen dieser Gruppe erreichen, dass aus der Hypothese entweder eine fundierte Spur wurde, der sie folgen konnten, oder dass sie sich als nicht tragbar erwies und fallen gelassen werden konnte. Boos war nicht in seinem Büro. Dühnfort versuchte es auf dem Handy und erreichte ihn auf dem Heimweg. Er schilderte ihm den Fall. Natürlich war Boos über das späte Einbeziehen seiner Abteilung nicht erfreut, sagte aber zu, die Unterlagen durchzugehen und in den Datenbanken nach Referenzfällen zu recherchieren. Dühnfort dankte ihm und beendete das Gespräch.

Ein Täter mit Allmachtsphantasien, dachte Dühnfort. Wenn das so ist, dann war die Entführung vielleicht erst der Anfang. Der Anfang wovon?

Freitag, 30. Mai

Agnes war extra ins Nachbardorf Baierdilching gefahren, um in der dortigen Bäckerei Croissants zu kaufen. Sie waren einfach besser als die vom hiesigen Bäcker. Nun radelte sie zurück, vorbei an gelbblühenden Rapsfeldern und frisch gemähten Wiesen, die nach Klee dufteten, dann die Dorfstraße entlang. Schließlich bog sie auf den Weg ein, der zu ihrem Haus führte. Als sie es erreichte, begegnete ihr Melli, ebenfalls auf dem Rad. Sie winkte ihr zu und fuhr dann Richtung Forst. Vermutlich wollte sie zum See, wie alle Tage seit Franz' Tod.

Gestern hatte Agnes sie zu einem wackligen Steg begleitet, der im Naturschutzgebiet lag. Mittlerweile war Melli so oft dort gewesen, dass sie einen Trampelpfad durch den Schilfgürtel hinterlassen hatte. Der Steg endete in einer Plattform über dem Wasser.

Das war der Ort, an dem Franz Melli zum ersten Mal geküsst hatte. Schweigend hatten sie dort gesessen. Agnes' Blick war auf Mellis Hand gefallen. Sie trug beide Eheringe. Der von Franz war zu groß und rutschte beinahe über Mellis kleineren. Unwillkürlich hatte Agnes nach der Kette gegriffen, an der sie ihre Eheringe trug. Ab morgen würde Melli eine Therapie machen, Wiessner hatte ihr dazu geraten. Es dämmerte schon, als Agnes Melli heimbegleitete und bei ihrer Mutter ablieferte. Die kümmerte sich um ihre Tochter, so wie das auch Agnes' Mutter über ein Jahr lang getan hatte.

Agnes schob ihr Rad unter das Vordach. Dann deckte sie für Kathrin und sich den Frühstückstisch auf der Terrasse. Sie war gerade fertig, als ein kurzes Hupen ertönte. Agnes blickte auf. Kathrin fuhr im Cabrio vor. Rasch ging Agnes hinein und stellte das leere Tablett in der Küche ab. Auf dem Weg zur Tür warf sie den gewohnten Blick in den Spiegel. Das neue Leinenkleid stand ihr gut. Es war graugrün. Sie öffnete die Tür. Kathrin trug ein schwarzes Seidentop und eine weiße Marlenehose mit breitem Gürtel. Dazwischen blitzten braune Haut und ein gepiercter Bauchnabel auf. Die kastanienbraunen Haare hielt ein Band aus der Stirn. Eine überdimensionale Sonnenbrille verdeckte die Augen. Kathrin nahm sie ab.

»Meine Güte, Agnes, ich hätte dich beinahe nicht erkannt.« Sie drückte Agnes mit dem festen Griff an sich, der sich noch immer vertraut anfühlte. »Und dieses Haus ist ja ein Schmuckstück.«

Kathrin wollte es natürlich besichtigen. Der Rundgang endete auf der Terrasse, am Frühstückstisch. Brezen, Semmeln und Croissants standen bereit; Melone und Parmaschinken fehlten ebenso wenig wie eine Kanne Earl-Grey-Tee, den Kathrin so gerne trank.

Sie setzte sich. »Wow. Das sieht gut aus.«

Agnes schenkte Tee ein.

»Wie geht's dir?« Kathrins musternder Blick glitt über Agnes.

»Eigentlich ganz gut. Ich arbeite schon an meinem ersten Auftrag.«

»Dem Buch?«

Agnes nickte.

»Mit Werner habe ich übrigens gesprochen. Er braucht tatsächlich Werbematerial für die Luitpoldhöfe und wartet auf deinen Anruf.« Wieder musterte sie Agnes. »Du hast dich völlig verändert. Du siehst toll aus. Leistest du dir einen Fitnessberater oder wie hast du das geschafft?«

»Laufen und Radfahren. Das ist das ganze Geheimnis.«

»Und Diät. Du hast ja mindestens zwanzig Kilo abgenommen.« Kathrin biss in eine trockene Breze.

Agnes schob die Butterdose rüber.

»Danke. Ich geize mit Fett, wo ich kann. Solltest du auch machen, sonst sind die mühsam verlorenen Kilos gleich wieder drauf.«

»Das war nicht mühsam. Ich treibe regelmäßig Sport. Das reicht.«

Kathrin schob die Sonnenbrille auf die Nasenspitze und betrachtete Agnes über die Ränder hinweg. »Wie regelmäßig? Acht Stunden am Tag?«

»Morgens radle ich eine Runde und abends jogge ich.«

»Täglich?«

Agnes nickte.

»Wahnsinn. So viel Disziplin hab ich nicht.« Kathrin gab eine Süßstofftablette in ihren Tee. »Jedenfalls siehst du umwerfend aus. Reißen sich die Männer von Mariaseeon schon um dich?«

Fing Kathrin auch noch damit an. »Ich muss mein Leben neu sortieren. Da gibt es keinen Platz für einen Mann.«

»Warum nicht? Du bist jung und attraktiv und hast doch sicher auch Bedürfnisse, du weißt schon, was ich meine. Oder willst du ins Kloster gehen?«

Jetzt erinnerte sich Agnes wieder, weshalb sie sich mit Kathrin zerstritten hatte. Es war diese unverblümte Art, einfach alles auszusprechen, was sie dachte. Etwas Ähnliches hatte sie schon vor einem Jahr gesagt. Sie hatte versucht, Rainer schlechtzumachen. »Ich kann mir nicht vorstellen, dass ich mich jemals wieder verliebe. Rainer war der Mann meines Lebens. Soll ich ihn ersetzen wie ein verschlissenes Kleidungsstück? Das wäre Verrat.«

»Verrat?« Kathrin stützte das Kinn auf die Hand und sah sie über den Rand der Sonnenbrille hinweg an.

»Ich würde mir vorkommen, als würde ich ihn betrügen. Können wir das Thema jetzt mal lassen?«

»Wieso Verrat? Wieso betrügen?«

Unbehagen machte sich in Agnes breit. Eine Erinnerung wollte an die Oberfläche. Sie würgte sie schnell wieder hinunter. »Rainer war der perfekte Mann: zärtlich, romantisch und dabei doch verantwortungsvoll und fürsorglich. Auf ihn konnte ich mich immer verlassen ...«

Kathrin schüttelte den Kopf. »Aber Agnes, er hatte nicht mal für dich vorgesorgt.«

Das stimmte. Agnes war darüber völlig überrascht gewesen. Zunächst hatte es so ausgesehen, als ob sie ohne einen Cent dastünde. Aber dann tauchte die Police der Risikolebensversicherung auf, die aus unerklärlichen Gründen schon seit Jahren bei Rainers Mutter verwahrt war und nicht, wie alle anderen wichtigen Unterlagen, im Firmensafe. Da hatte sie dann in Gedanken Abbitte bei Rainer geleistet und sich geschämt, dass sie an ihm gezweifelt hatte.

»Die Kapitallebensversicherung ging an seine Mutter und die Firmenanteile hat er an seinen Partner quasi verschenkt. Der Preis dafür war ja eher symbolisch«, sagte Kathrin ärgerlich. »Erst hat er dich gezwungen, den Beruf aufzugeben, und dann hat er dich nicht einmal abgesichert. Und das nennst du fürsorglich?«

»Ich nehme es ihm nicht übel, dass er auch an seine Mutter gedacht hat.«

»Seine Mutter ist auf sein Geld nicht angewiesen. Aber du wärst beinahe mit nichts dagestanden.«

»Das stimmt doch nicht«, sagte Agnes verärgert. Warum nur hatte sie Kathrin damals all das erzählt?

»Vermutlich hat er vergessen, die Versicherung noch umschreiben zu lassen. Ich glaube, wenn es nach ihm gegangen wäre, hättest du gar nichts bekommen«, sagte Kathrin pampig.

Zornesröte stieg Agnes über den Hals ins Gesicht. »Sag mal, was soll das? Weshalb redest du so über Rainer?« Sie starrte Kathrin wütend an. »Ich glaube, es ist besser, wenn du jetzt gehst. Ich erlaube dir nicht, so über ihn zu sprechen.«

Kathrin legte beide Hände flach auf den Tisch, stand aber nicht auf, sondern beugte sich vor. Sie schien sich mühsam zu beherrschen. »Nein. Agnes, das werde ich nicht tun. Du bist meine Freundin, seit wir gemeinsam ins Gymnasium gegangen sind. Vor einem Jahr hast du mich hinausgeworfen, weil du unbedingt deine rosa Brille aufbehalten wolltest. Es ist höchste Zeit, sie abzusetzen. Damit nimmst du dir nämlich jede Möglichkeit, dein Leben auf die Reihe zu kriegen.«

»Was?«

»Sag mal, weißt du denn gar nicht mehr, was du am Unglückstag gemacht hast?«

Agnes' Herz begann zu rasen, Panik stieg in ihr auf. »Raus!«, hörte sie sich schreien und sprang auf.

»Nein«, sagte Kathrin ruhig. »Ich gehe nicht. Noch nicht. In fünf Minuten vielleicht. Wenn du es dann immer noch willst. Wenn dir unsere Freundschaft wichtig ist, dann beantworte mir diese eine Frage: Erinnerst du dich, was du am Unglückstag gemacht hast?«

Agnes' Knie gaben nach. Sie setzte sich. Was hatte sie

an dem Unglückstag gemacht? »Ich war bei dir. Wir haben eine Flasche Wein getrunken.«

»Stimmt«, sagte Kathrin. »Und warum haben wir die getrunken?«

Weshalb hatten sie Wein getrunken? *Ich will aber! Ich will, ich will, ich will!* Yvonne hatte zornig mit dem Fuß aufgestampft. Sie wollte mit. Ich habe sie nicht mitgenommen, dachte Agnes. »Ich habe Yvonne bei Rainer gelassen«, sagte sie tonlos. Der Klumpen in ihrem Hals drückte ihr die Kehle zu. »Wenn ich sie mitgenommen hätte, würde sie noch leben. Ich bin schuld. Wenn ich sie doch nur mitgenommen hätte.«

»Du bist nicht schuld«, sagte Kathrin. »Rede dir das doch nicht ein. Es war ein schreckliches Unglück. Dafür kannst du doch nichts.« Sie holte ein Papiertaschentuch aus ihrer Handtasche und reichte es Agnes.

Erst jetzt bemerkte sie, dass sie weinte.

»Weißt du noch, wohin du Yvonne nicht mitgenommen hast?«, fragte Kathrin.

Plötzlich sah Agnes die Wohnung vor sich: zwei winzige leere Zimmer, ein Sprossenfenster stand offen, gab den Blick in einen öden Hinterhof frei, eine handtuchbreite Küche, ein verbeulter Gasherd. Sie hatte gemeinsam mit Kathrin und Werner diese Wohnung besichtigt. Zwei Zimmer, Altbau, Pariser Platz. »O Gott«, stöhnte Agnes.

»Werner hatte eine Wohnung für dich gefunden. Die haben wir am Nachmittag besichtigt. Du wolltest dich von Rainer trennen. Wenn das Unglück nicht geschehen wäre, hättest du am nächsten Tag den Mietvertrag unterschrieben. Das hast du wirklich gut verdrängt.«

Agnes saß benommen am Tisch. Über ein Jahr lang hatte sie diese Erinnerungen immer wieder hinuntergewürgt.

»Du wolltest wieder anfangen zu arbeiten. Rainer hat es dir verboten. Er hat dich geschlagen, als du ihm von deinem Vorstellungsgespräch bei Niehaus & Partner erzählt hast.«

Aus finsteren Gemächern ihres Gedächtnisses machten sich die Bilder auf, traten in gleißendes Licht. Rainers wutverzerrtes Gesicht. Der harte Schlag, der ihre Augenbraue zum Platzen brachte. Blut lief ihr übers Gesicht. Die geballte Faust, die sie im Magen traf. Ihr Erbrochenes auf dem Teppich. Der fusselige Teppichflor an ihrem Mund. Die schwarzen Schuhe an seinen Füßen, mit denen er nach ihr trat. Yvonne, schlaftrunken in der Tür stehend, das Plüschtier Hasi an sich gepresst. Die Augen vor Schreck geweitet. Das waren die Sekunden gewesen, in denen sie den Entschluss gefasst hatte. Sie würde Rainer verlassen.

»Du hast das alles wirklich gut weggepackt«, sagte Kathrin. »Aber das hilft dir nicht weiter. Nimm die rosa Brille ab. Rainer hat dich bevormundet. Du durftest dich nicht treffen, mit wem du wolltest. Du durftest nicht anziehen, was du wolltest, durftest dich nicht schminken. Er war krankhaft eifersüchtig.«

»Du übertreibst.« Es klang schwach. »Vielleicht sehe ich das rückblickend etwas anders als damals«, sagte sie. Plötzlich war ihr übel. Sie sprang auf, schaffte es aber nur bis in die Küche. Sie würgte das Frühstück ins Spülbecken. Kathrin trat hinter sie, legte ihr einen Arm um die Schulter und hielt ihr die Stirn.

»So ist es gut. Kotz alles raus«, sagte sie. »Schmeiß Rainer von dem Sockel, den du ihm errichtet hast. Er hat ihn nicht verdient.«

***

Als es Agnes besser ging, machten sie einen Spaziergang durch den Forst. Sie erzählte Kathrin von ihrer neuen Nachbarin Melli, von der Hochzeit und Franz' Unfall. Melli hatte im Moment große Sorgen. Zur Trauer um Franz kamen existenzielle Probleme. Für die Renovierung des Häuschens hatten sie eine Hypothek aufgenommen. Mellis Einkommen war nicht ausreichend, um die Schulden bei der Bank abzubezahlen.

»Siehst du, da hat Rainer mehr Verantwortungsgefühl gezeigt«, sagte Agnes.

Kathrin seufzte und verzog den Mund. »Sieh doch den Realitäten ins Auge. Im Vergleich zu dem Vermögen, das er besaß, hat er dich mit Krümeln abgespeist. Er hat sogar seine Firmenanteile an seinen Partner verscherbelt. Wenn du mich fragst, hatten die beiden einen Deal. Nach der Scheidung hätte Rainer seine Anteile für den gleichen Spottpreis zurückerhalten. Und wer wäre leer ausgegangen?«

»Wenn das so wäre, hätte ich das Haus nicht kaufen können«, sagte Agnes verärgert. Warum wusste Kathrin nie, wann sie besser den Mund halten sollte?

»Die Risikolebensversicherung hat er wahrscheinlich vergessen, oder er hat es nicht mehr geschafft, auch da den Begünstigten ändern zu lassen. Ich fand das sowieso alles äußerst seltsam.« Kathrin verstummte plötzlich.

»Was hast du seltsam gefunden?«, hakte Agnes nach.

Kathrin zuckte die Schultern. »Nichts. Vergiss es.« Mit großen Schritten ging sie den Waldweg entlang, als wäre sie plötzlich auf der Flucht; das Gespräch verebbte. Eine Zeit lang waren nur ihre Schritte und das Rascheln der Blätter im Wind zu hören.

Agnes fragte sich, wie sie die bevorstehende Trennung von Rainer hatte vergessen können. Wie konnte man so etwas vergessen? War es normal, sich nur an das Schöne zu erinnern? »Rainer war ein so lieber Mensch. Meistens jedenfalls«, sagte sie.

»Er war Dr. Jekyll und Mr Hyde«, erwiderte Kathrin.

»Er war so romantisch. Hab ich dir erzählt, wie er das Essen im Englischen Garten arrangiert hat?«

»Hundertmal. Ein luxuriöses Picknick. Unzählige Kerzen brannten, die Lichter spiegelten sich im See; er hat aus den Briefen von Cyrano de Bergerac rezitiert und damit dein Herz im Sturm erobert, dachte er«, sagte Kathrin. »Offensichtlich war er der Einzige, der nicht wusste, dass er es wie eine reife Pflaume hätte pflücken können. Und außerdem war das nicht sein Text. Den hat er sich geborgt.«

Herrgott noch mal, warum konnte Kathrin kein gutes Haar an Rainer lassen? »Was soll das jetzt heißen?«, fragte Agnes gereizt.

»Er war berechnend. Er hat gewusst, dass er dich damit kriegen würde. Er kannte deine Schwäche für Lyrik.« Kathrin blieb stehen und holte Luft. »Sei mir nicht böse für das, was ich jetzt sage. Rainer war lange genug in unserer Clique. Ich denke, ich kann das beurteilen.«

Agnes fragte sich, was jetzt noch kommen würde. Mit einem Mal fühlte sie sich wie leergesogen.

»Rainer hatte eine fixe Idee. Er wollte eine heile Familie. Eine treue, ergebene Frau, ein paar wohlgeratene Kinder. Das war auch verständlich, wenn man bedenkt, was für eine Kindheit er hatte. Er hat sich nach einer Familie gesehnt, die nicht auseinandergehen würde. Kannst du dich an seine früheren Freundinnen erinnern?«

Das konnte Agnes sehr gut. Auf jede war sie eifersüchtig gewesen. Doch diese Beziehungen hatten nie lange gehalten.

»Ist dir nie aufgefallen, dass alle mit ihm Schluss gemacht haben? Niemals war es umgekehrt.«

Agnes wollte widersprechen. Aber Kathrin hatte recht.

»Das waren attraktive, selbstbewusste und erfolgreiche Frauen, die wussten, was sie wollten. Jedenfalls keinen Macho.«

»Worauf willst du eigentlich hinaus?«, fragte Agnes. Sie fühlte sich grenzenlos erschöpft und ahnte, was Kathrin gleich sagen würde. Auch ihr waren diese Gedanken schon gekommen.

»Er hat dich ausgesucht. Er wollte seine heile Familie gründen. Selbstbewusstsein hat damals nicht zu deinen Stärken gehört. Außer im Beruf. Das hat mich immer gewundert. Da warst du so tough. Aber privat warst du so groß mit Hut.« Kathrin zeigte mit Daumen und Zeigefinger Zwergenformat an. »Du warst damals ziemlich unglücklich.«

Agnes erinnerte sich an jenen Sommer. Eine kurze Beziehung war in die Brüche gegangen. Ihr Traummann war nun mal Rainer, der sie nicht zu bemerken schien.

»Du denkst also, dass Rainer auf der Suche nach einer hässlichen, einfältigen Frau war. Einer, die sich aus lauter Dankbarkeit, so einen tollen Kerl abgekriegt zu haben, untertänigst seinen Wünschen fügen und ihn niemals verlassen würde.«

»Hässlich warst du nie. Du warst nur ein wenig moppelig. Und einfältig warst du auch nicht. Du warst blind vor Liebe, wie man so schön sagt. Außerdem hattet ihr ein gemeinsames Ziel: eine Familie.«

Kathrin sprach aus, was Agnes schon lange gefühlt hatte. Lange bevor sie sich entschlossen hatte, Rainer zu verlassen. Auch dieses Gefühl hatte sie weggeschoben.

»Wenn du ehrlich bist, Agnes, musst du zugeben, dass Rainer dich unter seine Kuratel gestellt hatte. Sicher hatte er seine charmanten Seiten. Er hat dir viele Wünsche von den Augen abgelesen. Ihr habt schöne romantische Reisen gemacht. Er hat dich auf eine Art vergöttert, die mir immer unheimlich war. Aber wenn etwas nicht nach seinem Willen ging, ist er ausgeflippt. Er hat dich geschlagen und bevormundet. Und er war extrem eifersüchtig.«

»Du hast nie etwas gesagt«, sagte Agnes.

»Das stimmt nicht ganz. Ich habe einige Versuche unternommen, du schienst aber auf dem Ohr taub zu sein. Außerdem hast du einen glücklichen Eindruck gemacht. Da konnte ich mich dann nicht so einmischen, wie ich es gerne getan hätte. Du hattest den Mann deiner Träume bekommen, wenn ich auch nie verstanden habe, was du an ihm gefunden hast. Ihr wolltet beide Familie und Kinder. Und dann kam Yvonne. Alles war perfekt. Das war jedenfalls der Eindruck, den du vermittelt hast. Als du unsere Freundschaft vernachlässigt hast, habe ich geglaubt, es liegt daran, dass das Kind dich so fordert, dass Rainer wichtiger ist und ich mich nun hinten anstellen muss. Erst nachdem er dich verprügelt hatte, bist du so nach und nach mit der Wahrheit herausgerückt.«

Ja, alles war perfekt gewesen. Das Glück, alles erreicht zu haben, hatte scheinbare Nebensächlichkeiten in den Schatten gestellt. Anfangs hatte sie kaum bemerkt, wie Rainers Vorschriften ihr Leben einengten. Nun war er tot, und vor lauter Trauer um ihn und ihr Kind hatte sie vergessen, dass sie sich von ihm hatte trennen wollen. Wie hatte es nur so weit kommen können?

***

Am frühen Nachmittag verabschiedete Kathrin sich, und Agnes machte sich daran, die erste Gestaltungsvariante für Anselms Buch zu entwerfen. Konzentriert arbeitete sie mehrere Stunden, froh, weite Teile des Gesprächs mit Kathrin beiseiteschieben zu können. Erst als ihre Schultern verspannt und ihre Augen vom ständigen Blick auf den Monitor angestrengt waren, beendete sie die Arbeit.

Abendessen oder Joggingrunde?, fragte sie sich und massierte mit einer Hand die Nackenmuskulatur. Schwimmen wäre vielleicht besser. Aber eigentlich war es dafür schon zu spät. Kurz nach acht Uhr. Es dämmerte schon. Agnes war auf dem Weg nach oben, als es klingelte. Sicher Melli. Aber es war Mellis Mutter, die auf der Haustreppe stand. Hektische rote Flecken zeichneten sich auf ihren Wangen ab.

»Ist Melli bei Ihnen?«, fragte sie.

»Nein«, sagte Agnes. »Wollte sie nicht heute Nachmittag nach München fahren? Zu dieser Therapeutin?«

»Das ist schon Stunden her. Ihre Handtasche ist im Haus. Also ist sie nach der Therapiestunde heimgekommen. Ich habe schon überall nach ihr gesucht.«

Melli ist doch kein kleines Kind, dachte Agnes. »Vielleicht macht sie einen Spaziergang.« Das erschien ihr am wahrscheinlichsten.

»Aber sie weiß, dass ich gekocht habe, sonst isst sie ja nichts. Seit einer Stunde warte ich schon. Sie ist doch sonst immer pünktlich.« Mellis Mutter schlang die Hände ineinander, als könnte sie so Halt gewinnen. »Ich weiß, dass Sie jetzt denken, ich führe mich auf, als sei Melli drei Jahre alt. Aber nach Franz' Unfall …« Sie zog die Schultern hoch. »Besser, ich gehe nach Hause.«

Agnes erinnerte sich an ihre Mutter, die sich oft ebenso um sie gesorgt hatte, während sie ziellos und ohne Zeitgefühl durch München gelaufen war. »Wahrscheinlich macht Melli einen Spaziergang am See. Sie kommt bestimmt bald.«

»Ja. Vermutlich haben Sie recht.« Mellis Mutter verabschiedete sich. Agnes blickte ihr nach.

Dann zog sie die Joggingsachen an und lief auf einem Feldweg um das Dorf. Als Mutter macht man sich immer Sorgen um sein Kind, dachte sie, vielleicht auch dann noch, wenn das Kind schon erwachsen ist. Vielleicht hört es nie auf. Aber das würde sie nicht mehr erfahren.

Tausend Gedanken wirbelten durch ihren Kopf, während sie ihren Laufrhythmus suchte. Hätte ich mich von Rainer nicht trennen wollen, dann hätte ich die Wohnung nicht besichtigt und auch nicht mit Kathrin auf den bevorstehenden Umzug angestoßen. Dann wäre ich daheim gewesen. Dann hätte ich vielleicht etwas tun können oder ich wäre auch in dem Feuer umgekommen. Ich bin schuld. Wenn ich doch nur Yvonne mitgenommen hätte. Yvonne hatte wütend mit dem Fuß aufgestampft, als Agnes ihr einen Gutenachtkuss gegeben hatte. Sie wollte unbedingt mit zu Kathrin. *Ich will aber! Ich will, ich will, ich will!*, hatte sie trotzig gerufen. Das war die letzte Erinnerung, die Agnes an ihre Tochter hatte. Ich bin schuld, dachte sie wieder, da kann Kathrin reden, so viel sie will. Und dann blieb Agnes stehen und stieß keuchend die Luft aus. Ihr Mann hatte sie bevormundet und geschlagen, sie hatte gute Gründe dafür gehabt, sich von ihm zu trennen. Und es hatte keinen Grund gegeben, Yvonne mitzunehmen. Es war Abend gewesen, das Kind hatte ins Bett gehört. Wenn jemand schuld an diesem Unglück war, dann derjenige, der dieses vermaledeite Elektrokabel so schlampig verlegt hatte, dachte Agnes. Ich jedenfalls nicht! Ich nicht! Ich nicht.

»Ich nicht«, sagte sie in die einbrechende Dunkelheit am Rande eines Kartoffelackers auf einem Hügel über Mariaseeon. Dann ging sie nach Hause.

***

Nachdem sie geduscht und zu Abend gegessen hatte, saß sie in der Dunkelheit des Wohnzimmers. Nur das Licht aus der Küche drang schwach herein. Sie blickte auf die schemenhaften Umrisse der Bäume und beobachtete den aufgehenden Vollmond, der sich in der ruhigen Oberfläche des Sees spiegelte. Die Stille hüllte sie ein. Ihre Gedanken gingen spazieren. Sie dachte an Rainer, dessen unangenehme Wesenszüge sie einfach ausgeblendet hatte. Sie hatte sich ihre Welt schöner gemacht, als sie war. Warum hatte sie erst bemerkt, wie sehr sie unter seinen Reglementierungen litt, als er sie verprügelte? Wie hatte sie den Trennungswunsch vergessen können? Wie war es möglich, sich an all das nicht zu erinnern? Agnes ahnte die Antwort: Immer wenn ihre Erinnerungen auf diesen Punkt zugesteuert waren, hatte sie die Flucht ergriffen, war vor ihrer Schuld davongerannt. Immer dann war sie ihren Eltern pampig ins Wort gefallen und sogar den Kontakt zu ihrer besten Freundin hatte sie abgebrochen. All das, um nicht schuld zu sein. Vielleicht habe ich auch eine Therapie nötig, überlegte Agnes. Das Läuten der Hausklingel erschien in der Stille überlaut. Agnes schreckte hoch.

Wieder stand Mellis Mutter vor der Tür. Sie war den Tränen nahe. Melli schien spurlos verschwunden zu sein.

Die Nachtluft war lau, der Mond stand voll am Himmel. Vielleicht hing Melli ihren Erinnerungen an Franz nach. »Sicher sitzt sie noch auf dem Steg am See und hat die Zeit ganz vergessen«, sagte Agnes. Mellis Mutter tat ihr leid. »Hat sie denn ihr Handy nicht dabei?«

Mellis Mutter schüttelte den Kopf. »Es liegt auf dem Küchentisch.«

Agnes hörte den schrillen Unterton. »Ich kann zum Steg radeln und sie holen«, sagte sie, ohne lange zu überlegen.

»Würden Sie das wirklich tun? Mein Mann ist auf einem Lehrgang und kommt erst morgen zurück, sonst würde ich ihn bitten. Das ist wirklich nett von Ihnen. Aber haben Sie denn keine Angst?«

Agnes fürchtete sich nicht vor der Dunkelheit. »Ich fahre«, sagte sie entschieden, holte die Fahrradleuchten aus der Garage und befestigte sie am Mountainbike.

Agnes fuhr den Uferweg entlang und dann in den Forst. Im Lichtkegel tanzten Nachtfalter und Insekten. Der Lichtschein hüpfte über Wurzeln und Schlaglöcher. In der Dunkelheit sah der Wald verändert aus. Die Stämme der Bäume verschmolzen wie schwarze Säulen mit anthrazitfarbener Nacht. Der Lichtschein reichte nicht weit, deshalb sah Agnes nur kleine, sich ständig verändernde Ausschnitte. Das erschwerte die Orientierung, beinahe hätte sie den Abzweig zum Schilfgürtel verpasst. Der Weg wurde schmaler. Agnes hielt Ausschau nach Mellis Trampelpfad, der hier irgendwo beginnen musste. Als sie ihn gefunden hatte, lehnte sie das Rad gegen einen Baum und rief nach ihrer Freundin. Aber die Nacht blieb still. Das Quaken eines Froschs war zu hören und das Rascheln des Schilfs im Wind. Wenn Melli auf der Plattform am Ende des Stegs saß, konnte sie die Rufe vermutlich nicht hören. Agnes löste die Halterung der Radleuchte und folgte dem Trampelpfad, der nun vor ihren Füßen erschien. Sie erreichte den Steg und ging, den wackeligen Planken folgend, bis zur Plattform. Aber dort war Melli nicht. Den Blick auf den angeleuchteten Pfad vor sich gerichtet, ging Agnes zurück. Niedergetretenes Gras, abgeknickte Halme des Ehrenpreises, eine kleine Insel von Sumpfdotterblumen und verschwommene Abdrücke von Schuhsohlen im matschigen Grund erschienen im Licht, um mit dem nächsten Schritt wieder in der Dunkelheit zu verschwinden. Kurz bevor sie ihr Rad erreichte, bemerkte sie eine Stelle, an der das Gras großflächig niedergetreten war, und Fußspuren, die aussahen, als hätte ein Derwisch seinen Tanz aufgeführt. Ihr Blick blieb an einer gelb blühenden Sumpfdotterblume hängen. Sie hatte rotbraune Sprenkel. Das sieht aus wie Blut, dachte Agnes und betrachtete die Pflanze genauer. Die Punkte befanden sich auch auf den grünen Blättern. »Quatsch«, sagte sie leise in die Stille. Vermutlich hat die Pflanze irgendeine Pilzkrankheit. Daneben funkelte etwas. Agnes hob es auf. Es war ein Ehering; schwer lag er in ihrer Hand. Eine Gravur war auf der Innenseite angebracht. Im Licht der Fahrradleuchte las Agnes einen Namen. Danach wagte sie nicht mehr, nach Melli zu rufen.

***

Gina hatte den Vorschlag gemacht, nach Feierabend noch etwas zu trinken. Dühnfort saß mit ihr bei einem Glas Wein vor dem Restaurant Gandl am St.-Anna-Platz. Die Nacht war mild und die Tische alle besetzt. Alois hatte sich vor fünf Minuten verabschiedet. Morgen kam sein Sohn übers Wochenende auf Besuch, und er musste das Bett, das er gestern gekauft hatte, noch zusammenbauen. Entspannt lehnte Dühnfort sich zurück und betrachtete den Vollmond. Als er den Blick wieder senkte, sah er, wie

Gina ihn lächelnd musterte. Fragend hob er die Augenbrauen.

»Ich hab schon befürchtet, dass du gleich anfängst, den Mond anzuheulen.«

»Sollte ich?«

»Na ja, das tun einsame Wölfe doch.« Sie neigte den Kopf zur Seite und sah ihn mit ihren Schokoladenaugen an.

Sie hält mich also für einen einsamen Wolf, dachte Dühnfort. Was sagt das nun über mich aus? Wieder fiel ihm auf, dass Gina verändert aussah, viel weiblicher, seit sie auf die Cargohosen verzichtete. Sie trug einen hellblauen Baumwollpullover, der wunderbar zu ihren dunklen Haaren und Augen passte, und dazu einen weiten Rock aus einem leichten, blumengemusterten Stoff, der knapp über die Knie reichte und Dühnforts Blick auf die sonnengebräunten Beine lenkte. Als er wieder hochsah, bemerkte, er, dass sie ihn beobachtet hatte.

»Der neue Look steht dir gut«, sagte er. »Ist es zu indiskret, wenn ich frage, ob da vielleicht ein Mann im Spiel ist?«

»Nein. Natürlich nicht«, sagte sie und lächelte ihn an.

Was nun?, fragte er sich. Natürlich nicht zu indiskret oder natürlich kein neuer Freund? Sein Handy begann zu klingeln. Er zog es aus der Tasche. Vermutlich kein Neuer, sonst würde sie an einem Freitagabend Besseres vorhaben, als mit mir hier herumzusitzen, dachte er und meldete sich.

»Hallo Tino, hier ist Agnes.« Sie klang atemlos. »Melli ist weg. Ich glaube, sie ist entführt worden.«

»Wer ist Melli?«

»Meine Nachbarin. Jakobs Erzieherin. Sie ist verschwunden. Ich habe sie gesucht und an ihrem Lieblingsplatz am See den Ehering ihres Mannes gefunden. Er ist letzte Woche tödlich verunglückt. Melli hat den Ring seither getragen und nun lag er am See, und die Stelle sieht so aus, als ob dort ein Kampf stattgefunden hat. Ich glaube, an einer Blume ist Blut.«

Das klang nicht gut. »Agnes, wo bist du jetzt?«, fragte er.

»Ich hatte mein Handy nicht dabei. Ich musste erst wieder nach Hause radeln.«

Gott sei Dank. »Wir fahren gleich los. In einer halben Stunde sind wir da. Bleib im Haus.«

»Wohin fahren wir gleich?«, fragte Gina, als Dühnfort das Handy zuklappte.

»Nach Mariaseeon. Jakobs Erzieherin ist verschwunden.« Dühnfort holte einen Schein aus der Geldbörse und beschwerte ihn mit dem fast noch vollen Weinglas.

»Wer ist Agnes?«

»Agnes Gaudera.«

»Aha.« Gina griff nach ihrem Rucksack, der über der Stuhllehne hing.

***

Ein Stück hinter der Marienkapelle ließen sie die Fahrzeuge stehen. Gina holte aus ihrem Auto Stiefel und Hose und zog sich um. Als sie in den Lichtschein der Taschenlampe trat, sah sie wieder vertraut aus.

Dann folgten sie Agnes zur Fundstelle des Rings. Dühnfort leuchtete mit einer Stablampe über Boden und Baumstämme. An einer Sumpfdotterblume hafteten tatsächlich Blutspritzer, und auch an der Rinde einer Kiefer, etwa auf Kopfhöhe, entdeckte er Blut. Einige kurze blonde Haare klebten daran. Er zog sein Handy aus der

Tasche – wie waren sie früher nur ohne diese Dinger ausgekommen? –, rief Buchholz an und erklärte ihm, wo er und seine Leute gebraucht wurden. »Wir treffen uns an der Marienkapelle.« Anschließend organisierte er einen Suchtrupp, der zunächst die nähere Umgebung des Tatorts durchkämmen sollte.

Gina setzte sich auf einen Holzstoß am Wegesrand. »Bis Buchholz hier ist, gebe ich den Zerberus, okay?«

Dühnfort dankte ihr, ging mit Agnes zurück zur Kapelle und fuhr sie dann nach Hause. Schweigend saß sie auf dem Beifahrersitz; ein angespannter Zug lag auf ihrem Gesicht. Das Verschwinden ihrer Nachbarin schien sie zutiefst zu beunruhigen. »Falls ihr heute Nacht einen Raum braucht, könnt ihr mein Arbeitszimmer haben«, sagte sie ganz unvermittelt.

Dühnfort wollte dieses Angebot zuerst ablehnen. Aber so sparten sie Zeit, die Lage war gut und das Büro mit Besprechungstisch, Faxgerät und PC bestens ausgestattet.

»Danke«, sagte er. »Das kann aber ein ziemlicher Trubel werden.«

»Das macht doch nichts. Ich werde sowieso nicht schlafen können. Glaubst du, dass Melli …«

»Ich glaube an Fakten«, sagte Dühnfort. »Und Fakt ist, dass deine Nachbarin nicht zu Hause ist. Ob das Blut von ihr stammt, wissen wir noch nicht, und den Ring kann sie verloren haben.« Der zweifelnde Klang seiner Stimme entging ihm nicht. Er verabschiedete sich von Agnes und fuhr dann wieder in den Forst, wo er Buchholz samt Mannschaft erwartete und zum See brachte.

Um kurz vor halb elf Uhr glich das Areal zwischen Badesteg und Waldweg einem Filmset. Buchholz hatte mit seinem VW-Bus zwei Generatoren bis hierher gefahren.

Der Lack am Auto war verkratzt, zweimal war er auf der kurzen Strecke steckengeblieben, aber sie hatten Licht.

Scheinwerfer erhellten die Szenerie, die Leute der Spurensicherung untersuchten, in weiße Overalls gekleidet, jeden Quadratzentimeter, und ein Suchtrupp machte sich bereit, das angrenzende Gelände zu durchforsten. Vermutlich würde hier bis zum Morgengrauen hektische Betriebsamkeit herrschen. Dühnfort erklärte Gina, wo sie für heute Nacht ihr Lagezentrum hatten.

»Sie ist Zeugin in einer laufenden Ermittlung«, sagte Gina. Ihm entging nicht, wie sich der Blick aus ihren Schokoladenaugen verdunkelte.

»Und? Ich habe nichts mit ihr, falls du das meinst.«

Gina zuckte mit den Schultern. »Falls sie in die Sache verwickelt ist, wäre es besser, wenn sie nicht mitbekäme, was wir tun.«

»Wie kommst du auf die Idee?«

»Ich? Du hast mich doch ihr Alibi prüfen lassen. Aber gut, du leitest die Ermittlung.«

Dühnfort fuhr mit Gina zu Agnes' Haus. Sie öffnete, noch bevor Dühnfort geläutet hatte, und führte sie ins Arbeitszimmer. »Mag jemand einen Cappuccino?«, fragte sie.

»Gerne«, sagte Dühnfort. Gina nickte. Agnes verließ den Raum. Der Klang ihrer Schritte verebbte im Flur.

»Kannst du die Bürgerbefragung organisieren?«, fragte Dühnfort Gina, die sich an den Besprechungstisch gesetzt hatte, auf dem noch eine Reihe von Schubern mit Agnes' Unterlagen standen. Sie nickte und zog ihr Handy aus einer der unzähligen Taschen ihrer Cargohose.

Dühnfort hatte sich entschlossen, Alexander Boos hinzuzuziehen, und erreichte ihn während der Pause eines Konzerts, das seine Schwester, eine bekannte Harfenistin, im Schloss Oberschleißheim gab. Er zögerte nicht: »Ich bin schon unterwegs.«

Gina steckte ihr Handy ein. »Alois ist in einer halben Stunde hier.«

Agnes brachte zwei Tassen Cappuccino, stellte eine vor Gina auf den Tisch, die das nicht zu bemerken schien, und reichte Dühnfort die andere. »Danke.«

»Ich räume das weg, dann habt ihr mehr Platz.« Agnes begann, die auf dem Tisch verstreuten Fotografien und Dokumente in Kartons zu packen und diese neben dem Computer zu stapeln.

»Alois bringt zwölf Mann mit. Dann geht das mit dem Leute-aus-den-Betten-Klingeln schneller. Wie schaut es mit Hubschraubern aus? Soll ich die anfordern?«, fragte Gina.

Dühnfort nickte. Gina griff erneut zum Telefon. Drei Wochen ist es erst her, dass wir das gleiche Prozedere hier haben ablaufen lassen: Suchmannschaft, Hubschrauber, Bürgerbefragung. Ist das Zufall? Sein Handy klingelte. Buchholz meldete sich. »Ich dachte mir, dass dich das interessiert. Wer auch immer Jakob entführt hat, hat sich jetzt seine Erzieherin geschnappt. Wir haben eine Ampulle Dormicum gefunden. Unbeschädigt. Vermutlich hat der Täter sie während des Kampfs verloren. Sie ist unterwegs ins Labor. Aber eines kann ich dir schon sagen: Fingerabdrücke sind nicht darauf. Wir lassen sie noch auf DNS-Spuren untersuchen.«

Dühnfort verabschiedete sich. Er legte die Hände in den Nacken und starrte an die Decke.

»Was hat Buchholz dir geflüstert, Boss?«, fragte Gina. Da war er wieder, der Zusatz Boss, registrierte Dühnfort, und das vage Gefühl, etwas übersehen zu haben, stellte sich ein. »Melanie Lechner befindet sich in der Gewalt von Jakobs Entführer. Buchholz hat eine Ampulle Dormicum gefunden.«

»Was?«, sagte Gina. »Das kann kein Zufall sein. Aber wo ist die Verbindung?«

Dühnfort nahm die Hände vom Nacken und setzte sich gerade hin. »Was ist das verbindende Motiv? Sexueller Missbrauch scheidet sicher aus.«

»Jakobs Erzieherin hat eine sehr kindliche, beinahe knabenhafte Figur«, sagte Gina.

»Trotzdem ist sie eine Frau. Aber sie hat Kallweit belastet.« Dühnfort wählte Kölles Nummer und erkundigte sich, wie Kallweit den Tag verbracht hatte.

»Anscheinend will er umziehen«, berichtete Kölle. Kallweit hatte am Nachmittag in München zwei Wohnungen besichtigt und war kurz vor sieben Uhr zurückgekommen. Seither hatte er das Haus nicht verlassen.

Gina stützte das Kinn in die Hand. »Vielleicht weiß Melanie Lechner etwas über Jakobs Entführung ...«

»Ganz sicher nicht«, sagte Agnes und legte einen Stapel Papiere in einen Karton. »Sie hat sich große Sorgen um Jakob gemacht. Sie hätte sogar ihre Hochzeit verschoben, wenn ihm etwas zugestoßen wäre.«

»Wir wollen ihr doch keine Tatbeteiligung unterstellen«, sagte Dühnfort. »Vielleicht weiß sie etwas, ohne sich über die Bedeutung im Klaren zu sein. Dann wäre sie für den Täter eine tickende Zeitbombe.« Gina hat recht. Agnes dürfte nicht hier sein, dachte er. Es ist mit unserer Arbeit nicht zu vereinbaren, dass sie mitbekommt, was wir tun. Er blickte zu Gina hinüber und fing einen Blick auf, der genau das sagen sollte.

»Frau Gaudera«, sagte Gina. »Sie sollten jetzt den Raum verlassen ...« Der pampige Tonfall gefiel Dühnfort nicht. Was war mit Gina los?

»Ja, natürlich«, erwiderte Agnes. »Aber ich möchte noch etwas über Melli sagen.« Sie strich sich eine Haarsträhne hinters Ohr. »Mellis Mann ist vor kurzem tödlich verunglückt. Das hat sie sehr getroffen …«

»Und? Was hat das mit dem Fall zu tun?« Gina verdrehte kaum merklich die Augen.

Dühnfort zog die Augenbrauen hoch, aber sie sah es nicht. Agnes schien irritiert zu sein und wandte sich nun an ihn.

»Melli hat sich bei der Beerdigung etwas danebenbenommen. Als der Pfarrer darüber gesprochen hat, dass der Tod von Franz einen gottgewollten Sinn hat, ist sie ihm ins Wort gefallen und hat sinngemäß gesagt, dass Gott, wenn es ihn überhaupt gäbe, das nicht zugelassen hätte, und wenn doch, dass er dann ein missgünstiger Tyrann sei. Falls also wirklich ein religiöser Fanatiker hier sein Unwesen treibt, dann hat Melli ihm vielleicht die Motivation für eine neue Tat geliefert.«

***

Er saß inmitten des Lichtkreises und versuchte, in seine Form zu finden. Aber es gelang ihm nicht. Melli war aus ihrer Ohnmacht erwacht. Ihr Geschrei durchdrang die Mauern, sickerte in seine Abgeschiedenheit, kroch Würmern gleich in die Gehörgänge und fraß sich durch bis ins Gehirn. Statt von Ruhe und Gelassenheit durchströmt zu werden, vibrierte er vor Nervosität. Es war zum Wahnsinnigwerden. Dieses Miststück!

Er schloss die Augen wieder, atmete tief ein, ließ die Luft langsam durch die Nase ausströmen. Vielleicht hätte er sich mehr Zeit nehmen sollen. Aber er hatte nicht länger warten wollen. Er hatte lange genug gewartet und darauf gebrannt, endlich zu beginnen. Mit Jakob habe ich schon unnötig Zeit vertan, dachte er und fuhr im selben Moment beschämt auf. Er bekreuzigte sich und kroch auf den Knien zur Madonnenstatue, küsste deren Füße. »Verzeih mir, Mutter, diesen unwürdigen Gedanken.« Wie konnte er an der ihm gestellten Aufgabe zweifeln? Vielleicht war sie gleichzeitig eine Prüfung für ihn selbst gewesen. Eine Prüfung in Demut und Geduld. Nun, er hatte sie bestanden. Aber wieder war alles durcheinandergeraten. Agnes hatte ihm gezeigt, mit wem er beginnen musste: nicht mit der Ehebrecherin und Hure, sondern mit der Gottesleugnerin. Das hatte Umplanungen nach sich gezogen. Im Wesentlichen blieb das Prozedere zwar gleich, aber im Szenario für die Läuterung gab es eine Variable: Die Strafe war der Schuld angemessen. Nicht nur in der Bibel war er fündig geworden. Die Beschäftigung mit den Strafen der Heiligen Inquisition hatte wunderbare Schätze zutage gefördert. Er schmunzelte. Noch hatten sie das Licht der Welt nicht wieder erblickt, waren erst bis in diese dunklen Gewölbe gedrungen. Aber bald …

Das Geschrei verstummte. Erleichtert atmete er aus. Dieses Biest machte nur Ärger. Wie es sich gewehrt hatte! Bei der Erinnerung stieg wieder Wut weißglühend in ihm auf. Zuerst hatte sie ihn überrascht angesehen. »Meine Güte, hast du mich erschreckt«, hatte sie gesagt und dann erst erkannt, dass sie allen Grund dazu hatte. Er griff nach dem Totschläger; das Drecksstück wich ihm aus. Die mit Eisenkugeln gefüllte Socke streifte es nur. Benommen torkelte es zur Seite und versuchte sich seinem Griff zu entwinden, trat und biss. Der Totschläger fiel zu Boden. Mit eisernem Griff packte er das Aas bei den Haaren, knallte den Kopf gegen den Baum. Es sackte zu Boden. Aber die Ampulle war weg. Er suchte und fand sie nicht. Alle Ruhe hatte ihn verlassen.

Was war schon dabei, wenn sie das Medikament fanden? Er war vorsichtig genug gewesen, es nur mit Handschuhen anzufassen. Sie würden nichts damit anfangen können. *Er ist wie ein Baum, gepflanzt an Wasserbächen, der seine Frucht bringt zu seiner Zeit und dessen Blatt nicht welkt; alles, was er tut, gelingt ihm.* Das Wissen um die schützende Hand, die über seinem Tun lag, ließ ihn ruhig werden. Ruhe, Friede, Gelassenheit hüllten ihn ein wie ein samtener Mantel. Er gab sich diesem Gefühl ganz hin.

Ein langgezogener Schrei durchdrang die Mauern der Gewölbe, riss ihn aus seiner inneren Welt. Er schnellte hoch, stieß die Tür auf, stürmte über den Gang, zerrte den Riegel beiseite und stürzte in den Kerker. Sein Herz raste. Er bebte vor Wut.

»Was fällt dir ein! Lass mich sofort raus!«, rief dieses Aas. Ihre linke Hand war mit der Handschelle an die Kette gefesselt. Die Füße waren allerdings frei. Sie stand neben dem Feldbett und ging auf ihn zu. Er wich so weit zurück, dass sie ihn gerade nicht erreichen konnte. Sie erinnerte ihn an Toy, wie sie da so fauchte und an ihren Fesseln zerrte. Toy war eine weitere Katze, mit der er sein Vergnügen gehabt hatte. Sie hatte der Buchhändlerin gehört.

Plötzlich war seine Wut verraucht. Was für ein sinnloses Aufbegehren. Sie war in seiner Gewalt, sein Spielzeug. Ja, er würde sie von jetzt an Toy nennen.

»Ich schrei so lange, bis mich jemand hört.« Aber sie schrie nicht mehr, es war eher ein Flüstern.

Er schmunzelte. »Dich hört niemand, kleine Toy.« Seine Stimme gefiel ihm, sie war tiefer als gewohnt und voller Autorität: die Stimme des Gesandten. Er wollte mehr davon hören.

»Ich heiße Melli, das weißt du«, sagte sie. »Lass mich gehen. Bitte.«

Süß.

»Ich sage auch niemandem etwas.« Sie setzte sich und der bittende, ja flehende Blick gefiel ihm. Er schüttelte den Kopf.

»Was willst du von mir?«

Wieder musste er lächeln. »Ich will dir nichts Böses«, sagte er und sah, wie sich ihre Gesichtszüge erleichtert entspannten. »Ich werde deine Seele retten«, fuhr er fort und fühlte, wie er über sich hinauswuchs.

»Was?« Die Angst bebte in ihrer Stimme.

»Du hast Gott gelästert und geleugnet. So kannst du nicht an Jesus glauben, der sich für uns ans Kreuz schlagen ließ. Er ist gestorben, um uns zu erlösen. Seine wunderbare Mutter hat dieses unsagbare Leid ertragen um unsretwillen. Und du leugnest es. Du nimmst die Erlösung nicht an und so ist deine Seele verdammt. Dann hat die Jungfrau Maria umsonst gelitten. Das darf nicht sein.«

Sie starrte ihn an, als ob er verrückt sei. Angst und Verwirrung spiegelten sich in ihrem Gesicht. Aber dann heftete sie ihren Blick an seinen. »Was erwartest du? Soll ich beichten? Und dann lässt du mich gehen.«

»Beichten, bereuen und …«, hier machte er eine kurze Pause, »… Buße tun.« Jedes Wort erfüllte ihn mit Vorfreude.

»Das ist nicht dein Ernst«, flüsterte sein Spielzeug und rutschte auf dem Feldbett an die Wand zurück.

Ja, jetzt bekam das Kätzchen langsam Angst. Nun dämmerte ihm, was bevorstand. Wobei seine Phantasie dafür sicher nicht ausreichte. Sein Blick wanderte durch das Gewölbe. Nun hatte es den Tisch entdeckt. Jetzt sah es den Dolch, sah die Haken und die Ketten und den Flaschenzug.

»Und dann lässt du mich gehen?«

Der Unterton von Angst, der mitschwang, erregte ihn. Er blickte seinem Kätzchen in die Augen und schwieg, sah, wie die Furcht wuchs. Jede einzelne Zelle, die ihn, den Gesandten, ausmachte, schien sich ihrer Macht bewusst zu sein, seine Nerven vibrierten vor Erwartung. Aber dieses grässliche Tier begann sich zu regen. Warum nur gelang es ihm so selten, diesen elenden Wurm zu bändigen? Höchste Lust und quälende Scham verbanden sich in ihm.

Er musste sich konzentrieren. Er brauchte nun Ruhe, sonst würde das Zeremoniell nicht gelingen. Es war wichtig, dass alles so ablief, wie er es geplant hatte. Nur so konnte er … Nein! Es ging um Höheres. Ich werde eine Seele retten, dachte er. *Eine Seele retten? Nicht dich selbst beflecken?*, flüsterte die innere Stimme. *Pass auf, wohin du die Hand legst*, höhnte sie kichernd, während das Untier sich aufrichtete. Ich brauche Ruhe, Ruhe, Ruhe, dachte er verzweifelt.

»Lass mich hier raus«, flüsterte sein Spielzeug.

Sie sollte endlich den Mund halten. Er wollte sich sammeln und nicht diskutieren. Sie musste schlafen, bis er so weit war. Er griff nach der Thermoskanne, die neben dem Bett stand, schraubte den Deckel ab, der gleichzeitig ein Becher war, und füllte ihn mit dem Gebräu aus heißem Kaba und Schlafmittel. Dabei versuchte er, den Geruch nicht einzuatmen. Er konnte ihn nicht ertragen, er quälte ihn. Welch wahrhaft süßer Schmerz.

»Trink«, sagte er. Sie starrte ihn aus schmalen Augen an, nahm den Becher und drehte ihn um. Der Kaba ergoss sich auf die Fliesen. Seine Hand bebte, als er ihn aufhob und erneut füllte. Mit festem Griff packte er ihren

Nacken und drückte ihr den Becher an den Mund. Mit ungeahnter Kraft entwand sie sich für einen Moment seinem Zugriff und stieß mit der freien Hand den Becher erneut fort. Wieder rollte er über den Boden.

»Verdammtes Miststück.« Mit der flachen Hand schlug er ihr ins Gesicht. Sie schrie auf. Ihr Kopf flog zur Seite, der Mundwinkel platzte auf. Blut sickerte aus der Wunde. Er hob den Becher erneut auf und goss den Rest Kaba hinein. Er nahm den Dolch, reichte ihr den Becher und setzte die Messerspitze an ihre Kehle. »Trink!«

Mit hasserfüllten Augen sah sie ihn an und trank. Er ließ das Messer sinken. »Weißt du was?«, stieß sie hervor. »Dein Gott ist weder allmächtig noch gütig. Sonst würde er nicht so viel Leid zulassen. Wenn er es verhindern wollte, warum schafft er das nicht? Ist er zu schwach, oder?« Triumphierend sah sie ihn an. »Oder wenn er es könnte, warum tut er es dann nicht? Ist dein Gott missgünstig?« Ihr Gesicht verzerrte sich zu einer hässlichen Fratze. »Aber vielleicht kann und will er das Leid gar nicht verhindern. Dann ist er auch nicht Gott. Gott gibt es also nicht. Ergo hat er auch keinen Sohn, dessen Mutter jungfräulich schwanger geworden ist.«

Er hörte diese elende Rede und seine Wut stieg stetig. Sie verhöhnte alles. Sie war eine Häretikerin schlimmster Sorte. Er sah seine Hand beben.

»Da lach ich doch«, sagte sie. »Jungfräulich schwanger werden …«

»Halt's Maul«, sagte er mit der Ruhe, die ihn immer dann erfasste, wenn die Wut den Zenit erreichte. Dann wurde sie zu einem Band weißglühenden Stahls, das über die Straßen eines Walzwerkes schoss, einem Ziel entgegen, das er allerdings nicht kannte. Er knallte ihr noch eine. Der Kopf schlug gegen die Mauer, sie kippte einfach um und fiel aufs Bett. Gut so! Er warf das Messer auf den Tisch und zerrte eine Schublade auf. Ein zielsicherer Griff und er hatte die Tube Sekundenkleber in der Hand. Eine halbe Minute später hatte er ihr den Mund zugepappt. Verdammtes Biest! Er knallte die Tür hinter sich zu, schob den Riegel vor und lehnte sich gegen die Mauer. Sein Gewand war besudelt. Er musste duschen und sich umziehen. Ihm wurde ganz heiß, eine Welle Übelkeit schwappte hoch. Er hatte es vermasselt. Er hatte ihr das Maul zugeklebt.

* * *

Dühnfort stand an eine Fichte gelehnt und beobachtete, wie Alexander Boos den Tatort inspizierte. Es war kurz nach Mitternacht. Das Stück Wald lag noch immer im hellen Licht der Scheinwerfer, die Generatoren dröhnten, Buchholz' Mitarbeiter drehten jedes Blatt um, nahmen Gipsabdrücke der Fußspuren und suchten mit fluoreszierenden Lampen nach Blut und Fasern.

Dühnfort hörte Schritte hinter sich. Er drehte sich um. Zuerst sah er den Lichtkegel einer Taschenlampe, dann Alois. Er stellte sich zu ihm.

»Wir haben einen groben Überblick darüber, was Melanie Lechner am Nachmittag getan hat. Sie war zuerst in München, bei einer Psychotherapeutin. Danach ist sie mit der S-Bahn nach Hause gefahren und hat dabei eine Frau aus dem Dorf getroffen. Das war gegen halb fünf. Um halb sieben hat der Sohn der Bäckerin sie gesehen. Er war mit dem Rad unterwegs zum Handballtraining nach Baierdilching und hat die Abkürzung durch den Forst genommen. Dabei hat er Frau Lechner kurz vor der Weggabelung da vorne gesehen.« Alois deutete in Richtung des Weges. »Außerdem hat ein Bauer um kurz vor fünf einen dunklen Geländewagen in den Forst fahren sehen. Er meinte, das könnte der Münch gewesen sein.«

»Hast du das schon überprüft?«

Alois nickte. »Er hat an der Kapelle Schindeln ausgewechselt, die der Sturm neulich beschädigt hat. Aber Frau Lechner hat er nicht gesehen. Dafür ist ihm kurz vor neunzehn Uhr ein heller Lieferwagen aufgefallen, der aus dem Naturschutzgebiet kam. Der Weg ist eigentlich nur für land- und forstwirtschaftlichen Verkehr freigegeben. Er dachte, es seien Brennholzdiebe.«

»Wieso das?«

»Dieser Teil vom Wald gehört ihm und weiter hinten am Weg hat er Meterholz lagern. Da verschwindet öfter mal was. Er hat nachgesehen. Aber es fehlte nichts. Wir sollten nach einem hellen Lieferwagen fahnden lassen. Kurz nach sieben ist er nämlich mit weit überhöhter Geschwindigkeit durchs Dorf gerast. Dafür habe ich zwei Zeugen, eine Mutter und ihren Sohn, die vom Bolzplatz kamen.«

»Haben wir das Fabrikat und eine bessere Farbangabe als hell?«, fragte Dühnfort. »Kann jemand den Fahrer beschreiben?«

Alois hob die Hände. »Münch meinte Weiß oder ein sehr helles Beige, vielleicht ein Fiat, den Fahrer konnte er nicht erkennen. Die Frau und das Kind sind sich nicht sicher, ob der Wagen weiß war. Er war ziemlich schmutzig. Der Junge sagt Renault, seine Mutter kennt sich mit Automarken nicht aus. Es ging alles sehr schnell. Auch sie können den Fahrer nicht beschreiben. Ich gebe die Fahndung raus. Ja?«

Dühnfort nickte.

»Dann bis später.« Alois schaltete seine Taschenlampe an und machte sich auf den Weg zu Agnes' Haus.

Alexander Boos verabschiedete sich mit Handschlag von Buchholz und kam zu Dühnfort herüber.

»Und?«, fragte Dühnfort. »Was hältst du von unserer Arbeitshypothese?«

»Zu wenige Daten bisher.« Boos rieb die Hände aneinander. »Langsam wird's kalt. Lass uns zum Auto gehen.«

Dühnfort schaltete seine Taschenlampe an. Und ging voran. »Hast du ähnliche Fälle gefunden?«

»Nein«, sagte Boos, der hinter ihm herstapfte. »Aber das kann sich ändern, sobald wir mehr Vergleichsdaten haben.«

»Wie ist deine persönliche Meinung?«

»Ehrlich?«

»Ja.«

»Ich glaube, dass hinter den Entführungen etwas anderes steckt. Diese religiöse Geschichte scheint mir weit hergeholt. Es gibt weder Spuren noch Zeugenaussagen, die diese Theorie stützen. Was ihr habt, ist eine Assoziation einer Zeugin, die in dem Scheiterhaufen, auf dem der Junge gefunden wurde, symbolisch einen alttestamentarischen Scheiterhaufen sieht. Dabei übersieht sie den Benzinkanister, ein Kunststoffseil und ein Päckchen Streichhölzer. Sehr neuzeitliche Gegenstände. Dann wieder eine Assoziation: Das Bild, das Jakob gemalt hat, soll ein Herz Jesu darstellen. Aber einige der signifikanten Merkmale dieses Herzens fehlen auf der Zeichnung. Dann der Bittgottesdienst, der in einer katholischen Gemeinde zu erwarten war und auf dessen Abhaltung der Täter keinen Einfluss genommen hat. Und nun die Entführung der Erzieherin. Objektiv gesichert ist, dass der gleiche Täter am Werk war. Aber warum? Nun, sie hat Gott geleugnet, vielleicht hat sie auch mal geflucht, vermutlich ist sie nicht jungfräulich in die Ehe gegangen. Das scheint nun zu dieser sehr intuitiven Hypothese zu passen. Aber ich glaube, dass es sich eher um selektive Wahrnehmung handelt. Es passt so schön.«

Dühnfort bog auf den breiteren Weg ein, auf dem weiter vorne sein Auto stand. Boos ging nun neben ihm. Dühnfort seufzte. »Wir müssen noch mal von vorne anfangen. Was verbindet diese beiden Entführungen? Welche Motivation treibt den Täter an? Wir vermuten, dass er Jakob ursprünglich laufen lassen wollte …«

»Ich habe mir die Unterlagen angesehen«, unterbrach ihn Boos, »und bin da nicht so sicher. Ich gebe dir recht, die Vorgehensweise legt nahe, dass der Entführer nicht erkannt werden wollte. Aber das kann auch andere Gründe haben. Vielleicht schlüpft er in eine Rolle, nimmt eine andere Identität, eine andere Form an, die es ihm ermöglicht, Macht auszuüben. Er will nicht als der erkannt werden, der er ist, sondern als ein anderer, der machtvoll ist, der alles kontrolliert.«

»In der Regel geht es bei Entführungen um Erpressung oder um sexuellen Missbrauch oder um die Vertuschung einer Straftat«, sagte Dühnfort. »Was denkst du, womit haben wir es hier zu tun?«

»Um eine Form des sexuellen Missbrauchs vielleicht«, sagte Boos.

»Wie soll das passen?«, fragte Dühnfort. »Ein fünfjähriger Junge und eine erwachsene Frau. Welche sexuelle Präferenz setzt das voraus?«

»Ein Kidnapper übt Macht aus; er übernimmt die totale Kontrolle über das Leben eines anderen. Das hat durchaus eine sexuelle Komponente. Und falls das hier der Fall ist, haben wir es mit einem Täter zu tun, der diesen Kick vermutlich immer wieder brauchen wird.«

»Erst ein Kind, dann eine Frau. Wie wählt er sie aus?« Sie hatten das Auto erreicht. Dühnfort öffnete die Tür.

»Er wird seine Kriterien haben. Nur können wir sie im Moment noch nicht erkennen. Wir haben zu wenige Daten. Vermutlich ist er ein schwacher Mensch. Vielleicht hat er mit Tieren begonnen. Ihr solltet jemanden suchen, der als Tierquäler aufgefallen ist«, sagte Boos. »Ich werde anhand der spärlichen Daten versuchen, ein vorläufiges Täterprofil zu erarbeiten. Versprich dir aber nicht zu viel davon. Das wird allenfalls eine grobe Skizze.«

Montag, 2. Juni

Das Klingeln des Handys riss Dühnfort aus einem Alptraum. Als er sich aufsetzte, wusste er nicht, was er geträumt hatte. Übrig blieb das diffuse Gefühl einer Bedrohung. 5.35 Uhr. Er tastete nach dem fiependen Telefon. Einen Augenblick später war er hellwach; eine Mischung aus Wut und Trauer vertrieb die Schatten des Traums.

Acht Minuten später war er auf dem Weg nach Mariaseeon. Das Handy steckte in der Freisprechanlage. Er wählte die Nummer von Gina, die sich meldete, als habe sie wach neben dem Telefon gelegen.

»Melanie Lechners Leiche ist gefunden worden«, sagte er knapp. »Wir treffen uns am neuen Waldfriedhof von Mariaseeon.« Er bat Gina, Alois zu informieren. Die Straßen waren beinahe leer. Dühnfort fuhr über den Mittleren Ring auf die Autobahn. Die Sonne ging glutrot auf.

Fieberhaft hatten sie am Wochenende daran gearbeitet, Hinweise auf Melanie Lechners Verbleib zu finden. Sie hatten mit Hunderten Menschen gesprochen, Telefonverbindungen überprüft, die finanziellen Verhältnisse beleuchtet. Nichts führte zu einem Hinweis. Sie arbeiteten Tag und Nacht, durchsuchten den Forst, Hütten, Scheunen und Stadel. Im Zehnkilometerumkreis gab es über zweihundertfünfzig Halter weißer oder cremefarbener Lieferwagen. Alle wurden überprüft, aber diese Arbeit war noch nicht abgeschlossen. Wie auch, in zwei Tagen? Merde. Dühnfort hieb auf das Lenkrad. Seit Freitagnacht sah er überall helle Lieferwagen. Es musste Unmengen davon geben. Im Rückspiegel erblickte er schon wieder einen. Dühnfort setzte den Blinker und verließ die Autobahn.

Ein paar Minuten später erreichte er den Friedhof. Ein Polizeifahrzeug und ein dunkelblauer Audi parkten davor. Dühnfort ging über Kieswege, bis er Stimmen aus einem der mit Hecken eingefriedeten Areale hörte. Eines der Gräber war frisch, die Erde noch angehäuft, Kränze und Gebinde verwelkten bereits. Daneben standen Aiblinger und ein glatzköpfiger Mann und unterhielten sich leise. Sie blickten auf, als sie Dühnfort bemerkten.

Aiblinger kam auf ihn zu. »Guten Morgen, Herr Dühnfort«, sagte er und reichte ihm die Hand. »Das ist Dr. Wiessner.« Aiblinger schluckte. »Und da liegt die Frau Lechner.« Er nahm seine Uniformmütze ab, als er mit Dühnfort neben das frische Grab trat.

Dühnfort warf einen Blick auf die Leiche, dann auf das Kreuz. Melanie Lechner lag neben dem Grab ihres Mannes im taufeuchten Gras. Ein altmodisches Nachthemd, mit Spitzen besetzt, reichte ihr bis zu den Fußknöcheln. Es war nicht verrutscht, sondern sorgsam zurechtgezupft. Nackte Füße ragten daraus hervor. Eine weiße Lilie steckte zwischen den auf der Brust gefalteten Händen. Am Ringfinger der rechten Hand blitzte der Ehering. Um den Hals lag eine schmale Silberkette mit einem Anhänger. Dühnfort bückte sich. Das Medaillon zeigte einen Engel in Form eines Halbreliefs. Der Anblick von Melanie Lechners Kopf stand in furchtbarem Gegensatz zu dem friedlich ruhenden Eindruck, den ihr Körper erweckte. So weiß wie Schnee, so rot wie Blut, dachte Dühnfort. Das Gesicht wächsern; tiefrote Wundränder, dort, wo die Lippen gewesen waren. Melanie Lechners

Mörder hatte sie mit einem scharfen Werkzeug abgeschnitten, die Schnittkanten waren glatt und exakt. Die Zunge quoll verfärbt zwischen den freigelegten Zahnreihen hervor. Aber der Hals wies keine Strangulationsmale auf. »Wer hat die Leiche gefunden?«

»Die alte Gareis. Ihr Mann ruht dort drüben.« Aiblinger wies auf eines der Gräber und erklärte dann, dass sie Austragsbäuerin sei und ihr Leben lang in aller Herrgottsfrühe aufgestanden war. »Das gewöhnt man sich im Alter nicht mehr ab. Kurz vor fünf ist sie zum Friedhof gegangen, um das Grab ihres Mannes zu gießen. Dabei hat sie die Leiche entdeckt. Die junge Gareis hat mich dann alarmiert.«

»Warum haben Sie Dr. Wiessner gerufen?«

»Das war blöd«, sagte Aiblinger und zwirbelte ein Ende seines Bartes. »Aber im ersten Moment hab ich gedacht, dass er vielleicht noch irgendwas tun kann.«

»Ich habe die Leiche nicht angerührt.« Wiessner trat näher. »Der Exitus war seit längerer Zeit eingetreten. Die Todesursache kann ich Ihnen nicht sagen. Aber man sieht ja, dass sie gefoltert worden ist.« Dr. Wiessner ging vor der Leiche in die Hocke. Dühnfort tat es ihm gleich. »Die Lippen …«, sagte Wiessner. »Und die Zunge. Jemand hat versucht, sie abzuschneiden oder herauszureißen. Sehen Sie diese Verletzung?« Der Arzt deutete auf einen Riss, der die Zunge längs spaltete. Der Anfang des Risses wurde vom Rachen verdeckt. In Dühnfort entstanden Bilder, die seinen Magen verkrampfen ließen. Er wischte sich mit der Hand über die Augen, erhob sich aus der Hocke und zog das Handy aus der Tasche. Boos meldete sich nicht. Dühnfort sprach eine Nachricht auf die Mailbox.

Ein VW-Bus rollte den Kiesweg entlang und hielt vor dem Gräberfeld. Frank Buchholz und zwei seiner Leute stiegen aus. »Kein schöner Anblick am frühen Morgen«, sagte Buchholz, nachdem er einen Blick auf die Leiche geworfen hatte. »Ist ein Rechtsmediziner unterwegs?«

Dühnfort nickte. Kurz nacheinander trafen Gina und Alois ein.

»Morgen«, sagte Alois. Gina atmete beim Anblick der Leiche einmal durch. Buchholz holte die Kamera aus dem Bus und begann zu fotografieren. Ein silberner BMW hielt hinter dem Fahrzeug der Spurensicherung. Die Rechtsmedizinerin Dr. Ursula Weidenbach stieg aus und kam auf Dühnfort zu. Kurze graumelierte Haare, ein ungeschminktes Gesicht, graue Augen, von einer randlosen Brille ein wenig vergrößert, verliehen ihr den Eindruck großer Kompetenz. Sie gab Dühnfort die Hand. »Dann wollen wir mal.«

Nachdem sie sich die Leiche angesehen hatte, holte sie einen Alukoffer aus dem Wagen und stellte ihn ins Gras. »Erdrosselt worden ist sie jedenfalls nicht«, sagte sie. »Auch wenn das im ersten Moment so aussieht. »Keine Würge- oder Strangmale.« Sie öffnete ein Augenlid. »Auch keine Einblutungen.« Dann betrachtete sie Mund und Zunge, klappte unter Aufbietung einiger Kraft den Unterkiefer herunter. »Das sieht ja übel aus. So etwas habe ich noch nicht gesehen. Das muss genauer untersucht werden.« Dann öffnete sie mit latexbehandschuhten Fingern die Knöpfe des Nachthemdes bis zu den gefalteten Händen, legte die Lilie beiseite und schlug die Stoffteile auseinander. »Da haben wir eine mögliche Todesursache«, sagte sie und wies auf eine schmale, mandelförmige Öffnung unterhalb der linken Brust. »Aber nageln Sie mich nicht fest. Stichverletzung ins Herz. Dass das nicht hier passiert ist, brauche ich wohl niemandem zu erklären«, sagte sie und stand auf.

»Können Sie schon etwas zum Todeszeitpunkt sagen?«, fragte Dühnfort.

»Könnte ich schon. Wäre aber nicht sehr aussagekräftig«, erwiderte sie und lächelte ihn an.

»Der Rigor mortis scheint voll ausgebildet zu sein«, sagte Alois. »Sie hatten ja ziemliche Probleme, den Kieferknochen zu bewegen.«

»Das sagt nicht viel. Acht bis zwanzig Stunden. Außerdem bin ich eine schwache Frau. Sie hätten keine Probleme gehabt, den Kiefer zu bewegen.« Dr. Weidenbach holte ein Thermometer aus dem Koffer und legte es neben die Leiche ins Gras. »Sie müssen sich gedulden. Heute Nachmittag weiß ich mehr.« Sie notierte die gemessene Temperatur und nahm anschließend eine Messung an der Leiche vor.

»Was ist mit der Zunge passiert?«, fragte Dühnfort.

»Jemand hat versucht, sie herauszuschneiden oder herauszureißen. Ziemlich dilettantisch. Vermutlich mit einem stumpfen Werkzeug. Nageln Sie mich aber nicht fest. Auch dafür sind genauere Untersuchungen notwendig.« Dr. Weidenbach packte zusammen und besprach sich mit Buchholz. Die Leiche würde demnächst ins Institut für Rechtsmedizin überführt werden. Die Kriminaltechniker schleppten Kisten und allerlei Gerät herbei. Dühnfort entschloss sich, Pfarrer Schops aufzusuchen.

***

Zu Dühnforts Überraschung war Schops schon auf. Er bat ihn in die Küche, einen großen Raum mit niedriger Decke, dunklem Holztisch und passenden Stühlen. Er war damit beschäftigt, Frühstück zu machen. »Frau Schulz kommt heute erst gegen Mittag«, sagte er und legte ein zweites Gedeck auf. »Sie sehen elend aus«, stellte er fest und zog die Kaffeekanne aus der Halterung der Maschine. »Kaffee?«

Dühnfort nickte.

Mit einer Handbewegung bot Schops ihm Platz an und setzte sich dann ebenfalls.

»Heute Morgen wurde Melanie Lechner gefunden. Sie ist ermordet worden«, sagte Dühnfort.

»O mein Gott.« Schops stellte die Tasse ab. »Natürlich begleite ich Sie. Es ist keine leichte Aufgabe, eine solche Nachricht zu überbringen.«

Deswegen war Dühnfort nicht gekommen, aber er war für dieses Angebot dankbar. »Das ist sehr freundlich von Ihnen«, sagte er und bemerkte, dass Schops feuchte Augen bekam.

»Ich habe vor achtundzwanzig Jahren diese Pfarrei übernommen. Melanie war das erste Kind, das ich getauft habe. Die erste Heilige Kommunion hat sie aus meiner Hand empfangen, ich habe sie getraut, letzte Woche habe ich ihren Mann bestattet und nun muss auch ich sie der Erde übergeben.« Schops schob die Kaffeetasse weg und zog aus der Brusttasche seines Hemdes ein Päckchen Zigarillos und Streichhölzer. »Es stört Sie doch nicht«, sagte er und zündete sich einen Glimmstängel an.

Er war also der Nachfolger des Pfarrers, der Veith und dessen Freund Sepp missbraucht hatte. Und vielleicht auch noch andere, überlegte Dühnfort. Aber das war lange her. »Frau Lechner hat den Tod ihres Mannes sehr schwergenommen«, sagte Dühnfort. »Bei der Beerdigung soll sie Gott gelästert haben.«

Schops blies eine Rauchwolke in Richtung Decke. Nachdenklich blickte er ihr hinterher. »Bei Ihrem letzten Besuch haben wir diskutiert, ob Jakobs Entführung einen religiös eingefärbten Hintergrund hat. Melanie ist ebenfalls entführt worden. Und nun fragen Sie mich, ob sie Gott gelästert hat. Das wollten Sie doch wissen?«

Dühnfort nickte.

»Dafür gibt es nur eine Erklärung: Melanie wurde auf eine Weise getötet, die Sie vermuten lässt, dass sie für ihre lästerlichen Worte betraft wurde.«

»Ja«, sagte Dühnfort. »Ich befürchte das. Außerdem müssen wir annehmen, dass der Täter erst begonnen hat. Bevor ich nun zeitraubende Recherchen im Internet oder in Bibliotheken beginne, habe ich gehofft, in Ihnen einen Fachmann zu finden, der mir schnell Auskunft geben kann. Können Sie?«

Schops nickte und sog am Zigarillo, rot leuchtete die Glut auf, dann stieß er den Rauch aus und drückte den Stumpen auf dem Frühstücksteller aus. »Ich habe Theologie studiert und promoviert.«

»Gut«, sagte Dühnfort.

»Ich vermute, dass Melanie Lechner die Zunge herausgeschnitten wurde«, sagte Schops. »Oder irre ich mich?«

»Es sieht so aus, als hätte der Täter das versucht. Die Zunge ist der Länge nach eingerissen und an der Wurzel beinahe abgetrennt«, sagte Dühnfort. »Außerdem hat der Täter die Lippen abgeschnitten.«

»Die Lippen ... abgeschnitten.« Schops Stimme versagte beim letzten Wort. Er wurde blass. Nach einer Weile des Überlegens sagte er: »Zu den Lippen fällt mir nichts ein. Aber die Zunge ... eingerissen, sagen Sie. Das Herausschneiden der Zunge wurde während der Inquisition praktiziert, war allerdings auch die Leibstrafe für Gotteslästerei, deren Verhängung das Strafgesetzbuch *Constitutio Criminalis Caroli* vorsah, kurz *Carolina* genannt. Die Carolina war die Gerichtsordnung Karls des

Fünften und des Heiligen Römischen Reichs, also eine weltliche Strafordnung, die allerdings ihre Wurzeln im italienischen Strafrecht hatte, das wiederum stark von der Kirche geprägt war. Aber Gotteslästerei war kein todeswürdiges Delikt«, sagte Schops.

»Die Todesursache ist vermutlich ein Stich ins Herz«, fügte Dühnfort hinzu. »Das muss rechtsmedizinisch geklärt werden. Momentan wissen wir noch nicht, ob der Stich post mortem zugefügt wurde, also ob Frau Lechner an den Folgen der Folter gestorben ist oder ob sie mit einem Stich ins Herz …«

»… von ihren Qualen erlöst wurde«, vollendete Schops den Satz.

»Haben Sie eine Erklärung für den Riss in der Zunge?«

»Das ist ungewöhnlich, aber ich habe davon schon einmal gelesen.« Schops schloss die Augen, der Zeigefinger seiner rechten Hand glitt wie die Nadel eines Seismographen über die Tischplatte, plötzlich stoppte er. Die Augen gingen auf. »Fünftes Jahrhundert, Spanien«, sagte Schops. »Da war ein Text in Umlauf, dessen Titel mir leider nicht präsent ist. Dieser Text verbreitet die Vorstellung, dass Sünderinnen in der Hölle an den Geschlechtsteilen, an den Zungen oder an den Augen hängen, sündige Jungfrauen werden auf dem Rost gebraten, sündige Frauen an den Brüsten gebrannt, Ehebrecher erleiden die Marter an den Genitalien und Gotteslästerer werden an ihren Zungen aufgehängt. Dazu gab es eine Illustration von einer Frau, deren Zunge von einem an der Decke hängenden Haken durchbohrt ist. Die Zunge ist eingerissen.«

»Das ist sadistisch und krank«, sagte Dühnfort. »Das hat doch nichts mit Glauben zu tun.«

»Damit sind wir wieder bei unserem Gespräch von neulich. Das ist alles eine Frage der Perspektive«, erwiderte Schops. »Wenn die Macht der Worte nicht ausreicht, die Häretiker zu überzeugen, dann, so empfahl es Augustinus von Hippo, der geistige Vater der Inquisition, dann sollte gemäßigte Strenge wie Geißelungen, Buße und Verbannung zur richtigen Einstellung verhelfen. Und wenn das immer noch nicht ausreichte, schien auch die Todesstrafe gerechtfertigt. Dieses Treiben wurde mit christlicher Nächstenliebe begründet: Man musste einem Abtrünnigen den rechten Weg zeigen, notfalls unter Zwang. Häretiker galten als verirrte Schafe, die mit allen Mitteln zur Herde zurückgeführt werden mussten. Folter galt als legitim, da sie nur das sündige Fleisch, aber nicht die Seele schädigte.«

»Wir leben nicht mehr zu Zeiten der Inquisition. Es ist schwer vorstellbar, dass heute jemand, der gläubig ist, tötet. Du sollst nicht töten, lautet schließlich eines der Gebote.«

Schops Blick ging in die Ferne. »*Gott ehret das Schwert so hoch, dass er es sein eigen Ordnung heißt, und will nicht, dass man sagen solle, Menschen haben es erfunden oder eingesetzt. Denn die Hand, die solch Schwert führet und würget, ist alsdann nicht mehr Menschenhand, sondern Gotteshand, und nicht der Mensch, sondern Gott hänget, rädert, enthauptet, würget und krieget, es sind alles seine Werke und Gerichte.*« Der Pfarrer blickte zu Dühnfort. »Martin Luther. Die Zwei-Reiche-Lehre. Dort setzt er das christliche Liebesgebot im weltlichen Bereich außer Kraft. Im Reich Gottes ist kein Zorn, sondern eitel Liebe; aber in der Welt Reich gilt es nicht schonend oder barmherzig sein, sondern strafen.«

»Melanie Lechners Mörder treibt also möglicherweise

der Wahn an, Seelen zu retten«, sagte Dühnfort. Unvorstellbar, dachte er.

***

Als Dühnfort sich erhob, wurde es still im Raum. Um den Konferenztisch hatten sich neben Gina und Alois Frank Buchholz, Alexander Boos, Beatrice Mével und Ursula Weidenbach versammelt. Das kalte Licht der Deckenbeleuchtung verlieh allen eine unnatürliche Blässe, ließ sie übermüdet und überarbeitet aussehen. Die Nacht blickte schwarz zu den Fenstern herein. Ein anstrengender Tag lag hinter ihnen und er war noch nicht zu Ende.

»Ihr habt die Worte *Es ist, wie es ist* schon oft von mir gehört. Wir können es nicht ändern, die Zeit nicht zurückdrehen. Heute müssen wir ertragen, dass es uns nicht gelungen ist, Melanie Lechner rechtzeitig zu finden. Wir haben alles in unseren Kräften Stehende getan und ich danke euch für euren Einsatz, aber ein brutaler Mörder war schneller als wir. Im Moment gehen wir davon aus, dass Jakobs Entführung und der Mord an seiner Erzieherin den Beginn einer Serie darstellen. Mehr dazu später von Alexander Boos und Beatrice Mével.« Dühnfort setzte sich.

Alois berichtete als Erster. Die Suche nach dem Lieferwagen war aufgrund der vagen Angaben bisher im Sande verlaufen. Es waren aber noch etwa hundert Fahrzeuge zu überprüfen. Danach trug Buchholz die Ergebnisse der Spurensicherung vor. Offenbar hatte der Täter die Leiche über einen Feldweg zum Friedhof gebracht und dort über den Zaun getragen. Im Maschendraht und am Gebüsch, das auf der Friedhofsseite den Zaun kaschierte, hatte Buchholz schwarze Fasern gesichert, ebenso am Nachthemd, mit dem der Täter die Leiche bekleidet hatte.

»Diese Fasern sind identisch mit denen, die unter Jakobs Fingernägeln gefunden wurden. Neben der Ampulle ein weiteres Indiz dafür, dass wir es in beiden Fällen mit ein und demselben Täter zu tun haben.« Die Tatwaffe blieb verschwunden. Auf dem Friedhof, den angrenzenden Wiesen und Feldern war sie nicht zu finden gewesen. Auch der Strauß Lilien gab nicht viel her. Man bekam sie in jedem Blumenladen. Gina hatte am Nachmittag die Floristinnen in Mariaseeon und Umgebung befragt, keine konnte sich an einen Kunden erinnern, der weiße Lilien gekauft hatte.

»Machen wir mit dem Nachthemd weiter«, sagte Dühnfort. »Das ist keine Massenware, sondern Handarbeit, altes Leinen und Spitzen. Woher stammt es? Wo bekommt man so ein Stück heutzutage?«

»Das kann man auf Trödel- und Leinenmärkten kaufen. Es gibt Leute, die sammeln solche Sachen«, sagte Gina. »Sogar aus Osteuropa karren die Händler das Zeug heran. Da gibt es sicher Fachleute dafür. Ich kümmere mich darum.«

Blieb noch die Kette. Alois hatte mit Melanie Lechners Mutter gesprochen. Die Kette gehörte ihrer Tochter, ein Geschenk der Großtante zur Firmung. Allerdings hatte sie sich gewundert, dass Melli das Stück noch besaß und sogar trug.

»Machen wir weiter mit der Rechtsmedizin. Schön, dass Sie gekommen sind«, sagte Dühnfort zu Ursula Weidenbach. »Solchen Service sind wir nicht gewöhnt. Normalerweise müssen wir uns mit Papierstapeln, Telefonaten und eilig geführten Gesprächen begnügen.«

»Keine Ursache«, sagte sie und begann, mit Blick auf die Unterlagen, ihren Bericht. Als Todesursache hatte sich die Stichverletzung ins Herz herausgestellt. Bei der

Tatwaffe handelte es sich um einen Dolch mit einer Klingenlänge von hundertfünfundvierzig Millimetern. »Der Stich ist sehr präzise geführt worden. Das gelingt nicht beim ersten Mal. Sie sollten davon ausgehen, dass der Täter geübt hat. Vermutlich mit Tieren. Der Todeszeitpunkt liegt zwischen neunzehn und zwanzig Uhr am Sonntagabend. Der Täter hat die Leiche gründlich gewaschen und sogar die Fingernägel geputzt. Es gibt daher keine DNS-verwertbaren Spuren.«

»Merde«, entfuhr es Dühnfort.

»Aber etwas Ungewöhnliches haben wir gefunden: Cyanacrylat in der linken Nasenfalte und auf einem der Schneidezähne.« Ursula Weidenbach sah in die Runde. »Das ist Sekundenkleber.«

»Sekundenkleber«, wiederholte Gina. »Wozu ... was darf man sich da vorstellen?«

Dühnfort hatte eine Vermutung. »Sie hatte Gott gelästert. Vielleicht wollte er verhindern, dass sie das noch einmal macht. Aber die eigentliche Bestrafung sah vor, ihr die Zunge herauszuschneiden. Nachdem er ihr den Mund zugeklebt hatte, ging das nicht mehr. Deshalb musste er ihr die Lippen abschneiden.«

»Das ist ja eine furchtbare Luft hier drinnen.« Gina stand auf. Dühnfort bemerkte, wie sie den Kopf kurz an die Scheibe lehnte, bevor sie ein Fenster kippte und sich wieder setzte.

Ursula Weidenbach setzte ihren Bericht fort. Die Leiche wies neben Fesselspuren, diversen Hämatomen und Hautabschürfungen auch Knochenbrüche an den Armen auf. Der Rücken war großflächig mit Platzwunden übersät, die vermutlich von Peitschenhieben herrührten. Die Zunge war mit einem spitzen Gegenstand durchbohrt worden und eingerissen, außerdem wies sie an der Wurzel tiefe Einschnitte auf, die von einem stumpfen Werkzeug, vermutlich einem Draht, stammten.

»Der Täter hat also wesentlich mehr getan, als aus seiner kranken Sicht notwendig war, um Melanie Lechner zu bestrafen«, sagte Dühnfort.

»Wenn er die Zunge abschneiden wollte, dann hätte er den Dolch benutzen können. Warum Draht?«, fragte Alois.

»Er wollte sie nicht abschneiden«, sagte Dühnfort und schilderte Schops Beschreibung des mittelalterlichen Folterbildes. »Vermutlich wollte er sein Opfer an der Zunge aufhängen, aber vielleicht hat die Zunge das Körpergewicht nicht getragen und ist eingerissen. Danach hat er es mit einem Draht probiert.«

Gina war blass geworden. Die Sommersprossen traten deutlich hervor. »Ein perverser Sadist. Das tut er doch nicht aus religiösen Gründen.«

»Sicher nicht«, sagte Alexander Boos. »Dieser Mord ist charakteristisch für einen Sadisten mit bizarren Gewalt- und Tötungsphantasien. Vermutlich hat er sie jahrelang in seiner Vorstellung ausgelebt.«

»Was muss geschehen sein, damit er diese Grenze überschritten hat?«, fragte Alois.

»Das kann eine Kleinigkeit gewesen sein, der berühmte Tropfen, der das Fass zum Überlaufen bringt«, sagte Beatrice Mével.

»Wenn er wirklich gläubig ist, braucht er eine Legitimation für seine Verbrechen, dann glaubt er möglicherweise, in höherem Auftrag zu handeln.« Dühnfort fasste seine Gespräche mit Schops zusammen. »Wir suchen also einen Sadisten, der sich ein christlich fundamentalistisches Mäntelchen umgehängt hat.«

»Leider ist das nicht sichtbar. Wen suchen wir also?«,

sagte Gina. »Gibt es schon so etwas wie ein Täterprofil?«

»Einen Ansatz haben wir auf Basis eurer Arbeitshypothese und der uns zur Verfügung gestellten Daten entwickelt«, sagte Boos. »Ihr sucht einen Mann, erfahrungsgemäß etwa ab fünfundzwanzig Jahre alt, vermutlich aber deutlich älter. Sein Glaube wird ihn zunächst in Schach gehalten haben. Möglicherweise hat er sich, wie ja schon angesprochen, anfangs mit Tieren abgegeben. Das ist die übliche Entwicklung. Er verbringt viel Zeit damit, seine Opfer auszuspionieren und ihnen aufzulauern. Das legt erstens nahe, dass er keiner geregelten Beschäftigung nachgeht, also vielleicht arbeitslos ist, und zweitens, dass es sich um eine zwanghafte Persönlichkeit handelt, da er seine Taten akribisch plant und nichts dem Zufall überlässt. Seine Opfer stammen beide aus Mariaseeon. Die Entführung von Melanie Lechner erfolgte aufgrund einer Äußerung, die sie bei einer Beerdigung gemacht hat. Das ist zwar eine öffentliche Veranstaltung, wird aber in der Regel von Familienangehörigen, engen Freunden und Nachbarn besucht. Ich denke, dass der Täter in Mariaseeon oder naher Umgebung wohnt oder sich dort häufig aufhält. Wir glauben auch, dass er Anfänger ist. Dafür spricht die Tatsache, dass bei seinen bisherigen Taten einiges schiefgelaufen ist. Jakob kam frei, die Bestrafung von Melanie Lechner klappte nicht wie geplant, er musste improvisieren. Es ist davon auszugehen, dass er weitermachen wird und dass er sein Vorgehen perfektionieren wird.« Boos nickte in die Runde.

»Eine Ergänzung vielleicht noch«, sagte Beatrice Mével. »Wir haben es hier auf alle Fälle mit einer Form von pathologischem Sadismus zu tun. Der muss aber nicht auf jeden Fall sexuell motiviert sein. Zwar geht das Ausüben von Macht und Gewalt über einen anderen meistens mit sexueller Erregung einher, aber es gibt eine Variante, die des kompensatorischen Sadismus, bei der die sadistische Handlung die sexuelle Befriedigung vollständig ersetzt.«

»Damit wäre meine Frage fast schon beantwortet«, sagte Gina. »Nämlich die, wie Jakob da ins Bild passt. Aber wenn der Täter alleine durch die totale Kontrolle und das Quälen eines anderen Befriedigung erfährt, dann wäre das ja eine Erklärung. Wie darf man sich diese Befriedigung eigentlich vorstellen, wenn sie nicht sexuell ist?«

»Es ist eine seelische Befriedigung. Diese Taten bringen ihn ins Lot, verschaffen ihm für einige Zeit das Gefühl …«

»Aber Jakob hat er nicht gequält, er hat ihn eher fürsorglich behandelt«, mischte Alois sich ein.

»Das stimmt«, sagte Beatrice Mével. »Allerdings konnte er nicht vollenden, was er geplant hatte. Jakob wurde gefunden. Wir wissen also nicht, welchen sadistischen Handlungen er sonst ausgesetzt gewesen wäre. Sie vermuten doch, dass er den Jungen verbrennen wollte. Das käme einer totalen Vernichtung gleich.«

»Aber womit hat er diese Tat bemäntelt?«, fragte Dühnfort. »Jakob ist doch noch viel zu klein, um Sünden zu begehen, er hat die heilige Kommunion noch nicht erhalten und darf noch gar nicht beichten. Er lebt also in einem Zustand der Unschuld.«

»Das ist doch im Moment egal«, sagte Alois. »Wir wissen, wie der Täter tickt. Und er tickt gefährlich. Wenn er alle Sünder bestrafen will, dann sind vermutlich neunzig Prozent der Mariaseeoner in Gefahr …«

»Das glaube ich nicht«, sagte Beatrice Mével. »Die religiösen Motive sind vorgeschoben. Damit rechtfertigt er sein Treiben vor sich selbst. Ich glaube, dass er es auf Frauen abgesehen hat.«

»Wieso denn das? Und Jakob?«, fragte Gina.

»Ich weiß es nicht. Das ist mehr ein Bauchgefühl. In der Regel bevorzugen Sadisten einen bestimmten Opfertyp. Vielleicht war Jakob eine Art Versuch. Wenn er tatsächlich seine Befriedigung darin finden würde, kleine Buben zu quälen, hätte er beim zweiten Mal nicht eine Frau in seine Gewalt gebracht. Fakt ist auch, dass Sadisten in den prägenden Phasen von Kindheit und Pubertät überproportional häufig selbst Opfer von Misshandlung und Vernachlässigung geworden sind, in den meisten Fällen in der eigenen Familie. Ich glaube, er wird künftig Frauen aussuchen. Vielleicht stellvertretend für seine Mutter, die er nicht quälen kann, weil sie eventuell schon verstorben ist oder weil er in diesem Fall sofort enttarnt würde.«

Georg Veith, dachte Dühnfort. Er wurde von einem Sadisten gequält, er wurde ausgepeitscht, genau wie sein Freund Sepp, genau wie Melanie Lechner. Aber der Täter ist tot. Und da sicherlich nicht sein Geist in Mariaseeon umhergeht, hat er einen Nachfolger gefunden. Wen? Ist eines der Opfer in seine Fußstapfen getreten?

»Es gab vor beinahe dreißig Jahren in Mariaseeon Fälle von sadistischem Missbrauch. Mir sind die Namen von zwei Ministranten bekannt, die damals vom Pfarrer missbraucht und sadistisch gequält wurden. Er hat sie mit einer Peitsche malträtiert. Der eine hat Selbstmord verübt. Wir müssen mit dem anderen, Georg Veith, reden. Sicher gibt es weitere Opfer. Vielleicht ist eines von ihnen zum Täter geworden.« Was ist das nur für ein Dreck, in dem wir ständig wühlen?, fragte Dühnfort sich.

»Was ist mit Veith selbst? Schließen wir den aus?«, fragte Gina.

»Er ist berufstätig, verheiratet und außerdem ist er bei der Wasserwacht aktiv. Er rettet Leben. Ich denke, das passt nicht zum Täterprofil«, sagte Dühnfort.

»Was ich nicht verstehe: Der Täter quält mit ungeheurer Brutalität. Er genießt den Anblick von Leiden, von Blut und Wunden. Warum wäscht er dann Melanies Leiche und richtet sie sorgsam her?«, fragte Gina.

»Also gewaschen hat er sie sicher, um Spuren zu beseitigen«, sagte Alois.

»Das sicher auch. Aber wahrscheinlich wahrt er so den Anschein vor sich selbst. Er hat eine Seele gerettet, das ist eine erhabene Tat, aber die Seele kann man nicht sehen, nur den geschundenen Körper, der sicher nicht erlöst aussah. Er musste das Ergebnis seiner Tat in Einklang bringen mit der Vorstellung von dem, was er zu tun glaubte«, erklärte Beatrice Mével.

Es sind die Bilder, die uns beherrschen, dachte Dühnfort.

***

Agnes hatte den Tag in München verbracht. Zuerst war sie shoppen gegangen. Für Michael kaufte sie eine Flasche Single-Malt-Whiskey als Dank für die Umzugshilfe. Bei Beck erstand sie zwei Blusen und ließ in der dortigen Kosmetikabteilung eine Menge Geld. Danach ging sie einen Happen essen und suchte dann Werner zum vereinbarten Zeitpunkt in seinem Büro auf.

Als sie die eleganten Büroräume in der Maximilianstraße betrat, verließ sie aller Mut. War sie nicht zu lange raus aus dem Job, um gleich so groß wieder einzusteigen? Aber im Laufe des Gesprächs dachte sich Agnes aus dem Stegreif eine Handvoll Werbemaßnahmen zur Vermarktung der Luitpoldhöfe aus, die Werner überzeugend und originell fand. Er rief sofort seinen Auftraggeber an und vereinbarte einen gemeinsamen Besprechungstermin für kommende Woche. »Jetzt ruf ich Kathrin an und dann gehen wir drei schön essen«, sagte er.

Doch trotz der Ablenkung durch das gemeinsame Essen war es Agnes nicht gelungen, die Sorge um Melli zu vergessen. Als sie nun den Weg hinunter zu ihrem Haus fuhr, sah sie in Mellis Haus Licht brennen. Ein Stein fiel ihr vom Herzen. Sie parkte, nahm die Einkaufstüten aus dem Kofferraum und blickte auf die Uhr. Beinahe Mitternacht. Eigentlich nicht die passende Zeit für einen Besuch. Besser, sie rief vorher an.

Auf dem Weg zur Haustür zog sie die Hausschlüssel aus der Handtasche. Der Bewegungsmelder erfasste sie, das Licht über der Tür ging an. Auf den Stufen lag ein Strauß weißer Lilien. Überrascht bückte Agnes sich und hob den Strauß auf. Von wem mochte er sein? Eine Karte steckte zwischen den Blüten. *Danke, Agnes.* Mehr nicht, kein Name. Was soll das?, fragte sie sich. Wer bedankte sich und wofür? Sie mochte Lilien, ganz besonders die weißen. Da sie schon ein wenig die Köpfe hängen ließen, musste der Anruf bei Melli noch einen Augenblick warten.

***

Er stand an den Stamm der Blutbuche gelehnt. Das Licht in der Küche ging an. Kurz sah er Agnes am Fenster vorbeigehen, wenig später wurde es im Wohnzimmer hell. Die Vorhänge waren nicht zugezogen. Agnes betrat das Zimmer und nahm eine Vase aus dem Regal. Nein, nicht die weiße, dachte er. Die grüne passt besser. Weiß und Grün, die Farben der Reinheit und Unschuld. Agnes betrachtete die Vase, zögerte einen Moment und stellte sie zurück. Dann griff sie nach der grünen und verließ den Raum.

Freude explodierte in ihm. Tränen schossen ihm in die Augen. Sie ist mein Gegenstück, wir sind zwei Teile eines Ganzen. Endlich ein Mensch, dem ich vertrauen kann, der zu mir gehört. Dieses Gefühl war so überwältigend, dass es ihm die Kehle zuschnürte. Verwirrt und glücklich schlich er sich in die Nähe des Küchenfensters. Er beobachtete, wie sie die Vase füllte. Jede Blume schnitt sie erst an und stellte sie dann ins Wasser. Wie sorgsam sie war und wie anmutig, wie schön, diese Hände, vielleicht würden sie einmal … Er wagte diesen Gedanken nicht zu Ende zu denken. Sie ist die Eine. Sie ist nicht wie die anderen. Diese Weiber. Allesamt Miststücke, Verräterinnen wie seine Mutter. Verführerinnen wie Anna. Er hatte sie geliebt. Sie hatte mit ihm gespielt. Hatte ihn gelockt und weggestoßen und wieder gelockt und als … Er wollte nicht daran denken. Dennoch sah er die Hand wieder, die sie vor den Mund schlug, das Kichern quoll hervor wie galliger Schleim. Er fühlte, wie der elende Wurm zusammenschrumpelte, sich kleiner machte, als er ohnehin war. Seither hatte er keine Frau mehr angerührt. Es war so entsetzlich demütigend gewesen. Kalter Schweiß bedeckte seine Stirn. Er versuchte, ruhig zu atmen. Nun würde endlich alles gut werden.

Agnes trug die Vase ins Wohnzimmer. Er bezog wieder seinen Platz unter der Blutbuche. Sie stellte die Blumen auf den Couchtisch und griff zum Telefon. Er hörte, wie das Telefon in Mellis Haus zu läuten begann.

***

Nach dem zweiten Läuten wurde das Telefon abgenommen. »Ja«, krächzte eine Stimme.

»Melli?«, fragte Agnes.

»Wer ist denn da?« Die Stimme klang verweint und gereizt. Agnes glaubte, Mellis Mutter zu erkennen.

»Ich bin's, Agnes.«

»Ach ... Agnes«, ein zitternder Seufzer lag zwischen den beiden Worten. »Es ist ganz fürchterlich ...«, sagte Mellis Mutter mit brüchiger Stimme. Agnes hörte ein trockenes Schluchzen. Ihr wurde ganz kalt.

»Was ...« Agnes wollte nicht fragen, sie wollte es nicht wissen und wusste es doch.

»Melli ist tot.«

Agnes musste sich setzen. Sie hörte Mellis Mutter zu und bekam Angst. Ein Verrückter war irgendwo da draußen. Vielleicht lauerte er in der Dunkelheit. Sie stand auf, schloss die Fensterläden und zog die Vorhänge zu. Mit dem Telefon in der Hand ging sie durchs Haus, verriegelte Fenster und Türen.

Am Ende saß sie in der Küche und fühlte sich innerlich wund, als hätte sie Säure getrunken. Ihr Kopf dröhnte. Bilder und Wortfetzen jagten wie ein Schwarm in Panik geratener Vögel darin umher. Ein Glas Wein, dachte Agnes, beruhigt die Nerven. Aber sie öffnete die Whiskeyflasche, die sie für Michael gekauft hatte, und trank zwei Gläser. Danach waren die Vögel verschwunden, sie fühlte sich bleischwer. Auf dem Sofa schlief sie ein. Nachts um zwei wachte sie auf und schleppte sich ins Bett. Sie zog die Decke über den Kopf und weinte.

DIENSTAG, 3. JUNI

Als Dühnfort am nächsten Morgen erwachte, hing eine graue Wolkendecke über der Stadt. Er ging in die Küche, um Kaffee zu kochen, aber als Erstes fiel sein Blick auf den Brief der Hausverwaltung, den er gestern Nacht, als er endlich aus dem Präsidium heimgekommen war, im Briefkasten gefunden hatte. Er enthielt die Kündigung zum ersten Oktober. Die Tochter des Eigentümers wollte in München studieren und brauchte dafür die Wohnung. Die Vorstellung, ausziehen zu müssen, erfüllte ihn mit Traurigkeit. Im Stehen trank er eine Tasse Kaffee und machte sich dann auf den Weg nach Mariaseeon.

Um kurz nach acht Uhr parkte er seinen Wagen vor Veiths Geschäft für Inneneinrichtung. Fünfzehn Minuten später verließ er es wieder mit einer Liste von sieben Namen; Männer, die zur selben Zeit wie Veith Ministranten gewesen waren. Bei vieren hatte Veith Adressen und auch Arbeitgeber dazugeschrieben. Die Männer wohnten noch im Dorf. Die übrigen lebten in Frankfurt, München und Bad Tölz. Dühnfort rief Gina an, gab ihr die drei Namen durch und bat sie, die Adressen herauszufinden.

Dann suchte er Benno Maier auf, den Ersten auf der Liste. Er war Bauer, und als Dühnfort die Ehefrau fragte, ob er ihren Mann sprechen könnte, schickte sie ihn aufs Feld. Es war ein heikles Gespräch, das Dühnfort am Rande eines Getreideackers führte. Wie stellt man einem Mann die Frage, ob er Opfer eines Missbrauchs geworden war, noch dazu vor beinahe dreißig Jahren? Doch

Benno Maier entpuppte sich als herzlicher und redseliger Mensch. Die Frage wunderte ihn, aber er ging gelassen damit um. Als Dühnfort ihn verließ, war er sicher, eine ehrliche Antwort erhalten zu haben. Trotzdem hatte er nach Maiers Alibi gefragt. Auch das war ihm nicht krummgenommen worden. Ein guter Anfang, dachte Dühnfort und suchte nacheinander die nächsten drei Männer auf. Dafür fuhr er nach Ottobrunn, Neuperlach und Oberbiberg. Er befragte einen Fliesenleger, einen Bankkaufmann und einen Programmierer. Nicht alle reagierten gefasst, aber von allen erhielt er die gleiche Antwort. Keiner war Opfer des Pfarrers. Keiner fuhr einen hellen Lieferwagen. Alle gaben ihm Alibis. Diese Daten gab er an Gina weiter mit der Bitte, sie zu prüfen. Mittlerweile hatte sie die Adressen der drei übrigen Männer herausgefunden und gab sie durch.

Dühnfort bat Gina, die Frankfurter Kollegen anzurufen und um die Befragung von Sebastian König zu bitten, den Fünften auf der Liste.

Als Nächstes fuhr er nach Bad Tölz. Oliver Drewitz war Augenarzt. Seine Praxis lag in der Marktstraße. Er war ein Mann mit freundlichen grauen Augen und einem sonnengebräunten Teint. Als er den Grund des Besuchs erfuhr, verdüsterte sich sein Blick. Ein weiteres Opfer des Pfarrers war gefunden.

»Ich habe ihm gebeichtet, dass ich einem Schulkameraden eine Lok der elektrischen Eisenbahn gestohlen hatte. Damit hatte er mich in der Hand. Gott sei Dank sind wir kurz danach weggezogen.« Drewitz fixierte einen Punkt an der Wand. »Ich dachte, ich hätte das bewältigt. Irrtum. So mit siebzehn oder achtzehn wäre ich beinahe in die Drogenszene geraten. Erst nach einer Therapie habe ich mein Leben in den Griff bekommen.« Drewitz war verheiratet und Vater dreier Söhne. Die Familie hatte das Wochenende von Freitagnachmittag bis Sonntagabend auf einer Almhütte in Österreich verbracht.

Nun musste Dühnfort noch nach München, um den Letzten auf der Liste aufzusuchen, einen Steuerberater in Harlaching. Da Baierdilching auf dem Weg lag, entschloss Dühnfort sich, Aiblinger einen Besuch abzustatten. Er parkte vor der Dienststelle und saß wenig später Aiblinger gegenüber, der, wie er ihm nicht ohne Stolz erklärte, schon seit einunddreißig Jahren Dienst in diesem Revier tat. Dühnfort trug sein Anliegen vor. Aiblinger erinnerte sich, dass vor über zwanzig Jahren reihenweise Katzen verschwunden waren. Das hatte einige Jahre angedauert und dann irgendwann aufgehört, ohne dass je ein Verdacht auf jemanden gefallen war.

Reihenweise Katzen, dachte Dühnfort, als er wieder in seinem Auto saß und über die A 8 nach München fuhr. Wenn er das war, warum hat er dann plötzlich damit aufgehört? Dühnfort fuhr über den Mittleren Ring nach Harlaching. Er hatte sich telefonisch bei dem Steuerberater angemeldet und suchte ihn gegen sechzehn Uhr in seiner Kanzlei auf. Eine Viertelstunde später verließ er sie wieder, ergebnislos.

Im Präsidium erfuhr er von Gina, dass Sebastian König am Montag nach New York geflogen war und erst nächste Woche zurückerwartet wurde.

Mittwoch, 11. Juni

Die letzten acht Tage hatten Dühnfort und sein Team damit verbracht, nach dem Lieferwagen zu suchen, Anzeigen wegen Tierquälerei der letzten Jahre in Mariaseeon und Umkreis zu durchforsten, ein Foto des Nachthemds mit der Bitte um Hinweise an die Presse zu geben und einen Fachmann für altes Leinen aufzutreiben.

Auch die Befragung Sebastian Königs durch die Frankfurter Kollegen ergab keine neuen Anhaltspunkte. Die Suche nach ermittlungsrelevanten Ansätzen angezeigter oder vorbestrafter Tierquäler verlief erfolglos, aus der Bevölkerung kamen keine weiterführenden Hinweise über die Herkunft des Nachthemds, und der Experte für altes Leinen wusste nicht mehr zu sagen, als dass es aus dem Voralpenland des zwanzigsten Jahrhunderts stammte.

Über all diesen Aktivitäten lag die Angst, dass der Täter erneut zuschlagen könnte.

Endlich traf Dr. Wiessners Liste der Patienten ein, die im fraglichen Zeitraum in der Praxis gewesen waren oder einen Hausbesuch erhalten hatten. Vierhundertzwölf Namen, davon hundertdreiundachtzig Männer. Schloss man die ganz alten und die ganz jungen aus, blieben noch zweiundsiebzig übrig. Alle mussten befragt werden. Dühnfort forderte dafür drei Mitarbeiter aus anderen Kommissionen als Verstärkung an. So war das in zwei Tagen, hoffte er, zu schaffen.

Um fünfzehn Uhr fand ein Briefing statt. Dühnfort wollte von jedem Mann auf der Liste Alibis für die Zeitpunkte der Entführungen, ferner sollte überprüft werden, welche Fahrzeuge sie fuhren und ob sie religiös waren. »Ich möchte, dass ihr euch ein Bild von jedem macht. Vermerkt in euren Protokollen alles, was euch ungewöhnlich erscheint. Außerdem will ich wissen, wer verheiratet ist und wer nicht, und bei den verheirateten oder in Partnerschaft lebenden will ich wissen, ob diese Beziehungen intakt sind, ob es Anhaltspunkte für Misshandlungen gibt und welches Verhältnis diese Männer generell zu Frauen haben. Prüft auch das Vorstrafenregister, insbesondere auf Körperverletzungen.«

»Das heißt ja, dass wir auch die Frauen aufsuchen müssen«, ächzte ein übergewichtiger Kollege aus dem K 111.

Dühnfort verteilte die Listen mit Namen und Adressen und behielt die letzte für sich.

Donnerstag, 12. Juni

Agnes versuchte, den Mord an Melli zu verdrängen. Sie las keine Zeitung und schaltete den Fernseher nicht ein. Bei Gabi im Laden lenkte sie das Gespräch auf andere Themen, als diese versuchte, mit Details aufzuwarten. Auch zu Mellis Beerdigung ging Agnes nicht. Erst am nächsten Tag legte sie Blumen aufs Grab. Sie wollte sich nicht damit auseinandersetzen, da sie tief in sich die Angst spürte, dann nicht länger hier leben zu können. Sie konnte doch ihr neues Zuhause nicht aufgeben, nicht schon wieder umziehen. Wohin auch?

Also verbrachte sie die Tage damit, wie besessen an dem Buch der Dorfgeschichte zu arbeiten. Oft bis tief in die Nacht. Bei Einbruch der Dämmerung schloss sie alle Fenster und Türen und die Fensterläden, oft schlief sie bei Licht ein. Dühnfort lief ihr zweimal im Dorf über den Weg. Die Zeit reichte aber nicht für ein längeres Gespräch. Er machte den Eindruck, einem Phantom hinterherzujagen, wirkte gehetzt und angespannt. Sicher hatte er weder Zeit noch Lust zur vereinbarten Radtour. Agnes radelte alleine. Doch sie hatte Angst, alleine zu laufen. Darauf verzichten wollte sie aber auch nicht. Kurz entschlossen entwarf sie ein Plakat und hängte es in einigen Geschäften auf. Wer Lust zum Joggen hatte, das aber nicht alleine tun wollte, sollte sich um neunzehn Uhr am Maibaum einfinden. Schon am ersten Abend waren acht Frauen und zwei Männer da.

Auch sie fühlten die Angst, die sich im Dorf ausbreitete. Hoftore blieben geschlossen, der Elektriker montierte jeden Tag Alarmanlagen und hatte dafür noch einen Arbeiter eingestellt, niemand ging nach Einbruch der Dunkelheit alleine raus, Kinder waren nur in Begleitung Erwachsener unterwegs, und die bange Frage, ob einer aus dem Dorf der Täter sein könnte, hing unausgesprochen in der Luft. In der Gruppe fühlte Agnes sich sicher, aber sie lief nicht jeden Abend mit. Der unwiderstehliche Drang, zu laufen, hatte nachgelassen.

Aus irgendeinem Grund ist der Endorphinkick nicht mehr wichtig, dachte Agnes, während sie nach der Mappe suchte, in die sie die Ausdrucke der ersten drei Kapitel legen wollte. In einer halben Stunde sollte sie Anselm den ersten Teil seines Buches präsentieren. Das Telefon im Wohnzimmer klingelte. Agnes gab die Suche vorläufig auf und nahm das Gespräch entgegen. Es war ihre Mutter, die ihr mitteilte, dass sie Agnes' neue Adresse der Mitarbeiterin eines Münchner Notariats gegeben hatte. »Sie will dir etwas schicken. Das war doch richtig? Oder hätte ich dich besser erst fragen sollen?«

»Das ist schon in Ordnung, Mamusch«, sagte Agnes. »Es geht sicher um irgendeine Formalität wegen des Hauskaufs.«

»Wenn du dich damit nur nicht übernommen hast.«

»Ich habe jetzt leider keine Zeit. In einer halben Stunde habe ich einen Präsentationstermin«, sagte Agnes und beendete das Gespräch.

Als sie fünf Minuten zu früh vor Anselms Tür stand, schämte sie sich deswegen ein wenig. Sicher hätte sie Zeit für ein Gespräch gehabt; und dann fragte sie sich, warum die Sekretärin des Notars um ihre Adresse gebeten hatte. Sie kannte sie doch aus den Kaufunterlagen. Agnes klingelte. Anselm ließ sie herein und führte sie ins Arbeitszimmer.

»Geht's dir gut?«, fragte er ganz unvermittelt. Mit einer Hand strich er ihr eine Haarsträhne aus dem Gesicht, ohne ihre Wange zu berühren. Es war eine langsame, präzise Bewegung. In seinen Augen lag eine Kraft, die Agnes bisher nicht bemerkt hatte. Sie hatten eine Tiefe, die sie anzog. Nein. Es geht mir schrecklich, hätte sie am liebsten gesagt. Melli ist tot, ich habe Angst vor dem Irren, der das getan hat, ich fühle mich dem, was hier in diesem Dorf geschieht, nicht gewachsen. »Ja, natürlich«, antwortete sie stattdessen. »Ich habe den ersten Teil des Buchs dabei. Sicher bist du schon gespannt, wie es geworden ist.«

Sie gingen die Seiten durch. Er studierte jede eingehend. Aber es waren nur Kleinigkeiten, die er geändert haben wollte. Agnes war erleichtert und mit sich zufrieden.

»Das Buch wird schön. Du hast genau verstanden, was ich will«, sagte Anselm. »Wir sind ein gutes Team.« Er kam dann auf den Band über die Kapellen zu sprechen, den Agnes als Nächstes gestalten sollte. »Ich wollte dir noch die Votivtafeln zeigen«, sagte er. »Am Sonntagmorgen habe ich Zeit. Passt dir das?«

Agnes nickte. Sie verabredeten sich für halb zehn Uhr in der Marienkapelle. Anselm brachte sie bis zum Hoftor und reichte ihr die Hand. Ein Geruch von Lavendel und Eukalyptus stieg ihr in die Nase, der sie an die Provence erinnerte.

* * *

Dühnfort arbeitete in Mariaseeon seine Liste der zu befragenden Patienten ab. Drei hatte er schon hinter sich gebracht. Jetzt hatte er Kaffeedurst und überlegte gerade, ob er Agnes einen Besuch abstatten könnte, als sein Telefon klingelte.

Gina meldete sich. »Ich sitze hier zusammen mit einem Mädchen beim Pfarrer. Sie ist nicht nur Mitglied im Kirchenchor, sondern trägt auch ein Amulett mit einem Pentagramm. Als ich ihr auf den Zahn gefühlt habe, wollte sie erst den Pfarrer sprechen, und jetzt soll noch ein richtiger Polizist dazukommen.« Gina schnaubte durchs Telefon. »Was ist nur aus der Frauenbewegung geworden? Also, kommst du?«

Fünf Minuten später klingelte Dühnfort am Pfarrhaus und folgte Schops ins Wohnzimmer. Ein etwa fünfzehnjähriges Mädchen saß neben Gina auf dem Sofa. Sie hatte einen trotzigen Gesichtsausdruck aufgesetzt und war damit beschäftigt, ein zerknülltes Papiertaschentuch in kleine Schnipsel zu zerreißen.

»Das ist also die Korinna«, stellte Schops das Mädchen vor.

Korinna trug die in diesem Sommer obligatorischen Hüftjeans und ein kurzes rosa Top, das den Bauch freiließ. Ihr Gesicht wirkte kindlich. Vorsichtig sah sie zu Dühnfort auf.

»Hallo, Korinna«, sagte Dühnfort und nahm in dem Sessel ihr gegenüber Platz.

»Ich werde hier ja wohl nicht länger gebraucht«, sagte Gina. »Ich fahr dann mal ins Büro und lege Akten ab oder was Polizistinnen sonst so tun. Ich könnte auch die Fenster putzen.« Sie zwinkerte Dühnfort zu und verließ das Arbeitszimmer des Pfarrers.

Schops setzte sich neben das Mädchen. »Soll deine Mutter auch kommen?«, fragte er.

»Nein. Sie hat mir doch verboten, mich mit Cyril zu treffen.« Weiße Schnipsel flogen wie Schneeflocken auf den Teppich.

»Warum möchtest du den Pfarrer und mich sprechen?«, fragte Dühnfort.

Endlich sah sie hoch. »Sie dürfen das aber niemandem erzählen. Vor allem Cyril nicht.«

»Cyril Meierhofer war einer meiner Ministranten. Er macht eine Lehre beim Metzger«, erklärte der Pfarrer.

Dühnfort erinnerte sich, dass Gina sich mit diesem Cyril unterhalten hatte. »Weshalb nicht?«

»Ich habe schon nach Jakobs Entführung gesagt, dass wir zum Pfarrer gehen sollten. Oder zur Polizei. Aber er wollte nicht. Aber jetzt, wo auch die Frau Lechner ...« Korinna ließ die Reste des zerrupften Taschentuchs auf den Teppich fallen und blickte Dühnfort in die Augen. Die Angst stand ihr ins Gesicht geschrieben. »Es wird weitergehen, wenn niemand was tut. Cyril kann nichts dagegen machen. Er kennt die Beschwörung nicht.«

»Cyril ist also Satanist«, stellte Dühnfort fest.

»Was?«, sagte der Pfarrer.

Korinna nickte und fasste nach dem Amulett, das sie an einer Kette um den Hals trug. »Aber er macht das noch nicht lange. Er kennt sich nicht so gut aus.«

»Ihr Kindsköpfe habt also den Teufel beschworen.« Ein Schmunzeln stieg vom Mund des Pfarrers bis zu den Augen auf. »Herr, die Not ist groß! Die ich rief, die Geister, werd ich nun nicht los. Du denkst, dass ich den Teufel, den ihr gerufen habt, in seine Schranken weisen kann.«

Korinna nickte.

»Nun erzähl mal der Reihe nach«, sagte Dühnfort.

Korinna berichtete, dass Cyril einen Film über Satanismus gesehen hatte, der sein Interesse für das Thema weckte. Im Internet hatte er nach weiteren Informationen gesucht und war dabei auf ein Satanistenforum gestoßen. Was dort stand, hatte er wie ein Schwamm aufgesogen und im engsten Freundeskreis verbreitet. »Er hat gesagt, dass wir in einer Zeit leben, in der es neue Herrscher gibt, die Wissenschaftler, die alles erklären können. Und deren Gott sei die Realität. Die würden nur glauben, was beweisbar ist. Wir wären uns der Realitäten so sicher, dass wir sie als neuen Glauben durch neue Priester in weißen Kitteln verkünden lassen würden. So hat er auf einmal geredet.« Korinna holte ein neues Taschentuch aus ihrer Jeans. »Aber früher haben die Wissenschaftler auch verkündet, dass die Erde eine Scheibe ist. Also ist das Humbug. Dann hat Cyril gesagt, dass an den Grenzen dieses Wissenschaftsglaubens die Schatten des Chaos erscheinen, die von dem künden, was auch sein könnte.«

»Und das sollte die Welt der Finsternis, der Magie sein. Die Welt der Teufel und Dämonen, deren Kraft man beschwören und nutzen könnte?«, fragte der Pfarrer.

Korinna nickte. Der Pfarrer schmunzelte.

»Ihr habt also eine Teufelsbeschwörung durchgeführt«, sagte Dühnfort, in dessen Vorstellung der Spuk Gestalt annahm. »Cyril hat in der Metzgerei Schlachtabfälle mitgehen lassen. Die habt ihr dann in Form eines Pentagramms in die Bäume gehängt und euch so einen magischen Raum geschaffen. Wir haben ihn entdeckt.«

»Ich weiß«, sagte Korinna. »Ihre Assistentin hat das ja jedem im Dorf erzählt.« Sie berichtete weiter, wie Cyril, sie und noch einige Freunde, deren Namen sie nicht nennen wollte, in der Keltenschanze ein Ritual zelebriert hatten. Die Einzelheiten dafür hatte Cyril aus dem Internet.

»Für diese Beschwörung habt ihr einen Teddybären verwendet. Woher hattet ihr den?«

»Wir haben ihn gefunden.«

»Am Donnerstag, als Jakob verschwand?«

»Ja. Wir hatten uns für halb sechs in der Keltenschanze

verabredet. Das mit dem Ziegenkopf hatte Cyril schon am Dienstag gemacht, aber mit den Kerzen durfte ich ihm helfen. Deshalb sind wir schon früher hinausgeradelt. Auf dem Weg haben wir dann den Teddy gefunden. Cyril dachte, es wäre cool, den zu opfern. Wir konnten ja nicht wissen, dass er Jakob gehört und dass wir ihn damit an Seth ausliefern.«

»Seth?«, fragte Dühnfort.

»So heißt der Satan, den Cyril beschworen hat.«

»Wann genau habt ihr den Teddy gefunden?«

Korinna überlegte. »Das muss um kurz vor vier gewesen sein.«

»Und wo?«

»Auf dem Weg hinter der Buche, wo die Jungs immer rumklettern.«

Sie mussten also kurz nach der Entführung dort gewesen sein. »Habt ihr jemanden in der Nähe des Kletterbaums gesehen?«

»Nein.«

»Auch kein Auto?«

Korinna dachte nach. »Doch, da war ein Auto, glaube ich. Aber das war so weit weg.« Auf Dühnforts Drängen hin glaubte sie sich zu erinnern, dass es ein dunkler, großer Wagen gewesen war. Wahrscheinlich ein Van.

Freitag, 13. Juni

Er erwachte, eine Minute bevor der Wecker seine elektronische Klage begann, und drückte die Taste, um das Einsetzen des Jammerlauts zu verhindern. Die Stille erschien ihm erhaben. Erhabener wäre es allerdings gewesen, wenn die Glocken, wie früher, den Tag eingeläutet hätten. Besonders heute. Er ging ins Bad und duschte. Die Reinigung seines Körpers erfolgte nach einer festgelegten Choreographie; am Hals beginnend über Oberkörper und Rücken bis hinab zu den Zehenzwischenräumen seifte er sich ab. So kam die Seife nicht in Berührung mit dem schmutzkontaminierten Schaum, den sie während der Wäsche auf der Haut hinterließ und den er gründlich abbrauste. Danach rieb er sich mit dem Hautöl ein, das er aus der Abtei Maria Frieden in der Eifel bezog. Während er die Zähne putzte, die Ohrmuscheln reinigte, Finger- und Zehennägel säuberte und schließlich die Nase mit Salzwasser spülte, dachte er darüber nach, was er heute tun würde. Diesmal hatte es geklappt. Er hatte sie niedergeschlagen und ihr Dormicum in die Nase geträufelt. Die Nasenschleimhaut nahm das Medikament schnell auf, zwar nicht so schnell wie bei einer intravenösen Gabe, aber Spritzen setzen konnte er nicht, deshalb hatte er sich für diesen Weg entschieden. Nun lag das Miststück angekettet auf dem Feldbett.

Er ging ins Schlafzimmer, schlüpfte in frische Wäsche und zog eine schwarze Baumwollhose und ein schwarzes Hemd an. In der Küche trank er ein Glas Wasser, nahm die Lilie aus der Vase, in die er sie am Vorabend gestellt hatte, und verließ dann das Haus. Sechs Uhr dreißig. Auf die Sekunde. Er liebte Präzision. Heute fühlte er sich ruhig und stark. Gemessen setzte er einen Schritt vor den anderen. Diesmal würde alles so ablaufen, wie er es geplant hatte.

Er öffnete die Tür, trat ein und verschloss sie sorgfältig hinter sich. Dann stieg er hinab in das Gewölbe. Lautlos schob er die Blende beiseite. Das glänzende braune Fell lugte unter dem Schlafsack hervor; reglos lag es im flackernden Schein der Petroleumlampe. Das Kätzchen schlief noch. Gut so. Es würde keinen Ärger machen. Aber noch war Zeit.

Er betrat den Meditationsraum, stellte die Blumen in die Vase und setzte sich. Statt zu beten, schlang er die Arme um die Schultern und stellte sich vor, es wäre Agnes, die ihn umarmte. Beinahe konnte er fühlen, wie ihre Wärme die Kälte in ihm vertrieb. Wenn er sie sah, standen die Gedanken still, die Phantasien, wie er quälte, folterte, wie sehr er die Leiden, die er zufügte, genoss, wie er sie alle hasste, wie er sich rächte … O Gott, was dachte er da! Er warf sich zu Boden. »Gegrüßet seist du, Maria«, keuchte er. »Voll der Gnade.« Tränen liefen ihm über die Wange und tropften auf die Sandsteinplatten. »Heilige Maria, Mutter Gottes, vergib mir Sünder, jetzt und in der Stunde meines Todes«, wimmerte er. Ein Speichelfaden löste sich vom Mundwinkel und glitt zu Boden.

***

Der Himmel hatte sich mit jenem eintönigen Grau bezogen, aus dem jederzeit ein Regenschauer herniedergehen konnte, als Dühnfort am Freitagmorgen wieder einmal sein Auto am Dorfplatz parkte. Kurz nach acht Uhr. Er wollte mit dem letzten Kandidaten auf seiner Liste sprechen.

Dühnfort stieg aus, ging den Messmerweg entlang und klingelte an der umgebauten Scheune. Münch öffnete nach dem ersten Klingeln und ließ ihn ein. Dühnfort folgte ihm durch den Flur ins Wohnzimmer. Ein Korb voller Wäsche stand auf dem Couchtisch. Münch ging zum Bügelbrett und griff nach dem Bügeleisen.

»Es stört Sie doch nicht, wenn ich hiermit weitermache?«, fragte er und deutete auf den halb gebügelten Kissenbezug, der auf dem Brett lag.

Dühnfort schüttelte den Kopf. »Haben Sie niemanden, der das für Sie erledigt?«

»Ich bügle gerne«, sagte Münch.

»Sie leben alleine?«

»Es hat sich bisher nicht ergeben«, erwiderte Münch.

»Schade eigentlich.«

»Vielleicht bin ich zu anspruchsvoll oder zu … romantisch.« Münch lächelte. »Ich will keine, die mich wegen meines Vermögens heiratet. Haben Sie eine Partnerin?« Münch ließ das Bügeleisen über den Stoff gleiten.

»Nein.«

»Woran liegt's bei Ihnen?«

Dühnfort zuckte die Schultern. Das würde er mit Münch sicher nicht besprechen. »Wohnen Sie schon immer alleine hier?«

»Weswegen sind Sie eigentlich gekommen?« Münch faltete den gebügelten Kissenbezug zusammen. »Sie wollen doch sicherlich nicht mein Sexualleben mit mir diskutieren?«

»Sie scheinen ja keines zu haben«, sagte Dühnfort und wartete auf die Wirkung dieser Provokation.

Münch legte den Kissenbezug auf einen Stapel gebügelter Wäsche. »Sie leben ja auch alleine. Wie lösen Sie dieses Problem?«, fragte er. »Handarbeit?«

»Würden Sie das für verwerflich halten, für eine Sünde?«

Münch blickte auf und schmunzelte. »Ach, jetzt kommt die Gretchenfrage. Ja, wie halte ich es wohl mit der Religion?«

»Und?«

»Ist das Ihr Ernst?« Münch legte einen Bettbezug auf das Bügelbrett.

»Natürlich.«

Münch schüttelte den Kopf. »Also bitte: An Ostern und Weihnachten besuche ich den Gottesdienst. Das ist alles.« Er griff nach einem Zerstäuber und sprühte den Bezug ein.

»Sie haben den Bittgottesdienst für Jakob vergessen.«

»Stimmt. Das war etwas anderes.«

»Sie mögen Ihren Neffen?«

»Worauf wollen Sie hinaus? Sie nehmen doch nicht an, dass ich Jakob entführt habe. Sie sollten besser Kallweit im Auge behalten. Gabi ist fest davon überzeugt, dass er es war.«

»Was haben Sie letzten Freitag zwischen halb sieben Uhr abends und zehn Uhr nachts gemacht?«

Münch setzte das Bügeleisen ab. »Ich habe die beschädigten Schindeln an der Marienkapelle ausgewechselt.«

»Schon«, sagte Dühnfort. »Aber damit waren Sie etwa um neunzehn Uhr fertig.«

»Danach habe ich nach dem Holz gesehen und bin dann nach Hause gefahren«, sagte Münch. »Das habe ich bereits Ihrem Kollegen mitgeteilt.«

Es klingelte, gleichzeitig wurde an der Haustür geklopft. Münch stellte das Bügeleisen beiseite und verließ das Zimmer. Das Klopfen wurde lauter. Die Tür quietschte. »'tschuldige, Anselm«, hörte Dühnfort jemanden sagen. »Der Kommissar ist doch bei dir, ich hab ihn reingehen sehen. Ich muss ihn sprechen. Anna ist weg.«

Ein Mann ohne hervorstechende Merkmale stürzte ins Zimmer. Mittelgroß, mittelblond, ein Durchschnittsgesicht, das lediglich ein kleines Bärtchen der Bedeutungslosigkeit entriss.

»Nötzel.« Er reichte Dühnfort eine feuchtgeschwitzte Hand. »Sie müssen meine Frau suchen lassen. Sie ist seit gestern Abend verschwunden.«

»Was heißt verschwunden? Haben Sie schon überall nach ihr gesucht und bei allen Freunden und Verwandten angerufen?«

Nötzel berichtete atemlos, während er unruhig vor dem Fenster hin und her ging, dass seine Frau Anna gestern ihre Freundin Beate besucht hatte und bis jetzt nicht heimgekommen war. Manchmal übernachtete sie bei ihrer Freundin, deshalb hatte Nötzel auch erst am Morgen angerufen. Zuerst auf Annas Handy, aber sie ging nicht ran. Dann bei Beate. Dort war Anna überhaupt nicht gewesen. Sie war auch nicht bei ihren Eltern und ebenso wenig im Friseursalon, den sie in Mariaseeon betrieb. »Ich hab auch schon bei der Polizei angerufen. Aber es hat keine Unfälle gegeben.« Nötzel fuhr sich mit der Hand über die Augen. »Ich habe Angst, dass dieser Irre sie erwischt hat.«

Dühnfort war nicht bereit, diese Befürchtung sofort zu teilen. »Gab es Streit?«, fragte er.

Nötzel schüttelte den Kopf.

»Hat Ihre Frau vielleicht einen Liebhaber?«

»Nein«, sagte Nötzel energisch.

Dühnfort sah aus den Augenwinkeln, wie Münch, der neben dem Bügelbrett stand, den Mund öffnete, als wolle er etwas sagen, dann aber wieder schloss. »Herr Münch, sind Sie anderer Ansicht?«

»Was!« Nötzel ließ sich auf das abgewetzte Sofa fallen.

»Es tut mir leid, Dieter«, sagte Münch. »Aber Anna hat eine Affäre mit Konrad.«

»Das ist nicht wahr. Woher willst denn ausgerechnet du das wissen?«

»Alle wissen es. Bei Mellis Hochzeit war das nicht zu übersehen.«

Eine Ehebrecherin, dachte Dühnfort. Was bedeutet das? Normalerweise würden wir keine Suche veranlassen. Es gibt keine Hinweise dafür, dass die Frau unfreiwillig verschwunden ist. Sie hat einen Liebhaber, sicher ist sie bei ihm. Aber es sind keine normalen Umstände. Du sollst nicht begehren deines Nächsten Weib. »Wer ist Konrad?«, fragte er.

»Konrad Dambrowski«, sagte Nötzel. »Wir sind zusammen im Schützenverein.«

Dühnfort ließ sich die Telefonnummer geben und rief ihn an. Dambrowski gab an, mit Anna gestern Abend um acht verabredet gewesen zu sein. Er hatte sich allerdings verspätet. Ein Reifen war platt gewesen, aufgeschlitzt. Entweder ein Dummer-Jungen-Streich oder Dieter, hatte Dambrowski gedacht und den Reifen gewechselt. Deshalb war er erst um zwanzig nach acht bei der Hütte gewesen. Anna kam nicht oder sie war, verärgert über seine Verspätung, schon wieder gefahren. Bis neun Uhr hatte er gewartet und war dann, nachdem sie nicht ans Handy ging, nach Hause gefahren.

»Wo waren Sie verabredet?«, fragte Dühnfort.

»In der Jagdhütte von Dieters Großvater. Warum fragen Sie? Es ist ihr doch nichts passiert?«

Hoffentlich, dachte Dühnfort. »Wo ist diese Jagdhütte?«

»In der Nähe vom Sankt-Andreas-Geräumt, beim Mücklweiher. Ich zeige Ihnen den Weg.«

Dühnfort folgte Nötzels Wagen bis zu einem kleinen Holzhaus. Es lag, von hohen Fichten umgeben, am Rande eines Weihers. Zwischen Häuschen und Tümpel befanden sich eine kleine moosige Wiese und ein mit Kies aufgeschütteter Parkplatz. Nötzel hielt aber am Wegrand. Dühnfort stoppte hinter ihm und bat Nötzel, im Auto zu warten. Dann ging er um die Hütte herum. Tür und Fensterläden waren verschlossen, nirgends gab es Aufbruchsspuren. Der Kies auf dem Parkplatz war aufgewühlt, in dem Matsch auf dem Waldweg waren verschiedene Reifenspuren zu erkennen. Er folgte ihnen zurück zu Nötzels Auto und noch ein paar Meter den Weg entlang, den sie gekommen waren. Er wollte schon umkehren, als ihm auffiel, dass eine Spur abbog und im Moos zwischen den Bäumen verschwand. Dühnfort folgte den schwachen Abdrücken, bis sie am anderen Ufer des Tümpels den Vegetationsbereich durchbrachen und im brackigen Wasser verschwanden. Etwas Gelbes leuchtete aus der Tiefe hinauf zur moorigen Oberfläche. Dühnfort ging zurück. Nötzel war inzwischen ausgestiegen und stand neben seinem Wagen.

»Was für ein Auto fährt Ihre Frau?«

»Einen gelben Fiat Panda«, sagte Nötzel.

***

Vierzehn Stunden später schaltete Dühnfort den Computer aus und löschte das Licht. Nur die Scheinwerfer, die den Dom beleuchteten, sorgten noch für eine diffuse Dämmerung in Dühnforts Büro. Statt zu gehen, setzte er sich wieder.

Es war Annas Auto, das sie aus dem Weiher gezogen hatten. Von ihr fehlte jede Spur. Wir drehen uns im Kreis, dachte Dühnfort. Zum dritten Mal innerhalb weniger Wochen: Bürgerbefragung, Suchmannschaften, Helikopter. Der Ehemann und der Liebhaber waren intensiv befragt worden. Ergebnislos. Alles sprach dafür, dass Anna Nötzel nicht das Opfer einer Beziehungstat geworden war. Wir drehen uns im Kreis, aber im Zentrum steht alles still, wir veranstalten einen großen Wirbel, ohne einen Schritt voranzukommen.

Die Tür wurde geöffnet, Gina guckte rein und wollte schon wieder gehen, als sie ihn entdeckte. »Alles okay?«, fragte sie und schloss die Tür.

Er sah sie durchs Zimmer auf sich zukommen. Sie setzte sich auf den Besucherstuhl. »Nein«, sagte er. »Natürlich nicht. Er wird sie töten, wenn wir sie nicht finden. Und ich habe keine Idee, wie wir sie finden könnten. Alle Ermittlungen laufen ins Leere. Als ob wir einem Phantom hinterherjagen.«

Gina griff nach seiner Hand. »Du darfst das nicht so nah an dich ranlassen.« Ihre Hand war warm, ein leichter Parfümduft zog zu ihm hinüber, als sie sich vorbeugte. Im Zwielicht sah er den Blick aus ihren Schokoladenaugen auf sich gerichtet. Die Dämmerung lag wie eine Möglichkeit vor ihnen. Plötzlich verstand Dühnfort. Ginas Veränderung galt ihm. Langsam zog er die Hand zurück. Gina setzte sich wieder gerade hin und blickte nun an ihm vorbei aus dem Fenster. »Ich wollte dir eigentlich nur berichten, dass Korinna und Cyril keine konkreten Angaben wegen des Wagens machen konnten.

Keine Marke, keine genaue Farbangabe. Groß und dunkel, vermutlich ein Van«, sagte sie und erhob sich. »Alois und ich gehen noch ein Bier trinken. Kommst du mit?«

»Vielleicht fahre ich noch mal raus nach Mariaseeon.«

»Was willst du da um diese Zeit? Die Bürgerbefragung ist durch. Bichler sucht mit seinen Leuten, und wenn er irgendwas entdeckt, wird er dich anrufen. Wir müssen jetzt schlafen, damit wir morgen wieder fit sind. Und ich brauch einen Absacker, damit ich überhaupt schlafen kann. Also komm mit auf ein Bier und schlaf dich danach aus.«

»Ein andermal, Gina.«

»Wie du willst, Boss.« Gina schloss die Tür hinter sich.

Dühnfort blieb alleine zurück. Wie lösen Sie dieses Problem?, hatte Münch provokant gefragt. Jedenfalls nicht dadurch, dass ich Zuneigung ausnutze, dachte Dühnfort. Er hatte seit zwei Jahren mit keiner Frau geschlafen. Handarbeit? Herrgott noch mal: ja, manchmal unter der Dusche, wenn es sich gar nicht mehr aushalten ließ.

Samstag, 14. Juni

Agnes zog das schwarze Kostüm wieder aus. Es erschien ihr plötzlich unpassend. Stattdessen schlüpfte sie in das graugrüne Leinenkleid und die dazu gehörenden Slingpumps. Sie war sich zwar nicht sicher, ob Rainer dieses Outfit nicht zu sexy gefunden hätte, aber er sah es nicht und er müsste auch nicht eifersüchtig sein. Nichts liegt mir ferner, als mir einen anderen Mann zu angeln, dachte sie. Ich muss dir nicht über den Tod hinaus treu sein, da hat Kathrin schon recht, aber ich habe überhaupt nicht das Bedürfnis, dich zu ersetzen. Einen Moment lang lehnte sie sich gegen die Wand und schloss die Augen. Sie stellte sich vor, wie Rainer sich zu ihr beugte, sie in die Arme nahm, wie er sie küsste und sagte: Ich werde dich immer lieben. Sie würde ihm alles verzeihen, die Bevormundung und sogar die Schläge, wenn er nur am Leben wäre und sie noch einmal neu anfangen könnten. Bestimmt wäre er bereit, sich zu ändern. Heute war ihr Hochzeitstag. Wäre, dachte Agnes, öffnete die Augen und ging hinunter. Sie nahm den Blumenstrauß vom Küchentisch. Rote Rosen.

Als sie das Haus verließ, kam gerade der Postbote. »Darf ich Ihnen das gleich geben?«, sagte er und drückte ihr einen großen Umschlag in die Hand.

Agnes warf einen Blick auf den Absender. Notare Künzlau & Weiler, München. Das Notariat war ihr unbekannt. Sie erinnerte sich an das Gespräch vor zwei Tagen mit ihrer Mutter. Diesen Notaren hatte sie also die Adresse gegeben. Es war sicher nicht so wichtig, sonst wäre es als Einschreiben gekommen. Agnes legte das Kuvert auf die Ablage im Flur und fuhr dann nach Perlach zum Südfriedhof.

Mit jedem Mal fiel ihr der Besuch des Grabes etwas leichter. Sie stellte die Rosen in eine Vase und erzählte Rainer und Yvonne vom Haus am See und von ihrem beruflichen Neuanfang, während sie das Unkraut zupfte, das sich seit ihrem letzten Besuch zwischen den Eisbegonien breitgemacht hatte. Sie erzählte nicht von Melli und auch nicht, dass seit gestern Anna vermisst wurde. Gina Angelucci hatte am Nachmittag geklingelt. Bürgerbefragung. Ja, Agnes kannte Anna flüchtig, sie konnte bestätigen, dass Konrad und Anna eine Affäre hatten, schließlich hatte sie die beiden unabsichtlich bei Mellis Hochzeit belauscht. Sie hatte Anna seither nicht gesehen. Gina Angelucci hatte alles notiert und sich dann verabschiedet. Agnes glaubte nicht, dass Anna in Gefahr war. Sie wollte das nicht glauben. Rasch vertrieb sie die Gedanken und erzählte Rainer und Yvonne von dem Lauftreff, den sie organisiert hatte.

Am frühen Nachmittag kam sie zurück und stürzte sich sofort in die Arbeit. Um sieben Uhr knurrte ihr Magen. Auf dem Weg in die Küche erinnerte sie sich an den Brief. Sie holte ihn aus dem Flur und öffnete ihn. Ein großer brauner Umschlag und ein weißes Fensterkuvert kamen zum Vorschein. Agnes öffnete zuerst den Brief der Notare Künzlau & Weiler.

Sehr geehrte Frau Gaudera, im Auftrag unseres Mandanten übersenden wir Ihnen nachfolgend termingerecht das bei uns hinterlegte Dokument. Mit freundlichen Grüßen. Es folgte eine krakelige Unterschrift.

Was sollte das für ein Dokument sein? Agnes legte den Brief beiseite und griff nach dem braunen Umschlag. Die

Rückseite lag oben, sie drehte ihn um. Dort stand ihr Name in blauer Tinte geschrieben. Auf den ersten Blick erkannte sie Rainers Handschrift.

***

Im Wohnzimmer brannte das Licht, es warf einen hellen Streifen über die Terrasse auf den Rasen. Abseits des beleuchteten Rechtecks stand er, wie so oft, an den Stamm der Blutbuche gelehnt. Heute hatte Agnes weder die Fensterläden geschlossen noch die Vorhänge zugezogen. In der letzten Zeit hatte sie sich zurückgezogen. Das hatte seiner Phantasie verunsichernden Spielraum gegeben. Noch immer hatte er nicht den Mut aufgebracht, sich ihr anzuvertrauen. Er schämte sich. Es war ein Teufelskreis. Er vertraute niemandem, aber es gab nichts, wonach er sich mehr sehnte. Vertrauen musste man gewinnen und was tat er? Er hatte Angst, ihm fehlte jeglicher Mut. Was, wenn sie ihn zurückwies?

Jetzt endlich ließ sie ihn wieder nahekommen, aber was er sah, verstand er nicht. Die Bilder gingen ein, aber sein Gehirn schien sich bei der Weiterverarbeitung verhakt zu haben.

Agnes saß auf dem Sofa im Wohnzimmer. Sie weinte. Ihre Augen waren rot und verquollen. Mit dem Handrücken wischte sie die Tränen ab. Auf dem Couchtisch stand eine Flasche. Sie griff danach, setzte sie an die Lippen. Etwas lief daneben und tropfte aufs Kleid. Es war weit über die nackten Beine hochgerutscht. Zwischen ihnen blitzte weiß der Slip auf. Sie sah vulgär aus. Etwas in ihm zog sich kühl zusammen. Es war, als ob sein Blick sich dadurch schärfte. *Sie ist nicht besser als die anderen*, sagte seine innere Stimme. *Erkennst du das endlich? Erst lockt sie dich und dann wird sie dich verraten.* Aber er wollte das nicht glauben. Er beschwor die Bilder herauf, wie sie Jakob in die Kirche gebracht hatte, wie sie ihm Melli gezeigt hatte, wie sie nach der grünen Vase gegriffen hatte. Nein, er irrte sich nicht.

Agnes stand auf und verließ das Wohnzimmer. Sie stolperte über die Teppichkante, verlor einen Schuh und streifte den anderen im Gehen ab. Im Arbeitszimmer ging das Licht an. Er folgte ihr. Durch die Scheiben sah er, wie sie eine Schere vom Tisch nahm. Sie griff sich in die Haare, hob eine Strähne an und schnitt sie knapp über der Kopfhaut ab. Die Strähne fiel zu Boden. Agnes fasste nach der nächsten. Ratsch. Blonde Locken fielen herab, wie die Flechten einer Sünderin, deren Haupt von ihrem Henker kahlgeschoren wurde.

***

Dühnfort setzte sich ins Auto, das vor dem Gasthof zur Post stand. Wieder einmal hatten sie dort eine Besprechung abgehalten, wieder einmal hatten sie erkennen müssen, dass sie nichts in den Händen hielten. Nichts, was sich in eine zielgerichtete Ermittlung hätte lenken lassen. Neben ihm startete Gina ihren Wagen. Sie nickte ihm im Anfahren kurz zu. Es war ein müder, freudloser Blick, dann setzte sie zurück und fuhr einen Augenblick später die Dorfstraße entlang. Alle anderen waren schon weg. Nur er saß noch hier und war unschlüssig, ob er Agnes aufsuchen sollte. Es war spät, beinahe zehn Uhr. Vielleicht war sie schon zu Bett gegangen. Im Handschuhfach lag ein Geschenk für sie. Er holte es heraus und entfernte Schleife und Geschenkpapier. Eigentlich war es kein Geschenk. Er wollte den Schaden wiedergutmachen, den er angerichtet hatte. Deshalb hatte er einen silbernen Bilderrahmen gekauft, der dem ähnlich war, den er zerbrochen hatte. Er startete den Wagen und fuhr hinunter zum See, zu ihrem Haus. Im Erdgeschoss brannte Licht, sie war also noch auf. Unvorsichtig von ihr, die Fensterläden nicht zu schließen, dachte Dühnfort, auch wenn sie anscheinend kein ängstlicher Typ ist. Er hatte ihr Plakat gesehen, mit dem sie den Joggingtreff organisiert hatte, und bewunderte sie dafür. Sie ließ sich also von der Angst, die in Mariaseeon beinahe mit Händen zu greifen war, nicht einschränken. Eine Frau, die sich nicht unterkriegen lässt, kein hilfloses Persönchen. Aber weshalb zieht sie die Vorhänge nicht zu? Sie sitzt da wie auf einer Bühne. Schiefes Bild, korrigierte er sich, die Bühne war leer. Agnes war nicht zu sehen.

Einen Augenblick zögerte er, bevor er klingelte. Sie würde es ihm in ihrer unverblümten Art schon sagen, wenn er störte. Aber er wollte nicht stören, er wünschte sich, willkommen zu sein, mit ihr ein Glas Wein zu trinken, sich mit ihr zu unterhalten und vielleicht ... »Blödsinn«, sagte er halblaut. Sie trauert um ihren Mann, da ist kein Platz für mich. Nichts rührte sich. Er steckte die Schachtel mit dem Bilderrahmen in die Jackentasche und wollte gehen, als ihn aus dem Nichts die nackte Angst überfiel. Sie jagte den Puls in die Höhe, richtete die Haare an den Armen auf und presste mit kalten Händen seinen Schädel zusammen. Er stieß die Luft aus, die er angehalten hatte. Dann legte er den Finger auf die Klingel und ließ nicht wieder los. Mit der rechten Hand schlug er gegen die Tür. Du benimmst dich wie ein Idiot, dachte er. Im Flur ging das Licht an. Er hörte auf zu klopfen und nahm den Finger vom Messingknopf. Ein Schlüssel wurde gedreht. Agnes öffnete die Tür. Er hätte sie beinahe nicht erkannt. Sie sah aus wie eine der Frauen im besetzten Frankreich, die während des Krieges der Kollaboration beschuldigt und vom Mob kahlgeschoren worden waren.

»Wo brennt's?«, fragte sie und begann zu lachen. »Das ist gut.« Kichernd wandte sie ihm den Rücken zu und ging ins Haus. Er folgte ihr und schloss die Tür.

***

Agnes war sich darüber im Klaren, dass sie betrunken war. Die Flasche Whiskey, die sie für Michael gekauft hatte, war beinahe leer. Zuerst wegen Melli und jetzt ... Die Erinnerung an den Brief fuhr ihr wie ein Messer in die Brust. Mörderin. Ihre Beine gaben nach. Sie musste sich auf den Teppich setzen. Dühnfort betrat das Wohnzimmer. Sie hatte ihn nur hereingelassen, weil er beinahe die Tür eingeschlagen hätte. Nun rappelte sie sich auf und bot ihm Platz auf dem Sofa an. Er blieb vor ihr stehen.

»Was ist passiert, Agnes?«, fragte er. Sie sah Besorgnis in seinen graugrünen Augen und griff sich an den Kopf, fasste in kurze Borsten. »Willst du einen?«, fragte sie und zeigte auf die Whiskyflasche. Dühnfort schüttelte den Kopf. »Gut, dann nicht. Kann ich dir sonst was anbieten?« Dühnfort lehnte wieder ab. Agnes' Blick fiel auf die CD-Hülle, die unter dem Couchtisch lag. Sie musste lachen. Kathrin hat absolut recht. »Dann mach ich Musik an.« Sie bückte sich, hob die CD auf und schob sie in den Player. »Das spezielle Geschenk meines Gatten zum Hochzeitstag«, sagte sie. »Aber du musst zuhören. Das ist nämlich der Witz dabei.« Agnes ließ sich wieder auf dem Teppich nieder. Fröhliche Calypso-Musik erklang. Nach den ersten Takten erklang eine rauchige Männerstimme. *If you want to be happy living a kings life, never make a pretty woman your wife.* Agnes sang lautstark den Refrain mit. »From a logical point of view, always marry a woman uglier than you«, grölte sie. Dühnfort schaltete die Anlage aus.

Agnes war plötzlich müde. Sie legte sich hin und schloss die Augen. Ich benehme mich unmöglich, dachte sie, und außerdem schwimme ich in Selbstmitleid. Mit der CD hat Rainer doch immerhin Sinn für Humor bewiesen. Sie versuchte sich an diesem Gedanken festzuhalten, damit sie nicht an das andere denken musste. Sie stand auf und ließ sich auf das Sofa fallen. Dühnfort beobachtete sie. »Entschuldige«, sagte sie. »Mir geht es nicht gut und außerdem bin ich ... also jedenfalls nicht nüchtern. Wenn es nicht wichtig ist, ist es besser, wenn du gehst.« Aber sie wollte nicht alleine sein. Wie sollte sie diese Nacht überstehen und den nächsten Tag und dann wieder einen? »Ich habe alles kaputtgemacht. Ich habe Yvonne umgebracht«, sagte sie und war erstaunt über den sachlichen Klang ihrer Stimme. Sie griff nach der Flasche.

Dühnfort nahm sie ihr aus der Hand und stellte sie wieder auf den Tisch. »Du hast doch dein Kind nicht umgebracht«, sagte er. »Was ist passiert?« Er setzte sich neben sie und zog sie an sich. »Erzähl es mir, ja?«

Sie wusste, er würde zuhören. Aber wie sollte sie ihm das erklären? Sie bückte sich und hob Rainers Brief auf. Er lag unter dem Couchtisch, neben der CD-Hülle. Sie drückte Dühnfort den Brief in die Hand. »Lies«, sagte sie.

***

Meine Liebste,

die Zeit heilt die Wunden, sagt man. Nun ist mehr als ein Jahr vergangen, und ich hoffe – nein ich bin sicher –, dass es dir gutgeht. Wunderbar. Du wirst die Stelle bei

Niehaus & Partner angenommen haben und deinen Lebenssinn nun – wie von dir gewünscht – aus der Arbeit beziehen. Eine Familie – das höchste Glück, das man erreichen kann – war dir nicht genug, deshalb musstest du sie zerstören.

Langsam vergisst du uns. Vielleicht ist schon ein Ersatzmann in Sicht, obwohl, das glaube ich eigentlich nicht. Du bist weder hübsch noch charmant, eher langweilig und bieder. Und vor allem bist du entsetzlich aus dem Leim gegangen. Mit Vergnügen stelle ich mir vor, dass du nun ein Jahr lang deinem fatalen Hang zum Frustfraß nachgegangen bist und dich weiter denn je davon entfernt hast, eine Frau zu sein, die ein Mann attraktiv finden könnte. Da ich mein Vermögen so umgeschichtet habe, dass dir nun nichts geblieben ist – warst du darüber eigentlich erstaunt? –, wird auch keiner über deine Unzulänglichkeiten hinwegsehen können, die andernfalls der Schein des Geldes geschönt hätte.

Ich habe mir erlaubt, dir anlässlich unseres Hochzeitstages ein kleines Präsent beizulegen, und hoffe, dass du ebenso viel Freude an Robert Mitchums Song From a logical point of view *hast, wie ich sie immer gehabt habe.*

Jedenfalls freut es mich, dass die Zeit der Trauer nun langsam hinter dir liegt. Ich habe mich erkundigt, wie lange dieser Prozess dauert – du erinnerst dich sicherlich an meine Eigenart, nichts dem Zufall zu überlassen, alles sorgfältig zu planen –, deshalb weiß ich, dass es dir nun langsam leichter fällt, unser Grab zu besuchen, dass du langsam ins Leben zurückfindest und allmählich in die Zukunft blickst. Ich habe recht? Schön. Das freut mich aufrichtig. Vielleicht hast du dich auf dein neues Sofa gesetzt – sicher ist es rot, du wolltest doch schon immer ein rotes Sofa. Nun, lehne dich zurück, meine Liebste, entspanne dich und lies meine Worte. Sie werden deinem Leben eine neue Wendung geben.

Wie hast du es erfahren? Kam die Polizei zu Werner und Kathrin, haben sie dich mitten in der Nacht dort aus dem Bett geholt? Es muss grauenhaft gewesen sein. Du hast dein Liebstes verloren, das auch mein Liebstes war: unser Kind. Du hast seine Zukunft ebenso zerstört wie unsere Familie. Du kannst doch nicht eine Sekunde geglaubt haben, dass ich Yvonne dem gleichen Schicksal überlassen würde, dem ich als Kind ausgesetzt war. Du hast gewusst, dass ich ihr dieses Schicksal, das schlimmer ist als der Tod, ersparen würde, und das habe ich getan.

Nein, lass den Brief nicht fallen. Du bist neugierig, du willst wissen, wie. Lies weiter, Liebste.

Es war ganz einfach, ein paar Grundkenntnisse in Elektrotechnik und Physik. Wenn alles so gelaufen ist, wie ich es geplant habe – und daran zweifle ich nicht –, dann ist das Dachgeschoss komplett ausgebrannt. Es sollte dir nichts bleiben. Die Details erspare ich mir. Ein tüchtiger Brandsachverständiger wird dir mittlerweile erklärt haben, wie es zu dem Feuer kam.

Ja, ich sehe die Frage, die wie ein schwarzes Wolkengebirge in deinem Schädel heranzieht. Traust du mir das wirklich zu? Ich habe Yvonne geliebt, mehr als du – sonst hättest du ihr das nicht angetan –, ja mehr, als du dir überhaupt vorstellen kannst. Ich wollte ihr alles geben, vor allem eine glückliche Kindheit, die du ihr mit deinem grenzenlosen Egoismus geraubt hast. Nein: Ich habe sie nicht im Feuer umkommen lassen. Ich habe ihr ein Schlafmittel gegeben und habe sie dann sanft auf die Reise geschickt, in eine bessere Welt. Ich habe sie mit dem Kopfkissen erstickt.

Ich weiß, was du jetzt denkst.

Ja, das ist die große Frage. Warum habe ich dich nicht mitgenommen? Denke einen Augenblick darüber nach. Dann verstehst du es.

Stimmt. Welche Strafe könnte schlimmer für dich sein, als mit dem Wissen weiterzuleben, dass du verantwortlich bist für den Tod deines Kindes – so verantwortlich, als hättest du es mit eigenen Händen getan. Das hast du.

Und es war mir ein Bedürfnis, dir diese Einsicht erst zukommen zu lassen, wenn es dir bereits besser geht, wenn du die Last dieser Schuld richtig erkennen kannst, wenn sie nicht im Schmerz der Trauer untergeht. Deshalb habe ich – bevor ich mich mit Yvonne auf die Reise begeben habe – diesen Brief geschrieben und bei einem Notar hinterlegt mit der Bitte, ihn an unserem Hochzeitstag zuzustellen. Ich habe ihm die Anschrift deiner Eltern gegeben, um dort deine neue Adresse zu erfragen.

Du hast uns zerstört. Du trägst die Schuld. Vergiss das nicht. Ich wünsche dir ein langes Leben und an jedem Tag dieses Lebens die Einsicht in die Wahrheit, dass du dein Kind getötet hast, Liebste.

***

Dühnfort ließ den Brief sinken. Agnes saß weinend neben ihm. Er gab ihr ein Taschentuch und legte dann den Arm um ihre Schultern. Es war infam. Natürlich hatte er schon mit Amokläufen zu tun gehabt, bei denen Männer ihre ganze Familie auslöschten. Trennung, Sorgerechtsstreitigkeiten, finanzielle Probleme waren in der Regel die Motive. Aber noch nie hatte Dühnfort einen Fall gehabt, in dem der Täter sich und das Kind umbrachte, die Frau aber am Leben ließ, um sie für seine Tat büßen zu lassen.

»Du bist nicht schuld«, sagte er. Er spürte, wie ihre Schultern zuckten. »Zieh dir diesen Schuh nicht an.« Immer wieder verwunderte ihn die Bereitschaft von Frauen, sich schuldig zu fühlen, sich zum Sündenbock machen zu lassen.

»Ich hätte es wissen müssen. Wenn ich nicht nur an mich gedacht hätte, dann ...«

Dühnfort hatte den Eindruck gehabt, dass Agnes ihren Mann sehr vermisste, dass sie eine glückliche Ehe geführt hatte, aber der Brief deutete etwas anderes an. »Wolltest du dich scheiden lassen?«

Agnes nickte und erzählte ihm dann von ihrem Vorstellungsgespräch in einer Werbeagentur und wie ihr Mann sie daraufhin verprügelt hatte. »Wir hatten doch vereinbart, dass ich wieder arbeiten kann, wenn Yvonne in der Schule ist. Aber plötzlich wollte er davon nichts mehr wissen. Ich habe das einfach nicht ernst genommen und habe mich trotzdem beworben. Ich habe doch nicht gedacht ... Mein Gott, Yvonne könnte noch leben, wenn ich ...« Agnes legte die Hand vor den Mund und schluchzte.

»Er hat es getan. Nicht du«, sagte Dühnfort. Er zog sie zu sich heran, ihr Kopf lag an seiner Brust, sein Kinn kam auf den abgeschnittenen Haaren zu liegen. Warum hatte sie das getan? Er strich mit einer Hand darüber. Agnes weinte. Dühnfort musste an die Worte des Pfarrers denken. Wann ist Liebe wirklich selbstlos?

»Er hat sich gerächt, Agnes, und zwar ganz hinterhältig. So wie er das alles geplant hat. Meine Güte.« Er strich ihr die Tränen mit dem Daumen weg. »Dein Mann wollte verhindern, dass du jemals wieder glücklich wirst, indem er dir die Verantwortung zuschiebt. Lass das nicht zu, sonst macht es dich kaputt.«

»Er hat nichts gesagt. Ich habe natürlich gemerkt, dass er verletzt war und traurig ...«

»Er hat dich verletzt, er hat dich misshandelt. Er hat euer Kind getötet. Er hat nicht nur die Tat geplant und ausgeführt. Er ist wesentlich weiter gegangen, er wollte dich zerstören.«

Agnes hörte auf zu weinen, aber Dühnfort spürte, wie flach und abgehakt ihr Atem ging.

»Wie konnte er das nur tun? Er hat sie doch geliebt«, sagte sie leise.

Ich weiß nicht, ob er sie wirklich geliebt hat. Väter, die ihre Kinder töten, wollen sie für immer besitzen, dachte Dühnfort. Das hat doch nichts mit Liebe zu tun. Aber das konnte er Agnes nicht sagen. Nicht im Moment.

Eine bedrückende Stille füllte den Raum. Vorsichtig strich Dühnfort über Agnes' Rücken, spürte die Wärme ihres Körpers durch den dünnen Stoff des Kleides, fühlte das seidene Futter über ihre Haut gleiten. Er legte seine Wange auf die Haarstoppeln. Gerne hätte er sie geküsst. Sie war verwirrt und verletzt und sie war betrunken. Er zog seinen Arm zurück.

***

Sie wollte von diesem Arm weiter gehalten werden. Die Sehnsucht, sich einmal fallen zu lassen, wurde beinahe übermächtig. Einmal schwach sein dürfen, aufgefangen werden, alles vergessen. Aber er zog den Arm zurück. Sie blickte zu ihm auf, in graugrüne Augen, in denen sie die Wärme sah, die sie vermisste, in denen sie aber auch für den Bruchteil einer Sekunde Begehren aufblitzen sah. Sie verscheuchte alle Zweifel und küsste ihn auf die Lippen. Einen kurzen Moment zögerte er, dann erwiderte er den Kuss. Zuerst langsam und bedächtig, als hätte er lange nicht geküsst, dann leidenschaftlich. Seit über einem Jahr war sie nicht berührt worden. Längst vergessene Gefühle erwachten zu neuem Leben. Sie fühlte ein Verlangen aufsteigen, das sie lange nicht gespürt hatte. Seine Lippen lösten sich von ihren, wanderten über den Hals, und ihr Körper reagierte darauf heftiger als jemals. Sie wollte nur vergessen, wollte in ihm versinken, allen Schmerz verbannen, allen Verrat, alle Schuld, wollte sich auflösen. Sie wollte sich als Frau fühlen, die begehrt wurde, sie wollte Rache an Rainer nehmen, ihm beweisen, dass … Ich bin billig, Tino, ich benutze dich. Verzeih mir, dachte sie und schob die Hände unter sein Hemd.

»Willst du das wirklich?«, flüsterte er. Statt zu antworten, setzte sie sich auf seinen Schoß und vernahm ein leises Stöhnen an ihrem Ohr. Seine Hand wanderte über ihren Rücken und öffnete den Reißverschluss. Er zog ihr das Kleid über den Kopf. Sie beugte sich über ihn, suchte erneut seine Lippen. Während ihre Haut ein einziges Prickeln war, öffnete sie fieberhaft die Knöpfe seines Hemdes und zog es ihm aus. »Einen Moment«, sagte er. »Wir sollten die Vorhänge zuziehen.«

Sonntag, 15. Juni

Dühnfort erwachte um kurz nach sieben Uhr. Leise stand er auf, um Agnes nicht zu wecken, und ging ans Fenster. Es war angelehnt. Kühlfeuchte Luft schlug ihm entgegen, als er es ganz öffnete. In der Nacht musste es geregnet haben. Aus der Krone der Blutbuche tropfte es aufs Fensterbrett, der Rasen glänzte vor Feuchtigkeit, und die Blütendolden des Flieders beugten sich, schwer von Nässe, nach unten. Der Himmel war von jenem Grau, das mit der aufsteigenden Sonne durchscheinender wurde, um sich dann ganz aufzulösen. Dühnfort ahnte einen schönen Frühsommertag. Zwiespältige Gefühle arbeiteten in ihm. Einerseits war er glücklich und ... Er wusste nicht, wie er diese Empfindung benennen sollte. Satt? Nach zwei zölibatären Jahren hatte er beinahe nicht mehr gewusst, wie Zärtlichkeiten sich anfühlten, und nun war er zufrieden und erfüllt. Aber er wusste nicht, wie Agnes dazu stehen würde. Er hatte das diffuse Gefühl, sie benutzt zu haben. Zwar hatte sie die Initiative ergriffen, aber er hatte ihre Motive dafür geahnt und sie nicht daran gehindert. Er blickte sich um. Agnes schlief. Sie lag auf dem Rücken und hatte die Bettdecke weit über die Schultern gezogen, unten sahen die nackten Beine heraus. Ihre Gesichtszüge wirkten angespannt, als ob der Brief sich in ihren Schlaf geschlichen hatte und sie mit seinem langsam wirkenden Gift zerstörte. Ich werde das nicht zulassen, dachte Dühnfort.

Er hatte Kaffeedurst. Seine Sachen lagen noch unten im Wohnzimmer. Leise ging er hinunter und sammelte sie ein. Dann schaltete er die Kaffeemaschine an und ging ins Bad. Nachdem er geduscht hatte, deckte er in der Küche den Frühstückstisch. Als er im Küchenschrank nach Brot suchte, ging die Tür auf. Er fuhr herum wie ein Einbrecher, der auf frischer Tat ertappt wurde.

»'n Morgen, Dühnfort«, sagte sie.

Es gab ihm einen Stich. Es klang so distanziert.

»Stehst du immer so früh auf? Auch am Wochenende?«, fragte sie. Er nickte und hatte plötzlich einen Klumpen im Hals. Sie trug nur einen hellblauen Bademantel, ihre Füße waren nackt, die abgesäbelten Haare standen in alle Himmelsrichtungen ab. Plötzlich erinnerte sie ihn an einen Kobold, wie sie auf ihn zukam. Sie blieb vor ihm stehen. »'n Morgen, Dühnfort«, sagte sie nochmals, stellte sich auf die Zehenspitzen und gab ihm einen Kuss. Er zog sie an sich, erleichtert, froh. Ihre Lippen öffneten sich, seine Zunge fand ihre. Ihr Körper war vom Schlaf noch ganz warm. Das Handy in seiner Tasche begann zu klingeln.

***

Anna Nötzels Körper war seit Stunden kalt. Er lag unbekleidet auf der obersten Kirchenstufe. Die nassen Haare klebten in Strähnen am weißen Gesicht. Die dunklen Augen waren geöffnet und blickten erstaunt in den grauen Himmel, als könnten sie nicht glauben, was geschehen war. Ein Regentropfen löste sich von der Dachrinne, fiel auf das Kinn und lief dann seitlich am Hals hinunter. Der Körper war über und über mit Abschürfungen und Hämatomen bedeckt, die sich teilweise schon grün verfärbten. Unterhalb der linken Brust klaffte eine mandelförmige Wunde. Genau wie bei Melanie Lechner.

Diesmal hat er sein Opfer nicht gewaschen, dachte

Dühnfort, als er vor der Leiche in die Hocke ging. Verkrustetes Blut hatte sich im Regen der Nacht wieder aufgelöst und war in roten Rinnsalen über den Körper und auf die Granitstufen gelaufen, wo es nun dunkelrote Pfützen bildete.

Pfarrer Schops hatte Anna Nötzel gefunden, als er die Morgenandacht vorbereiten wollte. Er hatte Dühnfort angerufen und sein Eintreffen abgewartet. Dann war er zurück zum Pfarrhaus gegangen, nachdem er erklärt hatte, dass er diesen Anblick nicht länger ertragen konnte. Dühnfort holte das Handy aus der Tasche und stellte sich unter das Vordach des Portals. Dann verständigte er sein Team, die Spurensicherung, die Rechtsmediziner und Alexander Boos.

Er hat sie gesteinigt, dachte er. Das ist eine Todesstrafe, die im Alten Testament für Ehebruch vorgesehen ist. Für Männer und Frauen. Aber er hat Anna bestraft, ihren Liebhaber nicht. Er hat es auf Frauen abgesehen. Beatrice Mével hat recht: Er ist ein Frauenhasser. Ich aber suche nach einem Missbrauchsopfer des alten Pfarrers, das sich nun rächt. Warum an Frauen und nicht an Männern? Bin ich auf dem Holzweg? Dühnfort trat an die Leiche heran, bückte sich und drehte sie halb auf die Seite. Auf dem Rücken hatte eine Peitsche blutige Spuren hinterlassen. Dühnfort ließ den toten Körper wieder in die ursprüngliche Position sinken. Georg Veith und Oliver Drewitz hatten ihm die Narben gezeigt, die eine neunschwänzige Katze auf ihren Rücken hinterlassen hatte. Melanie Lechner und Anna Nötzel waren ebenfalls ausgepeitscht worden. Das kann einfach kein Zufall sein. Wir befinden uns auf der richtigen Fährte, dachte Dühnfort. Derjenige, der das tut, ist selbst sadistisch gequält, ausgepeitscht und missbraucht worden. Aber es ist so lange her. Vielleicht ist Veiths Aufstellung nicht vollständig, vielleicht hat er einen Ministranten vergessen. Einen, der möglicherweise nur kurz im Dorf gelebt hat, wie Drewitz, und deshalb aus dem Gedächtnis verschwunden ist. Möglicherweise gab es im Pfarrhaus Aufzeichnungen darüber. Dühnfort wollte sich wieder erheben, als sein Blick an einem kleinen Anhänger haften blieb, den Anna Nötzel an einer silbernen Kette um den Hals trug. Der gleiche Engel wie bei Melanie Lechner. Hatten alle jungen Mädchen dieses Medaillon zur Firmung bekommen? Möglich. Aber unwahrscheinlich, dass sie es als erwachsene Frauen noch trugen. Dühnfort zog Latexhandschuhe über, bückte sich, öffnete den Verschluss und ließ die Kette in seine Hand gleiten. Bei genauerer Betrachtung erkannte er, dass das Halbrelief keinen Engel, sondern die Jungfrau Maria darstellte. Er drehte den Anhänger um. Merde, dachte er. Verflucht noch mal.

Er zog sein Handy aus der Tasche und wählte Alois' Nummer. Er befand sich bereits auf dem Mittleren Ring. Dühnfort bat ihn, umzukehren und die Kette mitzubringen, die sie an Melanie Lechners Leiche gefunden hatten. Dann wählte er Ginas Nummer und bat sie, gleich zu Melanie Lechners Haus zu fahren und dort nach der Kette zu suchen.

»Die ist doch bei den Asservaten.«

»Ich glaube nicht, dass es ihre ist. Anna Nötzel trägt die gleiche Kette.«

»Bist du schon in Mariaseeon?«, fragte sie überrascht. »Hast du dich dahingebeamt?«

Gina war eine gute Polizistin. Sie war es gewohnt, Verbindungen zu suchen und zu finden. Er ahnte, dass sie den Zusammenhang erkennen würde. Trotzdem sagte er: »Ich war in der Nähe.«

Gina antwortete nicht. Er hörte, dass das Autoradio eingeschaltet war. Der Signalton erklang, mit dem Verkehrsmeldungen angekündigt wurden. »Ach so«, sagte sie schließlich.

***

Fünfundzwanzig Minuten später erschien Buchholz mit seinen Leuten, kurz darauf Dr. Ursula Weidenbach, die an diesem Wochenende Bereitschaftsdienst im Institut für Rechtsmedizin hatte.

Hier wurde er vorerst nicht gebraucht. Dühnfort suchte den Pfarrer auf und traf an der Tür des Pfarrhauses mit der Haushälterin Barbara Schulz zusammen. Sie wohnte gegenüber der Kirche und hatte den Trubel bemerkt. Neugier und Angst hatten sie veranlasst, früher als gewöhnlich ins Pfarrhaus zu gehen. Dühnfort bestätigte die Befürchtung der Haushälterin, dass Anna ermordet worden war.

»Großer Gott«, sagte sie und schloss die Tür auf. »Wer tut so etwas? Das kann niemand von hier sein. Das muss ein Verrückter sein.« Sie begleitete ihn zum Arbeitszimmer des Pfarrers und fragte, ob sie Frühstück machen solle. Der Pfarrer wollte nur einen Kaffee. Dühnfort nahm sein Angebot, eine Tasse mitzutrinken, dankbar an. Er hatte Agnes verlassen müssen, bevor der Kaffee fertig gewesen war. Der Gedanke an sie zauberte für einen Moment ein Lächeln auf sein Gesicht.

Schops saß hinter dem Schreibtisch und sog an einem Zigarillo. Der Aschekegel leuchtete rot auf. Er blickte auf das in einem Plastiktütchen verpackte Medaillon und stieß den Rauch aus. »O Maria, ohne Sünde empfangen, bitte für uns, die wir unsere Zuflucht zu dir nehmen«, übersetzte er die Inschrift, die am Rand der Vorderseite eingeprägt war. »Das ist eine wundertätige Medaille, wie sie von vielen Marienverehrern getragen wird.«

»Haben Sie eine solche Kette jemals an Melanie Lechner oder Anna Nötzel gesehen?«, fragte Dühnfort. Inzwischen hatte er Kopfschmerzen. Koffeinentzug.

Der Pfarrer überlegte eine Weile. »Nein«, sagte er. »Die beiden haben allerdings den Gottesdienst selten besucht und waren auch in der Kirchengemeinde nicht aktiv. Ich habe sie daher nicht häufig gesehen. Aber ich denke, dass mir eine solche Kette aufgefallen wäre.«

»Gut«, sagte Dühnfort. »Auf der Rückseite ist ein Herz Jesu abgebildet und daneben ein anderes Herz. Welche Bedeutung hat es?«

Schops drehte den Anhänger um. »Das ist ein Herz Mariä. Der Flammenkranz und der Dolch, der das Herz durchbohrt, symbolisieren die Leiden der Mutter Gottes.«

»Ein Dolch«, sagte Dühnfort. »Er hat beide Opfer mit einem Dolch getötet. Er hat beiden eine solche Kette umgehängt. Jakob hat ein Herz Mariä oder ein Herz Jesu gemalt. Er muss dieses Medaillon irgendwo gesehen haben. Wer trägt eine solche Kette? Oder gibt es irgendwo eine andere Darstellung dieser Herzen?«

Schops konnte sich nur an zwei alte Damen erinnern, die ein Herz-Mariä-Medaillon trugen. In der Kirche Maria Himmelfahrt gab es keine Bilder der beiden Herzen.

Dühnfort sah aus dem Fenster und ließ den Blick über den großen, mit Obstbäumen bestandenen Garten wandern. Melanie Lechners Leiche hatte der Mörder gewaschen und hübsch angezogen, außerdem hatte er ihr eine weiße Lilie in die Hände gelegt. Er hatte gewollt, dass sein Opfer schön anzusehen war. Also belog er sich selbst über die wahren Motive seiner grauenvollen Tat, wandelte das Bestialische in etwas Erhabenes um. Er trug einen tiefen Hass in sich, der ihn dazu trieb, zu foltern und zu morden, aber er glaubte, Seelen zu retten. Warum hatte er bei Anna nicht den Schein gewahrt? Weshalb hatte er sein Werk nicht vollendet? Etwas musste schiefgelaufen sein, musste seine Planung aus der Bahn geworfen haben. Etwas war geschehen, was ihn veranlasst hatte, sein Tun in aller Grausamkeit zu präsentieren.

»Gibt es Aufzeichnungen darüber, welche Jungen zur Zeit Ihres Vorgängers ministrierten?«, fragte Dühnfort.

Schops, der ebenfalls aus dem Fenster geblickt und dabei das Zigarillo zu Ende geraucht hatte, wandte sich Dühnfort wieder zu und schüttelte den Kopf. »Ich glaube nicht. Das ist über achtundzwanzig Jahre her. Als ich damals die Pfarrei übernommen habe, herrschte in den Unterlagen ein ziemliches Durcheinander, außerdem waren sie unvollständig. Mein Vorgänger hatte da wohl einen Schwachpunkt.« Schops drückte den Rest des Zigarillos im Aschenbecher aus.

Es klopfte. Frau Schulz steckte den Kopf zur Tür hinein und fragte, ob die Herren den Kaffee im Arbeitszimmer oder im Esszimmer trinken wollten. Sie sah ebenso adrett aus wie bei Dühnforts erstem Besuch. Faltenrock, Bluse und eine geblümte Schürze, die weißen Haare in ordentliche Wellen gelegt. Sie erinnerte Dühnfort an seine Großmutter, die für ihn immer ein Sinnbild von Beständigkeit gewesen war. Schops bat sie, den Kaffee hier zu servieren.

»Weshalb fragen Sie nach den Ministranten von damals?«, fragte Schops.

Dühnfort berichtete ihm von Georg Veith, Sepp Meyer und Oliver Drewitz, allesamt Missbrauchsopfer seines

Vorgängers. Schops war erschüttert. Er hatte davon nichts gewusst, hatte nicht einmal Gerüchte darüber gehört. Unterdessen kam Barbara Schulz mit einem Tablett ins Zimmer.

»Ich habe mit allen gesprochen, mit Veith, mit Drewitz«, Dühnfort zählte die Namen der restlichen Messdiener auf. Barbara Schulz stellte die Kaffeetassen auf den Tisch, ihre Hand zitterte leicht. »Nur mit dem Sepp Meyer konnte ich nicht sprechen, der hat sich damals umgebracht. Es muss noch einen anderen Ministranten gegeben haben, der seinerzeit vom Pfarrer gequält und missbraucht wurde. Den muss ich finden. Er ist Jakobs Entführer und der Mörder von Melanie Lechner und Anna Nötzel.«

Barbara Schulz hatte sich unterdessen an die Fensterbank gelehnt. Ihr Gesicht war grau geworden, aus den Lippen war jegliche Farbe gewichen.

»Er war nicht Ministrant«, sagte sie leise.

***

Was habe ich da angerichtet?, dachte Agnes und drehte sich auf die andere Seite. Sie hatte sich wieder ins Bett gelegt, nachdem Dühnfort sich völlig überstürzt verabschiedet hatte. Aber sie konnte nicht wieder einschlafen. Sie schämte sich. Als sie vorher in die Küche gekommen war und Dühnfort so erschrocken herumgewirbelt war, mit einem zaghaften Lächeln im Gesicht, voller Erwartung, da hatte sie sich sofort schuldig gefühlt. Unsicher hatte er sie angesehen, war regelrecht zusammengefahren, als sie *Guten Morgen, Dühnfort* gesagt hatte. Da hatte er ihr leidgetan. Der Kuss war eigentlich eher als Entschuldigung gedacht gewesen. Aber so, wie er ihn erwidert hatte … Er ist in mich verliebt und ich habe ihn benutzt. Ich hätte das nicht tun sollen. Und dann erinnerte sie sich, was sie getan hatten. Es ließ ihr Herz schneller schlagen. Noch nie hatte ihr Sex so viel Lust bereitet wie letzte Nacht. Sie hatte gar nicht gewusst, wie unbefangen sie dabei sein konnte. Aber sie wusste auch, dass sie im Moment nicht in der Lage war, sich auf eine neue Beziehung einzulassen. Wie sollte sie ihm das beibringen, ohne ihn zu verletzen. Es war unmöglich. Sie zog die Decke über den Kopf und versuchte, an etwas anderes zu denken. Der Brief. Yvonne. Die Erinnerung daran traf sie wie ein Hieb, sie sprang aus dem Bett und lief ins Bad. Als sie vor dem Spiegel stand und die Zähne putzte, konnte sie den Blick ihres Spiegelbilds nicht erwidern. Ich bin schuld war das Einzige, was sie denken konnte.

Sie schlüpfte in ihre Joggingsachen und griff nach dem Haargummi, um sich einen Pferdeschwanz zu machen. Aber das war nicht mehr nötig. Ich sehe aus wie Rumpelstilzchen, dachte sie und musste dabei an Melli denken. Melli. Ach, Melli. Ich muss raus. Ich muss laufen. Alleine? Egal, soll der Irre mich doch schnappen, dachte sie. Es ist egal. Ich bin schuld. Yvonne, verzeih mir.

Eine Viertelstunde später lief sie mit hohem Tempo durch den Forst Richtung Marienkapelle. Schweiß rann ihr über den Rücken und zwischen den Brüsten hinab, die Muskeln brannten. Sie fühlte sich etwas besser, der gleichmäßige Rhythmus ihrer Schritte und ihres Atems vertrieb langsam die Gedanken. Plötzlich fiel ihr ein, dass sie heute Morgen um halb zehn mit Anselm in der Marienkapelle verabredet war. Sie sah auf die Uhr. Zehn nach neun. Sie hatte keine Lust, ihn zu treffen, wollte die Votivtafeln nicht sehen. Ich kann einfach an der Kapelle vorbeilaufen, dachte sie. Bis er kommt, bin ich schon weg. Aber sie hatte das Treffen nicht abgesagt und er fuhr extra ihretwegen dorthin. Verdammte gute Erziehung, dachte Agnes. Also gut, ich werde mich mit Anselm treffen, aber ich werde es kurz machen.

***

»Er war nicht Ministrant«, wiederholte Dühnfort die Worte der Haushälterin.

»Der Sepp Meyer hat sich doch nicht umgebracht«, sagte sie. »Das kann nicht sein.«

»Er hat sich erschossen«, entgegnete Dühnfort, »und seine Eltern haben den Selbstmord gemeinsam mit dem Pfarrer vertuscht. Die Eltern wollten für ihren Sohn ein kirchliches Begräbnis und der Pfarrer wollte eine Obduktion vermeiden. Dann wären nämlich Fragen gestellt worden. Der Arzt hat sich darauf eingelassen.«

»Seine Eltern haben also davon gewusst ...«, sagte Barbara Schulz und zog einen Stuhl an den Tisch. Sie setzte sich. Plötzlich sah sie so alt aus, wie sie war.

»Dass der Pfarrer sich an ihrem Sohn verging? Nein, davon haben sie nichts gewusst«, sagte Dühnfort. »Aber Sie scheinen es gewusst zu haben.«

Barbara Schulz beteuerte, dass sie keine Ahnung davon gehabt hatte. Jedenfalls nicht zu Lebzeiten des Pfarrers. Sie hatte es erst nach seinem Tod herausgefunden. Genauer gesagt am Tag seines Todes.

»Diesen Tag werde ich nie vergessen«, begann sie. »Ich bin wie jeden Morgen ins Pfarrhaus gekommen und habe als Erstes Frühstück für den Herrn Pfarrer gemacht. Als er dann nicht kam, habe ich nach ihm gesehen. Er war aber nicht in seinem Schlafzimmer. Er saß hier«, sie deutete auf den Platz, an dem Schops saß. »Ich habe sofort gesehen, dass er tot war. Ich wollte den Arzt rufen und habe das Telefon ...« Sie biss sich auf die Lippen. »Da lagen Bilder ... ich habe das zuerst nicht verstanden ... Es war so widerwärtig.«

»Auf dem Schreibtisch lagen Fotografien?«, fragte Dühnfort. Barbara Schulz nickte. »Wer war auf den Bildern zu sehen?«

»Ich kann das nicht ... ich ... Wie soll man das beschreiben?«

»Sie sollen es mir nicht beschreiben. Ich kann es mir vorstellen. Ich habe solche Aufnahmen schon gesehen«, sagte Dühnfort. »Ich will wissen, wer auf den Fotos zu sehen war. Meyer, Veith, Drewitz und wer noch? Wer war kein Ministrant?«

***

Agnes gehört zu mir, zu mir alleine, dachte er verzweifelt. Er kniete vor der Madonna, in ein stummes Gebet versunken, und bat um Vergebung. Er hatte gefehlt, hatte sich als unwürdig erwiesen. Eine blinde Wut hatte ihn beherrscht. Alles war außer Kontrolle geraten, und warum? Weil er seine Gefühle in den Vordergrund gestellt hatte, anstatt sich auf seine Aufgabe zu besinnen.

Er konnte es nicht verstehen. Agnes, eine billige Hure. Es tat so weh. Bei der Erinnerung an das, was er beobachtet hatte, legte sich der Schmerz wie ein Band aus glühendem Stahl um seine Brust. Er senkte die Stirn auf den kühlen Boden. Er wollte endlich begreifen. *Das ist doch ganz einfach*, flüsterte seine innere Stimme. *Sie ist ein Flittchen, wie die anderen, ein Miststück, eine Nutte, ein verdorbenes Stück Dreck*. Nein, das ist sie nicht. Das darf nicht sein.

Rasend vor Zorn und Schmerz war er letzte Nacht nach Hause geeilt und ins Gewölbe gestürzt. Die Wut ließ ihn die Kontrolle verlieren. Es war, als würde ein Teil seiner selbst sich aus ihm herauslösen und die Herrschaft über sein Handeln an sich reißen. Er sah, was er tat, und konnte es nicht verhindern.

Ein tiefer Seufzer stieg aus seiner Brust und hallte kurz im Raum nach. »Verzeih mir, o Mutter«, flüsterte er. Er hatte Anna erdolcht, ohne es zu vollenden. Sie hatte ihre Sünden bereut und auch dafür gebüßt. Bei der Erinnerung daran, wie er sie bestraft hatte, streifte ihn für einen kurzen Moment tiefe Befriedigung, wie der Flügelschlag eines Nachtfalters, der sofort wieder in der Dunkelheit verschwand. Aber er hatte sie getötet, bevor sie die Erlösungstat, die Jesus am Kreuz erbracht hatte, anerkennen konnte, und damit war ihre Seele nun verloren und ein Teil des großen Leidens seiner wahren Mutter war umsonst gewesen. *Ist das nicht egal, völlig gleichgültig?*, fragte die innere Stimme sarkastisch. Er zuckte wie unter Schlägen zusammen. »Nein. Das ist es nicht«, keuchte er heiser. Buße und Erlösung sind zwei untrennbare Teile eines Ganzen. So wie das Gute nicht ohne das Böse und Licht nicht ohne Dunkelheit existieren können, kann auch die Befreiung von allen Übeln nicht ohne Strafe einhergehen.

Ich muss zu einer Entscheidung kommen, dachte er und stand auf. Mit einer Hand umfasste er das Medaillon, das er an einer Kette um den Hals trug, und zog Kraft daraus. Es ist meine Zeit. Alles, was ich tue, wird mir gelingen. *So wie letzte Nacht*, hämte die Stimme. Er ignorierte sie. Ich muss mich auf meine Aufgabe besinnen.

Agnes gehört mir, mir allein. Aber ich bin unwürdig … Meine wahre Mutter prüft mich, deshalb hat sie mich das sehen lassen … Ich muss Agnes verzeihen. Das ist es. Diese Erkenntnis war für einen Augenblick erleichternd.

Er sah den Weg aus der Einsamkeit vor sich wie einen hellen Pfad. Er musste Agnes nur vergeben.

Aber alles, was er fühlte, war Hass.

Ich werde sie bestrafen, dieses Drecksstück, dachte er und spürte, wie er bei diesem Gedanken ruhiger wurde. *Nicht erretten*, meldete sich süffisant die Stimme. »Nein, bestrafen«, sagte er in die Stille, und es klang gut.

***

Die Frage schien vibrierend in der Luft zu hängen. Schops hatte sich vorgebeugt und betrachtete seine Haushälterin, als hätte er sie noch nie gesehen.

»Er hat dem Pfarrer geholfen«, sagte Barbara Schulz und blickte aus dem Fenster auf die Obstbäume. »Äpfel pflücken, Holz hacken, Rasen mähen. Alles, was der Herr Pfarrer alleine nicht konnte. Die Ministranten haben ihm auch geholfen, aber Anselm war nie Ministrant.«

»Anselm«, sagte Dühnfort. »Anselm Münch.«

Barbara Schulz nickte. »Der Hof ist ja gleich da drüben.« Sie deutete auf die andere Seite der Mauer. »Seine Mutter hat ihn regelmäßig hergeschickt.«

***

Dühnfort zog fünf Mann von der Schutzpolizei ab, die das Gelände um die Kirche abgesperrt hatten und so vor Neugierigen schützten. Aus dem Kofferraum seines Wagens holte er seine Waffe, legte das Holster an und schob die Pistole hinein. Diese Art der Aufbewahrung seiner Dienstwaffe war nicht vorschriftsmäßig, aber Dühnfort trug sie nicht gerne und irgendwo musste er das Ding ja verstauen.

Alois war inzwischen eingetroffen. Dühnfort erklärte ihm, was er soeben erfahren hatte, und nahm ihn mit.

Münch öffnete nicht. Sein Auto stand weder im Hof noch in einem der Nebengebäude.

»Gib die Fahndung nach ihm raus«, sagte Dühnfort. Alois nickte und holte das Handy aus der Tasche. »Wir gehen rein«, sagte Dühnfort und betrachtete die Haustür. Zwei Sicherheitsschlösser. Er lief um die umgebaute Scheune herum. Vor ihm lag eine große Wiese, an deren Rand ein Gewächshaus stand, und weiter hinten, an der Kirchhofmauer, entdeckte Dühnfort ein großes Gartenhaus in Blockbauweise.

Er betrat die Terrasse und spähte durch die Glastür. »Ihr geht da rein«, sagte er zu Alois, der ihm mit den Kollegen gefolgt war. »Ich sehe mir das Gewächshaus und die Hütte da hinten an.«

Er war schon auf dem Weg, als er die Scheibe der Terrassentür splittern hörte. Im Gewächshaus fand er, wie vermutet, Lilien. Er ist es, dachte er, als er die Glastür wieder hinter sich schloss. Die Tür des Blockhauses war mit einem Vorhängeschloss gesichert. Dühnfort ging zurück und holte aus einem der Nebengebäude ein Brecheisen. Mit einer Hebelbewegung sprengte er das Schloss. Er hatte keine Vorstellung davon, was in der Hütte zu finden sein würde. Sie kam ihm seltsam vor. Der Hof besaß einige Nebengebäude und Schuppen für Fahrzeuge und Geräte. Eigentlich war das Blockhaus überflüssig und es lag abseits, im hintersten Winkel des Gartens an der Kirchhofmauer.

Dühnfort öffnete die Tür und trat ein. Ein Holztisch mit vier Stühlen stand in der Mitte des Raums, ein Regal mit Gartengeräten befand sich an der gegenüberliegenden Wand. Ansonsten war der Raum leer. Merkwürdig. Durch das kleine Fenster fiel das Licht der Morgensonne. Dühnfort blickte auf die Uhr. Halb zehn. Ob Agnes jetzt alleine am Frühstückstisch saß? Er musste zurück zu den anderen. Er drehte sich um und wollte schon zur Tür gehen, als sein Blick auf eine schmale Ritze im Holzfußboden fiel. Sofort schob er Tisch und Stühle beiseite. Der Spalt entpuppte sich als Fuge einer Falltür. Dühnfort schob seine Finger in den engen Zwischenraum und hob die Klappe an. Zuerst glaubte er in tiefe Dunkelheit zu blicken, doch ein schwacher Lichtschein leuchtete zu ihm herauf. Eine Leiter führte in die Unterwelt. Er sah noch einmal aus dem Fenster. Der Himmel war mittlerweile blau, im Pfarrgarten bogen sich die Zweige der Apfelbäume im Wind. Dühnfort öffnete das Holster, dann stieg er hinab.

***

Nicht mehr als zehn Minuten, dachte Agnes, dann werde ich mich höflich verabschieden. Sie fühlte sich etwas besser. Das Joggen hatte wieder einmal geholfen, das Gefühlschaos in ihr für kurze Zeit zu vertreiben. Einen Moment lang war sie versucht gewesen, doch weiterzulaufen, dann aber hatte sie Anselms Auto gesehen. Er war also schon da.

Die Tür zur Kapelle stand offen. Agnes trat ein. Die Fenster waren klein und vergittert und ließen nur wenig Licht herein. Agnes ging zwischen den Holzbänken hindurch. Ihre Laufschuhe machten kein Geräusch auf dem Steinboden. Anselm kniete vor dem kleinen Altar und schien zu beten. Agnes wusste nicht, ob sie sich bemerkbar machen und ihn stören sollte. Sie wollte aber auch nicht, dass er sie entdeckte und dann dachte, sie habe ihn bei seiner Andacht beobachtet.

»Hallo, Anselm«, sagte sie.

»Grüß Gott, Agnes«, erwiderte er, ohne sich umzudrehen. Seine Stimme klang verändert. Vermutlich lag das an der Akustik des Raums. Neben der Madonna auf dem Altar standen zwei brennende Kerzen, die Luft roch ein wenig nach Moder und Weihrauch. Noch immer kniete Anselm. Agnes wollte nicht ewig warten. Ich fang schon mal an, dachte sie und wandte sich den Votivbildern zu, die sie an der rechten Seitenwand entdeckt hatte. Sie hörte, wie Anselm sich erhob, hinter ihr vorbeiging und die Tür schloss. Ein Schlüssel knirschte im Schloss. Was sollte das?

»Du musst sie bei Kerzenschein betrachten«, sagte Anselm und kam auf sie zu. »Dann sind sie schöner.«

Ja, gut und schön. Aber dafür hätte es gereicht, wenn er die Tür einfach zugemacht hätte, dachte Agnes. Irgendwie sah Anselm verändert aus. Er lächelte sie an, aber das Lächeln gefror noch unter den kalten blauen Augen. Dieser Blick machte ihr Angst.

»Du hast allen Grund, dich zu fürchten«, sagte er und zog etwas aus seiner Jackentasche, was wie eine prallgefüllte Tennissocke aussah. Mit einer blitzschnellen Bewegung hob er den Arm. Instinktiv versuchte Agnes auszuweichen. Aber es gelang ihr nicht. Etwas traf sie hart an der Schläfe. Bunte Lichtpunkte explodierten, dann wurde es schwarz. Sie verlor das Bewusstsein, noch bevor ihr Kopf auf den Steinboden knallte.

***

Dühnfort war unten angelangt. In beinahe vollständiger Dunkelheit stand er auf einem quadratischen Vorplatz. Im Zwielicht erahnte er links von sich zwei Türen. Der schwache Lichtschein kam aber von vorne. Er führte Dühnfort zu einem Raum, dessen Eingang offen stand. Lautlos zog Dühnfort die Waffe und trat ein. Etwa zwei

Dutzend große, weiße Kerzen standen zu einem Kreis angeordnet auf dem mit Sandsteinplatten belegten Boden. Die Flammen flackerten im Luftzug und erleuchteten den aus roten Ziegeln gemauerten Raum. Das sich darüberspannende Gewölbe wurde von vier Säulen getragen. An einer Wand stand eine lebensgroße Marienstatue, davor eine Vase mit weißen Lilien. Ansonsten war der Raum leer.

Dühnfort nahm eine der Kerzen, ging zurück auf den Vorplatz und blieb vor einer Holztür stehen. Sie musste steinalt sein, das Holz war beinahe schwarz, das Türblatt schrundig und massiv. In Augenhöhe war eine Blende angebracht. Er schob sie beiseite und blickte in Finsternis. Ein stechender Geruch entwich durch den schmalen Spalt.

Dühnfort öffnete die Tür. Gestank schlug ihm entgegen. Es roch nach Exkrementen und Urin. Im flackernden Kerzenlicht sah er ein Feldbett, das an die Seite geschoben war. Ein fleckiger Schlafsack lag darauf. In die gegenüberliegende Wand war eine Kette einbetoniert, an deren Ende eine Handschelle hing. Sie lag auf dem Boden. Dühnfort ging weiter in den Raum hinein. Er versuchte, so flach wie möglich zu atmen. In den Gestank mischte sich ein weiteres Aroma. Der süßlich metallische Geruch von Blut. Nun tauchte im Kerzenlicht eine Art Werkbank auf. Haken, Zangen, eine Rolle Draht, ein Flaschenzug und diverse Seile lagen darauf. Dühnfort trat näher und stieß mit dem Fuß an einen Gegenstand. Er senkte die Kerze. Auf dem Boden lag ein Pflasterstein. Er ging in die Hocke und leuchtete den Boden ab. Etwa zwanzig dieser Steine waren im Raum verstreut. Weiter hinten, in einer Ecke, lagen sie dichter. Um sie herum war ein See aus schwarzem Blut. Hier ist Anna

Nötzel gestorben, dachte Dühnfort und verharrte einen Augenblick, bevor er die Folterkammer verließ und in den letzten Raum ging. Im Kerzenlicht sah er einen saubergeschrubbten Tisch aus hellem Holz, darauf stand ein Krug, der mit einem weißen Geschirrtuch abgedeckt war. Neben dem Krug lag ein Stoffbeutel. Dühnfort sah hinein. Eine schwarze Sturmhaube, wie Motorradfahrer sie unter Helme zogen, war darin. Ein Kleiderbügel mit Schutzfolie hing an einem Haken. Er hob die Folie an und sah eine schwarze Hose und ein schwarzes Hemd. Rabenschwarzer Rabe, dachte er.

Dühnfort stieg die Leiter wieder hinauf. Das helle Sonnenlicht blendete ihn. Er zog die Tür der Hütte hinter sich zu und ging durch den blühenden Garten auf die umgebaute Scheune zu. Es kam ihm vor, als sei er der Hölle entstiegen. Durch die offen stehende Terrassentür betrat er Münchs Wohnung und fand sich im Arbeitszimmer wieder. Alois stand am Computer und blickte auf, als Dühnfort eintrat. Er sah besorgt aus.

»Er ist es«, sagte Dühnfort mit trockenem Mund und bemerkte, dass Alois nickte. Der Gestank des Kellers hatte sich wie sandiges Sediment in seinem Mund festgesetzt. Ihm war übel, er atmete einige Male tief durch. »In der Hütte gibt es einen Zugang zu einem Teil der alten Klostergewölbe. Anscheinend sind nicht alle im Krieg zerstört worden. Münch hat sich dort einen Andachtsraum und einen Folterkeller eingerichtet.« Dühnfort zog das Handy aus der Tasche und verständigte Buchholz. Während er sprach, trat er hinter Alois, um zu sehen, was er auf dem Monitor betrachtete. Sein Blick blieb an einem Wort hängen: Agnes.

»Was ist das?«, fragte er, um einen ruhigen Tonfall bemüht, während sein Herz zu rasen begann.

»Der Rechner war an. Der Eintrag ist von heute Morgen fünf Uhr siebenundvierzig«, sagte Alois. »Es ist wohl eine Art Tagebuch. Er hat euch beobachtet.«

***

Die Flut kam. Sie mussten den Strand langsam verlassen. Agnes wollte nicht, sie wollte bleiben. Es roch so gut, nach Lavendel, nach Urlaub, nach Frankreich. Sie hörte Yvonne lachen. *Mama, das riecht aber komisch.* Jetzt roch sie es auch. Der Lavendelduft war verschwunden, es roch nach Winter. Agnes begann zu frieren. Sie rollte sich zusammen und stieß an etwas. Der Geruch von Eukalyptus stieg ihr in die Nase. Jemand sägte etwas. Dann knackte es. Eukalyptus und Lavendel.

Über die Geruchsnerven in Agnes' Nase wurde diese Information an die Nervenzellen im Gehirn weitergeleitet und langte im Geruchsgedächtnis an. Dort wurde sie mit der Nachricht verknüpft, wer so roch. Anselm. Dieser Name wurde mit der zuletzt abgespeicherten Erinnerung verbunden. Agnes' Körper reagierte mit Angst. Er schüttete Adrenalin aus, beschleunigte den Puls, ließ den Blutdruck ansteigen und erhöhte den Sauerstoffverbrauch. Der Fluchtinstinkt war geweckt.

Im Bruchteil einer Sekunde war Agnes wach. Ihr Schädel schien zu bersten, ihr Hirn wollte nicht in sein knöchernes Behältnis passen. Sie bewegte den Kopf leicht zur Seite und hätte sich beinahe übergeben.

Ein Geräusch. Anselm. Warum tat er das? Hatte er auch Melli … Keine Zeit für Fragen. Nimm dich zusammen. Er hat dich niedergeschlagen. Er hat gesagt: Du hast allen Grund, Angst zu haben … Melli! Anna! War Dühnfort deshalb so übereilt … War Anna auch … Sie öffnete die Augen nicht. Wenn ich hier irgendwie rauskommen will, muss ich ihn überraschen, dachte sie. Wo hat er den Schlüssel hin? Sicher hat er ihn nicht im Schloss stecken lassen. Sie spürte Anselms Atem ihr Gesicht streifen. Er griff ihr in den Nacken, hob ihren Kopf an. Agnes blinzelte. Das schwache Licht blendete sie wie ein Scheinwerfer. Ihr Schädel wollte explodieren. Sie unterdrückte ein Stöhnen. Anselm kniete neben ihr, in der Hand eine geöffnete Ampulle, in der eine farblose Flüssigkeit schwappte. Die Hand kam näher. Agnes schlug danach und traf. Gleichzeitig versuchte sie aufzuspringen. Der kleine Glasbehälter flog einige Meter weit. Sie hörte, wie er zerbrach, während sie taumelnd auf die Beine kam. Es dauerte elend lange, kam ihr wie in Zeitlupe vor.

»Du Aas!«, schrie Anselm und packte sie erneut im Nacken. Sie trat nach ihm. Er hielt sie eisern fest und fingerte mit der anderen Hand in der Hosentasche herum. Wieder zog er die Socke heraus. Nein, nicht noch einmal. Blitzschnell vollführte Agnes eine halbe Drehung, ließ das rechte Knie hochschnellen und traf, wo sie hatte treffen wollen. Anselm schrie auf, ließ sie los und wand sich vor Schmerzen. Rühreier, dachte sie hysterisch albern. Sie lief zur Tür. Bei jedem Schritt wollte ihr Hirn aus dem Schädel dringen. Ihr Mund fühlte sich an wie mit Sand gefüllt. Natürlich steckte der Schlüssel nicht.

Anselm lehnte zusammengekrümmt an der Wand, sein Gesicht weiß wie Papier, seine Augen dunkelblau vor Hass. Er zog den Schlüssel aus der Jackentasche und hielt ihn hoch. Als er sich aufrichtete, stöhnte er vor Schmerzen. »Hol ihn dir doch«, keuchte er.

Worauf du Gift nehmen kannst, dachte sie. Mit dir werde ich fertig. Ich muss ihn niederschlagen. Sie ließ den Blick durch die Kapelle gleiten. Dort, zwischen der Tür zur Sakristei und dem Altar, stand ein schwerer Messingleuchter. Sie sah, dass Anselm ihren Blick wahrgenommen hatte. Er war schon unterwegs. Agnes stürzte zwischen den Gebetbänken hindurch und kam den Bruchteil einer Sekunde vor ihm am Altar an. Sie griff nach dem Leuchter, er war schwerer als vermutet, sie konnte ihn kaum anheben.

»Das hast du dir so gedacht, du dreckige Fotze!«, schrie er und entwand ihr den Leuchter mit einer einzigen Bewegung. Er hob ihn an. Agnes duckte sich. Der Schlag ging ins Leere. Sie stand zwischen dem Altar und ihm. Ich komme hier nicht raus, dachte sie verzweifelt. Er hob die Waffe erneut. Sie duckte sich wieder. Es gab nur einen Fluchtweg: an ihm vorbei. Sie stürzte nach vorne und schlüpfte zwischen ihm und dem Altar hindurch, blieb an einer Spitzendecke hängen, die darauf lag, und riss sie hinunter. Vase, Lilien und Kerzen fielen herab. Ein kleiner See aus Wachs lief auf den Boden, sickerte in die Spitzendecke und entzündete sie. Das Blumenwasser floss knapp daran vorbei. Agnes stand einen Moment wie paralysiert. Feuer. Anselm kam mit erhobenem Kerzenleuchter auf sie zu. Sie drehte sich um, rannte Richtung Sakristei. Er hatte sie fast eingeholt. Sie stieß die Tür auf, lief in die Dunkelheit, knallte die Tür hinter sich zu und suchte mit den Fingern nach dem Schloss. Kein Schlüssel. Agnes lehnte ihren Körper gegen die Tür. Ihre Finger ertasteten einen Riegel. Sie schob ihn vor. Anselm hatte die Tür erreicht. Er wummerte dagegen. »Du gehörst mir!«, schrie er mit fremder Stimme. »Du entkommst mir nicht.« Erst mal war sie in Sicherheit. Sie wollte sich umsehen, aber in dem Raum war es stockfinster. Es gab kein Fenster, durch das sie hätte klettern können. Sie saß in der Falle. Unter der Tür drang ein flackernder Lichtschein herein.

***

Agnes meldete sich nicht. Dühnfort schob das Handy zurück in die Jackentasche. »Alois, ich brauche dich«, sagte er und bemühte sich, ruhig zu klingen. Vermutlich hatte Agnes sich wieder hingelegt. Es war Sonntag. Sie waren erst im Morgengrauen eingeschlafen, nun schlief sie sich wahrscheinlich aus und hörte das Telefon nicht. Die Erinnerung an die vergangene Nacht löste bei ihm eine warme Welle der Zuneigung und gleichzeitig panische Angst aus.

Er hatte den Tagebucheintrag in Münchs Computer überflogen. Anselms Gefühle schwankten zwischen Liebe und Hass zu Agnes. Der Hass wird siegen, dachte Dühnfort. Wenn er Agnes etwas antut, dann ... Er wagte nicht, den Gedanken zu Ende zu denken.

»Was soll ich tun?«, fragte Alois.

»Einfach mit mir kommen.«

Dühnfort brauste, gefolgt von Alois, hinunter zum See. Vor Melanie Lechners Haus stand Ginas Wagen. Dühnfort hielt vor Agnes' Grundstück und sprang aus dem Fahrzeug. Er lief den Gartenweg entlang und klingelte an der Haustür. Alles blieb still. Er klopfte gegen die Tür und rief Agnes' Namen.

»Du glaubst doch nicht, dass er sofort wieder zuschlägt«, sagte Alois.

Gina kam den Weg herauf. »Du hast recht gehabt. Die Kette ist hier«, sagte sie.

»Hast du Agnes gesehen?«, fragte Dühnfort.

»Sie ist in den Wald gelaufen«, sagte Gina.

»Allein?«

Gina nickte.

»Alois, wir brauchen die Hubschrauber. Kümmere dich darum. Und dann fährst du den Weg zum Naturschutzgebiet, ich fahre zur Kapelle und Gina nimmt den

Waldweg Richtung Baierdilching. Wir müssen Agnes finden, bevor Münch sie findet.«

***

Agnes suchte fieberhaft nach einer Idee. Ihr Kopf pulsierte vor Schmerz. Inzwischen drang beißender Rauch durch die Türritze. Ihre Augen tränten. Sie hatte den Halsausschnitt des Sweatshirts vor Mund und Nase gezogen und atmete durch den Stoff. Anselm verhielt sich still. Er wartet darauf, dass ich rauskomme, dachte sie. Wenn ich überhaupt eine Chance habe, dann muss ich ihn überraschen, um an den Schlüssel zu gelangen, oder ich muss irgendwie die Tür einschlagen. Und zwar schnell, mit einem Schlag. Das geht nicht. Also muss ich Anselm außer Gefecht setzen. Ich muss hier raus. Mir muss etwas einfallen. Bitte. Und dann plötzlich sah sie eine Möglichkeit. Die Tür der Sakristei öffnet sich zum Kapellenraum. Ich kann sie aufstoßen. Wenn Anselm davorsteht, kann ich ihn so umhauen oder wenigstens zur Seite drängen. Und dann …?

Der Qualm wurde dichter. Ich muss etwas tun. Es ist meine einzige Chance. Sie legte das Ohr an die Tür, konnte aber außer dem Rauschen ihres Blutes nichts hören. Langsam, Millimeter für Millimeter, schob sie den Riegel zur Seite. Bitte, lieber Gott, lass ihn nicht quietschen, betete sie stumm. Beißender Qualm drang ihr in die Nase. Hustenreiz regte sich. Sie würgte und schluckte ihn herunter. Nach einer Ewigkeit hatte sie den Riegel geöffnet. Ihr Herz pochte bis zum Hals. Sie lauschte. Von Anselm war nichts zu hören. Nur ein Knistern drang durchs Holz. Sie tastete sich zur Rückwand der Sakristei und zählte dabei die Schritte. Sieben. Ich muss mit vollem Tempo durchs Dunkle laufen. Ich darf die Tür nicht verfehlen. Ich muss mich konzentrieren. Sie schloss die Augen. Paradox, dachte sie. Konzentriere dich. Sie spannte alle Muskeln an, katapultierte sich von der Wand ab und schoss nach vorne. Sechs Schritte. Jetzt die Schulter vordrehen. Sieben. Krachend prallte sie gegen die Tür. Sie flog auf. Ein kurzer Widerstand, ein Aufschrei. Ich habe es geschafft, jubelte etwas in ihr. Sie stürzte in den Kapellenraum. Die Helligkeit blendete sie. Anselm lag benommen am Boden.

Feuer. Flammen. Überall. Gierige rote Zungen. Agnes erstarrte. Sie konnte nicht atmen. Sengende Hitze auf der Haut. Die Gebetbänke brannten lichterloh. Eine lodernde Gasse zur rettenden Tür. Lauf, befahl sie sich. Aber es gelang ihr nicht. Sie sah, wie Anselm sich aufrappelte. Sie sah, dass er sprach, hörte ihn aber nicht. Jetzt schließt sich der Kreis, dachte sie. Jetzt sterbe ich wie Yvonne. Das ist nur gerecht. Jetzt werde ich erfahren, was sie erleiden musste. Meinetwegen. Ich bin schuld. Das ist meine Strafe. Anselm kam auf sie zu, den Kerzenleuchter zum Schlag erhoben. Zieh dir den Schuh nicht an, hatte Dühnfort gesagt. Rainer. Er hat sie erstickt. Mörder. Ein Hass, glühend wie die Feuersbrunst, in der sie stand, loderte in Agnes hoch, ließ sie endlich handeln. Beinahe zu spät. Anselms Schlag ging ins Leere, entzog ihm das Gleichgewicht. Er torkelte in die Bänke. Seine Hose fing Feuer. Mit den Händen versuchte er, die Flammen zu löschen. »Aus! Aus!«, rief er und schlug um sich.

Ich muss ihm helfen. Ich muss hier raus. Der Schlüssel. Anselm. Seine Hose brannte. Er hörte auf, nach den Flammen zu schlagen. Plötzlich vollzog sich eine Veränderung in seinem Gesicht. Er blieb stehen, neigte den Kopf, als ob er lauschte. Der Ausdruck von Panik verschwand, die Mimik wurde glatt, der Blick ging in die

Ferne. Anselm kniete sich in eine brennende Gebetbank. Er wurde von Flammen umlodert. Das Hemd geriet in Brand. »Komm zu mir«, sagte er mit singender Stimme. »Wir gehen gemeinsam. Geläutert und gereinigt durch das heilige Feuer.«

»Niemals!«, schrie sie.

Nun hatten die Flammen seine Haare erfasst. Der Gestank nach verbranntem Horn stach ihr in die Nase. Agnes würgte. Anselm begann zu beten. »Gegrüßet seist du, Maria.«

Agnes' fiel Blick auf die Marienstatue, sie lief zum Altar und riss die Figur an sich.

»Voll der Gnade. Der Herr ist mit dir.«

Zwischen Mauer und Bänken war ein Durchgang, der nur auf einer Seite von Feuer flankiert wurde.

»Du bist gebenedeit unter den Weibern.«

Agnes lief zur Tür. Die Marienstatue eng an sich gepresst. Die Madonna lächelte sie an.

»Und gebenedeit ist die Frucht deines Leibes, Jesu.«

Agnes hob die Statue mit beiden Händen über den Kopf, holte weit aus und schlug sie gegen die Tür. Das Schloss bebte. Aber es gab nicht nach.

»Nein!«, schrie Anselm. Er sprang auf und lief auf Agnes zu. Die Arme ausgebreitet. Er brannte lichterloh. Sie hob die Madonna erneut, ließ sie gegen das Schloss krachen, und endlich gab es zitternd nach. Die Tür sprang auf. Agnes stürzte ins Freie. Sie stolperte über die Lichtung. Anselm, brennend, dicht hinter ihr.

»Heilige Maria, Mutter Gottes«, stöhnte er und brach zusammen. Agnes blieb stehen. Der Gestank von verbranntem Fleisch stach ihr in die Nase, Tränen liefen ihr übers Gesicht. Sie zitterte am ganzen Leib und konnte den Blick nicht abwenden von dem zuckenden Etwas, das Anselm war.

»Bitte für mich Sünder«, wimmerte er und reckte die verbrannten Arme gen Himmel. »Jetzt, in der Stunde meines Todes.« Dann wurde es still.

***

Agnes wusste nicht, wie lange sie so gestanden hatte. Sie konnte den Blick nicht abwenden. Es konnten Sekunden oder Stunden gewesen sein. Ihr Kopf wollte platzen, ein brennender Schmerz tobte in ihrer Lunge, die Augen kratzten, als ob Sand in ihnen wäre. An den Händen hatte sie Brandwunden, die eigentlich wehtun mussten. Aber diesen Schmerz konnte sie seltsamerweise nicht fühlen. Sie sah nur, dass ihre Hände zitterten. Ich muss irgendwas tun, dachte sie. Aber ihr fiel nicht ein, was. Notarzt, Feuerwehr, dachte sie. Aber wie? Laufen? Ich kann nicht. Plötzlich hörte sie den Lärm von Hubschraubern. Gleichzeitig ein Auto. Dann kam jemand über die Lichtung auf sie zugelaufen. Dühnfort. Er zog sie an sich. Sie spürte seinen Herzschlag, der sich langsam beruhigte.

Freitag, 20. Juni

Es war vollständig dunkel, als Agnes ihr Auto an der Hochäckerstraße parkte und ausstieg. Sie trug einen schwarzen Jogginganzug und holte ihren Rucksack aus dem Kofferraum. Mit einem Blick vergewisserte sie sich, dass sie alles hatte, was sie brauchte. Dann schloss sie das Auto ab und ging hinüber zum Feldweg. Sie zog die Taschenlampe aus der Hosentasche und schirmte den Schein mit der Hand ab, so gut es ging. Nach fünf Minuten erreichte sie den Maschendrahtzaun. Sie kletterte hinüber und arbeitete sich durch Sträucher und Gebüsch auf den Weg vor. Ein paar Minuten später stand sie vor dem Grab. Agnes legte den Rucksack ab, zog Gartenhandschuhe über den Verband an ihren Händen und holte eine kleine Schaufel, einen Beutel Erde und ein großes Stück Plastikfolie hervor, das sie auf dem Weg ausbreitete. Vorsichtig buddelte sie die Eisbegonien aus und legte sie an den Rand der Plane. Dann grub sie. Die Erde deponierte sie auf der Folie. Nach zwanzig Minuten hatte sie Yvonnes Urne so weit freigelegt, dass es möglich war, sie herauszuheben. Agnes hatte gar nicht erst beim Städtischen Bestattungsamt nachgefragt, ob sie Yvonnes Urne im eigenen Garten beisetzen durfte. Sie war entschlossen, es auf alle Fälle zu tun, und wollte keine schlafenden Hunde wecken. Sie würde Yvonne nicht neben ihrem Mörder liegen lassen. Agnes hob die Urne heraus. Dunkelblau mit kleinen goldenen Sternen. Für einen Augenblick drückte sie das Gefäß an sich, sah ihre Tochter lachend vor sich, sah sie über den Strand laufen, sah den Wind an ihren Haaren zerren und konnte beinahe den Duft von Lavendel riechen. Danke, mein Schatz, dachte sie.

Dann schaufelte Agnes die Erde zurück. Sie reichte nicht aus, um das Loch vollständig zu schließen. Sie öffnete den Beutel mit Erde und füllte die Mulde auf, dann setzte sie die Eisbegonien wieder an ihre Stelle. Das Grab sah aus wie zuvor. Agnes faltete die Folie zusammen und trug sie mit dem leeren Beutel zum nächsten Müllbehälter.

Gestern war sie bei Gabi und Beppo gewesen. Gabi hatte erschreckend ausgesehen. Blass, eingefallen, krank. Dass ihr Bruder so grauenhaft gestorben war, machte ihr ebenso zu schaffen wie die Tatsache, dass er ein Mörder war, Jakob entführt hatte und bereit gewesen wäre, ihn zu töten. Das hatte ihr einen Schlag versetzt, von dem sie sich noch nicht erholt hatte.

»Dühnfort hat mir zwar erklärt, warum er das getan hat, dass er sich damit eine Art Legitimation für die Morde an Anna und Melli geschaffen hat. Und dass ausgerechnet Jakob ihm in die Falle gegangen ist, hat er als Zeichen gesehen. Er wäre bereit gewesen, seinen eigenen Neffen zu töten. Ich verstehe es nicht«, hatte Gabi verzweifelt gesagt. »Ich verstehe es einfach nicht. Das ist völlig irre. Ich hätte doch sehen müssen, dass mit ihm etwas nicht stimmt. Warum habe ich nichts gemerkt?«

Jakob hatte unbemerkt von Agnes und seiner Mutter unter dem Tisch gesessen, kam nun hervor und kletterte ihr auf den Schoß. »Aber Mami, das ist doch unsichtbar im Kopf drinnen«, flüsterte er.

Gabi gab ihm einen Kuss und schickte ihn dann zu Beppo, der die Kälber fütterte, in den Stall. Wenigstens ging es Jakob besser. Er sprach wieder, wenn auch nicht viel und immer flüsternd.

»Meine Mutter ist im Krankenhaus«, sagte Gabi. »Schlaganfall. Sie hat die Aufregung nicht verkraftet. Sie wollte Anselms Tagebücher lesen. Dühnfort hat ihr das ausgeredet, aber er hat eine Psychologin geschickt, die versucht hat, uns zu erklären, warum Anselm so geworden ist.« Gabi hatte Agnes dann berichtet, dass Anselm das zweite Kind ihrer Eltern war und dass der älteste Sohn Benedikt beim Spielen in einem Odelfass gestorben war. »Darüber sind meine Eltern nie hinweggekommen. Mein Vater hat sich zu Tode gesoffen und meine Mutter hat sich abgekapselt, sie ist hart und abweisend geworden. Ich habe zwar als Kind immer gefühlt, dass sie mich eigentlich mag, aber gezeigt hat sie es mir nie.« Und dann hatte Gabi ihr von der fatalen Verkettung von Missbrauch, Vertrauensbruch und Bestrafung und der vermeintlichen Errettung durch die Mutter Gottes erzählt, die Anselm zu einem sadistischen Mörder hatte werden lassen. »Ich habe den Streit damals mitbekommen, aber ich habe das nicht verstanden«, sagte Gabi. »Ich war erst sechs Jahre alt. Ich bin in die Küche gekommen, als Mutti Anselm den Mund mit Seife ausgewaschen hat. Das Bild sehe ich noch heute vor mir. Ein paar Tage später ist Anselm in die Scheune gezogen, in die Knechtkammer. Von da an gab es keinen Streit mehr. Eigentlich haben sie nur noch das Nötigste miteinander geredet«, hatte Gabi gesagt.

Eine Eule streifte dicht über Agnes' Kopf hinweg. Sie zuckte zusammen und ging zurück zum Grab. Behutsam nahm sie die Urne, steckte sie in den Rucksack und verließ den Friedhof auf dem gleichen Weg, den sie gekommen war. Sie wusste, sie würde nie wieder hierher zurückkehren. Sollte das Grab ruhig verwildern. Sollten die Leute sehen, dass da jemand begraben war, an den niemand dachte.

Agnes hatte sich entschlossen, eine Therapie zu machen, Dühnfort hatte ihr dazu geraten und sie vertraute ihm. Am Montag hatte sie den ersten Termin. Sie musste mit dem fertig werden, was Rainer ihr und Yvonne angetan hatte. Sie hatte kurz mit dem Gedanken gespielt, Rainers Eltern reinen Wein über ihren Sohn einzuschenken. Aber wem war damit gedient? Sie wollte nicht über ihr eigenes Versagen sprechen müssen. Es änderte nichts und Rainers Eltern würden sich Vorwürfe machen. Also konnte Agnes es auch nicht ihren Eltern, überhaupt niemandem sagen. Sie wusste nicht, ob sie das durchhalten würde.

Es war kurz vor Mitternacht, als sie die Urne ihrer Tochter unter der Blutbuche begrub. Sie strich die Erde glatt und stellte den kleinen Marmorengel darüber, den sie bei einem Antiquitätenhändler gekauft hatte. Agnes verharrte noch einen Augenblick und spürte dem Gefühl nach, das sich einstellte: Nun gehörte sie hierher.

Sonntag, 22. Juni

Dühnfort parkte am Dorfplatz, blieb aber noch einen Moment hinter dem Steuer sitzen. Ein weißer Lieferwagen fuhr vorbei. Dühnfort blickte ihm nach. Mittlerweile hatten sie das Fahrzeug ausfindig gemacht, das am Tag von Melanie Lechners Entführung zu schnell durchs Dorf gefahren war. Es handelte sich um den Wagen eines Kurierdienstes und war weder weiß noch cremefarben, sondern lichtgrau. Den weißen Lieferwagen musste Münch erfunden haben. Mittlerweile war der Fall, da Münch Tagebuch geführt hatte, in beinahe allen Punkten geklärt. Die Ampullen Dormicum hatte er im Hause seines Freundes Till Wiessner während der wöchentlichen Partie Backgammon an sich genommen. Das Nachthemd stammte aus einer Aussteuertruhe von Münchs Großmutter, die sich noch auf dem Dachboden des Bauernhauses befand. Wann und wie Münch auf die alten Gewölbe gestoßen war, wusste niemand genau. Aber es musste kurz nach dem Tod des Vaters gewesen sein. Diese Gewölbe waren ein Grund gewesen, weshalb Münch seiner Mutter ein luxuriöses Haus am Ortsrand gebaut hatte. Er wollte nicht, dass sie von seiner Entdeckung erfuhr, und hatte sie so vom Hof verbannt. Schon damals plante er, diese Verliese für Zwecke zu nutzen, die nicht ans Licht kommen sollten. Während Buchholz in den Kellern Spuren gesichert hatte, war er auf eine Mauer gestoßen, die neuer aussah. Er ließ sie abtragen und stieß dahinter auf einen teilweise eingestürzten Keller, der mit den Skeletten unzähliger Katzen,

Hunden und Ferkeln angefüllt war, die Münch grausam zu Tode gequält hatte.

Ich weiß nicht, wie lange ich dieses Wühlen im Dreck noch aushalte, dachte Dühnfort und erschrak im selben Augenblick darüber. Sein Handy begann zu fiepen. Er war, was selten vorkam, dankbar dafür. Sein Vater meldete sich und berichtete begeistert vom Segelflug, den er wegen schlechten Wetters mehrfach hatte verschieben müssen und ihn daher erst heute Morgen absolviert hatte. Die Freude wirkte ansteckend auf Dühnfort und vertrieb die gedrückte Stimmung, in die er während seiner Grübelei gerutscht war. Er versprach seinem Vater, Anfang August ins Ferienhaus zu kommen, verabschiedete sich dann und stieg aus.

Der Himmel war blau, die Luft angenehm warm. Ein perfekter Tag. Dühnfort holte das Rad aus der Halterung, die er an der Heckklappe seines Autos angebracht hatte. Ein altmodisches, schwarzes Hollandrad mit gebogenem Lenker und bequemem Sattel. Jetzt würde er seine Wettschuld einlösen, aber anders, als Agnes dachte. Vermutlich legt sie gerade den Pulsmesser an, überlegte er und klappte mit dem Fuß den Ständer aus. Dann öffnete er den Kofferraum und holte den Picknickkorb, zwei Decken und einen Beutel mit Badesachen heraus. Mit einem Expander befestigte er alles auf dem Gepäckträger. Hoffentlich hielten die Kühlelemente den Wein lange genug kalt. Er verschloss das Auto und schwang sich aufs Rad. Zunächst war er etwas unsicher, er war seit ewigen Zeiten nicht Fahrrad gefahren. Aber als er auf den Weg zu Agnes' Haus einbog, ging es schon besser.

Als er klingelte, öffnete Agnes, wie erwartet, im buntgemusterten Rennraddress, Sturzhelm in der Hand,

Pulsmesser am Handgelenk. Verblüfft musterte sie ihn. »Wollten wir nicht radeln?«

»Deshalb müssen wir ja kein Wettrennen veranstalten«, sagte er. »Ich habe mir gedacht, wir fahren gemütlich zum Badesteg, schwimmen ein wenig, damit wir Appetit bekommen, und dann ...« Er wies auf den Picknickkorb.

Agnes grinste. »Angst vor der Niederlage?«, fragte sie.

»Ich bin nun mal ein Genussmensch«, sagte er. »Und so können wir beides verbinden. Radeln, schwimmen, schlemmen. Es gibt Jakobsmuschelterrine, Baguette, Käse und Obst, einen kühlen Wein und ...«

»Schon gut, schon gut«, sagte sie lachend. »Du hast mich überzeugt. Ich zieh mich nur schnell um und hole meine Badesachen.«

Später saßen sie auf den warmen Holzplanken, hungrig vom Schwimmen, die Sonne schien warm. Dühnfort packte den Picknickkorb aus. Beim Dessert – Panna cotta mit Himbeersoße – war ihr Gespräch unweigerlich bei Anselm angelangt.

»Ich verstehe nicht, warum Frau Schulz damals nichts unternommen hat«, sagte sie. »Der Pfarrer war gestorben. Warum hat sie ihn gedeckt?«

»Die Zeiten waren andere«, erwiderte Dühnfort. »Der Pfarrer hat zu den Honoratioren gehört. Nach seinem Tod konnte man ihn nicht mehr belangen. Warum das Ganze an die große Glocke hängen? Sie hat die Bilder verschwinden lassen und dann den Arzt gerufen.«

»An seine Opfer hat sie nicht gedacht?«, fragte Agnes.

»Sie hat angenommen, deren Leiden wären mit dem Tod des Täters beendet.«

Agnes ließ sich auf die Decke fallen und schloss die Augen. Dühnfort betrachtete sie. Sie trug einen dunkelblauen Badeanzug. Ihre Haut war gebräunt, die kurzen blonden Haare waren nun ordentlich geschnitten. Er wusste nicht, wie es mit ihnen weitergehen sollte. Er spürte die Distanz, die Agnes wahrte, und ahnte, dass sie nicht in der Verfassung war, eine Beziehung einzugehen. Erst musste sie mit dem Verrat und der Tat ihres Mannes fertig werden und mit dem Anschlag, den Münch auf sie verübt hatte. Ich werde warten, dachte er.

»Ich muss immer wieder an Melli denken«, sagte Agnes mit geschlossenen Augen. »Sie war ein so fröhlicher und unbeschwerter Mensch. Ich habe sie nicht lange gekannt und doch vermisse ich sie sehr. Gestern haben ihre Eltern das Haus ausgeräumt. Es kam mir irgendwie falsch vor.« Sie schüttelte den Kopf und setzte sich auf. »Aber wahrscheinlich kann man das alles nur ertragen, wenn man das Leben irgendwie weitergehen lässt.« Agnes zog die Beine zur Brust und umfing sie mit den Armen. »Vielleicht werden sie das Haus verkaufen, dann werden fremde Menschen darin wohnen …« Sie blickte über den See.

Dühnfort wusste nicht, wie er es ihr sagen sollte. Vielleicht würde sie es als Zumutung empfinden. Er war vor einigen Tagen bei Mellis Eltern gewesen und hatte ihnen persönlich berichtet, was er aus Münchs Tagebuch erfahren hatte. Sie wollten es wissen. Das Schlimmste ersparte er ihnen allerdings. Danach wollten sie nicht alleine sein. Frau Berger legte plötzlich eine hektische Betriebsamkeit an den Tag. Sie brachte Kuchen und Kaffee, holte Fotoalben hervor, und dann erzählte sie ihm, was sie mit dem Haus machen würden.

»Sie werden es vermieten«, sagte Dühnfort.

»Ach. So schnell.«

»Du wirst einen neuen Nachbarn bekommen.«

»Hoffentlich nette Leute«, sagte Agnes.

»Singular, maskulin«, sagte Dühnfort. »Einen neuen Nachbarn.« Das Herz klopfte ihm plötzlich bis zum Hals.

»Du hast es gemietet?«, fragte sie erstaunt.

»Noch nicht, aber ich kann es haben, wenn ich will. Ich muss am ersten Oktober meine Wohnung geräumt haben.«

»Und? Willst du?«

»Das hängt ein bisschen von dir ab«, sagte er. »Vielleicht ist dir das zu nah.«

Agnes wollte sich mit einer für sie typischen Geste das Haar aus dem Gesicht streichen, griff aber ins Leere. Sie lächelte unsicher. »Die Nacht mit dir war wunderbar«, sagte sie dann. »Ich mag dich, aber ich weiß nicht, was du dir erhoffst. Im Moment … Ich brauch einfach noch Zeit.«

Er hatte es gewusst.

»Aber das sollte dich nicht daran hindern, das Haus zu mieten«, sagte sie und legte sich wieder hin. Sie schloss die Augen. Er konnte sich nicht vorstellen, was in ihr vorging. Einige Minuten vergingen schweigend. Dann sagte sie plötzlich: »Noch etwas verstehe ich nicht. Du hast gesagt, dass Anselm seine Taten über Monate hinweg geplant hat. Aber Melli hat er zwei Tage nachdem sie bei der Beerdigung die Nerven verloren hatte, entführt. Sie konnte also nicht auf der Liste stehen. Warum hat er mit ihr begonnen?«

Dühnfort antwortete nicht. Er hatte die Dateien aus Münchs Computer gelesen. Er wusste, wie Münch auf Melli aufmerksam geworden war. Er wusste, dass er

Agnes' Einschreiten als Zeichen empfunden hatte. Als Zeichen, dass sie zu ihm gehörte, und als Zeichen, dass er mit Melli beginnen musste. Aber das würde er Agnes niemals sagen.

»Warum?«, fragte Agnes nochmals und setzte sich auf.

»Ich weiß es nicht«, sagte Dühnfort und wandte sich ab. Er suchte etwas im Picknickkorb. »Und zum Schluss einen Espresso«, sagte er und holte eine kleine, silberfarbene Thermoskanne hervor.

Danksagung

Schreiben ist kein einsamer Prozess. Ohne das Fachwissen und die Unterstützung anderer wäre dieses Buch nicht entstanden. Mein besonderer Dank gilt Siegfried Wenzl, Kriminalhauptkommissar der Münchner Mordkommission, der mich in allen Fragen der Polizeiarbeit beriet, als Testleser fungierte und nun mein erster Fan ist.

Ich bedanke mich bei der Anästhesistin Dr. Claudia Emmerich, die meinem Täter das ursprünglich geplante Chloroform aus der Hand nahm und ihn mit einem wesentlich zuverlässigeren Mittel versorgte. Weiterhin bedanke ich mich bei der Psychotherapeutin Bernadette Jäger-Collet, die mich beim Thema *Verdrängung* aus einer Krise holte. Bei meinem Dankeschön möchte ich das World Wide Web nicht vergessen, das die Recherchearbeit ungemein erleichterte.

Meinem Mann und meinen Kindern bin ich für ihre Geduld und ihr Verständnis dankbar. Beides brauchten sie in Zeiten von Schreibkrisen, aber auch in den Phasen der Euphorie. Es ist nicht einfach, mit einer Person beim Frühstück zu sitzen, die über nichtexistierende Menschen spricht – noch schlimmer: wenn sie *mit* ihnen spricht. Im Übrigen stammt die Idee mit dem Ziegenkopf von meinem Sohn. Danke, Max.

Nach Jahren der Arbeit war *Der Sünde Sold* fertig und suchte einen Verlag. Auch dabei fand ich Unterstützung, für die ich mich bedanke. Zuerst beim Autorenforum Montségur und dann bei meiner Agentin, Gudrun Hebel, die meine kühnsten Hoffnungen wahr werden ließ und meinen Debütroman an den Ullstein Verlag vermittelte. Und zu guter Letzt ein Dankeschön an meinen Lektor, Carlos Westerkamp, dessen Begeisterung und Engagement für mein Manuskript entscheidend dazu beigetragen haben, dass Sie nun *Der Sünde Sold* in der Hand halten.

Sieh nichts Böses. Hör nichts Böses. Sag nichts Böses.

Inge Löhnig

Sieh nichts Böses

Kriminalroman

978-3-548-61319-2

Der Münchner Kommissar Konstantin Dühnfort ist glücklich wie nie zuvor. Gerade ist er mit Gina von der Hochzeitsreise zurückgekehrt, die beiden freuen sich auf ihr erstes Kind.

Doch ein überraschender Fund reißt Dühnfort aus seiner privaten Idylle. An einem nebligen Novembertag spüren Leichensuchhunde bei einer Polizeiübung den halbverwesten Körper einer jungen Frau auf. Neben ihr liegt eine kleine Messingskulptur – ein Affe, der seinen Unterleib bedeckt. Seine Bedeutung: Tu nichts Böses. Dühnfort findet heraus, dass es sich um eine seit Jahren vermisste Frau handelt. Er stößt auf einen weiteren ungeklärten Mord und kommt so einem niederträchtigen Rachefeldzug auf die Spur, der noch lange nicht beendet ist.

Lesen Sie, wie der Roman beginnt.

1

Seit sie vor zwanzig Minuten ins Auto gestiegen war, hatte Doro Gutsch schon so ein Gefühl. Es würde kein guter Tag werden, denn heute war Ronja so eigensinnig wie eine Primadonna, mit ganz eigenen Vorstellungen von der Choreographie. Unwillkürlich baute sich das Bild von Ronja im Tutu vor Doro auf, und sie musste grinsen. Aber es stimmte schon, in gewisser Weise glichen sie einem tanzenden Paar. Sie waren ein eingespieltes Team, in dem eine führte, nämlich sie, Doro, und eine folgte, und das war Ronja. Doch manchmal wollte die Border-Collie-Hündin ihre Grenzen ausloten, und ausgerechnet heute schien es wieder einmal so weit zu sein. Ronja hatte Doros Kommando zum Einsteigen in die Transportbox erst beim vierten Mal befolgt. Die Götter wussten, weshalb, denn sie fuhr gerne Auto. Sie liebte es geradezu.

Regentropfen pladderten gegen die Windschutzscheibe. Doro hielt nach dem Weg zum Treffpunkt Ausschau, der hier irgendwo an der M4 zwischen München und Gauting abzweigen musste. Nach einer Weile entdeckte sie ihn, bog auf den Waldweg ein und fuhr tiefer in den Forstenrieder Park.

Hoffentlich besann Ronja sich und erkannte den Ernst der Lage. Wenn sie durch die Prüfung fiel … Das wollte Doro sich gar nicht erst ausmalen und konzentrierte sich auf die holprige Fahrspur, die ihre ganze Aufmerksamkeit erforderte.

Vorgestern war ein Unwetter mit Schneeregen über dem Münchner Süden niedergegangen, und die Spuren waren noch nicht beseitigt. Äste und Zweige lagen im Weg, und die zahlreichen Pfützen waren mehr als knöcheltief.

Mit einer kleinen Verspätung erreichte Doro als Letzte die Brache am Rand des Preysing-Geräumts. Die anderen Teams waren schon eingetroffen. Mike mit Grizzly. Anne mit ihrem Labrador Spike. Charlie mit Cleo und Rob mit Dude, einem Islandspitz. Außerdem Christian Zach, den alle nur Groucho nannten, der Ausbildungsleiter und heute ihr Prüfer.

Doro grüßte in die Runde und öffnete die Transportbox. Mit einem freudigen Bellen sprang Ronja heraus.

»Bei Fuß!« Diesmal gehorchte Ronja sofort und sah mit gespitzten Ohren zu Doro hoch. Als Hütehund war sie von Natur aus auf Lob und Anerkennung ihres Menschen erpicht und versuchte daher normalerweise zu gefallen. »Braves Mädchen. Mach uns heute keine Schande, ja?« Doro kraulte Ronja das Fell. »Wenn du unbedingt herumzicken musst, spar dir das für morgen auf. Heute ist es schlecht. Glaub mir.«

Über den Wipfeln der Bäume spannte sich ein grauer Himmel. Es hatte aufgehört zu regnen, und der Geruch nach Schnee lag in der Luft, obwohl der November erst ein paar Tage alt war.

Mit den Stiefeln versank Doro sohlentief im Matsch. Sie zog ihre Strickmütze mit der Aufschrift *Polizei* tiefer in die Stirn und den Reißverschluss an der Allwetterjacke hoch. Um nichts in der Welt hätte sie mit einem der Kollegen tauschen wollen, die Büroluft atmen mussten.

Doro liebte ihren Beruf als Hundeführerin bei der Polizeihundestaffel München. Die Schreibtischarbeit hielt sich in Grenzen, dafür gab es frische Luft, so viel sie wollte. Ihr Alltag war nicht von ödem Verwaltungskram, langwierigen Verhören und endlosem Schreibkram geprägt, sondern von reichlich Bewegung beim Training und der Ausbildung der Hunde und während der Einsätze. Auch wenn diese manchmal erschütternd, oft traurig und gelegentlich auch eklig waren. So wie letzte Woche, als Ronja die Leiche eines Selbstmörders aufgespürt hatte, die sich bereits in einem fortgeschrittenen Verwesungsstadium befand.

Ronja war auf das Auffinden von Leichen und Leichenteilen trainiert. Auf menschliche Überreste aller Art, vorausgesetzt, wenigstens ein Fitzelchen Gewebe befand sich noch daran oder vom Verwesungsgeruch getränkte Kleidung. Etwas, das die charakteristischen Duftstoffe angenommen hatte und absonderte.

Und diese Fähigkeiten musste Ronja heute unter Beweis stellen, am besten fehlerfrei.

Mike kam näher, reichte ihr einen Thermobecher Tee und fragte sie, ob sie nervös war. Natürlich war sie aufgeregt. Alle waren angespannt, wenn die jährliche Prüfung anstand, bei der die Hunde nicht nur versteckte Proben aufspüren, sondern auch zeigen mussten, dass sie aufs Wort gehorchten und Kommandos korrekt ausführten. Ronja stand noch immer brav bei Fuß. Doro befahl Platz, und sie setzte sich. Offenbar hatte sie verstanden, wie wichtig dieser Tag war. Erleichtert lobte Doro Ronja.

Groucho legte unterdessen mit Anne und Charlie die Proben im Gelände aus, die er beim Institut für Rechtsmedizin besorgt hatte. Natürlich keine Proben von Toten, sondern von Stoffen, die mit Toten in Berührung gekommen waren. Stücke von Sargunterlagen und Leichenhemden, aber auch menschliches Blut.

Anschließend wurden Streichhölzer gezogen. Doro und Ronja waren als Zweite dran. Zuerst startete das Team Mike und Grizzly, der auf Kommando die Nase senkte und in engen Schleifen hochkonzentriert das ihm zugewiesene

Areal absuchte, wobei Mike ihn mit Stockzeichen dirigierte. Meter für Meter ging es voran. Groucho beobachtete jeden Schritt und jedes Kommando, und es dauerte nur eine Viertelstunde, bis Grizzly vor einem Findling anschlug, sich flach auf den Boden legte und so anzeigte, dass er die ›Leiche‹ gefunden hatte. Erstklassige Arbeit. Groucho war zufrieden. Das Team erhielt die volle Punktzahl. Mike belohnte Grizzly mit einem Leckerli und reichlich Lob. Für die Hunde war es ein Spiel, und am Ende gab es die erhoffte Belohnung.

»Und nun Doro mit Ronja. Für euch habe ich die Fläche jenseits der Brache, Richtung Osten vorgesehen.« Groucho nickte ihr zu, und Doro gab Ronja den Befehl: »Such!« Folgsam senkte Ronja die Nase und ging los. Nah bei Fuß folgte sie dem Zeichen des Teleskopstocks, den Doro benutzte. Zehn Minuten ging das gut, und sie war stolz auf die Konzentration, mit der Ronja bei der Sache war, als sie den Rand einer kleinen Lichtung erreichten und die Hündin plötzlich den Kopf hob und Witterung aufnahm. Ein Zittern lief durch ihren Körper, und dann stürmte sie laut bellend los, hinaus auf die freie Fläche. »Bei Fuß!«, brüllte Doro und hörte den Seufzer, den Groucho hinter ihr ausstieß.

»Bei Fuß!«

Doch Ronja hörte nicht. Sie rannte auf eine Buche zu, die der Sturm umgerissen hatte.

»Bei Fuß! Ronja. Willst du wohl!« Doch die Hündin war nicht zu halten.

Das Erdreich um den umgestürzten Baum war weiträumig aufgerissen, Wurzeln ragten in die Luft, der herausgerissene Ballen hatte einen Krater hinterlassen. Zehn Meter davor blieb Ronja unter einem Wurzelrest stehen, der senkrecht in die Luft ragte, bellte wie eine Irre und warf sich flach auf den Boden.

2

Freud und Leid lagen manchmal unglaublich nah beieinander. Dieser Gedanke begleitete Kriminalhauptkommissar Konstantin Dühnfort, seit er und Gina am vergangenen Sonntag von ihrer Hochzeitsreise aus Venedig zurückgekehrt waren.

Sie hatten die Koffer noch nicht ausgepackt, als Ritas Anruf kam. Ihr Lebenspartner Georges war nach langer Krankheit gestorben. Nicht unerwartet, aber dennoch überraschend. Also hatten sie ein paar Tage Urlaub genommen und waren zur Beisetzung ins Elsass gefahren.

Seit über dreißig Jahren lebte Dühnforts Mutter Rita dort in einem zweihundert Jahre alten Gutshof, in dem Georges bis zu seinem Ruhestand einen Weinhandel betrieben hatte und Rita bis heute die ausgebaute Scheune als Atelier nutzte. Sie war eine bekannte Malerin, und in den vergangenen anderthalb Jahren waren Georges und sie regelmäßig zwischen München und dem Elsass gependelt. Sie, um eine Ausstellung vorzubereiten, und er, um seine Krebserkrankung behandeln zu lassen.

Vorgestern hatten sie ihn auf dem Dorffriedhof bestattet und einen Birnbaum auf seinem Grab gepflanzt, so wie er es sich gewünscht hatte. Dühnfort wäre es am liebsten, wenn Rita sich entschließen könnte, ganz nach München zu ziehen. Doch sie wollte bleiben. »Ich lass Georges nicht alleine«, hatte sie gesagt. »Ich will sehen, wie der Baum auf seinem Grab wächst und erste Früchte trägt, und euer München geht mir nach vier Wochen auf die Nerven. Zu hektisch, zu laut, zu oberflächlich. Was soll ich dort unter all den Wichtigen und Schönen? Ich könnte sie nur beim Tanz ums Goldene Kalb ein wenig stören. Was mir – ich gebe es ja zu – doch eine gewisse Freude bereiten würde. Aber ich male schon lange keine Menschen mehr.«

Die gewalttätige Seite der Natur war zu ihrem Thema geworden. In großformatigen Gemälden fing sie diese Kraft ein, die die menschliche Bedeutung zu einem Nichts zermalmte.

Und nun grübelte Dühnfort während der Rückfahrt über die Frage, wie er seiner Mutter einen Umzug schmackhaft machen könnte. Das Gutshaus war zu groß für sie, und sie war mit Mitte siebzig zu alt, um dort alleine zu leben. Weitab vom nächsten Nachbarn und vom Arzt und einer Einkaufsmöglichkeit. Wenn sie stürzte, wer würde es bemerken? Ihr Galerist war hier und Gina und er und bald das Enkelkind. Außerdem hatte sie in München Freunde, die zwar für zwei Jahre in New York lebten, doch diese Zeit war beinahe um.

Gina räkelte sich auf dem Beifahrersitz. Sie war eingedöst, kurz nachdem sie den Rhein überquert hatten, und reckte sich nun. »Was? Schon Ulm. Da bist du aber tief geflogen.«

»Sollen wir Rast machen?«

»Meinetwegen nicht. Aber wir sollten wechseln. Du sitzt jetzt fast schon drei Stunden hinterm Steuer.«

»Ich kutschiere euch beide auch noch den Rest der Strecke, wenn wir vorher Pause machen.«

»Schwangere dürfen Autofahren. Du musst mich nicht schonen.«

Das wusste er doch. Aber er tat es gerne. Am liebsten würde er sie auf Händen tragen, und irgendwie konnte er es noch immer nicht so ganz glauben, dass sein größter Traum sich erfüllte und er Vater wurde.

Die erste Phase der Schwangerschaft mit morgendlicher Übelkeit und Stimmungsschwankungen war vorüber, und die Aufregung und Freude, Eltern zu werden, war einer ruhigen Erwartung und Gelassenheit gewichen. Seit der Hochzeitsreise ruhte Gina in sich, und manchmal erschien sie ihm wie ein weiblicher Buddha, nicht wegen des Bauches, der Woche für Woche sichtbarer wurde, sondern wegen des in sich gekehrten Lächelns. In den letzten Tagen war ihm aufgefallen, dass sich ihre Sommersprossen vermehrt hatten und ihr Teint einen Schimmer wie Porzellan angenommen hatte. Feinstes Bone China – vielleicht bildete er sich das ja auch ein – und als Kontrast dazu ihre widerspenstigen dunklen Haare. Sie war so schön wie noch nie.

Am nächsten Rastplatz tauschten sie die Plätze. Während der Fahrt unterhielten sie sich über die Einrichtung des Kinderzimmers und ob es wirklich nötig war, sich jetzt schon nach einem Krippenplatz umzusehen. Gina hatte sich erkundigt. Die Wartelisten waren endlos.

Kurz vor Mittag erreichten sie München. Mittlerweile hatte es zu nieseln begonnen. Als sie in der Pestalozzistraße vor dem Haus parkten, ging der feine Regen in einen Graupelschauer über, und sie sahen zu, dass sie nach oben in die Wohnung kamen. Im Flur stand noch Ritas Hochzeitsgeschenk. *Das Meer bei Locquémeau.* Zwei Quadratmeter tobender Atlantik. Eine apokalyptische Stimmung am Ende der Welt. »Das Bild ist euch irgendwann über«, hatte sie gesagt. »Vielleicht müsst ihr es ab und zu umdrehen.«

Dühnfort stellte den Koffer im Flur ab und schaltete die Espressomaschine in der Küche ein. »Ich mache uns schnelle Spaghetti mit Pesto.«

»Gute Idee. Ich habe Hunger wie ein Wolf.« Gina kam mit der Post herein. »Habe ich dir eigentlich schon gesagt, dass Thomas uns den Fall Ellen Reitmeier auf den Tisch gelegt hat?«

Thomas Wilzoch war Ginas Chef, und mit ›uns‹ meinte sie ihren Kollegen Holger Morell und sich. Das Team für ungeklärte Altfälle der Münchner Polizei. Von den Medien gerne auch als Spezialisten für Cold Cases bezeichnet.

»Ich glaube nicht.«

»Und was sagst du dazu?«

Was sollte er schon sagen? Dass es ihm nicht recht war, dass ausgerechnet sie sich den einzigen Fall vornahm, den er in seiner Zeit als Ermittler bei der Mordkommission München nicht aufklären konnte? Ein Raubmord an einer Rentnerin, die zurückgezogen gelebt und deren Leiche man erst eine Woche nach der Tat gefunden hatte. Keine Zeugen und ein spurenarmer Tatort. Dennoch hatten sie DNA des Mörders gefunden. Ellen Reitmeier musste ihn selbst hereingelassen haben. Nach vier Monaten waren die Ermittlungen festgefahren. Schließlich hatten sie alle Kontaktpersonen zum DNA-Test gebeten. Viele waren es nicht. Niemand weigerte sich, doch der Täter war nicht dabei gewesen. Es musste sich also doch um einen Fremden handeln.

Natürlich war der Fall Reitmeier Dühnforts offene Wunde, und das lag nicht an seiner Eitelkeit oder daran, dass er glaubte unfehlbar sein zu müssen. Es lag an der Gewissheit, dass ein Mörder frei herumlief. Er hatte nun mal diesen Glauben an Gerechtigkeit und den Willen, jeden Täter hinter Gitter zu bringen. Und es war ihm sehr wohl bewusst, dass es an seinem Vater lag, dem brillanten Strafverteidiger, dem es in seiner aktiven Zeit viel zu oft gelungen war, Kriminelle vor Strafe zu bewahren oder wenigstens für ein mildes Urteil zu sorgen. Der Erfolg seines Vaters und seiner Kollegen war für Dühnfort ein steter Ansporn, ihnen die

Arbeit so schwer wie möglich zu machen. Gerichtsfeste Beweise, eine schlüssige Kausalkette, ein Wort für Wort überprüftes Geständnis.

»Was ich dazu sage? Hoffentlich findet ihr einen neuen Ermittlungsansatz.« Dühnfort gab die Spaghetti ins kochende Wasser. »Es ärgert mich natürlich, dass der Täter noch frei ist, obwohl ich nicht glaube, dass wir damals etwas übersehen haben.«

»Das ist nun mal so in unserm Beruf. Manche Fälle lassen sich kaum aufklären. Vor allem, wenn es so wie hier ist und Täter und Opfer sich nicht gekannt haben. Mal sehen, wie weit wir damit kommen. Ab morgen lege ich jedenfalls die Füße auf den Schreibtisch und lese Akten und Akten, und dann lese ich Akten.« Sie gab ihm einen Kuss.

»Und lass sie schön dort oben liegen. Keine Verfolgungsjagden mehr wie im Fall Weber.«

»Ich schwöre.« Sie hob die rechte Hand, gab ihm einen weiteren Kuss, und er erwiderte ihn. Seine Hand glitt über ihren Bauch. Es fühlte sich so gut an, ihr Kind darin zu wissen. Anfang fünfter Monat. In ein paar Wochen könnten sie seine Bewegungen spüren.

Eine großartige Zeit lag vor ihnen. Obwohl seine Eltern seit Jahrzehnten geschieden waren und er seine Differenzen mit seinem Vater ausgetragen hatte, verdankte er ihm doch das Wertvollste, das man einem Kind geben konnte: eine schöne und glückliche Kindheit voller Liebe und Achtung. Sie war das Fundament, auf dem sein Leben stand, und er freute sich darauf, all das an sein Kind weiterzugeben.

Das Nudelwasser kochte über, und gleichzeitig klingelte sein Smartphone. Gina machte sich los und nahm den Deckel vom Topf, während er zum Handy griff. Leonhard Heigl meldete sich, sein Vorgesetzter. »Hallo, Tino. Wo erwische ich dich da?«

»Wir sind gerade zurückgekommen.«

»Sehr schön. Ich brauch dich. Die Teams von Russo und Stahl sind vollauf mit einem Dreifachmord in Pasing beschäftigt. Ich kann ihnen nicht noch eine Ermittlung aufs Auge drücken. Ihr werdet also übernehmen, und wenn du von Anfang an dabei bist, ist das sicher das Beste.«

»Gut. Worum geht's?«

»Ein Leichenfund im Forstenrieder Park. Kirsten und Alois sind schon unterwegs und Buchholz mit seinen Leuten ebenfalls. Ich informiere die Weidenbach. Du musst dich also nur noch ins Auto setzen.«